2017 中国短篇小说年选

洪治纲 编选

南方出版传媒
花城出版社
中国·广州

图书在版编目（CIP）数据

2017中国短篇小说年选 / 洪治纲编选. -- 广州：花城出版社，2018.1
（花城年选系列）
ISBN 978-7-5360-8584-8

Ⅰ. ①2… Ⅱ. ①洪… Ⅲ. ①短篇小说－小说集－中国－当代 Ⅳ. ①I247.7

中国版本图书馆CIP数据核字（2017）第327615号

出 版 人：詹秀敏
责任编辑：李珊珊　欧阳蔺　蔡　安
技术编辑：薛伟民　凌春梅
封面设计：庄海萌

丛书篆刻：朱　涛
书名题字：陈以泰
封 面 图：宋　佚名　十八学士图

书　　名	2017 中国短篇小说年选
	2017 ZHONGGUO DUANPIAN XIAOSHUO NIANXUAN
出版发行	花城出版社
	（广州市环市东路水荫路11号）
经　　销	全国新华书店
印　　刷	广东新华印刷有限公司
	（广东省佛山市南海区盐步河东中心路23号）
开　　本	787 毫米×1092 毫米　16 开
印　　张	18.75　1 插页
字　　数	340,000 字
版　　次	2018 年 1 月第 1 版　2018 年 1 月第 1 次印刷
定　　价	53.00 元

如发现印装质量问题，请直接与印刷厂联系调换。
购书热线：020－37604658　37602954
花城出版社网站：http://www.fcph.com.cn

目录 contents

洪治纲　　　　序 / 001

张惠雯　　　　梦中的夏天 / 001
迟子建　　　　最短的白日 / 020
苏　童　　　　玛多娜生意 / 031
南飞雁　　　　皮婚 / 044
范小青　　　　你的位子在哪里 / 059
钟求是　　　　街上的耳朵 / 070
王秀云　　　　我们不配和蚂蚁同归于尽 / 081
朱　辉　　　　然后果然 / 094
双雪涛　　　　宽吻 / 104
斯继东　　　　逆位 / 116
周李立　　　　骨头 / 125
雷　默　　　　祖先与小丑 / 138
张　楚　　　　水仙 / 149
胡　迁　　　　大象席地而坐 / 160

任晓雯	别亦难 / 169
张　翎	都市猫语 / 177
晓　苏	父亲的相好 / 200
次仁罗布	强盗酒馆 / 214
龙仁青	唐僧肉 / 226
王方晨	花事了 / 236
高　君	小拜年 / 252
武　歆	长命锁 / 268
田　瑛	尽头 / 279

序

洪治纲

从短篇小说的发展趋势来看，越来越多的作家都开始自觉地专注于微观化、内心化的叙事表达，尤其是对人们在日常生活中内心意绪的精妙书写。的确，无论外在的现实如何千变万化，社会矛盾如何层出不穷，最终都会转化为人们内在的生存感受。着眼于人的内心世界或主观情感，通过特定情境或特定故事的演绎，从中凸现尘世间的各种浩波巨澜，这既是文学表达的一种策略，也是短篇小说所拥有的特质。

但是，在日常而琐碎的微观生活中，要将不同个体的内心意绪表达得异常鲜活且又耐人寻味，也并非易事。为此，作家不仅要拥有摆脱既定经验的束缚、扒开各种生活皱褶的能力，还要洞悉人际之间种种交流所包含的复杂信息。小说毕竟是一种立足于"关系"的叙事，无论长篇还是短篇，都离不开人与人或人与物之间的碰撞，这是小说内在张力的要求使然。然而，说到"关系"，它又涉及到人际间极为繁富的交流规则（人与物的关系，在小说中通常也体现为人与人的关系），这些规则总是隐藏着人类诸多的心理动机和复杂信息，折射出不同个体在日常生活中的人性特质。在《日常生活中的自我呈现》一书中，戈夫曼就曾指出，人类社会就像一个舞台，当一个人具备了充当某个角色的条件时，他就会在日常生活情境中尽力去扮演这个角色，并通过种种情境的设定，努力引导或控制别人，使别人对他形成某种特定角色的印象；为了在别人面前实现某些角色，有些人甚至还会采取一些特殊的心理策略。同样，对于他人来说，人们也会通过各种交往信息以及特定的交流方式，对其所属角色进行综合判断。

不同个体在日常生活中的自我呈现，既体现了人际交流的社会规则，也反映了人们交流的内在动机。用戈夫曼的话说，当某位女学生希望在寝室里提升自己的魅力指数时，她或许会利用不同的朋友频繁地给她的寝室打电话，从而在群体中形成自己被外界高度关注的角色形象。不过，对于作家而言，他要关注的重点，未必只是这个女学生的行为本身，而是这个女孩和同寝室其他人员的心理变化。只有这些心理变化以及由此产生的角色变化，才是小说的重点，因为它触及了不同个体内在的生存感受，甚至形成了某种隐秘的张力。

由于受到文体的限制，短篇小说的写作在面对日常而琐碎的微观生活时，很难对人物关系的来胧去脉进行详实的叙述，作家们只能着眼于"关系"本身，并通过这种"关系"直击人物的内心感受，从而呈现那些微妙而又复杂的人性面貌或精神镜像。这也是如今的短篇小说越来越注重内心化叙事的主要缘由。在短篇叙事中，很多作家处理各种人物的"关系"时，最看重的，往往就是对彼此心理变化状态的捕捉，所以他们常常采用人物视角，从人物自我的内心感受出发，步步推衍人物的生存境遇、命运变化乃至人性真相。用戈夫曼的话来说，这无疑是一种角色引导或控制，但它所要抵达的，终究是人的生存或人性之境。

张惠雯的短篇小说就是如此。她常常会不自觉地选择某个人物的内心化视角展开叙事，且尤为专注对人物内心意绪的精临细摹。她的很多短篇小说，都贯穿着某些忧伤的情绪，时而无助，时而无奈，时而孤寂，时而苍凉，但它们皆因人物的内心感受而起，最终又常常化为作者对命运的诘问。在《梦中的夏天》中，张惠雯以"我"为视角，叙述了少年时代的邻家姐姐辗转到美国之后，却沦为破落农场里贫穷主妇的故事。而这只是小说的外壳。小说的核心在于"我"拜访这位邻家姐姐时彼此的内心感受，他们小心翼翼地沿着自尊的边缘行走，一举一动之间，无不展示了欲望时代里的命运错位。作为"我"心中曾经的女神，如今的邻家姐姐无疑是孤苦的，窘迫的，无助的，这种人物关系的颠覆性变化，给彼此的内心都带来了难以言说的感伤。然而，面对偶像的坍塌，"我"又分明感受到欲望现实的吊诡，以及命运的无常。

迟子建的《最短的白日》同样着眼于一位肛肠科医生的内心感受，呈现了物质生活背后的虚空与心灵无依的苍凉。小说虽然只是叙述了主人公在外诊途中的一段乘车经历，但是，随着人物心绪的流动，我们渐渐地看到他那无奈的生存处境：母亲怨怒，儿子吸毒，妻子迷恋物质，情人忙于生意，自己的"外快"虽然捞了不少,但生活还是处处都不那么"走心"。在返程的车厢里,他无意中与一位青年技工进行了交流,并从中看到了这位年轻人"走心"的一面。无奈的是,那是别人的生活。在冬至这天,在一年里最短的白日,对他来说,所有的亲人都已将他遗忘,只有外诊医院的紧急电话催促他重返旅途。

苏童的《玛多娜生意》是一篇看似热闹的小说。它以一个旁观者"我"作为叙事视角,叙述了有关庞德复杂而又混乱的日常生活。在"我"的眼中,庞德无疑是个最善于定义并掌控交流情境的人;然而,简多娜显然比他更有能力引导交流情境。所以,在巨星玛多娜的光环之下,面对简多娜和桃子,庞德一次次被剥夺了掌控交流情境的权力。如果用戈夫曼的话说,在日常生活的舞台上,他们都渴望扮演巨大的成功者角色,引导并控制着周围人群的交流。有趣的是,现实秩序并不是那么容易被控制的,穿梭于控制和逃离之间的庞德,最终还是在浮华的梦想和喧嚣的时代里不断走向迷失,只有"我"见证了这一切。

南飞雁的《皮婚》主要以穆成泽的内心感受展开叙事。它精妙地呈现了人们对现实婚姻乃至机关生活的疲惫之态。无论是穆成泽,还是付晓冉、王雅琳,他们似乎都是被各种秩序牢牢掌控的人;为了反抗这种被掌控的情境,每个人都或明或暗地辗转在几个不同角色之间,穿梭于无序与无奈之中,为利益,也为情感。然而,在经历了各种无序的挣扎,我们发现,他们彼此之间的交流或碰撞,既谈不上有多少浪漫和激情,也说不上有多少功利和欲望,他们所做的一切努力,似乎只是对疲惫生活的小小反抗。

范小青的《你的位置在哪里》和朱辉的《然后果然》都是借助错位的情境,揭示人物角色定位遭受破产之后的尴尬和困顿。《你的位置在哪里》通过某单位职员顶替领导参会的故事,演绎了不同单位内部大同小异的机关生活。在上级要求之下,每次会议都需要有人顶替领导,以至于替会者最终被当成了领导。戈夫曼认为,对于众多表演者而言,一个重要问题就是对信息的控制,决不能让观众获得任何有关正在被定义的情境的破坏性信息,即剧班必须保守秘密。每一个剧班都会有他们自己的秘密,可以分为"隐秘"秘密、"战略"秘密、"内部"秘密。而事实上,这种秘密在剧班内部可以被轻松掌控,但是,在更大的现实情境中,错位也就在所难免。所以,当替会者滑出了本单位(即"剧班")之后,就会不断被定义为真实的领导,他的角色因此发生了严重分裂,其生存处境也会变得十分尴尬。

朱辉的《然后果然》从一次错位出发,展示了生活中一连串的错位。在妻女面前，王弘毅不愿以失败者的身份出现，他必须全力以赴地把握自己所定义的角色，掌控这个温暖而有序的家庭，为此，他只好以代人体验的方式打发自己的"上班"时光（当然也在谋求新的职位）。无奈的是，一个连自己的工作都掌控不了的人，对家庭又有多少掌控能力？结果，妻女都相继出现了问题——"剧班"内部的秘密被彻底颠覆了。它让我们看到，脆弱的家庭背后，其实是生活本身的脆弱，也是人们心理和精神的脆弱。

钟求是的《街上的耳朵》同样呈现了日常生活中的一种隐秘情绪。中年男子式其，生活从容优渥，处处宽厚得体，在小镇上可算是个有身份的人，虽然他早年也经历过打打杀杀的地痞生涯。但是，作家并没有去追踪式其的命运变化，而是从他的内心出发，让一位并不相识的女性，勾连了他的命运轨迹。青年时期的式其，因为小巷深处飘然而来的一位陌生女性而失去了一只耳朵，以致于他从此之后不得不留着长发；中年之后的式其，又因为一次饭局上偶得的信息，决意去参加那位小巷女性的葬礼。其实，式其贸然去参加这个陌生人的葬礼，并试图为她守夜，并不仅仅是怀念当年小巷深处的动人风景，而是想重新定义自己与对方丈夫的交流情境。这是一种心照不宣的挑战。由是，两个中年男人开始了饶有意味的心理搏击，它无关伦理，却直指尊严。

王秀云的《我们不配和蚂蚁同归于尽》是一篇隐喻性的短篇。作者选择了双重人物视角，强化了不同身份的人对于私欲化或利益化生存的无奈之感。"我"只是一个普通编辑，对那些无名作者的卑微神态早已漠然，然而，随着职业化阅读的延伸，"我"终于在一位陌生作者的作品中获得了强烈的共鸣。在这篇名为《蚂蚁不配和我们同归于尽》的作品中，"我"、周健和陈标贤所形成的职位竞争关系，远不像蚂蚁那样安然于环境。蚂蚁们在困境中不施诡计，不相互提防，更不会相害，在命运的纸箱里安然地活着。相比之下，"我"却对周健时时在意，步步小心，对部长更是近于献媚，从未活出自己的真实面貌。有趣的是，作为编辑的"我"，读完此作之后，果断将它改名为《我们不配和蚂蚁同归于尽》，是感同身受、同病相怜？还是人蚁相同、俯首认命？

双雪涛的《宽吻》却更像一则寓言。它同样以"我"作为叙述视角，叙述了现代都市中人们的面具化生存景象。在日常生活的表象层面，大家都仿佛是一只只宽吻海豚，脸上永远保持着微笑的姿态，朝着看似清晰的目标行动。但是，夜深人静之时，譬如在深处的咖啡馆或居室中，他们则慢慢地袒露出自己的迷惘、虚空和无助。小说中的"我"意外地认识了阮灵，通过阮灵又认识了宽吻海豚,并从宽吻海豚中理解了自身的处境——他们都是一群失去了方向感的存在,只不过脸上拥有看似微笑的表情。斯继东的《逆位》看似叙述了一群热血青年面对生活时所遭受的各种猝不及防的错位,实则也同样在演绎自我角色对情境定义的失败。用戈夫曼的理论来说,小说中的"我"之所以不断走向失控,既有自我形象定位问题,也有情境引导和控制的问题。它几乎是所有不谙世事的青年都无法回避的遭遇,或者说,是我们这个现实生活中的成长所必须付出的代价。

人是一种社会的存在。在日常生活中,每个人都必须学会处理社会中的自我形象和私域中的自我角色。戈夫曼将之比喻为戏剧表演的"前台"和"后台"。在他看来,前台是一种制度化的社会存在,是由特定时空应有的历史环境提供的,"在行动者担当一种已确定的社会角色时,他通常发现一种特定的前台已经存在,所以前台是易选择,不易被创造的",因而制约了表演者,要求他表演的是理想化、社会化的自我。后台则是与表演场所相隔离的、观众不能进入的场所,处于表演空间之外,表演者可以在此放松自我,脱下"理想化"的面具,宣泄情绪,同时继续为前台的表演做准备。小说家所关注的,往往不是前后台的差异或对抗,而是后台的真实形象对前台理想形象的颠覆与解构,因为后台的真实形象,更能有效地凸现人性的真谛。

周李立的《骨头》就是这样一篇小说。它在叙事的前台,呈现的是一个衣衫褴褛的跛子,不断跟踪一个其貌不扬的超市收银员。然而,随着两个人的隐秘交流,后台中迅速涌现出人性的狰狞:母亲彭秀丽因为私情的败露,不仅将丈夫韩大明送进监狱,还毁掉了女儿红燕的人生。多少年之后,出狱后的韩大明面对养女红燕,一直想让三个人把过去说清楚,可是,面对既定的命运,说清楚又有什么意义?在如此坚硬的现实面前,他们每个人的内心都有一块咽不下却又吐不出的骨头,它是搬不动的屈辱,彻底击毁了这个原本就有些畸形的家庭。

与《骨头》相似的,还有任晓雯的《别亦难》。这是一篇十分锐利的短篇。它完全立足于人物的后台叙述,所谓的前台只是一个背景,后台中沉默的较量才是小说的真正内核。故事中的张博仁和陶小小,与其说是一对夫妻,还不如说是一对劲敌,陶小小正以其惊人的韧性实现着自己的复仇意愿,而张博仁同样不忘以病残之躯进行着垂死的抗争。它以市井化的叙述,不动声色地呈现了市侩生活对人性果断而决绝的褫夺。

张楚的《水仙》也是一篇立足于后台的叙事。它以一个乡村少女的视角,叙述了特殊年代里的乡村生活和男女情感。它没有波澜,所有的波澜都在周桂花的心理。白衣男子作为少女内心的幻像，身份不明，角色不清，但他在夜晚的河边不断出现，一次次击打着周桂花的心魂，使她在革命化的伦理语境中，终于体会到纯真而浪漫的情感。雷默的《祖先与小丑》围绕着死亡与出生，以"我"的视角叙述了一个家庭的日常生活变化。在那里，父亲的死亡是短暂的，却又是漫长的，它构成了母亲、"我"和妻子的长久思念。当这种思念转化为儿子的出生，似乎完成了生命的延续，也实现了生命的轮回。

胡迁的《大象席地而坐》是一篇别样的小说。作品通篇都是讲述"我"的无所事事和随心所欲。他总是以另类的方式表明自己的存在，却又不断被各种无意义的虚空所袭击；他因一头席地而坐的大象牵肠挂肚，仿佛看到了彼此的卓而不群；他的内心经历了怎样的摧残和毁灭，以致于他最终发现了大象的断腿？在这篇小说中，席地而坐的大象，准确地指陈了"我"内心深处的残缺或疼痛。

晓苏《父亲的相好》和张翎的《都市猫语》均洋溢着某种人性的温情。这种温情，不是基于外在的怜悯或同情，而是源于人物内心深处的理解和抚慰。其中，《父亲的相好》以一个晚辈的视角，叙述了父亲的婚外之情。从年轻时的轰轰烈烈，到后来的彼此牵挂，在"我"的视角中，父亲与李采之间的情感，早已超越了欲望，也超越了功利，仿佛有着亲情般勾连。作者的用力之处在于，他呈现了一位甘于隐忍、内心宽广的父亲，也展示了一位坦荡而善良的女性。张翎的《都市猫语》虽然叙述了一对打工男女的艰辛生活，但在两只流浪猫的彼此纠缠之间，两个人的内心也由潜在的抵触，开始变得逐渐柔软，直到最后，茂盛坦然地接纳了小芬。这篇小说的魅力在于，他们的交流很少很少，却总是能够在关键的时候读懂对方，这或许就是苦难所赋予他们的生命质色，并使他们理解到：抚慰比伤害更能维护人的尊严。

次仁罗布的《强盗酒馆》也是一篇充满了温馨气息的小说。一座草原上的小酒馆，收纳了无数散漫的灵魂，也呈现了草原人的胸怀和信仰。随着一尊佛像的丢失，酒馆似乎出现了短暂的失衡，但最终仍然回归快乐的轨道。小说的视角虽然局限于"我"的所见所感，但"我"的眼光中所呈现的各种生命情态，仍洋溢着藏民们特有的生活情趣。龙仁青的《唐僧肉》是一篇充满童趣而又不乏感伤意绪的小说。它以童年的视角，叙述了姥姥夹杂在城市与草原、藏语与汉语之间的晚年生活，呈现了姥姥面对现代与传统、宗教与世俗之间不断错位的尴尬，当然也展示了姥姥对生命的豁达与超然。所有这些，都因为童年视角的天真和纯朴，被轻轻地披上了一层温馨的薄纱。

王方晨的《花事了》继续营构着老实街的往事，仿佛奈保尔笔下的《米格尔大街》。所不同的是，王方晨更加迷恋于日常生活中的世俗人情，沉醉于街坊邻里之间的扯扯拽拽，不像奈保尔热衷于对小镇人物的传奇化表达。在《花事了》中，老实街已在城市改造中不复存在了，但在叙述者挽歌式的表达中，老实街的邻里生活依然活色生香。小说围绕编竹匠女儿的婚事，将老花头、老常、张小三等人的各自心事纳入市井之中，借助旁观者的观察和推测，叙述得有声有色。老花头为编竹匠女儿做媒失败了，编竹匠女儿作为老实街的中心人物也开始褪色，充满了烟火气的老实街，终于在高杰的运作之下成为记忆，只是这份记忆，依然让那些曾经生活于此的人们永远都无法真正地离开它。

高君的《小拜年》以"我"的视角，叙述了世俗伦理中纷繁复杂的亲情关系。它聚合了情感与责任、权利与义务，展示了作为伦理中的人所必须承担的社会角色。它是一种前台的叙事，却由亲情牢牢地控制着后台，与单纯的角色表演和情境引导并不一样。这或许就是中国式的日常生活，由家族伦理层层包裹起来的生存境况，使我们每个人在角色掌控上都需要东奔西突。武歆的《长命锁》叙述了一个底层青年的畸形情感生活。对于自我角色的引导和情境的控制，小利显然缺乏这种能力，所以他只能将生活搞得千疮百孔。田瑛的《尽头》是一个有关寻找的故事，支撑这个寻找过程的，其实是"他"的一种执念。尽管寻找的结果彻底颠覆了寻找的意义，但这份血缘亲情依然成为盘桓在人物心里的坚石。

置身于特定的社会伦理之中，其实每个人都具有自身的角色意识，即使是最庸常的人，也不例外。我们在日常生活中的所有言行，也都受制于自我角色的影响，并在这种角色的支配下，与世界保持着特定的"关系"。小说家不仅要对这种"关系"保持着特殊的敏感性，还要对这种"关系"的千变万化所催生的人物精神面貌有着微妙而精妙的捕捉。作为短篇小说，无论它是叙述一个完整的故事，还是呈现某个片断，甚至是一个故事的横截面，都是为了展示某种"关系"变化的内在效度——凸现那些繁复的人性或精神质地。正因如此，如今的短篇小说常常以某个人物作为叙述视角，并借助内心化的叙事来探究那些广袤而丰饶的人性，抑或错位的生存与命运。

2017 年 10 月于杭州

梦中的夏天

张惠雯

1

我在某个星期天的下午开车来到休斯敦的克里夫兰，在这一带的农场区里迷了路。我已经第三次经过那个门口的邮箱上铸着一只金属小鸽子的农场，确认手机上的谷歌地图无法找到我要去的地方。最后，我干脆关了语音导航，把车停在路边，想等有车经过的时候询问一下。如果问不到，再给她打电话。

一些灰白的、边缘泛着紫色的云朵流散在天空中，雨后的小路微微发亮。从 10 号高速下来，途经一个废弃的铁路岔道口拐进农场区以后，就置身于这密实的绿色和宁静之中，路边风景或者是围栏后平阔的草地、房屋和牛马，或者是安静地摇曳在微风里的荒草和大树。路上经过的民房大都很美，虽然只是简单的一层，但清洁素朴，房前屋后种满了任性生长的美丽植物，但也有几处房子残破失修，肮脏、歪斜，看了让人丧气。我想到如今置身此地似乎并非出于我自己的意愿，而是受她那位远隔万里的母亲的驱使，或者说是她母亲的意志加上我母亲的意志。有时候，在我给家里打电话的固定时段，她母亲也守候在电话旁。"你一定要去她的大庄园去看看她，你们离得那么近！"她母亲不止一次对我叮嘱。我确认她的家大概就在距离我一两英里的地方，因为我从刚刚经过的农场信箱上看到的号码和她的住址号码十分接近，我只是找不到入口。站在路边等待时，出现在我脑海里的是好几年前她的样子，是我们一起走在北京的街道上、胡同里，要去某个地方或者只是饭后随便走走的情景。她总是会走在稍微靠前一点儿的地方，像是带领着我。于是，她的样子也总是我从侧面或后面一点的角度看过去的样子，通常是在黄昏里或是夜色里,她在那一小段我们都刻意保持的距离之外,高高的,温柔里隐藏着美人特有的甚至是无意的傲慢……过去,偶尔,在我的记忆里,这些影子会奇怪地重叠起来。所以,她如今住在这样的地方——一个被围栏围起来,布满荒草,散发着泥土和牲口味道的地方。

三年前,我对国内的朋友说,我再也不想和这充满猫腻味儿的生活打交道了,我要走了,走了就不会回来。我到了德州大学奥斯汀分校,开始了新生活。新生活茫然又紧张,我在实验室里经常工作到凌晨,累得像狗,但我没有后悔,因为就像我所说的,生活拼一点儿总胜过憋闷,胜过经历了可怕的失败之后等待着另一个失望以及那种无可救药又不可控制的对自己渐生的轻蔑。我知道她住在休斯敦,离我只有三个小时的车程,但我一直没来找过她,也没有和她联系。记着她母亲给我的她的电话号码的纸条一直放在我存放支票本和护照的那个小铁盒里。尽管我知道也许我终究得和她联系,却一直推迟着行动,我不知道是什么东西阻碍我拿起电话,拨那一串简短的号码,似乎疏远太久,重续友情的心也淡了,而某种隐约的、晦暗不明的忧虑又总是困扰着我,使我宁可举步不前。有时候,我和母亲打电话,她会提到又碰到了她母亲(这很正常,因为她家就住在我家楼下),她母亲则又向她追问我是否去找过她女儿了。我想,她母亲也许对她的生活一无所知,急切地希望从我这边听到点儿什么。

她比我大两岁,高两届,我们曾在同一所高中读书。我去北京读研究生时,她已经在那里的一家银行工作了。我们时常碰个面,一块儿吃饭,饭后去哪儿随便走走。她长得非常美,在我们家乡的小城,她是众人皆知的美人。即使到了北京这么一个浩瀚的城市,她也还是美得出挑。可我竟从未动过追求她的念头,尽管后来我想到也许我有机会这么做。她似乎坦然地把我当成弟弟看待,面对这样的坦然,我觉得求爱就像一种亵渎。而且,我认定她不会属于我这种人,一个瘦弱而又一无所有的人。我甚至觉得她不会属于任何我见过的男人,因为他们之中没有一个走在她身边会显得顺眼。或许可以这么说,我也看见过比她长得更漂亮的女人,但我从未见过比她更动人的女人。当我从别人那里听说她有了男友,而且男友就是她那家银行的行长时,我却又觉得这并不那么出乎意料,像她这样的女人,似乎最后难免会落到一个那样的男人手里——阅历丰富、有权势或有财富但也有家室的男人。我们见面的次数越来越少,关系淡漠了。我从未见过她的男友。再后来,我听说她出国了。好像有一段时间,她的经济状况不怎么好,她母亲还曾经跟人抱怨她出国是走错了一步。但她和一个美国人结婚以后,她母亲就变得骄傲而且高调了,喜欢把"美国"挂在嘴边。于是,我们知道她在美国德州住在一个大庄园里,那位美国丈夫是一掷千金的大农场主,他们有自己的奶制品加工厂,他们还生了混血宝宝……流言总是十分精彩。我的女性亲属和邻居们提起她出国这件事,都会露出了如指掌的神情。"一开始就是被那个行长送出去的,"她们说,"怕她坏了他的事。""刚开始还给她寄钱,后来什么都不给了,等于把她骗出去,甩了。""也算她幸运,找到一个美国人愿意娶她。知根知底的中国人谁愿意娶她啊……"她们的同情里总是夹杂着鄙夷,鄙夷里又夹杂着嫉妒……这些年里,她曾回来过一趟,但我当时在北京,正忙着办到美国来的手续,没见到她。后来,我母亲和姐姐描述说,她嫌弃家里冷,带着那个混血小男孩儿住在酒店;她大冬天穿着裙子,还戴帽子,走在街上特别打眼,一看就是外国回来的;可惜那个混血小孩儿并不如大家想象的那么好看,不像洋娃娃,像中国人更多些;他们不喝家里的自来水,只喝商店买来的纯净水……现在,当我在离她生活的现实很近的地方,这些流言,饭后的无聊谈资都显得遥远、荒唐。在小地方,人们总是这么谈论他们不了解而又感兴趣的东西,夸张、杜撰,夹杂着无知的无畏和各种复杂的情绪。无论如何,这里都不像是住着她母亲夸耀的一掷千金的大庄园主。这里住着一些农场主,从院子里停着的泥泞的拖拉机和皮卡看,他们是踏踏实实地工作的人,有的富裕,有的贫穷。

终于有一辆车经过,我朝车里的人招手。车子在路对面缓缓停下来,一个瘦削的中年男人下车走过来。他戴着宽边牛仔帽,穿着橡胶雨靴,皱巴巴的衬衫扎在牛仔裤里,走路时歪着肩膀,就像从电影《断背山》里走出来的人物。我向他打听她的农场,告诉他农场的主人叫汉森。

"汉森的农场?"他叹气般地问,皱着眉头看我递给他的那张写着详细地址的纸条,"对不起,我真的没有印象。我也是前不久搬过来的,我以前住在阿拉巴马……这里的邻居还不熟悉。不过,从这个号码看,应该就在附近。"

"我也这么想。前一个号码和后一个号码我都看到了,唯独没有这个。"我说。

"真是古怪!但有可能你经过了农场的后门,所以看不到信箱牌。"他说,把帽子抓在手里。

"有可能。无论如何,谢谢你。"

"没问题。你再绕到前面看一看吧。祝你好运!"他瓮声瓮气地说着,戴上帽子,回到他那辆蓝色的丰田车里。

我犹豫了一会儿,只好给她打电话。

2

我看见她站在路边,身后是一道铁门。那其实也不是一道门,只是一根横搭在低矮的、半人高的铁丝栅栏上的生锈的铁棍。但在美国,这道象征性的门和这歪斜得几乎要倾塌的低矮的铁丝栅栏就意味着不容侵犯的地界。铁棍后面蔓生的杂草里有一条若隐若现的小路,她刚刚就是从这条几乎被荒草覆盖住的小路上走过来接我的。我朝她走过去时,她站在那儿没动,似乎要刻意地从一段距离之外打量我。她笑着,还带着一点儿诙谐的表情。被她那股诙谐味儿感染,我也毫不掩饰地打量她,她老了一些,身体胖了一点儿,但整个人却仿佛变得锐利了。她穿着一条宽大的、深色的印花连衣裙,头发扎成一个低低的马尾。在我过去的印象里,她的头发总是披散着的,不那么顺滑地披散着,有风的时候就肆意地飘,打到你的脸她也毫不在乎。我们没有拥抱,因为她怀里抱着一个孩子,大概只有几个月大。她身后还站了一个四五岁的男孩儿,男孩儿紧贴她的腿站着,有点儿警惕又有点儿羞怯地看着我。我想,这大概就是她曾经带回国去的那个混血男孩儿。他其实很漂亮,是一种纯种人没有的模棱两可的具有一丝迷惘气质的漂亮。

正如刚才那个过路人猜测的,我一直在农场的后门这边兜圈子。她说:"我就猜到你会迷路,你从来都没有方向感。"她说话的样子好像我们几天前刚刚见过面。接着,她和她的孩子们坐到车子的后座上。她一边指方向,一边开始介绍她的两个孩子。五个月的小婴儿叫露西,男孩儿叫德瑞克。她还提到再过两个多月,德瑞克就可以去读那种不怎么收费的公立 Pre‐school 了。她先打开了话匣子,这样我们就不必说久别重逢时经常要说的那些叫人尴尬的话。"我真累。"她连续说了两次。她第二次这么说的时候,我忍不住转过头看看她,发现她虽在抱怨,脸上却依然笑着。她注意到我在看她,才说:"你总算来了。又见到你真高兴。"

我们连续右转了两次,拐上一条有点儿泥泞的、灌木夹道的土路。没有人照顾的灌木疯长,一边的枝叶向另一边拼命倾倒过去,两边的枝叶连起来,密沉地横在空中,像一道光影斑驳的绿色拱门。这条路真美,就像你会梦见的某种地方。而和她坐在车里,我有种奇特的感觉,就是你觉得和一个人分开很久了,你想象着见了面的那种生疏、不自在,但当你见到那个人,你发现只是一瞬间的,仅仅是缘于羞怯感的疏远之后,你们就能够回到当初那种坦然相处的状态,那种熟稔的亲昵,似乎你们从未分开,似乎过去那些音信全无的隔离,刻意的冷漠都并不存在。车很快穿过那条绿色隧道,到了她家农场的正门。同样是一道象征性的门,只是那根铁棍锈得没那么厉害。门口有一个铁皮邮箱,上面模模糊糊地铸着她家的门牌号。除此之外,再也没有什么标志。望进去依然是和后门差不多的情景,到处是膝盖般高的野草。我要下车去开门,但她坚持她来开门。她抱着露西下去开门,一只手动作麻利地打开铁棍尽头那把大锁。她指挥我把车开进去,又把铁棍横上,回到车上坐下。

"不要抱什么期望。"她对我说,"我们家的农场几乎没人打理,和荒地一样。"

"你们都种些什么?"

"什么也不种。"她回答,"以前的主人种了一些林木。我们养了几头牛,你等会儿就看见了,由它们自己在农场里跑。"

"那样好,放养。"我说。

"是没有办法,我带着两个孩子根本没有时间照料牛。汉森,他能干一点儿小活儿,但不能指望他。你看到他就明白了。"她语带嘲讽地说。她说话的节奏明显比以前快了,句子也短促、果断。

我们在荒草蔓生的小路上缓缓行驶。路上果然遇到了两三头牛,牛站在路当中,当车驶近时,它们就挪到路旁。而车经过的时候,它们又凑近过来,大大的头颅几乎贴着车窗,眼睛直盯着我们。我有点儿担心它们会像电视上看的斗牛比赛里面的牛,突然低下头俯冲过来。但它们只是呆呆地观看我们经过,然后又回到路中央它们刚才站的地方,默然眺望远去的车。空气闷热凝滞,风停了,天空中堆满大块的、墨蓝色的云,预示着另一场雨要来了。在高大而荫绿的林木下面,在荒草中间,凝然立在那儿的牛就像一种梦幻中的动物。然后,我看到那所简易房。它就是有时你经过郊野会看到的那种模样像只集装箱的铁皮屋,在德州灼热的阳光下,你会担心它被烧灼成铁板,台风的季节,你会担心它轻易被风卷走……它原本大概是灰白色的,但也许太久没有清洗、粉刷了,颜色完全被磨损或被污秽遮蔽了。它比我途经的这一带所有的农场房舍都更破旧、凋敝。屋子门口种着两棵茂密的橡树,它们倒比房子显得高大挺拔得多,浓密的阴影像是给这光秃秃的屋子搭了一道暗色的门廊。我从余光里察觉到她在观察我的反应，而我只能仰望其中一棵橡树的茂密树冠，因为此时打量那栋污秽的象征着贫瘠的铁皮房就如同欣赏某个人的伤口一样，是种罪孽。

3

我在房子里坐下来有一会儿了，她一直一手抱着露西忙来忙去，泡茶，端上来一碟姜汁饼干，还洗了一些葡萄放在一个塑料筐里。在她来回走动的时候，德瑞克始终紧跟在她旁边。有几次，她低声训斥他，让他走开点儿，"妈妈会把你碰倒的！"她显得有点儿烦乱。我提出帮她做点儿什么，但被她断然拒绝了。我注意到她的嗓音也有些变了，语气里透出不耐和嘲讽。

自从进了屋里，露西就一直在哭。她告诉我露西只是饿了。但当我告诉她不要忙了，先去喂孩子时，她又固执地拒绝了。我试图把德瑞克喊过来陪他玩一会儿，但这小男孩儿对我不予理睬。我只能坐在那儿等着，为自己的到来而造成的混乱不安。有一会儿，我望着她的背影，她的头发已经乱了，抱着孩子的样子像是挟着一个重重的包袱，腰身奇怪地扭着，裙子的领口被露西的小手抓得歪歪扭扭，内衣的肩带露在外面，而她似乎也懒得整理。我想到也许刚刚她走到门口接我的时候，我们都因为重逢而给自己涂上了一层兴奋的光彩，现在，这光彩暗淡了。我大概显得很木然，她尽管努力打起精神，却难以掩饰日常的倦态。

终于，她把一块厚厚的奶酪端到我面前。它外皮金黄，里面却晶莹透明。露西仍然在哭，她在这哭声中大声对我说："你一定要尝尝，我自己做的。"

"你都会做奶酪了！"我也大声说，说完觉得也许没必要这么大喊大叫。

"我是个农妇，"她笑着对我强调，"你别忘了，我现在是个农妇！得省钱，很多东西都得自己来。"

她脸上有层薄薄的汗水，额发湿了。

"我要去喂露西了。"她说。然后，她抱着露西走进左边那个隔间里去了。我猜想那是间卧室，尽管没有门，只有一道布帘。我想到她没有带我参观一下她的家，但似乎也不需要，坐在这儿，屋里的一切就一览无余了——右前方的厨房和紧挨厨房的餐桌，还有我现在坐在这儿的这张印花布三人沙发，以及她走进去的那个房间旁边另一个关着门的房间……过去，经过这样的铁皮屋，我常常猜测它没有后窗，像个密封的令人透不过气的金属箱子。但我发现它其实有后窗，是四四方方的一块玻璃，从墙壁上凿出来的一个小格子。格子窗的顶端是一圈荷叶边形状的装饰性的窗帘，用来挡住直射的强烈光线。空调此时发出挣扎般的噪音，吊扇大概也开到了最强挡，但屋里依然潮热难耐，似乎自从我走进来，我的衣服就一直湿着。已经是九月底了，最热的夏天已经过去了，但高温还在延续。我想，如果搬一张椅子坐在门口大橡树的浓荫里，也许会好得多。

我突然想起她做的奶酪，就拿餐刀切了一小块儿。它干干的，咸咸的，细细嚼下去，才慢慢嚼出坚实、充沛的奶香。我猜想她是在给那孩子哺乳，否则她不需要走到房间里去，这多少让我有点儿不自在。我注意到其实一直有歌声从某处传来。我循着声音去找，发现歌声是从放在冰箱顶上的一台小收音机里传来，是那种手提的老式收音机，但音质竟然很好。她选的是乡村音乐台。我把声音稍微调高一点儿，回到原来的地方坐下来。前面那扇窗大一些，分两扇，挂着白色的塑料百叶窗帘。窗户是绿的，望出去是左边那棵橡树，向远处延伸的天空、草地和我们来时的那条模糊不清的小道，这一切看起来很辽阔，也有些荒凉、单调。我仍然觉得这一切有点儿不可思议。和她在一起时，这种不可思议的感觉给我一种虚幻感，现在她离开了，我一个人坐在这儿，可以慢慢整理一下情绪。我试图驱散那股虚幻的感觉，仔细观察四周，想让屋里的小物件赋予我一种此时此地的现实感，直到我看到一个男人突然出现在窗外那条荒芜的小路上。我吓了一跳，想去叫她，但立即觉得不合适。我只能看着这个幽灵般的男人沿着那条路走过来，一直走进屋子里。当他推开门的时候，我也站起身。有差不多半分钟的时间，他愣在那儿，我们相互看着。我觉得他的眼神里有种说不清楚的异样东西。他看起来并不像在打量我，他那直直的眼神仿佛是空茫的，又像是因为惊愕而失了神。突然，他缓缓地张开嘴笑起来。

"你好。"我和他打招呼，猜想他也许是农场的帮工。

他还是咧嘴笑着，没有回答。他的衣着还算整齐干净，但整个人感觉却是邋里邋遢、歪歪扭扭的。

我又说了一遍"你好"。他总算停住不再笑了，但他只是继续看着我，没有回答我的问候。

"你在这儿？"他终于开口说话了。

"是的。我在等着……其实，我是来看望……"

"所以，你在这儿！这很好……"他含糊不清地说着，径直走到冰箱那儿去。他打开冰箱门，把手伸进去摸了半天，摸出一罐可口可乐。

他打开可乐，喝了一大口，仍然直露地盯着我看，好像很奇怪为什么我还站在这儿。突然，他高声喊："莉亚，莉亚……"

从他此刻脸上的表情，我终于明白过来，他应该是个智障人——至少是个精神不太正常的人。我身上猛地出了一层汗，我想，这个人大概就是汉森先生——她的丈夫了！

她从房间里出来了，大概是他的喊叫声把她吸引出来的。她神情显得过分严肃，打着制止他说话的手势，快速冲到他面前，声音低沉而坚定地说："No，No，No……"我注意到她没有抱露西，德瑞克依然尾巴一样紧跟在她后面。那个男人仿佛好奇地看着她，他的表情怪异但温顺。突然，他像刚看到德瑞克一样高兴地一把把孩子抱起来举过头顶。德瑞克一点也不抗拒，微笑着俯视举起他的男人。我确定这个男人就是孩子的父亲。

他们总算安静下来，她立即把孩子从他手里接过来。我注意到她换过衣服了，那条连衣裙变成了一件条纹T恤衫和宽大的牛仔短裤。

"总算把露西哄睡了。"她看着我，露出疲惫而带歉意的笑。
我说："太好了。你可以歇会儿了。"
"是啊，是啊，总算能坐在这儿陪你说说话了。"
"你真不必操心我。"我此刻已经后悔来打扰她。她看起来那么累，力不从心。

那个男人坐在我们旁边的一把椅子上，继续喝可乐，但不时停下来赤裸裸地打量我们。
她看看他，对我说："汉森先生，我丈夫。"
"已经认识了。"我说。
"你真有意思。"她说，"'已经认识了'，你们相互介绍了吗？"
我又听出她口吻里那种冷峭的嘲讽。
"我们刚刚打过招呼。"我只好说。
"汉森小时候得过严重脑炎，智力有一点儿问题。你看出来了吧？"她用开玩笑的语气说，仿佛这是件无关紧要的事。
"是吗？这……并不明显啊。"我不得不装作有点儿惊讶地说。

"还好,不影响干活儿。我们说话他也都能听明白。"
"那就好。"

"汉森,"她转向他说,"这是我的好朋友,我的邻居,我在中国的邻居。"

"中国朋友。你来这儿很好!请坐!"汉森看着我,很有礼貌地说。

她看看我,笑了。我也笑了。因为我本来就坐在那儿。

"谢谢,我很高兴来看望你们。"我对汉森说。

她去厨房给他端来两片面包,还有几片薄薄的,上面的猪油凝结成块儿的冷培根。他把培根全都夹进面包里,开始吃起来。德瑞克已经从盘子里抓了饼干吃。过一会儿,她又切下厚厚的一大块干酪,放到汉森先生的盘子里。他把它抓起来,整个塞进嘴里。如果不是音乐声和外面隐隐的雷声,就只有汉森先生吃东西的声音了。

"你为什么不吃?"她突然问我。

"我刚才已经吃了一片干酪,你不在的时候。真好吃,尤其后味儿特别香浓。"

"真的?你喜欢吃的话,走的时候带走两块。你吃块饼干啊。"她说着,从盘子里拿了一片花生酱饼干递给我。

杯子里的茶已经冷了,她又去添了热水。

"妈妈,我想要牛奶。"德瑞克说。

她转回厨房去给德瑞克倒牛奶。

"咖啡好了吗?"汉森先生嚷着问。

我发现他说话时也直直地看着我,这大概是他打量陌生人的方式,但这让我感觉不舒服。

她又跑到厨房里,从咖啡壶里倒了一大杯黑咖啡给他。

等她终于坐下来,她笑着对我说:"无论如何,先把他喂饱。"

我想,"他"指的是汉森先生。

"你太忙了,你一直在忙。"我说。想帮她,但知道什么也帮不了。

"是啊,每天就是这么忙来忙去,孩子的事也忙不完,家务事也好像怎么都做不完,农场的事做不了也操心。"她说,淡然一笑。

"你呢?你也很忙?来德州这么久都没有联系我。"

"是很忙,但和你是不一样的忙,就是做实验、发论文,没完没了。"

"有为青年!"她开玩笑地说。

"算了,只是想站住脚而已。"

"我以前就知道你将来会有出息,你和别人不一样。"她看着我说。

"没什么不一样,我是个很平庸的人。每个人有每个人谋生的方法,像我这种人没有别的本领,就是不断读书,这没什么了不起。"

"你才不是什么平庸的人。"她坚决地说。

她的语气让我觉得我最好不要反驳她。

她接着问:"我不懂你的专业。但是,很多来美国的人都是漂来漂去的,你将来会去别的州吗?"

我正要说什么,突然听见汉森先生大声说:"好!干得好!"

"他吃饱了,不用管他。"她说。

但我因此忘记了我要说什么。

德瑞克这时爬到妈妈膝盖上坐着。她看着德瑞克,眼神变得很温柔,仿佛她整个人,一个绷得紧紧的人,终于放松了。当他们俩脸和脸贴得很近,我才发现那男孩儿的眉眼甚至表情都酷似母亲。

"他现在是我的希望,他和小露西,我现在只爱他,只爱他一个人,尽管他把我累得要死。"她说。

"他很快就要上学了,那样会好得多。"

"你不知道,有时候我真觉得生活已经完了,每天重复着同样的事,忙碌、疲倦、烦躁,你这样挨了一天,却知道第二天还是这样。真的,对我来说,生活已经没有意义了。当然,是我把它弄得一团糟。"她说。

"那个……"汉森先生说。

"什么?"她朝他转过头问。

结果,他只是重重地叹了口气。

"安静点儿。"她凑近他的脸低声说,"露西睡了!你女儿睡了!安静点儿。"

汉森先生看着她,表情慢慢严肃起来,"露西睡了。"他几乎是一字一顿地重复说。

"你很累了,汉森,"她说,"你最好去屋里睡一会儿。"

"是的。那些牛……要下大雨了?"汉森先生说。

"可能。"她说着,把德瑞克放下,去收走汉森先生的碟子和咖啡杯,拿一张湿了水的厨房纸巾,把他面前的面包屑和咖啡渍擦拭干净。

"过来,德瑞克。"汉森先生说,朝小男孩儿伸出手,那是一双非常粗大的手。

德瑞克看了他一眼，摇摇头。

"去吧，德瑞克，和爸爸玩一会儿。"她劝他。

"不。"

"为什么？"她问儿子。

"我想待在这儿。"德瑞克说。

她轻轻叹了口气，问汉森："那棵树你锯完了？"

"是的。但那些牛……你说还会下雨吗？"

"不要管牛。是锯成 5 段吗？他们要求 5 段，不然他们的皮卡拉不了。"

"5 段。"汉森先生说。

"好吧，你现在去睡一会儿。"她叹口气说，有点儿不耐烦。

但汉森仍然坐在那儿没动，他看看我，又看看德瑞克。然后，他认真地观看自己的手——那双手正以各种奇怪的方式拧绞揉缠。他似乎沉溺在这种游戏里，兀自笑了。

最后，她站起来，拉着他的手臂，让他跟她走到那个有一扇门的房间去了。

她不在的时候，德瑞克开始和我交谈了："汉森先生喜欢睡午觉。但我讨厌睡午觉。"

"你为什么不喜欢睡午觉呢？"我问。

"就是不喜欢。露西总是在睡觉，妈妈说因为她是个婴儿。我希望露西睡觉，这样妈妈就可以陪我玩。"

"你真是个聪明的家伙。"我说。

"你爱妈妈吗？"我问德瑞克。

"当然。"他毫不犹豫地说。

"为什么？"我笑着追问。

小家伙仰着脸费解地看了我一会儿，最后说："我就是爱她。"

我喝着茶，希望自己之前一直表现得很平静，至少没有露出惊讶的表情。我从未相信过她母亲或任何别的人对她生活的描述，但我也没有想到过她是现在这样的状况。

她走出来，关上了房间的门。德瑞克看见妈妈，立即迎上去。

她坐下来，把德瑞克抱到她旁边那张椅子上，告诉他吃过饼干以后应该喝水。

德瑞克用吸管从杯子里喝水，我们有一会儿没说话，只是看着小男孩儿。收音机里正播放一首老歌。

"这首歌很好听。你知道这是什么歌吗？"我问。

"《我梦中的夏天》。"她淡然地说。

她似乎不想说话。我就继续听歌。她看起来若有所思，面容平静，又蕴含着某种悲伤和失落。我在想汉森先生是否已经躺下了。小婴儿睡了，那个男人离开了，她不再显得那么慌乱。当我们这么近地、安静地坐着，只是观看着一个孩子喝水，听着一首歌时，我发觉一开始让她失色的憔悴，现在竟然又让她显得动人了，似乎当她得以暂时抛开那些烦乱的事情，她神情里某种昔日的东西就苏醒过来，她内心深处的一些柔软的东西也浮现出来，柔软而不幸……

那首歌唱完后，开始插播广告。

她这时说："我每天都听这个电台，都是些老歌，很老很老的歌，但起码不那么吵。这些歌我都听熟了。这里太安静了，总得有点儿声音。"

"过去我们在北京的时候，你就喜欢听歌。我记得你当时买了一个iPod，把我羡慕坏了。"

"你现在还羡慕我吗？"她直视我，很认真地问。

我没回答。

"对不起，给你出难题了。"她像个恶作剧得逞的孩子一样，抿着嘴笑起来。

"好吧，如果我答不出来你的难题能让你高兴的话……"

"德瑞克，好宝贝儿，你去看着妹妹好吗？如果她醒了，你来告诉妈妈好吗？"她对那个男孩儿说。

"可是，我想待在这儿玩。"德瑞克摇着头说。

"妈妈把你的玩具和书都拿到那里行吗？求求你，德瑞克，好宝贝。"

"不。"他这时坐在她脚边的地板上，继续摆弄着一辆破旧的消防车模型。

她有点愠怒又有点儿失神地看着那男孩儿。

"让他留在这儿吧，我可以和他玩呀。"我说。

但她突然变得很沮丧，说："我们好几年没见面了，我只是想清净地说说话。你看，我们连说几分钟话的时间都没有！"

"可他并没有打扰我们。"我说。好在我们俩说中文，德瑞克并不知道我们正因为他而争执，实际上想把他赶走。

过了一会儿，她问我："你有手机吗？"

"有啊。"我说。

"你的手机可以上网吗?"

"当然可以,我有流量。"

"你能让德瑞克看你手机上的动画片吗?"她有些不好意思地问,"他最爱看这个。他姑姑来的时候,他整天缠着她看这个。但我的手机不能上网。"

"好办法。"我说。

我立即蹲下身问德瑞克喜欢看什么卡通片。德瑞克知道可以看手机视频,立即来了兴致,问我是否可以让他看《托马斯和他的朋友们》。我从YouTube找到这个系列的视频,帮他戴上我的耳机,免得吵醒妹妹。他立即乖乖地拿着手机去儿童房里看卡通去了。

然后,她说去洗手间。等她出来,我觉得她重新梳过了头发。

"对不起,小孩儿真是没有办法。"她说。

"为什么对不起呢?看到他们我特别高兴。"

"你不会对小孩儿感兴趣的,很少有人真对别人的孩子感兴趣。"

"可他们不是别人的孩子,是你的孩子。"我说。

汉森先生在卧室里睡着了。我们在客厅里,听到他浊重、起伏很大的鼾声。她对我无可奈何地耸耸肩。"又下雨了。"我们差不多同时说。屋里光线渐渐暗下来。她走到厨房的一个角落里,打开一盏灯,然后回来取走小桌上的茶壶,把里面的剩茶倒进水池,换了一个茶包。我无事可做,听着外面的雨声。雨声出奇地柔和,也很空洞。

她重新给我换了一杯茶,然后在我旁边坐下来,仿佛怀着某种趣味审视着我。我觉得轻松多了,终于只剩下我们两个人。

她又给我拿了一片饼干。

"会不会太甜?"她小心翼翼地问。

"是很甜,"我说,"但甜得很纯真。"

她愣了一下,随即笑了。

"你来我真开心!"她说。过一会儿,又说,"你看起来成熟多了。"

"总不能一直是个毛孩子。"我说。

"你女朋友呢?在国内还是这边?"她问。

"没有女朋友。"

"真的吗?"

"真的没有！"我说。

"为什么不找女朋友？"

"女朋友也没有来找我啊。"

她说："好了，这会儿你原形毕露了。"

"是这样。"我说。

我们俩又都笑了。

她低头沉思了一会儿，说："你刚才提起在北京的时候，那都多少年了？过去的生活就像做梦一样……如果过去不是梦，那么现在就是做梦。"

她微笑着，平静地说下去："你看，我现在就是这副样子，我的生活就是这个样子……有时候，我回想是怎么走到这一步的……我简直不敢想下去。我太笨了，相信了那个人。你一定知道那个人……"

我知道她说的"那个人"是谁，我说："我没见过那个人。"

"你最好没有见过他……我得有多蠢，会相信那么一个人真的爱我，而且我还会爱上他。你不明白我是个多软弱的人！我后来想，我爱他大概就是因为他爱我。真的，我很浅薄，我不会爱那些不爱我的人，无论他多么好。"

"所以，他感动了你……"

"那时候？可以这么说吧。他很狂热地追我，一直说他宁可抛弃一切和我在一起。我就是被这个打动了吧。其实，打动我的不是你们想象的那种东西……"

"我们想象的东西？"我不悦地打断她说，"我并没有想象什么不堪的东西，诸如交易之类的。"

她愣了一下，有点儿结巴地说："这样吗？毕竟，你对我还是有些了解的。"

我只是笑了笑。其实我并不想听太多她和那个人的故事。

她继续说："你想想我得有多蠢，才会相信他的话，因为他其实从来没有证明过他说的话。他把我送出国的时候我还深信不疑，以为真的过了他所说的'危机'，他就会来接我，或者他来美国，和我生活在一起。我当时都想到了，我们也聊到了，要在这儿买个农场，当然不是这样的农场，都是些人在年轻时爱做的白日梦……但不到一年，他就让我不要再死缠着他不放了。我，'死缠着他不放'！他在电话里就是这么说的。"

"那种人不值得你放在心上，好在一切都过去了。"

"怎么会过去呢？"她说，"是他把我置于现在这种境地，你没有想到吗？我现在的生活，不过是过去结下的恶果。你知道吗？我失去了工作，过去上班时存的钱出国后都花光了，我没脸回去。我当时想，就算当妓女也不会要他的一分钱。后来，我不得不求我妈给我寄钱。我妈这个人，你也知道的……"

她仍然极力维持着平静的语气，但我看到她的脸色和表情变了，她看起来想哭。

停了一会儿，她继续说："但最大的问题不是钱，而是怎么留下来，我没有身份。我本来没想过要孩子，我和汉森结婚，就是为了一个身份。我当时太急，找不到别的办法。可很多事儿不是你计划的那样，我有了德瑞克。一开始，我绝望得想死，但后来，德瑞克让我好过些，孩子需要我，无论如何，我得活着，保护他！"

她的眼圈红了，但她仰仰头，又猛垂下头，那一阵激动的情绪似乎就过去了，眼泪终于没有掉下来。

"啊，我都在说我自己的事！快对我说说你的事吧。"她坐直身子，殷切地望着我说。

"我的事真没有什么好说的，你走了以后，我把博士学位也读完了。我在学校的研究所工作了两三年，完全是浪费时间。教授们都在忙着弄钱，实验室也做不出什么东西，即使偶尔你做出一些东西，也不是你的，是老板的。大家都在想办法发文章，七拼八凑，甚至编造数据……所有的东西看起来都天花乱坠，但所有的东西深究起来都让人觉得没有希望，几乎没有一件事情能正正当当去做。所有的东西都散发着虚伪的气味……我不喜欢这样的生活。所以，我最后也想办法出来了。"

"真好！你碰巧也来了德州。"她说。

"对，碰巧来了德州。"我说。

她意味深长地看了我一会儿。她那双很大很深的眼睛松弛了一些，眼睛下面有明显的横斜的细纹。过去，在她很年轻的时候，那双眼睛很澄澈，甚至有些冷冽，现在，它经常流露出忧愁和疲倦，却温暖起来。

突然，她表情诡秘地笑起来。

"什么？"我问。

她沉吟了一下，问："我在想……你当时没想过追我吗？我是说在北京的时候。"

"没有，但这是因为你……"

"不用解释了。"她轻轻拍了一下我的肩膀，落落大方地说，"我和你开玩笑呢。"

"那你为什么不让我说完呢？"我说，"因为你太好看了，你看起来就像不会属于任何人。对我来说就是这种感觉。而我又是个有自知之明的人，我当时什么也没有，一个穷学生。当然，我现在还是什么都没有。"

"你为什么不直接说你是个过于自尊的人呢?我早就知道你是这样的人。"

我没反驳她。我想也许她说得对,但她大概忘了她过去比我骄傲得多。

她的目光和声音突然变冷了:"你来德州多久了?你住得那么近!你甚至都没想过和我联系吧?你真是个……我都不想说你是怎样的一个人了。"

我觉得我最好什么都不说。我知道此时我说不出什么好话,一种郁闷甚至有点儿气恼的情绪控制着我。但停了很久,她不再说话,一种压迫感促使我不得不说点什么。

我说:"你呢?你当初甚至不辞而别!所有关于你的消息,我都是后来从别人那里听到的。而且这些消息都来得太突然……因为太突然,所以我听到的时候甚至都不觉得愕然了。我觉得这是我作为一个……朋友的失败。"

她定定地看着我,然后摇摇头,似乎我已经令她失望得不想说话了。

过了好一会儿,她才说:"你想知道为什么吗?因为我当时觉得没有脸面见你这样的朋友。"

"对不起。"我说。我想她说的是真的。

"'不会属于任何人',你刚才说我'不会属于任何人'?"她重复着我的话,目光有点儿挑衅地斜视着我,"现在的我呢?属于什么样的一个人?"

"我相信现在的状况是暂时的,以后生活会慢慢好起来……"我说。

她似乎不在意我说的话。突然,她动作优美地向上伸展双臂,身子俯向前,紧贴在桌子上,说:"美有什么用?况且,我也知道我早已经不美了……人要衰老、变丑,一个错就足够了。现在想想我那些不美的同学,她们都比我过得好。"

她说这些话时凝视着桌面,脸上有一抹恍然的笑意。就像以往我们一起吃饭时那样,有时候她会突然坠入这种仿佛轻柔自语的状态里。我看到她的笑里仍然有那股迷人的孩子气,似乎她的意识正痴迷于什么别的东西,游移到了什么别的地方,忘记了眼前这个人的存在。过去,有时她会显得傲慢、目中无人,但有时候她又出奇地温柔、软弱,仿佛她需要完全地信任、依赖你,不管你是个什么样的人。在我眼里,她曾经是个看不透的女人,但我慢慢了解到并没有什么看不透的人,只要你真的去看。我想,无论多老,或是变成什么样子,她身上那股孩子气至少没有消失。对我来说,这就像是一种永远不会变质的纯真,是某种岁月无法夺走的东西。

4

我们首先听到了露西的哭声,然后看到德瑞克跑了出来。"露西醒了!"

他对妈妈喊着。她站起来，抱歉地朝我笑笑，离开了。德瑞克站在那儿，依然挂着耳机，有点儿怯怯地看着我。我想到他是担心我要把手机收走了。我示意他继续看，他才心花怒放地握着手机走过来。

"你可以帮我找找《好奇的乔治》吗？我在电视上看到过。"他礼貌地问。

"当然可以。"

于是，德瑞克在我身边的沙发上坐下来。

她在房间里待了好一阵子，我一直陪德瑞克看动画片，心想，该找个合适的时机告别了。

她终于抱着露西走出来。她抱着露西在屋子里慢慢地来回走着，边走边晃动手臂，说："她有个怪脾气，刚睡醒的时候要抱着不停地走，一停下来就爱哭。"

"刚睡醒的小孩儿可能缺乏安全感。"我说。

"小孩儿也各有各的脾气。德瑞克小的时候是睡醒了要在床上躺一会儿，露西得马上抱起来，不然就会越哭越厉害。"

我注意到外面的雨声又稀落了一些，窗外的天空放亮了，连屋里的光线也亮了一些，厨房的那盏灯就显得更昏弱了，几乎消融在日光里。德瑞克看得那么出神，令我有点儿不忍心突然停播他心爱的节目。又过了一会儿，我终于说："快六点了，我得走了。"

她惊愕地看着我，猛地想起什么似的说："哦，我早该准备晚饭了！你不要急好吗？吃了晚饭再走。"

"真不麻烦了，我回休斯敦还有事。"

"你为什么不愿意留下来吃顿饭呢？"她有点儿委屈地说。

"你带着孩子太忙了，真不麻烦你。"

"我不会给你做什么复杂的东西，我们也要吃饭啊。"她说。

"我知道，但我真的回休斯敦还有事，一个大学的师兄，我们晚上要见面吃个饭。明天一早我就回奥斯汀了。"我说。我觉得她其实是力不从心的，她大概很难张罗出像样的晚饭，而我也很难想象和她的两个孩子还有汉森先生一起吃饭。我决心在汉森先生走出来之前赶紧离开。

"好吧，如果你不想留下来吃饭的话，再喝杯茶吧。"

"真的不用了。现在雨小多了，我趁这个时候走比较好。"

"好吧，要是这样的话……"她说。

她把我送出来,就像接我的时候一样,抱着露西,身旁跟着德瑞克。德瑞克眼里有真正的留恋,我猜他没有什么朋友,是个孤独的、无法不依恋母亲的小男孩儿。我请求他们赶快回屋里去,因为虽然雨几乎停了,但老橡树的枝丫仍往下滴着重重的雨珠。她坚持要把我送到车上。走到停车的那块空地上,我一把把德瑞克抱起来,举得高高的,连举了三下。当德瑞克在空中的时候,他的腿欢快有力地踢腾,他兴奋得"咯咯"笑出了声。

"你还会再来的,对吧?"她说。

"当然。我会再来看你们。"

"可我担心你不会再来了。"她很直接地说,盯着我,仿佛要从我的神情确定我是否在撒谎。

"为什么?我当然要来,因为我下次要送给德瑞克一个玩具。我很喜欢这小家伙。"

"他也很喜欢你。"她说,终于笑了。

我发动车子,降下车窗玻璃,她又嘱咐我:"你一定要早点儿来看德瑞克,他那么喜欢你。"

"一定会的。"我说。

我就要走的时候,看到她往车窗前急切地走近两步。她的脸俯过来,一只手抓着车窗的边缘,我看见她的脸红了。她显得有点儿犹豫,最后低声说:"我刚才突然想到……万一我妈在电话里面问起你……"

"我知道该怎么说。你放心吧。"我说。

我已经驶出去一段距离了,从后视镜里看到他们还站在那儿——他们三个,在橡树下面。她站在那儿的姿势比她的容貌显得衰老多了,而我想到她只有三十四岁。只是在这个时候,难受才一下子狠狠地攥住我,我的眼睛湿了。我突然想把车倒回去,把她从这可怕的被遗忘的地方救出来,她,连同那个孤独的、长相酷似母亲的男孩儿德瑞克,带他们去休斯敦逛街、吃饭,带他们去过正常的、热气腾腾的生活……而另一方面,我甚至无法确定自己是否还会回来看她,在克利夫兰的这个下午给我一种不真实的感觉,坐在她的家里面对汉森先生,或是看着她被这样的生活死死缠住,都令我感到一股阴沉的窒闷。我想,如果我不回来,我也会给德瑞克寄一些书和玩具,我真心喜欢那个孩子。

我凭着记忆往前慢慢开车。等我意识到的时候,我发现我早已经过了那条灌木夹道的、仿佛梦境中的小路。我无法不去想她是怎么度过这些年的，和汉森那样的一个人，在这么一个地方，在一个对酷暑和寒冷都无能为力的铁皮匣子里坐着，来回走着，流着汗，日复一日，听着《我梦中的夏天》这样的歌，看着小窗户外面橡树的阴影和快要被荒草吃掉的农场小路……她，连同她的美貌、青春的热力，被囚禁在这贫瘠、劳作和无望之中，像被无情地侵蚀、过早地凋谢了的一朵荒原上的小花……她说得对，如果她过去的生活不是梦，那么现在的生活就是个梦，一个墨绿的、冰冷芜杂的梦。

当我看到那条旧铁轨时，我知道穿过铁轨我就要转上10号高速公路了。我打算不在休斯敦停留，直接开回奥斯汀。我向后看，没有一辆车，周遭一片浓绿，一片雨后的阴郁和静寂。于是，我把车停在路边，在手机上打开YouTube，搜出那首歌。尔后，我一边开车，一边听那首名叫《我梦中的夏天》的老歌。它那奇特的不和谐感莫名地打动我，因为曲调是那么安静、忧伤，歌词却是愉快的：

> 在这古老大树的绿荫下
> 在我梦中的夏天
> 在高高的青草和野玫瑰旁
> 绿树在风中舞蹈
> 光阴那么缓慢地流过
> 圣洁的阳光普照
> ……
>
> 我看到我的心上人
> 站在门廊后等着我
> 夕阳正徐徐落下
> 在我梦中的夏天

(原载《湖南文学》2017年第1期)

作者简介：

张惠雯，1978年生，祖籍河南。毕业于新加坡国立大学商学院，现居美国。新加坡《联合早报》专栏作家，作品刊发于《收获》等国内期刊。

最短的白日

迟子建

是冬至的正午,我在古兰甸附近的一家乡镇卫生院做完三台肛肠手术,搭乘一辆破旧的运输水果的货车,赶往大连。

货车司机是我第二台手术的患者的哥哥,看上去五十上下,虎背熊腰的。他见了我先问吃了没?我摇摇头,告诉他我去高铁上吃。他一抹嘴说:"咳,早知道把剩下的半盘饺子给你带来好了,冬至的饺子夏至的面,不吃的话,就觉得这日子没过似的!我老婆今儿包的饺子,是鲅鱼韭菜馅的,可鲜亮呢。我吃了满满一盘,还抿了两盅酒呢。"

我坐在副驾驶的位置上,抽了抽鼻子,我的过敏性鼻炎发作了。司机以为我是在闻他酒气大不大,说:"放心,我喝了一两不到,你没看脸都没红吗?这点酒对我来说,就跟女人抹口红差不离,沾沾唇,表面光鲜,肚里还素着呢。"说完,他打了一个悠长的呼哨。

司机的快乐不是没来由的。他顺路载我去大连,我们少收了他弟弟几百元钱,他就不用给弟弟钱了。不然照当地风俗,亲人进医院做手术,哪怕只是摘除个阑尾,也得出个三头五百。

我从早晨八点进手术室,平均一小时一台。手术间隔我不过喝口茶,抽支烟,做做深呼吸,略解疲劳。所以现在两腿酸痛,双手僵直,手脚有被捆绑的感觉。

货车离开灰蒙蒙的小镇,驶上高速公路了。

我想趁此打个盹,可司机不知是生性好说,还是酒精作用,谈兴很浓,他一边开车一边问:"你头晌做了几台手术?"

我懒得用言语答他,伸出左手,竖起三根手指。

"我弟说他比进城做手术少花不少钱呢。就是这样,在镇卫生院,也得花四五千,你得分掉其中一多半吧?你是外请的高手,主刀的,肯定拿大头!"

他用右掌拍了一下方向盘,像法官在宣判时落下法槌,给我一锤定音了。

我含糊地"哦——"了一声,算是回答。

他咳了一声,说:"技术跟技术的命真不一样啊,握手术刀的,就比我这握方向盘的吃香!你割仨屁眼,四五千块钱到手了吧?我起早贪黑地干,活儿好的话,半个月才能挣这么多哇。"

虽说我外出做的这类手术风险很小,患者术后在卫生院监测一下体温、呼吸,如无感染和其他并发症,一周内即可出院,但我毕竟是肛肠病专家,司机称我为"割屁眼的",让我不爽。我白了他一眼,身体后倾,头搭在座椅靠背上,抱起胳膊,耷拉下眼皮,身体呈现出一种为他闭幕的状态,他只能长叹一声,专心开车了。

从哈尔滨西站到大连北站,再从大连北站到哈尔滨西站,这两三年来,我数次往返于这段旅程。通常来说,我从哈尔滨出发是正午,四个多小时后,就置身大连了。如果是夏秋时节,我会在黄昏时分先去泡个海水澡,然后吃顿海鲜,踏实睡上一觉,第二天清晨奔向手术地。我付出精湛的医术,受痛又受惠的,是那些在大城市医院亟待手术却排不到床位的人,是对大医院的手术费望而却步的人,是小病终可小治的普通患者。我与乡镇卫生院有约在先,收取足够丰厚的专家主刀费。要是一天能做四五台手术,我的钱包就是被蜜浸润的蜂巢,叫人心甜。有时赚个千头八百的,我也乐意跑一趟。为患者解除病痛,毕竟能给我黯淡的生活带来一丝明媚,让我觉得自己是个有用的人。当然,到了冬季,寒流就把我泡海水澡的享受剥夺了,而冬闲下来做肛肠手术的人,却如涨潮的海水,汹涌而至。到了此时,我抵达大连后,会直奔手术地的乡镇(它们多在古兰甸周遭),吃一顿农家饭,在异乡的夜晚,关上房间的灯,坐在窗前吸烟看星星。古兰甸在我眼里就是葵花的花蕊,而那些乡镇是四散的金色花瓣,温暖地照耀疲惫的我。

我像我这个年龄的绝大多数中年男人一样,上有老,下有小。父亲十五年前去世了,如今八十多岁的母亲跟弟弟一家生活。同在一座城市,自从我儿子进了强制戒毒所,母亲见我就生气,每年只允许我看她两次了。一次是七夕节她生日的那天(她会数落我为父失职,害得她长孙没法给她拜寿);还有就是腊八节的那天,她会赐我一碗粥喝。母亲有严重的肺心病,一到冬天病症就加剧,尤其是雾霾天。她声称要活到长孙出戒毒所的那天,代我教育儿子。母亲与我老婆一样,说是子不教父之过,把儿子吸毒完全归咎于我。这时我会心虚地辩解:"'子不教,父之过'中的'父',不单是指父亲吧。"母亲和老婆闻听此言,总是将双目瞪向我,像要发射子弹一样,令我脊背发凉。

我也的确比较娇宠放任孩子。他自幼想干什么就干什么，想要什么，我就尽量满足他。我以为一棵不经修剪的树，才能顶天立地。可我忘了，他生活的现实丛林，远比真实的丛林要物质和险恶。

我以前在某医科大学一家附属医院的肛肠科工作，作为常上手术台的主刀医生，工资奖金外加患者送的红包，日子过得很滋润。而我收红包，总要还给患者一半。虽说我知道即便这样，我也不是个正人君子，但至少良心稍安。

我的职业让我看多了说死就死的人，医院的太平间从没冷清过，就像妇产科病房总是人满为患一样。不同的是一些人彻底在这世上闭嘴了，一些人则哭喊着来了。不管人生多么悲苦，没谁死后会为自己哭上一场，所以我对灵魂始终持怀疑态度。死了便死了，如同空中的一朵云，散了就散了，不会有同样一朵云的复原。这也决定了我对人生和金钱的态度，该挥霍就挥霍，因为人可以大把大把地赚钞票，却不能大把大把地赚时光。我不讲究穿戴，以我的职业，一件白服得穿大半辈子。我曾跟人说过，要是人人皆是医生，布店的老板就得哭晕。而我穿白服的时候，总觉得这是给自己在提前吊孝。除了穿，其他的享乐我都注重：住得舒适，吃得可口，开一辆自己喜欢的车。所以我们家很早就卖掉安发桥下的旧居，在道外买了一套可以看松花江的房子。

说起道外，我老婆不喜欢那个区。我是外县人，可她是在哈尔滨南岗的俄式老房子出生的，那一带原是俄国人的中东铁路高级职员居住区，每幢房子都是带庭院的花园小洋房。虽说后来居于此的中国人是两三家共用一幢，但出生在那儿，她总有点跟贵族沾亲带故的优越感，瞧不起旧时下里巴人居住区的道外。如今的道外虽然大加改造了，但依然杂乱，达官显贵极少居此，所以房价相对便宜。而我要的就是道外的这种世俗气，街巷不规整，小店小铺四处开花，夜市吆喝声不绝，古玩市场前是卖糖人和烤红薯的，花街前趴着打盹的狗，载货的三轮车夫一边蹬车一边哼着小调，剃头的依然在盛夏时赤膊在街角招揽生意。生活不就是在这乱象中才活力毕现吗？我最爱道外老字号的小吃店，一个豆腐馅包子，一碟酱牛舌，一瓶啤酒，便是我周末的好享受了。

我老婆在一家事业单位工作，是园艺设计师，收入虽没我高，但也不错。她的工作节奏是：上班绘图，下班搜包。这时的她像个训练有素的医生，而我的钱包则是病灶，她总能不留死角，干净利索地将钱一扫而空。当然，有时她下手慢，会被我儿子先行搜罗去。儿子懒于学业，高中时就三天两头逃课。打网游，泡酒吧，最后只考上了一所郊区的民办大学。他有宿舍却不住，而是租房，和女友住一起。当然，他的女友是不固定的。

我老婆拿了钱，最热衷的是买貂皮大衣。寒风凛冽时足蹬高跟长筒靴，身披款式花色各异的貂皮大衣，咯噔咯噔地走在中央大街的石子路上，是她最惬意的时光。在哈尔滨这座城市，园艺设计师冬天多半闲起来了，她有充裕的时间炫美。

因妻儿搜我钱包成瘾，迫使我在办公室的抽屉里放私房钱，还在工资卡外，另开了一张卡，不定期存些钱，以备不时之需。密码他们很难破译，747474，就是"起死起死起死"的谐音。一个医生用这样的密码，等于为自己立下了"救死扶伤"的座右铭。我明确告诉老婆儿子，这张卡是我的日常消费卡，休得惦记。除了吃喝和养车，每月支付给母亲一千五百元生活费（打到弟弟的账户上），我还有不能公开的花销。因为除了老婆，我还有一个女人，她是道外开馄饨馆的，丈夫因病去世了，有个上大学的女儿。我先是被她家的馄饨诱惑住，接着是她。虽然她也告诉我，她不止我一个男人。她说不再婚了，哭男人的感受，她不想经历第二次。我和她并不常见，有时彼此忙，或是都没有情人在一起本该有的需求，我们会两三个月也不见一面。有时我有心情了，去馄饨馆找她，赶上她食客不绝，或是她突然渴望我了，冒充病人来挂我的专家号，见我无暇抽身，我们只能在陌生人的包围中，热辣辣地对望一眼，无奈走开。

一个多小时后，货车驶入大连。司机一进城就把我甩下了，说是卡车限行，让我自己打车到北站。我在寒风中等了近二十分钟，才打到一辆车。抵达北站时离开车只剩一刻钟了，我取票，走急客安检通道，才没误车。

上车后未等坐稳，车就开了。高铁列车从海滨城市驶出，就像一条闪着银光的带鱼，是我童年唯一在过年时能吃到的那种鱼，扁头，身形如长剑，异常雪亮。得益于我第一台手术的患者，他是乡企老板，给我在网上订下一个特等座，否则我自购的不过是一等座的票。

特等座与一等座在同节车厢，以车厢门为分割点，由磨砂玻璃幕墙隔成了两个独立空间。特等座占这节车厢的四分之一吧，一共八个座位，却只有两名乘客。另一位乘客是个中年男人，他坐在临窗座位上，哇啦哇啦打电话，与人说玉米的价格，看来是个生意人。列车驶出大连后，他扫了我一眼，嘟囔道："高铁不让人抽烟，真能把人憋屈死。"见我未应，他又开始打电话。这次他是打给家人的，他想家里的狗狗了，非要听听狗狗的叫声不可。大概狗狗不太配合吧，只听他骂道："真是白疼你了，等我回家，不打烂你的狗头，不算完事！"

列车员进来验过票，分发给每人一个牛皮纸袋包着的食品。我打开一看，不过是两块饼干，一小包花生米，三颗山楂果脯，根本不顶饿。我问列车员，特等座给提供餐食吗?他哼了一声,说:"想吃正经饭,你得掏钱买。"我问怎么买?他语气和缓了一些,说:"谁下午两点了还不吃饭?饭口早过了。不过我可以帮你问问,看有没有剩下的盒饭。"

列车员走后不久,果然来了个服务员。他像医生一样穿着白大褂,手持托盘上是三份卖剩的盒饭。他问谁要?我说我要。他说了声二十块,让我自取一盒。我付过钱,把手伸向三份盒饭,摸了一份稍微温乎的,捧在手中。饥饿的肠胃立刻开足马力,将半生不熟的大米粒和憔悴不堪的青椒肉片卷入囊中。吃过盒饭,倦意袭来,我斜倚车窗,朝外望去。

天空灰蒙蒙的,原野一片苍茫。飞速掠过的风景中,是光秃秃的庄稼地,三三两两的牛羊,低矮的房舍,火光中烧麦秸的人,以及坟场。是冬至的缘故吧,这些景物在大地上折射出长长的影子,与实物相映,看得我眼花缭乱,很快就睡过去了。

我醒来时天色已昏。那位乘客不见了,不知他是在营口、鞍山还是刚经过的沈阳下的车。

一个穿制服的小伙子,与我平行坐在过道另一侧,低头摆弄着手机。他虽坐着,但看得出他身形高大,一双长腿斜伸着,阔背宽肩。他见我伸着懒腰站起来,笑眯眯地盯着我说:"叔,你可真能睡,从鲅鱼圈一路睡到沈阳。"

他四方大脸的,宽额、浓眉,不大不小的眼睛,敦厚的嘴唇,圆润微翘的下巴,元宝耳。那挺直的鼻梁,在他平和的面目中,就像一道坚毅的墙,彰显着他温柔中的强悍。

"是啊,我一觉就把天睡黑了。"我对他说。

"叔,这不怪你,这得怪冬至。今天是白天最短的日子,太阳不待见咱,回得太早了。你说太阳相当于天庭的 CEO,它又不用打卡,谁管得了它啥时来啥时回呢。"他幽默地说。

我问他是特等座的服务员吗?他摇摇头,说:"我是负责设备维护和故障处理的。"

我说:"那就是技工了?"

他点点头。

"怎么特等座人这么少?到了沈阳这样的大站,也没人上吗?"我说。

"叔,这车从起点到终点,才四个来钟头。搁过去,站都能站下来,现在二三等座的也挺不错,坐一等座的人都少,别说特等座了,这么贵,谁花这个冤枉钱啊?"小伙子摆了一下手,说,"要是我,就买三等座!省下的钱,下车后找家馆子,吃了它。"他吧唧一下嘴,大概想起某种美味了吧。

我说:"我当年上大学,寒暑假回家,总是坐硬座,也没觉得苦。现在呢，不管岁数大小，屁股都娇气了，知道挑座了。"

小伙子说他观察了坐特等座的，商人和官人多，还有就是"小姐"多。他说那些一身名牌，目光空虚，颐指气使，身上散发着浓烈香水味的女孩，都是不知被什么人包养的人。

我说："你怎么那么肯定？"

他说因为特等座多半闲着，所以他常来此歇歇。这样的女孩上车后，就煲电话粥，他能从女孩的话中，听出端倪。

我问他："你今年多大了？"

"二十五，跑车都三年了。"小伙子说。

我叹息一声，说："你比我儿子才大两岁哇，就自食其力了。你一个月能挣一万吗？"

小伙子把自己的耳朵当风铃了吧，轻轻拨弄了一下，说："叔，一听你就是做大买卖的，挣一万哪能呢！每月最多时开七千，平常也就五六千块。在同学眼里，他们还羡慕我挣得多呢。他们不知道我遭的是啥罪啊，在车上吃不上一顿好饭，能像现在这样清闲坐上一会儿都是少的。有时赶上我休班，领导一个电话又叫你上岗，你要是不来，得罪了领导，哪有好果子吃啊？就得硬挺着上。谁都知道透支身体不是好事啊。我们段上有个跑车的，比我大四岁，刚结婚两年，连着跑了一个月的车，下车后坐公共汽车回家，结果卖票的发现有个乘客趴在座上睡觉，老不下车，就扒拉他，问他哪站下。结果发现人都硬了。"小伙子叹息一声，说："幸亏他还没孩子呢，要不把媳妇可坑惨了。"

"那你成家了吗？"我问。

"叔，像我这样的人，哪好找啊？我处过一个对象，第一次约她吃饭，就跟她吹了。"小伙子跟我细说原委，"我点菜时，客客气气地叫服务员过来，结果服务员走后您猜她怎么说？她说：'你又不是不花钱吃饭，对服务员那么恭敬干啥？'我一听就觉得这女孩素质不好。结果大师傅把鳇鱼炖土豆做咸了，她吆喝过来服务员，一顿训斥。挨了骂的服务员通告了后厨，大师傅满头大汗出来道歉，说昨夜没睡好，手感不如往日好，盐搁多了些，这道菜他来买单，不收我们钱。可她不依不饶，非要人家重做不可。我一看哪，她一点同情心都没有，不想再见她第二面。吃了饭，我买了单，出了饭馆把她送上出租车，就把她电话列入我手机黑名单了。我想找个朴实的女孩，不张扬，善解人意，能尊重人的，要不将来我妈都得跟着遭罪。"

小伙子的话刺痛了我。我儿子的女友，我见过两个，都是穿奇装异服，满嘴脏话，玩世不恭，喜欢抽烟喝酒的女孩，可他却欣赏她们，称其活得明白。他就是带第二个女友泡吧时，沾染上的毒品。那个女孩无论冬夏，都穿超短裙。等我发现儿子的脸色和精神出现异常时，他已染毒两年了。因为从我这里得不到足够的钱，他和女友借高利贷吸毒，所以他进戒毒所，我得为他们偿还近百万元的债。我被迫放弃过去的工作，去了江北一家条件虽一般，但收入和自由度更高些的专科肛肠病医院，这样能外出多揽些活儿。当然，一个人该有的享受我还是要的，吃顿海鲜，看场电影，偶尔去快捷酒店开个钟点房，和馄饨馆的情人私会，短暂快乐一下——而哪种快乐会长久呢？

我曾问儿子，明知毒品有害，为什么要吸？他说生活太无聊了，毫无想象的空间，有钱没钱都空虚。可他吸食毒品后，在幻觉中却无限充实。他想当皇帝就是皇帝，可以锦衣玉食，嫔妃成群，想斩谁就斩了谁。他想做风雅的乞丐呢，就怀抱酒壶，破衣烂衫地穿行在飞舞着蝴蝶的桃花林中。他在幻觉里可以舀银河之水泡茶，可以捉一个地狱的小鬼给他当马夫。当然，他那时还可以给我当老子，发号施令，而我是跪在他面前俯首帖耳的儿子。我根本不知他的空虚从何而来，在我想来，他衣食无忧，即便学业荒疏，不成栋梁之材，也该做个正常人，过个安稳日子。

小伙子见我沉默着，说："叔，是不是你觉得我不该跟那个姑娘吹？反正现在的女孩这样的太多了。不看人品，认钱的多。还有就是爱耍性子，好像不'野蛮'点，就不可爱似的。像您这么有钱的，您儿子身后的小姑娘，肯定一帮一帮的，您是不愁找儿媳妇的了！不像我妈，四处托人给我找女友，五十出头的人，都成白毛女了！"

"那你爸不管你的事？"我问。

"我十岁时，爸就没了。他那时在粮库上班，有一年刚上冻时，他赶着毛驴车运粮，为了抄近路，贸然上了一条还没冻严实的冰河，结果冰裂了，他连人带车一起掉进冰窟窿。我爸真可怜啊，驴扑腾着上岸了，他和粮食却沉下去了。我妈憎恨那头驴，她说好牲口能在危难时救主，坏牲口却是扛着招魂牌的小鬼，把主人出卖给阴间了。"

列车到达铁岭西站了。小伙子起身忙他的活儿去了。他起身的一瞬，我看清了他的身高，至少一米八零，真是魁梧。天已黑透，上下车的旅客不多，站台看上去有些冷清。

我心底喜欢上了这个阳光而结实的小伙子，期待着再和他聊聊，可自铁岭起，直到四平和长春，来特等座的，是其他乘务人员了。他们坐下来摆弄一下手机，小憩片刻，也就走了。这样又剩下了我一人。

车窗外是滚滚夜色，如墨流淌。有时经过有灯火的地方，这墨里就撒了星星似的，闪闪烁烁。在时速三百多公里的列车上，窗外所有的风景都仿佛长了腿,拼命在奔跑。所以即便灿烂的灯火,转眼也成了"昨夜星辰"。

列车到达终点站前,小伙子又来了。他见了我亲切地笑着,说:"叔,再过一站,就到哈尔滨了,您快到家了。"

"听你口音也是东北人,你家在哪儿呢?"我问。

"已经路过了。"小伙子有点惆怅地说。

他没有告诉我他家具体在哪儿,只说那地方在他高考的那年,出了著名的舞弊案。他和作弊的考生在同一考场,知道他们作弊,一直在答卷过程中与自己斗争,是否向监考老师举报(他说怕同学报复,最终选择放弃),所以发挥失常,只考上了一所铁路专科院校。而他的梦想,是学艺术。

"学艺术?"我有些惊诧。

"我爱电影。"他说,"最喜欢伊朗的马基·麦基迪、阿巴斯,还有日本的黑泽明、北野武,他们拍的片子太牛了!"

"那你喜欢黑泽明导演的《德尔苏·乌扎拉》吗?"我问。

"那还用说吗!"小伙子如遇知音,兴奋地竖起大拇指说,"叔,您是我跑车以来,遇见的最有文化的商人!"

小伙子告诉我,他并不喜欢目前的工作,累,枯燥,还危险。有一回列车高速行驶着,雷电突袭,列车紧急停车,车厢也停电了。外面是黑咕隆咚的夜,他打着手电下去查看,站在高架桥上,看着坠落的高压线,就像看着要扼住自己咽喉的绞索,直打哆嗦,差点没掉下去。危险还不止于此,小伙子说高铁的高压电线是2.75万伏的,他感觉头上悬着一把看不见的利剑,担心常年工作会受到辐射,虽说专家说不会对乘务人员的身体有害,但他就是怕。他曾想着不干了,购置点专业设备,和几个志趣相投的朋友,一起做微电影,卖给大的网络平台。小伙子边说边从手机中翻出他用手机拍的一部微电影,点给我看。

这是一部时长只有五分钟的片子,一个三轮车夫在风雨中运货,他穿过一条泥泞而逼仄的小巷,镜头追踪的是车夫的背影,与他并行的,是个打着黑伞拎着一只鸡的紫衣女人。鸡的翅膀被别在一起,像是打了死亡的蝴蝶结,它的冠子在雨中那么鲜艳,可它的腿却在无力地挣扎着。而与车夫相向而行的,先是个披着蓝雨衣一瘸一拐的老汉,跟着是一条垂头丧气的黄狗,再跟着是个挎着一把胡琴,将一块泡沫塑料当雨布擎在头顶的赤膊男孩,他仿佛顶着一团雪白的云。三轮车夫所经过的房屋,低矮破旧,有的屋顶还生长着碧草。他就这么蹬着车缓缓向前,越走路越高,也越艰难。到了一个高坎的时候,那个紫衣女人蹬进一家小饭馆,大约是卖鸡去了;而先前那条黄狗,不知何时掉过头来,追上三轮车夫。车夫攀越高坎的时候,它在其后,用嘴顶着货物，拼力助推。镜头就此戛然而止。车夫是否越过高坎，黄狗是否帮上大忙，雨最终停了没有，影片都没有交代。

"真好。"我觉得这个词不足以说明它对我的震撼，又加了一个词，"走心。"

他说："谢谢叔。可惜设备不行，要是有专业的，我会做得更棒。我积累了不少这样微电影的素材呢。"

"这里的人物是真实的，还是你找的演员？"我问。

"你看他们像演员吗？"小伙子对我的判断力有点失望吧，他略带嘲讽地翘起嘴角，说，"你能看出演的成分吗？这是我前年夏天休假去乡下玩时，雨中抓拍到的。"

"那你怎么没按照自己的想法辞掉工作，做喜欢的事情呢？"我问。

"叔，正当我想这么做的时候吧，半年多前，我妈有天突然上不来气，浑身出汗，嘴唇比茄子都紫，话都说不出来了，幸好那天我休班，见她不好，赶快送到医院急救。一做心脏造影，发现冠脉有堵塞的地方，得需要放俩支架。医生就问一句'进口的还是国产的'，这话听着这个冷哇，就好像人到了鬼门关，小鬼说有钱的升天堂，没钱的下地狱一样，我都想哭。国产支架一个一万多，进口的两三万呢。咱当儿子的，咋能说不用进口的呢？就这样，我妈一场手术，把我上班后辛辛苦苦攒的六万块钱给整没影了，哪还有钱购置设备啊？叔，我觉着没啥，妈就一个，得好好待她；微电影嘛，我用手机可以先拍着玩，就当是练手啦。再说了，万一我真的置齐了设备，鞍子行了，马却没动力跑起来了，也许还拍不出好片子呢。万一创业失败，我拍的微电影在网上没人点击，得不到报酬，吃饭都会成问题。到了那时，我妈看着我得多闹心啊，还不如跑车呢。"

小伙子从他所崇拜的大银幕电影导演，聊到他的微电影梦，意犹未尽，又谈起了读书。他说喜欢纪实类作品，尤其是艺术家传记，让他有梦里见到隔世亲人的感觉，说不出的温暖和忧伤！他说曾在一家读书网站，按照畅销排行，买过几本排在前列的虚构类小说，中国的外国的都有。小伙子调侃道："那种书翻了开头就知结尾，它的功用就是骗骗小姑娘，让睡不着觉的人看三页打个盹，让——"

小伙子话未说完，一个面色苍白、表情严肃、身材瘦小的中年男人进来了，他穿着制服，佩戴"列车长"臂章。小伙子见着他霍地起身，打了个立正，歪头冲我扮个鬼脸，迅疾离开了。他走到玻璃感应门前时，那自动弹开的玻璃门，在他硕大的身躯面前，就像毕恭毕敬的仆人。列车长漠然扫了我一眼，旋即离开。

我不知列车到达终点后，在万家灯火时分，我到哪里能吃上一顿冬至的饺子。我老婆热衷于逛商场，说节假日时一些名牌商品可以低至三折出售。她逛累了，就在商场的快餐店吃碗过桥米线或是砂锅丸子。儿子进了戒毒所后，她依然爱逛商场，但她一样东西也不买。以前她从商场回来，总是英雄凯旋似的，手中大包小裹的，满面荣光；现在则跟乞丐一样，面色凄苦，空空而归。我渴望着这个夜晚，她或者馄饨馆的女人，能唤我吃碗她们做的水饺。然而没谁给我打一个电话，或者是一个温柔的短信问候。也许老婆正漫无目的地逛商场，而馄饨馆的老板娘，在这个生意红火的夜晚，满脑子是赚钱的念头，哪能想到在她生命中本就不很重要的我呢？

我心灰意懒地用手机上了一会儿网，浏览了一下当日新闻，昏昏沉沉睡去。等我醒来时，列车已驶入哈尔滨西站。

终点站到了，酣睡了一路的手机，此时却苏醒了，来电铃声悦耳地响起来。我接起电话，是我做手术的那家卫生院的院长打来的，他告诉我上午做的第三台手术的那位环形痔患者，术后本来一切正常，但半小时前突然肛下大出血，陷入昏迷状态，现正紧急送往大连途中。

我大声问："怎么会这样？我的手术可以说是天衣无缝的。"

对方只得实言相告，说患者术后感觉良好，因为冬至，亲属送来一饭盒饺子，他一高兴，全吃了不说，还喝了一瓶啤酒。

"刚做完肛肠手术，这么大吃大喝不是找死吗？"我走下列车，站在喧闹的站台上，与对方吼着。

"不管怎的，手术是你做的，你最好返回看看。虽然我们有护理责任，但要是出了人命，你我都没好日子过了。"

"本来我就没有好日子过。"我气咻咻地挂断电话。

"叔，你咋还不出站？人都走光了。"小伙子拉着一个精巧的黑色拉杆箱，从我身边经过。

"出了点事，我还得返回大连。"我沮丧万分地说。

小伙子停下来，从兜里掏出手机，察看着什么，说："叔，那您赶快去二站台。再过十五分钟，有一趟车去大连。"他指点我，该怎样转往二站台，然后又嘱咐道，"您没票，跟验票的列车员说有急事，先上车后补票吧，特等座不是在车头就是车尾，您放心，肯定有空着的！"

小伙子挥手与我告别。他拉着行李箱，走进哈尔滨冬至的夜晚，而我则在抵达故乡的一瞬，又开始了夜色中的旅程——我们奔向的都是异乡。

（原载《十月》2017 年第 3 期）

作者简介：

迟子建，女，1964年元宵节出生于漠河。1983年开始写作，已发表以小说为主的文学作品六百余万字，出版了八十余部单行本。主要作品有：长篇小说《伪满洲国》《越过云层的晴朗》《额尔古纳河右岸》《白雪乌鸦》《群山之巅》，小说集《北极村童话》《白雪的墓园》《向着白夜旅行》《逝川》《清水洗尘》《雾月牛栏》《踏着月光的行板》《世界上所有的夜晚》，散文随笔集《伤怀之美》《我的世界下雪了》等。出版了《迟子建长篇小说系列》六卷、《迟子建文集》四卷、《迟子建中篇小说集》八卷、《迟子建短篇小说集》四卷以及三卷本的《迟子建作品精华》。作品有英、法、日、意、韩、荷兰文等海外译本。

玛多娜生意

苏 童

1

那些年，我也做过生意。

我和庞德合伙的鸢尾花广告公司开张了五个多月，人气很旺，庞德每天都在公司接待好几拨客人，咖啡机烧坏了两台，一次性纸杯用掉了好几箱，但我后来得知，并没有一份像样的合同，那些人都是来找庞德谈艺术的。有一个摇滚乐手喝啤酒喝醉了，捏着那玩意在公司里跑来跑去，对着每一盆植物撒尿，嘴里高喊，come on! come on! 那些杜鹃、龟背竹、发财树不知所措，没几天，就一盆一盆地枯死了。

必须介绍一下庞德。他是我的朋友，一个业余诗人，一名音乐发烧友，本业则是美术设计，朋友圈公认他为最有艺术才华的人，但现在，他是我们公司的经理，才华不能挣钱，要它何用？大家可以想见我的恐慌，五个月颗粒无收，我对庞德的敬佩，已经变成了愤怒。我多次奚落了庞德的无能，也顺带抨击了他所热爱的一切事物，诗歌的酸腐，音乐的无用，甚至诋毁了庞德最崇拜的大师毕加索，说他不过是个色情狂。也许是类似的电话接多了，庞德的抵御非常理智，逻辑性很强，他说，我请问你，失去一点金钱，就有资格诋毁艺术吗？然后我听着他对经营的失败做出流利的辩解：一切都归咎于一个香港天皇巨星的爽约，朋友介绍来的合作伙伴极不可靠，其中一个是诈骗犯，还有一位洽谈户外广告的家具商人，竟然是目不识丁的文盲。后来不知怎么提到了公司的名称，他埋怨我们盲目听从一个女画家的建议，注册了鸢尾花这个倒霉的名字。鸢尾的花季很短很短，知道吗？凡·高画了鸢尾花就疯了，知道吗？现在可好，鸢尾的诅咒应验了，我也快被你们逼疯了。

说到这里，他旧事重提，我本来是要叫南方草原的，记得吗？庞德大声嚷嚷，南方，草原，多么开阔多么好听的名字，是你们反对的。

那一阵子庞德还坚持续租太平洋酒店裙楼的写字间，悉数保留所有雇用的员工，每天西装革履，开着他的桑塔纳轿车出没在太平洋酒店。他对人心惶惶的员工说，放心吧，苹果树上的最后一只苹果，一定是最红最甜的。有人告诉我，他女朋友桃子生日的那一天，他给桃子送去了九十九朵玫瑰，这让我怀疑他对浪漫与享乐的追求，会把公司账户上最后一点余额挥霍一空。我再一次打电话谴责了庞德。也就是那一次，庞德与我翻脸了。我听见庞德电话里的声音变得傲慢而尖锐，你那点钱，可以撤走，我根本不在乎。然后在一阵蓄意的沉默之后，他向我亮出一张底牌，令人难以置信。玛多娜，玛多娜你知道的吧？庞德清了清喉咙说，我透露一个消息给你，玛多娜要来了，我们的大生意，马上来了。

我在太平洋酒店的咖啡厅里看见了庞德。

他和一个陌生姑娘面对面坐着，喝咖啡，说话，耸肩膀。与以往一样，庞德与姑娘在一起的时候显得格外帅气，意气风发，耸肩的动作会极其频繁。我走过去的时候，他似乎忘了之前的不悦，很大度地向我介绍了身边的姑娘。深圳来的简玛丽小姐，玛多娜生意的合作伙伴。他这么说着，看我猜疑的表情，用胳膊肘捅了我一下，轻声补充道，简老大的侄女啊。

庞德嘴里的简老大，我当然知道是谁。所谓广告界的大鳄和教父，一个传奇的成功人士，白道黑道还有红道，路路皆通。我只是本能地怀疑这笔大生意的真实性，庞德社交生活的浮夸与芜杂，多少让我对这个陌生姑娘心存戒备。我记得很清楚，简玛丽当时没有站起来，似乎是回敬我多疑的眼神，她皱皱眉，将一只手懒懒地伸出来，让我握一下，明显是作为恩赐的。她将嘴里的咖啡渣吐在纸巾里，团了团扔在烟灰缸里，愤愤地说，这叫什么咖啡？瞟一眼远处的侍者，又宽宏大量了，说，什么样的地方做什么样的咖啡，不计较了。什么时候我带你去喜来登，那儿的蓝山咖啡，还算不错。

是一个时髦、高贵而且神秘的姑娘，穿皮裙、短靴、白衬衫。肤色微黑，脸形稍显方正，谈不上多么漂亮，但是，有某种说不出的动人之处。当她的面孔朝向庞德，眼神单纯清澈，微笑的时候，那一丝妩媚与羞怯，似乎还属于一个少女，偶尔目光朝我瞥过来，一切都不同，我从她的脸上发现某种明显的骄矜与冷酷之色，我相信那是刻意流露的，对我的多疑，她给予了必要的报复。

我其实插不上什么话。他们在热切地谈论玛多娜，她的音乐，她的舞台，她的造型和头发的颜色。甚至谈及她新婚的丈夫,一个英国导演,他最近拍了一部什么黑帮电影,杀人,杀得很浪漫。我急于打探玛多娜巡演的代理细节,庞德明确阻止了我,称现在我们还没有资格商谈细节,鸢尾花能否承接这笔生意,还要等简玛丽回到深圳再说,一切都要简老大决定。听起来这是可信的。我问简玛丽,简老大是你叔叔还是伯父?她抿了抿嘴唇,用征询的眼神看看庞德,庞德照例耸耸肩。她突然凌厉地看着我,你猜呢?我并没有从她眼睛里发现任何的虚弱,倒是看到一丝孩子气的调皮,我像庞德一样耸了耸肩,这怎么猜?她发出了突兀的一声冷笑,其实你猜得出的。然后她从包包里掏出一支口红,开始修补唇妆,问我,吕先生你听过玛多娜吗?我说我听过,就是一时不记得她唱了什么了。她斜睨我一眼,忽然灿烂地一笑,我知道你们这款男人最喜欢什么,《像一个处女》,你肯定喜欢吧?

玛多娜生意后来不了了之,这在我们很多人的预料之中。好在事情并未能向前推进,除了庞德陪同简玛丽去黄山和杭州的那点旅游费用,鸢尾花公司并没有什么损失。那个简玛丽究竟是不是骗子,暂时成为我们心底的一个悬念,难以追究。

朋友圈内有人在上海遇到过简老大,有幸与他攀谈了几句,自然问起了那笔玛多娜生意,回答是确有其事,只不过中间人太多,演出承包商那边的预付没有谈拢,生意最后黄了。后来问起简玛丽这个人,简老大矢口否认,说他从来没有什么侄女。大家对简老大浪漫的私生活都有所耳闻,身边美女如云,否认是侄女,并不排斥是其他什么人,简玛丽与简老大的关系尚待多方查考,那朋友只好自己找台阶下,说,一定是碰巧了,姓简的人不多,那姑娘恰好也姓简。

鸢尾花真的很快凋谢了,广告公司关了门。庞德愤怒了几天,又沮丧了一阵,最后一次去公司的办公室,他枯坐在办公桌前,对着一本画册发呆,手里把玩着一把美工刀。有人注意到那是凡·高割耳后的自画像,立刻引起了警惕,告诫他道:庞德你别想不开,公司开开关关很正常的,割了耳朵你怎么泡妞?割了耳朵你怎么听音乐?庞德说,别吵,我离发疯还早呢,我不过是在体会,什么是背叛,什么是悲伤。还好,庞德最后化悲痛为力量,他只是用美工刀在办公桌上刻了四个大字:壮志未酬。刻得缓慢艰难,因为是篆体的。之后他把美工刀扔在纸篓里,扬长而去了。

有一段时间庞德销声匿迹,谁也找不到庞德,包括他的女友桃子。庞德向我们描述过他的好多人生计划,最惊人的莫过于去青海塔尔寺做喇嘛,其中并不包括失踪这一项。有人猜他是设法去美国了,那是他多年的梦想。但桃子说庞德被美国大使馆拒签了，无论是去拉斯维加斯听玛多娜的演唱会，还是去哈佛大学留学的计划，暂时都还是庞德的空想而已。

桃子是少年宫的琵琶老师，也是圈内公认的淑女，容貌酷肖邓丽君。之前庞德狂热地追求她，追了三年，还是个朦胧的恋人。桃子的父母嫌庞德浮夸不可靠，一直反对女儿的爱情。等到桃子终于说服了父母，准备谈婚论嫁，庞德却不告而别了。我们都同情桃子的境遇。她的生活已经习惯了两个内容：被庞德宠爱，孩子和琵琶。庞德不在，孩子和琵琶的陪伴便可有可无，桃子的生活彻底失去了平衡。她憔悴了许多，跑到庞德的所有朋友那里哭诉，言辞之间多少流露出对我们这班朋友的抱怨，是我们把庞德拉上一条贼船，现在船沉了，大家都不管他了。哭到伤心处，桃子要大家设法转告庞德一个限期，如果在六一儿童节之前不回来，她会抱着琵琶从少年宫的塔楼上跳下去。有点危言耸听，但桃子以满眼泪水告诉我们，那不是威胁。看着一个知书达理、楚楚动人的淑女形象，转眼成为一堆绝望恐怖的碎片，大家都心痛，也感慨爱情的变幻无常。都说他们的爱情是一坛浓烈的蜂蜜，可是这坛蜂蜜居然就打翻了，打翻之后凝结成一把锋利的刀，连我们都被刺伤了。

寻找庞德，就这样成了一件人命关天的事，当然也成了我们这个朋友圈的义务。证券公司的小辛先找到了一丝线索。是一张用傻瓜相机随意拍下的照片，背景灯光紊乱刺眼，导致影像有点模糊，但还可以分辨出庞德那张意气风发的面孔，倚靠在他身边的那个外国女郎，银发红唇，艳光四射，引起了我们的一片惊叫，玛多娜玛多娜！那分明就是大家错失了的玛多娜。庞德真的去了美国吗？这么快，他就见到玛多娜了吗？

很快就冷静下来，不可能的。定下神来分析那个玛多娜，应该是一次模仿秀，一个替身而已。细看照片的一角，隐约可见庆祝什么股份公司上市的横幅标语。至于庞德身边的那个冒牌玛多娜，她眼神里放出的空茫而妖媚的气息，几可乱真，但仔细甄别容貌，应该是我们的同胞。是谁呢？有人说出了几个当红歌星的名字，而我当时就联想起了简玛丽，只是印象里的简玛丽的脸形稍显方正，做玛多娜的替身，她的脸该怎么拉长呢？还有鼻梁和眼窝，是怎么化妆的呢？

后来的消息证实了我的直觉。那个玛多娜，是蛇口玛多娜。所谓蛇口玛多娜，其实就是简玛丽。我们寻找庞德的义务，就这样演变成对一个外地女孩的暗中调查。

很快就水落石出了。简玛丽的履历背景，不像庞德说的那么神秘，也不像我们猜想的那么简单。她最初是川东一个小城的歌舞团演员，跟着几个朋友南下深圳，成立了一个舞蹈团，专门为晚会伴舞。舞蹈团不久散了，朋友各奔东西，只有她留了下来，拜师学声乐。有很多深圳一带爱泡夜场的朋友，见过她狂放的歌舞，说她唱功一般，经常对口型，但舞台形象令人难忘，劲爆火辣，性感无敌，蛇口玛多娜这个艺名，对于简玛丽来说是恰如其分的，她确实住在蛇口。有人了解到的信息属于隐私，说简玛丽曾经被一个香港的中年地产商包养，有一次不知为何拿了一只高跟鞋追打那个香港人，从电梯追到公寓大堂，再追到停车场，邻居们看见她用高跟鞋将香港人的轿车玻璃砸出一个坑，光着脚提着鞋子往回走，对邻居说，这下有点爽了。所以，她在那幢公寓里又有个特殊的绰号，叫作"有点爽"。还有一些人在电视上见过简玛丽。她参加过很多选秀活动，也在几部电视剧里跑过龙套，甚至还经商，是一种韩国美容乳液的代理商。关于简玛丽的种种消息，我们最关心的是她的现状。她的现状简洁明晰，却没有人敢告诉桃子。

听说在深圳，简玛丽与庞德已经同居了。

2

五月将尽的时候，桃子的父母和庞德的兄嫂联袂去了趟深圳，把庞德押回来了。

不知道为什么，庞德如此归来，竟仍然给人衣锦还乡的感觉。他约了我们一帮老友见面，不在以前我们的聚点太平洋，而是在喜来登酒店的西餐厅，喝香槟，吃牛排，花销明显要贵很多。桃子也在，她很少说话，只是以一种悲伤的手势握着庞德的手，告知我们爱情失而复得的艰辛。庞德穿了一套奇怪的镶白边的黑色西装，当我们对他的西装表示出好奇，他不以为然，说，你们是穿惯冒牌货了，少见多怪。知道吗？阿玛尼的新款，从来都这么出位。我们又问他出位是什么意思，他懒得解释了，耸耸肩，给我们递上了新的名片。公司名字叫热带风暴演出经纪公司，他身兼三职：法人、董事长、总经理。有个朋友讽刺地说，庞德你在深圳就这三个职务？不止的吧？庞德倒是不介意，自嘲道，别的职务，名片上就不写了。他身边的桃子听出了话音，脸上乍然变色，大家就不忍心再拿庞德开涮了。无论如何，六一的隐患已经消除，他们的复合是一件好事，至少省却了朋友们的烦扰。

最初谁也不知道，简玛丽尾随庞德，一起回来了。庞德后来声称他对此毫不知情，那是否谎言，我们一时无法证实。只是在事情发生之后，我们很多人联想起桃子那天在喜来登西餐厅的奇遇，她不过是去了趟洗手间，白色长裙的裙摆上，居然被人用口红打了一个红色的大叉叉。

那天是六月五日了，照理说桃子的通牒已经失效，但她还是上了少年宫的塔楼。学习琵琶的孩子们说,有个金色头发的玛多娜阿姨一直在等桃子老师,后来庞德叔叔也来了,他们在课堂里听见庞德叔叔与玛多娜阿姨在外面争吵,等到孩子们跟随桃子出去,庞德叔叔已经不见了。当天的琵琶课程因此草草结束。孩子们看见桃子和玛多娜阿姨说着话,先是在草坪上,后来桃子老师就拿着琵琶往塔楼上走,那个玛多娜阿姨跟在她身后。

她们站在塔楼上,塔楼上有一面鲜艳的少先队队旗迎风飘展,她们就站在那面旗帜下面,为爱情交涉。两个人影,一个是黑色的,一个是蓝色的。孩子们听不清她们在塔楼上的交谈,只是目睹了黑色与蓝色长时间的对峙,突然,他们听见了玛多娜阿姨尖厉的声音,你跳啊,你跳我陪你跳!

孩子们看见他们的桃子老师扶着栏杆哭泣,看起来真的有跃身而下的危险。有聪明的孩子叫来了别的老师。书法老师先来了,据说他一直暗恋着桃子,他径直冲向了塔楼。随后少年宫的负责人严老师也来了,严老师不敢上去,她脸色煞白,嘴唇哆嗦着,向着塔楼质问,那位小姐,你从哪儿来?玛多娜阿姨回答,从地球上来。严老师跺了跺脚,又向桃子发出了严正的谴责,这是少年宫!看看你头顶的旗帜吧!桃子你别让爱情冲昏头脑,孩子们都看着你呢,当着孩子们的面,就在少先队队旗下面,你怎么敢?立刻下来!

桃子被书法老师扶下来的时候,一直用琵琶盒子遮着自己的面孔,很明显,她不想让孩子们见到她崩溃的样子,但琵琶盒子遮掩不了她颤抖的身体。桃子的身体在颤抖,她不停地对孩子们说,对不起对不起,我太软弱了,不配做你们的老师。有个女孩上去扶住了桃子,出于一颗爱憎分明的心,女孩朝玛多娜阿姨啐了一口,你不是玛多娜,你是女魔鬼!

少年宫的人都看着玛多娜阿姨。那天她黑衣黑裙,戴着两个硕大的贝壳耳环,脚踝上套了一圈彩色布条,布条上系了一只红色的铃铛。他们看见她皱起眉头,用纸巾擦去了女孩的唾沫。再抬起脸来,她猩红的嘴角出现了一丝宽容的微笑。你那么小,还不懂玛多娜。她用手指在女孩脸上刮了一下,有时候玛多娜是仙女,有时候她就是魔鬼。

3

简玛丽就这样成了一个黑暗的传说。

六月发生的事情,让我们对庞德失望透顶,甚至无法确定他的归来,究竟是为了与桃子复合,还是为了与她做个了断,或者干脆相信,庞德到最后都没有拿定主意,他是需要桃子,还是需要简玛丽?对于庞德残存的友谊,迫使很多朋友向他晓以利害,告诉他简玛丽今天对桃子有多么冷酷,未来对你就有多么冷酷。庞德为简玛丽做出了辩护，你们不了解她。他说，她其实很善良。有人尖刻地问，跟一块石头比，还是跟一头狼比？他说，跟我们大家比。又说，跟我在一起的时候，你们不知道她是多么善良。这是可能的，因为爱情。大家没有反驳，他便来了精神，你们猜猜看，她收留了多少流浪猫？没人理睬，他自己回答，举起一个巴掌说，五只啊，她收留了五只流浪猫，一只叫白玛，还有一只叫花玛，跟我们睡在一起的。又期盼地看着大家，等待谁来提问白玛和花玛是什么意思，偏偏没人配合他，他只好自己解释，白玛是白猫，就是白色玛多娜的意思；花玛是一只花猫，花花玛多娜，懂了吧？看朋友们的表情充满讥讽，他无奈了，整了整领带总结道，我知道你们对她有偏见，你们不懂得爱，爱，是独占性的。告诉你们吧，是爱的独占性，才让她变得那么疯狂。

庞德留在了我们的身边。可以说，是在多种逼迫之下做出的选择，也许算是悬崖勒马，也许是出于对桃子剩余的爱，也许，仅仅是某种畏惧，他害怕桃子的以死相胁。不久之后，庞德与桃子举行了婚礼。桃子那天的打扮，以及她的一颦一笑，都酷似我们众人热爱的邓丽君，有个朋友注视着容光焕发的新娘，忽发感慨，说，毕竟是在我们的地盘上，看，邓丽君打败了玛多娜！

我们挽留了庞德，多少也为自己挽留了一些累赘。庞德的热带风暴公司还在，只是离开了简玛丽，也就离开了玛多娜，离开了玛多娜，他对自己能做什么陷入了空前的迷惘。他与桃子的婚房坐落在聋哑学校附近，有一天路过那里，他看见两个美丽的聋哑女孩在学校门口以手语激烈争论，忽发奇想，决定要组织一场聋哑人辩论大赛，让电视转播。必须承认，我们的朋友圈里没有人愿意再与庞德合作，却有人还愿意赞美他的创意和智慧。庞德受到了鼓励，开始为此奔忙。聋哑学校方面倒是有兴趣借此推广他们的品牌，电视台也勉强承诺，可以先录一台节目，看看节目效果再说。关键是赞助商，要找一个愿意赞助聋哑人辩论的商家，很不容易。那段时间里，我们频频接到庞德的电话，记得最清楚的就是庞德沙哑而充满激情的声音，类似宣言，也好像是恫吓。会轰动的，这一次，商业效益跑不掉，社会效益无法估量，一定会轰动的，他说，你们现在敷衍我，到时后悔也来不及！

只剩下桃子陪着庞德，到处游说。那个做大理石生意的郝老板，我们原来都不认识，听说是桃子的琵琶班上一个学员的父亲。庞德能够与郝老板签署赞助协议，是琵琶，或者说是弹琵琶的桃子立下了汗马功劳。庞德那一阵子去赴郝老板的饭局，总是带着桃子，或者说，是桃子带着庞德和琵琶，吃完饭，她照例要为满桌客人弹一曲《春江花月夜》。我们知道，那是桃子最擅长的琵琶曲。

电视台录制节目的前夕，我们很多人受到了庞德的邀请。为了见证庞德这次辉煌的起步，我也去了电视台的录播大厅。庞德忙得团团转，无暇顾及我们，只是匆匆地向我们介绍了郝老板。那是个胖胖的黑乎乎的福建男人，笑起来很憨厚，眼神里又透出几许精明。桃子陪着他，不知为什么，看起来并没有多少成功的喜悦，倒是心事重重的样子。

聚光灯下的聋哑孩子们在辩论一个关于爱与怜悯的主题，相信那是庞德的构想，对于孩子们来说有点难了，所以我不断地看到一个美丽的聋哑女孩忘记台词，急得要哭的样子；另一个男孩则情绪激烈，以旋风般的手语向对手发起攻击。我问旁边的人他说了些什么，原来那男孩在控诉对手不配谈爱与怜悯，昨天夜里他还被对手逼迫，喝了一杯尿液。突然，那男孩涨红了脸，以手做枪，扳动扳机，向对手做了个开枪的动作。下面一片哗然，有人不停地哄笑，我隐约听见庞德在摄影机那边大叫，红方红方！二辩住嘴！CUTE！CUTE！

桃子和郝老板静静地坐在一起，有点混乱的录像场面并没有影响他们的坐姿。他们的腿应该在一起，挨得近一些，无伤大雅。但是我无意中瞥见，他们的手在暗处交流。郝老板抓着桃子的手，尽管很快被桃子推开，但我相信，那不是我的幻觉。在郝老板与桃子之间，似乎已经发生了什么。我所不能确定的是，在桃子与庞德之间，到底发生了什么？这么快，桃子就决定背叛庞德吗？为了庞德，桃子背叛了庞德吗？他们之间那份以命相许的爱情，再次让我陷入了疑惑之中。

庞德的聋哑学生辩论大赛在电视台播出了一期，紧急叫停了。有关部门认为节目导向不明，又涉及特殊人群，没有任何积极意义。庞德写了洋洋万言的申诉材料，奔波于各个部门，最终徒劳，不得不放弃了他的心血之作。之后他疝气发作，住进了医院。我们到医院去看他的时候，他有点委顿地总结了自己的得失，我跟官僚机构天生打不了交道，我还是适合做音乐。他说，你们知道吗？玛利亚·凯丽要到香港了！大家一下子就都不说话了。庞德的眼睛放出光来，我过几天准备飞香港，去见见她的经纪人，我有个同学在纽约，认识那个经纪人。我们看他的眼神，等着他的下文，果然他的声音开始变得神秘，那个经纪人对中国市场很有兴趣啊，这是个好机会，你们有兴趣吗？

我们因此提前离开了庞德的病房。在走廊上，我们遇见了桃子。桃子一脸倦容地提着她的琵琶，说是刚刚去乐器行给琵琶换了弦。我们问她是否要跟庞德一起去香港。她露出一丝哀婉的微笑，还去香港呢，机票都买不起了。现在都是我在挣钱养家。她突然拨响了琵琶，拨出一声刺耳的杂音，我现在，上门给学生做家教啊!

4

那年冬天多雪。

庞德在一个雪夜不约而至，敲响了我家的门。一定是临时起意，我注意到他只穿着毛衣和睡裤，满身雪花，看见我他的手举起来，亮出一只料酒瓶子，你看，我家里的料酒都喝光了。他说，现在没地方买酒，你借我一瓶酒。

他的眼神是破碎的，走路的脚步已经踉跄。我把他扶进屋子的时候，他很感恩，忽然在我脸上亲了一下，喷出一嘴酒气。他说，还是朋友好，只有友谊，可以天长地久。

其实我猜到发生了什么，桃子去为郝老板的女儿做家教，做出了些意外的插曲，庞德与桃子分居多日，朋友圈里已经有所耳闻。大家没有想到的是，庞德悬崖勒马，桃子变了心。听说郝老板的妻子曾经找到少年宫去，不知为何，最终也跑到了少年宫的塔楼上。桃子跟着那女人，与她并排站在一起，桃子说，你想想好要不要跳，要跳就数一二三，我陪你跳。这件事听起来很像谣言，桃子这么快就变成了简玛丽，谁也不敢轻信，但有人认识少年宫那个美术老师，按照他吞吞吐吐的口气来推敲，似乎那是真的。

我不知道该怎么开导庞德。我们坐下喝酒。他不说话，指指喉咙，捂捂胸口，意思是嗓子哑了，心碎了。我害怕他跟我谈论他的婚姻危机，试探道，你喝成这样，我们还是谈谈诗歌谈谈音乐吧，要不谈谈毕加索也行。

他目光炯炯地审视着我，看透了我的畏惧，忽然发出一声尖锐的冷笑，诗歌，是狗屁。音乐，也是狗屁。顿了一下，打了个嗝，他哑着嗓子说，毕加索算老几？他不过是艺术的男妓。

我几乎要笑，不忍心，打岔道，玛多娜呢？玛利亚·凯丽呢？她们是什么？

他想了想，没有再贸然羞辱他曾经的偶像，只是坚定地摇着头，我现在不听她们了，一个太商业，一个太肤浅了。他说着从毛衣里挖出一张CD来，你可以放一下听听，震撼，震撼。我现在天天听这个，听一下，心情就好多了。

是一张黑色封面的进口CD，银色的骷髅头长了两片鲜艳的红唇。我不认识那一排花哨的洋文。庞德介绍道，骷髅玫瑰乐队，曼哈顿的地下摇滚。我好奇地把CD放进音响，先听见一阵阵呻吟，伴随着玻璃碎裂、汽车奔驰和推土机打桩机的噪声，然后各种电声乐器涌入，夹杂着一个女声疯狂的尖叫。

正值夜深人静时分，我赶紧把 CD 退出来，问庞德，谁给你的 CD？吵死人了。他的脸上又出现了我所熟悉的神秘表情，你猜？我照例不猜。他说，是简玛丽给我的，她现在在纽约。又问，你知道那女主唱是谁？我摇头。他说，听不出来？就是简玛丽啊！她的乐队，键盘，吉他，贝斯，鼓手，不是白人就是黑人！他们去过黑暗厨房演出。黑暗厨房你听说过的吧？简玛丽现在不跳舞，做地下摇滚，成功了！

我知道简玛丽去了纽约。我以为她是去寻找玛多娜的，预计她暂时会在一家中餐馆或者服装厂洗衣店打工。庞德嘴里简玛丽的成功，我凭本能觉得可疑。然而，庞德不容我对简玛丽的成功提出任何质疑，他捏着拳头捶了下大腿，我错过了她，我说过只要给我五年时间，我就会把她打造成国际巨星，你们都不相信我。庞德说着说着伤感起来，抱住头说，我错过了她，也错过了我自己的幸福，我不怪你们，怪我自己被绑架了。我一惊，谁绑架你了？他愤愤地看着我，突然吼道，道德！还有你们这帮虚伪的朋友！你们利用了我的善良！然后是他所擅长的自问自答环节，善良是什么东西，你知道吗？他说，告诉你们吧，善良，是个最大最臭的道德狗屁！

窗外大雪飘飞。我想象此刻纽约的街道上说不定也在下雪，此刻的简玛丽会在做什么，我头脑里却一片空白。我与简玛丽匆匆一面的印象已经模糊，说起简玛丽，我眼前浮现的竟然都是玛多娜且歌且舞的样子，有点吵，有点窒息，但某种妖娆的挑逗隔空而来。真的有点奇怪，一个川东姑娘，就这样以玛多娜的形象驻扎在我记忆里了。

那个雪夜，庞德留宿在我家里。他酒醉严重，去卫生间吐了两次。第一次呕吐的间隙，他还清醒，向我透露了下一个人生计划，说他在等简玛丽的绿卡，她有了绿卡，他就可以去美国了。第二次呕吐很厉害，庞德抱住马桶，流出了眼泪。他抱着马桶哭泣，有点胡言乱语了，他说他恨不能从马桶里钻到美国去，要是可以钻过去，简玛丽一定会在下水道的出口等他。

5

现在看来，庞德的出国之路，其遥远程度堪比丝绸之路。简玛丽的绿卡遥遥无期，而庞德等不及了。是一个旅行社的朋友替他安排了一条漫长而诡谲的路线。他先去了云南，从云南去了越南，从越南去了澳大利亚。按照他们事先的计划，最终还是要越过太平洋，目的地确定不变，是美国。

大多数朋友都收到过庞德在悉尼歌剧院门口的照片，是与卡拉扬的演出广告合影，他说他听了卡拉扬的音乐会，无比震撼，还将去听瓦格纳的歌剧

《尼伯龙根的指环》，必将更加震撼。这如果是真的，当然令人羡慕，只可惜无从证明。悉尼有我们的朋友。最初我们听到他的消息，大抵是找工作找住房之类的琐事，庞德没少去麻烦别人，后来便失去他的音讯了。大家以为他是设法去了美国，后来知道，庞德没能去美国，不清楚是他无能，还是简玛丽那边的变故，他瞒着悉尼的朋友，去了新西兰，到一家葡萄园摘葡萄去了。

没有人料到他在新西兰摘葡萄，摘了那么多年。也是葡萄，后来与庞德结下了不解之缘。大约是五年之后的一个夏天，朋友圈里纷纷得知一个消息，庞德回来了，兜里揣着一本新西兰护照。他以一个葡萄酒酒庄经理的名义回来，回来开拓营销市场，顺便邀约了过去的朋友，参加一个品酒会。

五年后的庞德依然相貌堂堂，衣着考究，我们想象的艰辛与沧桑在他的脸上并没有留下多少痕迹，只是白色的紧身西裤夸大了他的肚腩，看起来是发福了。他向我们展示了几款葡萄酒，不停地说着单宁、甜度、果香、黑品诺之类的词汇，我们都听不懂，只是注意到席间有个戴耳环的白人男子，看起来四十岁左右的样子，忙着招呼几个洋人，不时与庞德传递眼神，热烈，多义，还有点诡秘。我们都察觉到他与庞德之间关系亲密，悄悄打听他的身份，庞德说，他是杰克，伟大的酿酒师啊。庞德忽然笑了，笑得有点腼腆，大家都看着他，不明白他笑什么，然后我们就听见庞德压低声音说，他妈的，我明明是一串西拉，被他酿成了一杯夏多内！

我们都对葡萄酒一无所知，也就没有人听得懂庞德隐晦而真诚的告白。庞德的美国梦，他自己已经放下，我却记得清楚。我想起那个雪夜庞德的誓言，忍不住追问他，这些年来，你究竟去没去纽约，见没见过简玛丽？他叹口气说，去了，见了，人家已经是两个孩子的妈妈。我问他简玛丽嫁给了什么人，他说，谁也没嫁，一个女孩，是跟白人的混血，一个男孩，是跟黑人的混血。我一时默然，问，现在呢？她会不会还在等你？他又耸肩，做了个天知道的动作。我试探庞德，你为什么还是单身？你还在等她吗？他发出一种短促而夸张的笑声，不知道是对我的愚蠢表示轻蔑，还是表示感伤。你知道我在等谁吗？他的笑容很快变得狡黠起来，瞥一眼远处杰克的身影，打了个响指，告诉你，我和杰克在等李嘉诚，李嘉诚已经收购了我们隔壁的酒庄，我们在等他收购我们的酒庄。又晃了一下手里的酒杯，你看我们的酒，这酒体，这果香！庞德说，都是黑品诺，都在玛尔堡，我们不比他们差啊！

庞德与简玛丽依然隔着太平洋，天各一方。他们之间，似乎还刻意保留着朋友关系。两年前的一个春天，我忽然接到庞德打来的电话，说简玛丽要带着孩子回国探亲旅游，会在我们这个城市停留，他要我们几个朋友替他招待一下简玛丽。坦率地说，大家都想看看这个传奇的简玛丽，现在是怎样的一位母亲，朋友们都一口应允。为了纪念大家的相识，也为了向一个破碎的爱情故事致意，我们特意将他们安排在太平洋酒店。

我们请简玛丽一家吃饭。简玛丽带着两个混血孩子，姗姗而来。她那天穿了件白色镶嵌蓝边的旗袍，头发恢复了黑色，盘成一个复古的圆髻，她的脸被很厚的粉底罩住，口红很重，岁月的痕迹被谨慎地涂抹之后，看起来很像是上世纪三十年代的烟草广告女郎。有人这么直白地说出自己的感受，她淡然一笑，说，我的打扮很正常啊，现在纽约流行复古风。

我带去的葡萄酒来自庞德的酒庄。她瞥一眼酒瓶就猜到了，说，基佬酿的酒，味道都很复杂，我要多喝一点。果然就喝了不少，人也显得松弛了。席间不知是谁提起了桃子，被人在桌子底下踢了脚。没想到她倒坦然，主动问，听说桃子后来嫁给一个大富翁了？听说有几个亿？大家猜到是庞德夸大其词了，在任何时候，我们都需要掩护庞德的虚荣心，没有人轻率地接茬，简玛丽也没有再追问下去。庞德酿造的葡萄酒在她身上起了奇妙的效用，她勤于回忆往事，又毫无保留地披露她在纽约的生活。是她自己主动提起了少年宫塔楼上的那件往事。说到跳楼，真的没什么大不了的。我在曼哈顿，差点也要跳，三十七层的大厦啊，比少年宫那塔楼高多了。她这么说着，诚恳地看着我们，我不光是为了爱情，也是为了房租，为了……为了……心碎。她艰难地选择了心碎这个词汇，眼睛里忽然闪烁出一丝泪光，我都已经写好遗书了，我已经走到楼顶了，知道是谁救了我吗？空气骤然紧绷，大家都紧张地看着她，猜测她要宣布的人选，我记得我当时思维偏向电影化，脑子里跳出的是玛多娜，而我注意到对面小辛的口型，他明显轻轻吐出了庞德的名字。简玛丽抿了一口酒，以莞尔一笑，原谅了我们的轻浮或愚昧。别猜了，你们猜不到的。她突然用手指着她的混血女儿，是露西亚，露西亚那年才五岁，她穿着睡衣追到楼顶上来了，她对我说，妈咪，你别丢下我，我陪你跳，你抱着我，我们一起跳。

一时满桌静默，谁也不敢说话，大家的目光都聚焦在露西亚脸上。露西亚是一个美丽的混血女孩，腿很长，头发是亚麻色的，眼睛有一点点发蓝。我们很少见到蓝眼睛，难以定义露西亚的眼神，它流露的究竟是纯真还是早熟，是羞怯还是无畏。她正与弟弟一起玩游戏机，这时候抬起头，以一种谴责的目光看了看她母亲，她用英语说，妈咪，你喝多了，我不准你再说话了。

简玛丽吐了下舌头，果然不说话了。为了调节气氛，有人小心地与露西亚搭讪，露西亚，小美人，你喜欢玛多娜吗？

露西亚摇了摇头，说，不喜欢，玛多娜早就过时了。

（原载《作家》2017年第1期）

作者简介：

苏童，1963年出生于江苏苏州市，童年及其青少年时期在苏州度过。1984年毕业于北京师范大学中文系。大学期间开始学习创作，1983年发表小说与诗歌处女作。当过教师、文学编辑，江苏省作家协会专业作家，现为北京师范大学教授。

主要代表作为中篇小说《妻妾成群》《红粉》《罂粟之家》《三盏灯》，长篇小说《米》《我的帝王生涯》《河岸》《黄雀记》，另有《西瓜船》《拾婴记》《白雪猪头》《茨菰》等百余篇短篇小说。

长篇小说《河岸》获得第三届英仕曼亚洲文学奖（2009）和第八届华语传媒文学大奖（2010）。短篇小说《茨菰》获第五届鲁迅文学奖（2010）。长篇小说《黄雀记》获第九届茅盾文学奖（2015）。

皮　婚

南飞雁

相框是皮雕的，时间一久会有股味。三年前，穆成泽和王雅琳挑相框，影楼的人没告诉他们这个，一味地说皮质的大气，有质感，性价比高。挑到一半，王雅琳捂住肚子，颤声说不舒服。这次去的省医院，果然还是流产的问题。大夫解下口罩，对他说，快点办住院吧！

大夫见他还愣着，又不客气道，要是你还想当爸爸。

王雅琳住着院，影楼打电话说东西都做好了，问什么时间送，送到哪里。穆成泽心烦意乱，就说明天吧，送家里。等他挂了电话，对桌的小查提醒他，说明天厅里义务植树，八处就你一个男丁，你不去不好吧？

穆成泽一听就火了，说狗屁，老范他不是男的吗？

小查忍不住笑，说人家是处长，我说的是干活的。

穆成泽就说，凭什么处长就能不干活？不劳动？

小查笑道，可你是八处的人啊！

穆成泽更火了，说你才是八处的，你们一家都是八处的！

同办公室的还有付晓冉，她一直在听歌看书，此刻抬起头看了看他，还是不说话，又低下头去。穆成泽气哼哼地拨通了影楼经理的电话，说明天有事，今天晚上送。他说话之际，付晓冉笑了一声，小查和他都下意识看过去，却见她脸上涟漪圈圈泛起，看得很投入，一点没注意到两人的目光。

其实穆成泽发火是有道理的。大学毕业，他公考到七厅研究院，在八处帮忙好几年了。研究院是参公事业编制，八处是公务员编制，时间一久，他就不想再回去。八处编制共五人，穆成泽是帮忙的，不在五人之列。在编的有处长老范，副处长老金，副处调付晓冉，科员小查和老赵。老赵老金二老长年生病在家，来上班的只有三个，除了老范都是女同志，有点阴盛阳衰。穆成泽骂老范狗屁，也没有冤枉他。老范再有两个月退休，之前承诺过解决帮忙的问题，看来已经是狗屁了。刚来帮忙那两年，他表现相当积极，老范鼓励他只要好好表现，解决帮忙的问题就不是问题。七厅办处委室二十多个，几乎都有下属单位帮忙的，穆成泽农家子弟，一介书生，跟其他帮忙的相比毫无优势，只能靠表现。在他眼里，结婚、生孩子和好好表现，当然是不可调和的矛盾。所以在造人的事情上，他只想享受过程，不想弄出人命。他这样想，王雅琳却不。王雅琳在省直一幼当班主任，擅长连哄带骗，如果哄骗都不管用，还会一招吓唬人。两人经同事介绍认识，交往不久，王雅琳就怀孕了。穆成泽无奈答应领证结婚，条件是这孩子不能要。王雅琳问原因，他说文件上整天讲"基础不牢，地动山摇"，最近烟酒无度，生孩子只有这一次机会，不能太随意。王雅琳倒算配合，但也提出一条，说拍了婚纱照才去做手术。他觉得多此一举，不耐烦道证都领了，还怕我反悔？

王雅琳慢慢地红了眼圈，断断续续抽泣道，我不怕你反悔，我是想以后看照片，知道肚子里有过一个孩子。

穆成泽听了这话，就没法再说什么了。不过婚纱照是拍了，手术却不太成功。两人上网搜了家女子医院，王雅琳进去时脸色苍白，出来时脸色更苍白，到挑婚纱照的时候，后遗症终于发作，只好住了院。穆成泽医院单位两头跑，还得招呼着家里换家具、家电，像是被马蜂叮了一头一脸的包。骂过人，出了气，下了班，他还是去了影楼，领人把相册、摆件、壁挂等等搬上车，又搬上楼，挂的挂，摆的摆。墙刚刷过，还能闻得到潮气，堵在鼻孔里湿答答的，让人忍不住用嘴呼吸。他看着墙上的婚纱照，目光落在王雅琳的肚子上。她很瘦，很白，笑得也很明媚，根本看不出来那里有过什么。

手机响起，穆成泽看过去，是一条信息。他叹口气，随手删掉，来到了门口。门开处，一个娇小的身子闪进来。两人默默看着对方。过了一阵子，付晓冉才把手放在他脸上，几根手指轻触着他的胡茬儿，像是在雾气腾腾的玻璃上抹开一小块清晰的地方。她长发及肩，穆成泽的手把住她的脖子，发梢就轻撩在他手背上。

付晓冉说，真怕你做傻事。

穆成泽摇头一笑，不就是骂了几句老范吗？没什么。

付晓冉却摇头，说不是他，是她。

付晓冉说着，下意识去看墙上新挂的照片。皮雕的相框，相框里新娘挽着新郎，一脸的笑。付晓冉也笑了，说，拍得不错啊。

摄影师是她学生的家长，穆成泽手上悄悄用力，把她的脸颊贴在自己胸口。

付晓冉的声音低了下去，说我不该来的，还是这个时候。

穆成泽叹了口气，抱紧了她。她的头发乌润，却又有股焦焦的气味，仿佛火柴熄灭后短暂腾起的那截烟。对，就是烟火气。这是穆成泽第一次拥抱她时的感觉，那该是多久之前的事了？

付晓冉慢慢地在他怀里融化，说这是最后一次吧？

穆成泽不敢回答是，或者不是。他也看向那张照片，看着上面完全陌生的自己。付晓冉当然感受到了，也知道他在看什么，所以一动不动，又轻轻问他，她是不是很漂亮？新娘子都很漂亮的。

穆成泽仍不吭声。她闭着眼，让他闻着她的烟火气，看着他的新娘子。他也一动不动，很长时间之后，她才感觉到他一直在哭。他的哭泣和呼吸一样缓慢，但有节奏。

付晓冉叹口气，仰脸道你看你，像受欺负了似的，乖，不哭了。说完，她笑了起来，眼睛眯缝成了两道月弯，笑眯眯地看着他。穆成泽也看着她，也笑了，泪却一直在，他又把着她的脖子，揽住她，却只能在她耳边轻声说，对不起。

第二天一早，穆成泽去了医院，带了王雅琳喜欢的枣糕。枣糕买得有点多，她吃不完，就分给病友。病友姓乔，五十来岁，也是妇科病。妇科病这东西，男的都不愿来，你老公还真不错，老乔一边说，一边吃着枣糕，又笑眯眯地问，在哪里上班啊？

七厅。穆成泽谨慎地一笑。

公务员啊，老乔赞不绝口道，公务员好，公务员好。

老乔说着，拿目光剜了剜旁边伺候她的女儿。乔女年纪不大，身材跟老乔的热情一样饱满。乔女冷笑了一声，说既然知道好，那你怎么还离了？

老乔也冷笑一声，说你娘我好歹还算嫁过。你呢？三十多的人了，嫁过一回没有？

穆成泽一时没适应这个场面，王雅琳拉了他一下，两人悄悄出去。

这两天吵了好几次，吓着你了吧？王雅琳抱歉着，好像这是她的错。他一笑，没接话，他心里还在轰隆隆的，不知到底因为什么。医院离七厅不远，他说可以再多待一会儿。她就问，你们今天忙什么？

义务植树，穆成泽点了支烟，说明天还要下地市。

你忙你的，不用管我，王雅琳挽住他的胳膊，说我跟我妈打电话了，她过来几天，等你出差回来了，正好说说婚礼的事。

穆成泽点头，想说点什么，这或许真是他最后一次机会了。然而他最终什么也没说，或者是想说的都没有说出来。王雅琳像是知道这一切，一直有些惊慌地看着他，见他最后只是沉默地点了点头，这才放下心，满足地、默默地挽着他，直到把他送到医院门口。

植树地点在郊区一处公园，园中埋着一位唐代的大诗人，随处皆是金石碑文。穆成泽学的是中文，隐约能认出一些。他来七厅帮忙的第一天，就是到这里义务植树。那天他还心潮滚滚，忍不住念了几句，旁边的人便都夸他有才，说八处这回来了个才子。只有八处的副处调付晓冉一声轻笑，揶揄说，显摆！

这大概就是他们初见的一面。当时吓了他一跳，因为她是他的领导。但次数多了，他也懒得再显摆，因为显摆也无用，该帮忙还是帮忙，该没机会还是没机会。记得当时付晓冉指着一块残碑，问他写的是什么。穆成泽看了一眼，恭敬道：付处您这是明知故问，高中毕业生都知道这两句。付晓冉也笑起来，却坚持着要他念，穆成泽只得念道：

此情可待成追忆，只是当时已惘然。

这两句都被用滥了，付晓冉点评说，不过，还是很动人。

那次植完树，两人前后上了班车。穆成泽刚到八处帮忙，厅里没有熟人，算起来付晓冉是最熟的，又是他的领导，便步步紧随，唯恐她不带他玩。可能是累了，付晓冉很快打起了盹，头便歪在他肩上。他推了推她，低声说我女朋友看见了，会生气的。她便一笑，也低声说，那就让她生气去吧。

穆成泽那时候还真有个女朋友，不过很快分了手。之后陆续又谈过两三个，直到年纪过了三十岁，家里也一再催，这时他认识了王雅琳，各自都没有太多不满意，就稳定下来，不过也不到非嫁非娶的地步。付晓冉看了照片，说是幼儿园阿姨？多好，跟你很合适。

穆成泽之前的两三个女友，付晓冉都看过照片，评价也都是"很合适"。这简直就是个诅咒。他有点赌气地拿回手机，说那我就跟她结婚算了。

付晓冉笑起来，抱紧了他，说你长大了，要结婚了，姐送你什么礼物好呢？

他的确比她小，大约是六岁，但他天生显老，她又娇小，两人在一起并不突兀。他曾经试过对她说，其实年龄不是问题。

付晓冉当时就打断他的话，说，那还有什么是问题呢？

穆成泽后来才知道，她说的那人不是他。一次出差，老范喝多了，他殷勤地前后照顾，老范很满意，借着酒劲说的。付晓冉的男朋友是三厅的一个老处长，年纪大她十几岁，跟妻子长年分居，一直拖着没离婚。孩子小的时候离不了，孩子大了，懂事了，更离不了。付晓冉就被拖了下来。老范醉意道，别看他比我小几岁，没戏，副厅级也没戏，可惜小付喽。穆成泽回到房间，点支烟，心想，原来是这样，难怪她会如此在意年龄。他记得她说过，她有一个比较固定的男朋友。没有固定下来的时候，也有很多男人跟她聊过，不管从什么聊起，聊不了几句，都会及时找到由头讲到自己。某些在她看来不能说的，甚至是细节，他们也能娓娓讲一遍，还一再强调说："我不是跟谁都讲这些。"

但是你就不同，付晓冉认真地笑着，说，你跟他们不一样，你不是嘴里讲着尊重和欣赏，眼神却要把人剥光，这就让气氛一下子掉下来了。

穆成泽就说，那是因为他们级别比你高，居高临下而已。我是你的下属，又是帮忙的，我可不敢。

说完这句，他忽然委屈得想哭。也不知道怎么回事，他在她面前总是泪腺很发达。这句话是有潜台词的。其实在她面前他也想撩骚，但因为级别低，连撩骚一下的勇气都没有。不过他不好意思说，她却听得懂。所以她就无声地凑过来，轻轻擦着他的脸，像是那上面已经有了些眼泪。她接着说，可我不喜欢他们呀。

这次谈话发生在穆成泽结婚前两年。某次下地市，本来老范带队，前一晚喝大了，下楼时一马当先，摔断了鼻梁骨，出不得门，见不得人，只好让付晓冉带着穆成泽去。又碰巧原来安排的司机家里有事，其他司机又都派了活，厅办小管就有点作难，问穆成泽能不能自己开车。那时他刚拿了驾照，不知哪里来的胆子，张口就答应了。小管拿钥匙之际，半开玩笑半提醒道，小心驾驶，安全第一。

小管在厅办管车队，也是下属单位来厅里帮忙的，比他早两年，两人关系一直不错。穆成泽一时不解，小管这才神秘道，你们付处，可是个有故事的人哪。

穆成泽一见车就傻了眼，竟是辆别克商务，在新手面前跟一艘船差不多。他上了车，揣摩着找到了挡位、手刹，尝试各种按钮，后悔得万箭穿心。付晓冉在副驾驶上只是微笑。等上了高速，她笑着摘下墨镜递给他，说戴着吧，像个老司机的样子。

墨镜是她的，隐隐还有些体香。穆成泽抱歉道，真对不起付处，我其实是个新手。

付晓冉笑出了声，点头说，这个，我还看得出来。

半小时后，两人换了位置，因为付晓冉说，你这样开法，中午是到不了的。但快到高速出口时，他坚持又换了回来，说哪里有领导开车，下属安心坐着的道理？在市里车又开不快。她拗不过他，只得照办。不料到了收费窗口，他停车停得太远，后边的车又跟得太近，只好下车去交钱。等他面红耳赤回到车上，付晓冉早已经笑得泪水涟涟。

知道你是新手，不知道是这么新，付晓冉擦了眼泪，又笑起来，说，不过很可爱。

晚饭很丰盛，是按照老范在的标准准备的。地市局领导班子都来了。局长敬酒时一再表态，说范处在或许都来不齐，但是付处在，一定都要来。于是宾主皆笑。那时穆成泽到八处帮忙一年多，表现的劲头正炽。付晓冉有他帮忙，喝酒上也不落下风。等回到宾馆，他强撑着送了付晓冉，这才回到自己房间，趴在马桶上吐得肝胆相照。

一晚无事，第二天是调研。因为还要下乡，付晓冉办事仔细，请地市局给安排了一个司机。穆成泽找机会表示感激，她却一本正经地说，主要是考虑到你要喝酒。在地市待了三天，他觉得一年都不想再闻到酒气了。返程的时候，他坚持要开车，她也不拦，坚持的结果是开出去好几十公里，才发现手刹没有松彻底，车里全是烧焦的煳味。穆成泽把车停在服务区，找技师检查了半天，又换了机油，这才提心吊胆地对她说，付处，咱们走吧？

付晓冉看着他笑，点了点头。

这时候天已经快黑了。付晓冉开的车并没有上高速。出门才两三天，洋相出尽，丢人到家，穆成泽瘫软得像面条，也不敢问她是去哪里。路不平，也不宽，两旁都是树影子，车灯亮处，涂了白石灰的树干飞快退后，串成一排灰白色的墙，衬托得小路很神秘。路的尽头是一个大院子，由一道真正的围墙圈着。车停下，付晓冉放松地喘了口气，扭头看着他僵硬的脸，笑道，下车吧，今天不走了。

晚饭是付晓冉点的，很清淡，全是清爽的小菜，白粥。穆成泽喝得一头一脸汗，又感觉出来的不是汗，是湿淋淋的宿醉。

她问道，电话打了吗？

穆成泽一时不解，等明白过来，不好意思道，现在没有女朋友。

付晓冉说，今年多大呀？

二十八了，穆成泽老老实实说，毕了业在研究院干了三年，在八处帮忙了一年多。

你看那两个人，付晓冉的声音忽然低了下去。

一旁沙发上是一对中年夫妇，男人在看杂志，女人一手挽着他，另一只手拿着手机，不时地笑两声，举给男人看。男人扭头看了看，也跟着笑了。

他们是夫妻吗？

应该是吧。穆成泽不知该怎么说，心想，难道是偷情的？

付晓冉却摇头，说不是的，肯定不是，你看不出来吗？

穆成泽不好意思地摇头，说：我还没结婚呢，付处。

付晓冉就笑起来。那晚几乎全是她在问，他回答。吃饭的时候是，散步的时候也是。直到夜深，穆成泽送她回房间，觉得已经被问得寸缕不挂。两人道了晚安，各自安睡。这一晚他睡得很安稳，这大概是那次失恋后他睡得最踏实的一觉。

第二天早上，穆成泽食欲很好，吃了好几个煎蛋。他把煎蛋搅碎在粥里，看着嫩滑的蛋黄流出来，稠稠的，黏黏的，再舀起来放进嘴巴。度假村有些冷清，厨师比客人都多。旁边就是那对中年夫妇，女人还好心地看着他，指了指嘴角。他赶紧擦了擦，有点不好意思地看着他们，三个人于是都笑了。离得近了，男女眼角的皱纹都很显眼。他吃完好久，付晓冉才到，话不多，吃得也很少，跟昨晚的活泼迥然而异。

穆成泽很惊讶，不过他想，这才像个副处级的样子。上车之前，他小心翼翼道：付处，您来还是我来？

她没有说话，径直走到副驾驶门口，开门，坐了上去。

穆成泽赶紧上了车，打火起步。一路上她不说话，他也不敢说，就这么沉默着开车，连音乐都不敢放。昨晚经过的神秘小路，白天看起来却也寻常。人很少，树不高，也不茂密，甚至树干上的白石灰也不是车灯下那么鲜明。原来夜色可以遮住很多东西，更会强调很多。她一直沉默，墨镜挡住了心事，风衣领子竖着，整个人蜷在里面。穆成泽想，昨晚到底发生了什么呢？会让她完全变了样子。

小路上有一起车祸。中年夫妇被撞了，不远处是一辆面目全非的双人自行车，肇事车不知踪影。经过的时候，穆成泽本能地减速，超过去，握着方向盘的手剧烈地战栗。

付晓冉显然看到了他们，猛地叫起来，停车！

车停下，她冲下去，朝出事的地方跑去。他紧紧跟着。男人在地上爬着，一条胳膊明显地变了形。男人身上都是血，呜呜地叫，断臂搭在身上，松松地歪着。女人距离男人有好几米远，一动不动，头和肩膀的角度超出了常识的范围。男人凄厉地叫，那声音像从脚底下钻出，顶裂了厚厚的地表，钻透穆成泽的耳膜。男人终于爬到了女人身边，拼命地摇着女人，像只挣扎的虾。女人的头，男人的断臂，钟摆般来回晃，仿佛即将脱离他们的躯体。

穆成泽扶着付晓冉，低声道：我报过警了。

付晓冉忽然哭了，哭得很伤心，抽噎着推他：你救救他们，快去救救他们。

有车在旁边减速，又飞驰过去，像风从身边经过。外边的悲哀和呼号，被钢铁和玻璃严丝合缝地拦住了，没有一辆车停下来。穆成泽去搀扶男人，弄得自己也是一身的血,男人抓着他的手,要他去救女人。

你抓疼我了,穆成泽强忍着,对男人说,我不是医生。

男人依旧是哼哼地喊着,只是声音不断地嘶哑下去。女人还是一动不动。付晓冉软软地跪在地上,失声痛哭。她的头发在风里很凌乱,像一只黑乎乎的大蝴蝶。

做完笔录,又是下午了,又是那条神秘小路。其实回省城也就三四个小时车程,但省城里又有什么呢?有高楼大厦,有人来人往,有七厅,有八处,唯独没有家。他没有,她应该也没有。不然一个女人,经历了这样惨烈的一幕,是要回家的,是需要男人的怀抱的。但这些省城里或许都没有。所以,当车在黑暗的大院子里停下,当付晓冉毫无征兆地扑进他怀里的时候,他没有感到意外。

他想象着心目中熟练的男人的样子,抚摸着她的头发,让那些乌润的丝丝缕缕在他指尖不断滑过,一股烟火气在他鼻孔盘旋。他安慰着说,别哭了,没事了。她的泪水却一再地打湿了他的衣服,尽管那里还有血迹,还散发着一丝血腥味。付晓冉不停地哭,不停地吻着他。她的薄薄的嘴唇很冰凉。她时而吻着,时而停下来,看着他说,她死了,那女人死了。他不知怎么安抚她,只有用力地去回应她的亲吻。

这天晚上,他们只开了一个房间。

两年后,他跟王雅琳结婚,依旧在七厅八处帮忙,依旧经常陪领导出差下地市。领导是老林和付晓冉。老范、老金都退休了,处长换成老林,付晓冉成了副处长。出差时,偶尔老林不在,一时心情好了,气氛到了,有需要了,他会和付晓冉在一起。其实结婚后这三年,在一起的次数屈指可数。平常上班,有时小查离开,只剩他和付晓冉,也是他噼噼啪啪打材料,她在听歌看书,总是相安无事。他甚至怀疑到底跟她有没有过一些事情。回到家,王雅琳已经做好了饭,两人就一起吃吃饭,散散步,或者看个电影。说来也奇怪,他们是因为有了孩子才结婚,如今结婚都三年了,却一直再未有过。三年里似乎什么都没变,只是客厅墙上的皮雕相框微微发乌,擦拭的时候,王雅琳总是皱眉,说怎么有一股味道?

那该是什么味道呢?穆成泽想,却什么也没说。

因为都住七厅家属院,穆成泽经常能碰见老范。老范退休后身体大不如前,一年前轻微的中风,有点不良于行。一次穆成泽两口子散步,王雅琳正讲着幼儿园的趣事,忽见老范挂着三条腿的拐杖迎面过来,一个买菜的布包搭在胸前,葱叶子顽强地从包里钻出来,绿油油地顶住下巴颏。他赶紧上去帮忙。走着走着,老范忽然老泪纵横,说:我工作几十年,想来最对不住的就是你小穆，但现在还能叫我一声范处，还能帮帮忙的，只有你。

穆成泽就笑起来：范处，瞧您说的，我本来就是在八处帮忙的嘛。

想了一会儿，他终于替老范找了个好事，说：其实您也帮过我，要不是您说了话，我一个在厅里帮忙的，怎么能分到厅机关的房子呢？没这房子，跟小王怎么结婚？

他们送完老范，回到家，洗漱上床，王雅琳暗示今晚可以。在造人的事情上，现在的他对过程和结果都不太重视了。云雨已毕，王雅琳两腿高高地支在墙上，说这样有利于受孕。床头墙上也有一张结婚照，也是皮雕的相框，他坐着，她站着，从后边搂住了他的脖子，下巴搭在他的头顶。按照她的说法，她的肚子里正有着一个孩子。

穆成泽靠在床头，看着一本书。书是付晓冉借给他的，据说现在不少干部都在读。

王雅琳忽然说：你们付处那个事，差不多搞定了。

穆成泽放下书，说那太好了，想进你们省直一幼真不容易，比进省直一监都难。

王雅琳笑起来，打了他一巴掌，说去你的，你们七厅才是监狱呢！

第二天上班，穆成泽找了个机会，对付晓冉说了入园的事。她也很高兴，立刻出去打电话。穆成泽知道她是打给谁。那人姓平，三厅五处处长，她的男朋友。转园的是老平的外孙女。老平女儿离了婚，从外地带孩子回家住，点名要转到省直一幼。老平不敢违背女儿的意思，找了很多关系，但都回复说床位早就满了，总不能把别人孩子撵走。老平跟付晓冉约会的时候，大概说了这事，她就上了心，请穆成泽帮忙问问。王雅琳听他一讲就笑了。省直一幼是全省重点，床位资源很稀缺，是要搞点创收的。而老平托的人大多是领导，园里没人敢张口开价，索性就撒谎说没有。有王雅琳牵线，老平也乐意掏钱，再加上内部职工，还给打了个不小的折扣。事成之后，老平非要请吃饭，穆成泽再三推辞。付晓冉心情很好，说要你去就去嘛，你还没见过他呢。说这话的时候，付晓冉眼角眉梢都似笑。

那顿饭气氛很融洽，老平还给王雅琳送了礼物，是一套香水，据她说不便宜。她对付晓冉的印象也很好，说看不出已经四十岁了。穆成泽心里一动，可不是吗？都四十岁了。晚上回家，穆成泽忽然来了兴致，王雅琳却翻了翻日历，发现不是排卵期，要他再坚持两天。穆成泽觉得索然无味，书也懒得再看，脑子里全是老平和付晓冉。他是第一次见老平，跟他接触过的处长们差不多，谈吐之间，举手投足，全是高高在上的平易近人。他觉得付晓冉等他等了十几年，有些不值得。不过看她兴奋的样子，可能是帮了老平女儿的忙，会给未来增加些砝码。说来也可笑，她帮了老平的忙，他帮了她的忙，而给他帮忙的，却是王雅琳。环环之间，勾连往返，过眼滔滔云共雾，算人间知己吾与汝。

再过几天就是结婚三周年，王雅琳送给他一条皮带，因为网上说，结婚三年叫皮婚。送皮带，看来是想拴住他。穆成泽琢磨半天，也没能想出来回送什么。付晓冉想了想，说送她一双皮手套。

有什么含义吗？穆成泽皱眉踩住刹车。车缓缓地停在了收费窗口。

有一年冬天，我下了班，给他打电话，刚说了几句，他就跟我说，付晓冉有些不好意思地笑起来，他说，别说了，手冷。她又重复了一遍，别说了，手冷。

前方的栏杆抬起，穆成泽接过发票，松开了刹车。他真的不想再说什么了。他忽然觉得身边这个女人在慢慢远离。她却全然没有意识到什么，依旧低着眉，浅浅地笑。他放缓了车速，鼓足勇气，抬起右手去摸她的脸。大概是她眼角余光发现了，本能地倏忽躲开，于是他的手在空气里停顿下来。一秒钟后，他就收回了手。

就手套吧，好吧？付晓冉不敢看他，有些慌张，也有些内疚，说，我这就下单，她喜欢什么颜色？

嗯。穆成泽点了点头，就不再说话了。

地市局的办公室主任在高速口等着，早早地挥着手，一脸喜庆地上前来。这次出差是参加地市局的一个评比，老林有更重要的事忙，就让付晓冉带穆成泽来当评委。晚饭结束后，地市局局长抱歉说，现在规定严，有点太简单了，付处不要见怪啊。

简单好，付晓冉笑盈盈道，能早点回家陪老婆孩子呀。

于是大家都笑了，说省里领导体恤民情，应该多下来走走。穆成泽不远不近站在她背后，也礼貌地跟着笑起来。

评比要两天时间。本来按照穆成泽的想法，这两天里，总能有机会在一起。但车里那落空的一摸，却让他感到再无可能。不但是现在，今后也是。其实这样也好。就像曲水流觞，文人们兴致再飞扬，溪流却终有尽头。尽头也就是结束了。他现在诚心诚意地希望她好，能嫁给老平。至于他自己，也就好好跟王雅琳过日子了。以前一起出差，到了晚上，他总会跟她发个信息，说几句话，而后再睡；如果没有旁人，两人会默契地聊几句，然后再默契地在一起。从这一次起，他决定不再这样。

评比很辛苦，要在两天内看完几百份稿件，并不是一件轻松的事。地市局局长跟他们交过底，说基层的同志们不容易啊，得个奖，对评职称、晋级都有好处。有了局长的关照，他们也就尽量配合，工作量却也大了不少。辛苦之余，付晓冉几次跟他说些放松的笑话，他都彬彬有礼地一笑，或是提醒她稿件还有很多。他有些分不清这是决然还是赌气。在一个年长的有过性关系的女人面前，男人往往容易变成孩子。

到了晚上，吃自助餐的时候，付晓冉像是命令似的说，陪我散散步吧。

穆成泽为难地看了看表，说我有个同学在市里，约好晚上喝茶聊天的。

那我跟你一起去，付晓冉一笑，看着他说，你不会不方便吧？

有一点，穆成泽只好说，是个女同学。

付晓冉放下筷子，静静地看着他，说：你们好过吗？

穆成泽看着她，点了点头。

那也好办，付晓冉说，你把她约到这里来，跟她聊完了，陪我散散步。

那会很晚吧？

付晓冉拿起筷子，继续吃饭，说，不是天亮就行。

穆成泽还真有个女同学在这里，也的确约了她来聊天。当然，她丈夫也来了，因为三个人都是同学，两个男的还住过一个宿舍。女同学摸着凸出的肚子，说，赶紧要个孩子吧，过两年再要一个，政策放开了嘛。

他就说：你们打算再要一个？

这个还没卸货呢！男同学一本正经地说，她爱跟谁生就跟谁生去，反正我是不生了。

穆成泽的笑声很大，因为是笑给付晓冉的。大堂里人不多，付晓冉果然朝笑声这里望了望，又低头去看书了。看来她是真的要跟他一起散散步。等老同学夫妇告辞离去，已经将近子夜。

穆成泽在她面前坐下，打了个呵欠，说，付处，还散步吗？

付晓冉放下书，说不用了，其实就想说几句话。

穆成泽没吭声，点了支烟。他确实不知道她会讲些什么。

付晓冉说：你真跟那个女同学好过吗？

就这个啊？穆成泽忍不住笑起来，说，我跟她老公更好，我们一上一下睡了四年，他老大，我老八。

付晓冉也忍不住笑了，她站起身子，又是命令似的对他说，走。

那天晚上，他们又在一起了，依旧很默契。他记不清上一次是在什么时候。两人共同回忆，发现竟是一年前。像之前的每次一样，都是她在他的房间，而后天亮之前离去。不一样的是，两个赤身裸体的人融在一起，相互许诺着今后不再有任何性关系。最后，她告诉他，老平离婚的请求，得到了妻子和女儿的认可。说这句话的时候，她刚刚站了起来，正面对着他，一手横在胸前，准备穿衣服了。他看得出她身心的满足。

第三天上午是颁奖，付晓冉代表七厅给获奖者发了奖状。穆成泽坐在台下，真真切切地意识到，这次是真的结束了。想到这里，他蓦地放松下来，笑着跟随大家一起鼓掌，为付晓冉，也为他自己。

回到省城，付晓冉从网上买的皮手套到了，他送给了王雅琳。她显得很开心，说她戴着手套，就像一直有他的手在握着。穆成泽到底被这句话感动了。其实早在三年前，他就被她另一句话感动过。而这三年来，他几乎从未给过她对等的爱和关心。如今纸婚过去了，棉婚也过去了，皮总比纸和棉更柔韧一些，诚实一些。他下决心要跟她好，尽快生出个孩子来，他已经三十三岁了，在八处帮忙固然是看不到终点，就拿孩子来安慰一下自己吧。

于是，穆成泽开始在皮婚这一年，真正爱上了王雅琳，喜欢上了婚姻生活。他继续每天上班，在七厅八处帮忙，而后下班，回家，跟王雅琳一起吃吃饭，散散步，偶尔看个电影。她的排卵期到了，两人还能再造造人。挺好。

老林是最先发现他的变化的，处里例会的时候，当众表扬他踏踏实实，办事用心。其实老林表扬他也不是因为有变化。老林说老也不老，不到五十岁，二婚太太给他生了个儿子，到了上幼儿园的年纪，也来找穆成泽帮忙。按理说，省直一幼就是给省直职工服务的，老林堂堂七厅八处处长，亲儿子入园并不难；但因为省直一幼名头太响，莘莘家长之中，处长并不醒目。而老林太太还年轻，一心为儿子好，非要挑班，这就有些困难。不过这个困难，穆成泽还真能帮上忙。他和王雅琳请老林夫妇吃了个饭，王雅琳的表现让他很意外。她巧妙地拔高了挑班的难度，又得体地表示今年本来不接小班，如果老林太太信得过，她就向园里申请带小班，孩子这几年就跟着她。老林太太喜出望外，心情当然大好，夸她做事上心，有条理，有办法，靠得住。老林太太表扬了小穆太太，所以说老林要表扬穆成泽。表扬之后，老林又找付晓冉商量，说小穆在处里帮忙这么多年，就给解决一下吧，正好老赵刚退休，编制也空出来了。付晓冉就说，早该解决了，领导真英明。

调动手续办起来也快。八处给主管厅长打报告，厅长批示同意，再由厅办转给五处。五处管全厅人事教育，下个文给厅属研究院提档案，调动就算完了。科级干部而已，原本也不算什么。厅办小管看到文件，母鸡般咯咯叫着传播消息，厅直帮忙的诸人很快就都知道了，纷纷祝贺穆成泽终于熬出了头。其实在他来看，公务员编制也好，参公事业编制也好，实际上也没有太大区别。只是在八处帮忙这么久，像是多年沉冤一朝得雪，不可及的终点蓦然出现在眼前，一时有些恍惚，失去了生活的固有节奏感。

之后的某天，小查去省政府办事，办公室只有他和付晓冉。她依旧是看着书，听着歌。两人也没什么话。他忽然想问问她跟老平，又不知怎么开口。想了半天，给她发了个信息，说：整天见你听歌，共享一下咯？

他看着她拿起手机，看了看，脸上带了笑，却没有回头看他。很快，她回复说，那就过来听听吧。

穆成泽就走过去，接过她的耳机。里面却并不是音乐，而是某种他从未听过的外国语。

付晓冉看着他，哧哧笑道，能听懂吗？

穆成泽只好还给她耳机，摇头。

德语，付晓冉见他还是一脸懵，说，是考博用的，比考英语竞争的人少。她静了静，又笑了起来，说：我跟老平分手了，就忽然想换个生活环境。你说咱们在机关这么多年，又不懂做生意，离开了机关，那点人脉也就没什么用了。除了考博，也没别的机会改变自己——你看你，怎么哭了？奔四的人了，动不动还要哭鼻子，还要姐哄你。

其实他没有哭，只是有点想哭的意思，而她跟他又太熟，这点意思也就瞒不过她。穆成泽缓了一下，说：什么时候的事？

就是他外孙女转园不久吧。你记不记得那次地市局搞评比？就那次回来，我们约会的时候，他很兴奋，告诉我有个机会提副巡视员，所以希望我再等他几年。其实我能等，十几年都等了嘛。但是我想，如果他是因为妻子、女儿，我会等的。说真的，有时候我想就算是他落马了，被抓了，妻离子散了，我也会等他的。但是为了一个副厅级——就算了。这样的人我就不等了。

泪水终于落下，不过哭的是付晓冉。穆成泽走到门口，关了门，反锁上，又转回来轻轻搂着她，闻着她头发上乌润的烟火气，多熟悉的烟火气呀，熟悉得荡气回肠。

你该早点跟我说，他责备道，这么多天，你是怎么熬过来的？

付晓冉笑起来，说就像死了一回呗，现在不又活过来了？对了，给你们家小王的礼物，她喜欢吗？

喜欢。

其实送皮手套已经很久了。穆成泽意识到她是在提醒什么，便认真地看着她的眼睛。那里雾霭苍然，却也明亮得吓人。付晓冉轻轻推开他，说：把门打开吧，就咱们俩在，多不好。

她走的时候，全处聚餐给她送行。退了休的老范、老金和老赵也都来了。聚会的气氛很融洽，也有些伤感。作为告别，付晓冉跟每一个同事拥抱，而跟穆成泽拥抱的时间，也并不比任何人多一秒。

付晓冉考上了北京一所大学的博士，入校之后，她给他发了一张照片，秀了一下她的校园卡。卡是淡蓝色的背景，上面是学校名字，照片在右侧。照片上的付晓冉笑得很开心。他回复了两个字：显摆。

这两个字，也是他们第一次见面时，她对他说的，好像是在郊区公园义务植树的时候。好几年前了。不久他到北京出差，付晓冉请他在学校东门吃烤串喝啤酒，还带了男朋友，也是博士，也比她小六岁。回到宾馆，他实在想给她发个信息，却最终什么都没有发。

这时候已经是年底了，皮婚就要过去了。他特意上网查了一下，皮婚之后是丝婚，据说比皮婚还要不牢靠。他倒不这样想。其实皮婚这一年，他的婚姻才是九死一生。他决定送给王雅琳一条围巾，冬天了，能让她暖和一些。

从商场出来，穆成泽提着袋子，围巾盒就装在袋子里。他想时间还早，是直接去省直一幼呢，还是先回家等她？这时他手机响了，屏幕上显出一张照片。他就回拨过去，接电话的是个男人，两人约好了见面的地点，一个他不常去的咖啡馆。

男人头发很长，脑门上却不多，其余的在脑后扎起，下巴和嘴角都是灰灰的胡子，年龄要大他很多。他和男人面对面坐下，气氛一时很沉闷。还是他先开了口，说：你是哪位？

你见过我的，男人的声音很厚，像是从胸口发出来的，三年前，你和王雅琳的结婚照就是我拍的。

他皱眉想了想，终于有了印象，点头说：是的，你是她班里孩子的家长。

对，我想告诉你的是，那时她肚子里的孩子，是我的。

嗯，我知道了，他平静地看着男人，说你还有什么要说的吗？

男人很奇怪地看着他，半天才说：我现在离婚了，请你把王雅琳还给我。

你去找过她了？

男人摇了摇头，说我觉得应该先找你，请你把她还给我。

这是不可能的。他摇头笑起来，又郑重地重复了一遍，说，这是不可能的。还有，如果你敢去纠缠她，我会杀了你。

男人走了之后，穆成泽想抽烟，这才记起为了要孩子，戒了好久了。他就打开手机，告诉王雅琳，他在一个咖啡馆，晚上一起吃饭，他还有新年礼物要给她。王雅琳正给孩子们排练元旦联欢的节目，显然很惊喜，马上说，她这就过来，让生活老师先带着孩子们排节目，她迫不及待要见他。

他挂了电话，又翻出那张照片。只有她一个人，应该是他出去抽烟的时候吧，那个时候她能和摄影师单独相处，能肆无忌惮地望着她孩子的父亲。照片上的她穿着婚纱，两只手本能地护着肚子，一脸的憔悴和凄苦，眼睛亮亮的，应该是蓄满了哀求的泪水。他从未见过一个女人能如此悲伤难过，如此深情绵邈。

他删掉了图片,给付晓冉打了个电话。她那边气喘吁吁的,兴奋地高声叫着:你知道吗?北京下雪了,我跟同学们在打雪仗呢!

他笑着,眼泪却流下来,说,那好,别说了,手冷。

王雅琳来了之后,穆成泽让她打开礼物盒,她欢喜得像个分到糖果的孩子。他亲手给她系上围巾。旁边的人讶异地看着这个刚才无声地痛哭,现在又柔情万端的男人。他本想点一瓶红酒,王雅琳不让,脸红着小声说今天是排卵期。他就懂了。晚上回到家,云收雨住,她又是把腿支在墙上,还搓热了手,反复揉着小肚子。他一边翻着书,一边看着她笑,这个女人该是多么想给他生个孩子啊!

她忽然说,老林儿子表现得不错,得了小红花,明天上班记得跟老林说一下。

他说:是啊,老林现在最爱听的就是这个,还是老婆能干。对了,后天我不在家,陪老林下地市一趟。

王雅琳就笑了笑,把手搭在他的腿上,热乎乎的。穆成泽又翻了会儿书,再看她时,却发现她睡着了,已经有了浅浅的、幸福的鼾声,两条腿却还高高地架在墙上。她的脚尖指向了那个皮雕相框。三年了,相框和照片都有些发乌泛黄。

(原载《人民文学》2017 年第 4 期)

作者简介:

南飞雁,祖籍河南唐河,现居郑州,1980 年出生,中国作家协会会员,中国电影家协会会员,河南省作家协会副主席,郑州大学中文系毕业,中国人民大学文学院创造性写作专业在读。作品曾获中宣部全国五个一工程奖、中国电影华表奖。

你的位子在哪里

范小青

六点差五分钟。

办公室只剩我一个人，想溜的都提前溜了，我也想溜，可我不溜，因小失大的事情我也做过，可是吃一堑长一智，我的智就是这么长起来的。

我们主任最擅长的就是突击查岗，在你不防备的时候，他就来了。有一次查岗的电话就在下班前一分钟打过来，那时候我刚关上门到走廊上，隐约听到办公室电话铃响，我还是蛮小心的，赶紧回来，电话已经挂断了，我还谨慎地看了一下来电显示，是个陌生号码，就没有回拨过去。

这就给逮住了。

我还是嫩了。

后来主任说，你可别说你是提前一分钟离开的，反正我没看见，我也不会相信你，我只相信事实，事实就是当时你不在办公室。

我又不笨，学得乖，下班不贪那几分钟的便宜，但是同样还是会有漏洞的，比如有一次主任生病住院，我前脚去医院看过他，后脚出了医院我就拐到朋友的茶室去了。

刚刚坐定，茶还没泡开，手机响了，是办公室来的电话，一接，居然是主任他老人家的声音，我大感不解，一下子对时间和空间起了疑心，我说，主任，你什么意思？

没什么意思。

只是因为我去医院看望主任的时候，主任已经办了出院手续，但他没有告诉我。等我一走，他就出院回到单位去了。

事情就是这么简单和正常，没有变异，没有时间错乱，也没有另外的空间。

但是我又给逮住了。

其实在单位里我算是比较安分守己的，至少表面上是这样，这都被逮了几回。冤吗？不冤的。给逮住后，主任是不会客气的，他当着其他部下的面，直接给我上药。我这人虽然不算太爱面子，但我好歹是个副主任，毕竟脸上有些挂不住。以后我就常提个小心了，常琢磨主任的心理，会在什么时候突击查岗，至少我知道，就下班前这几分钟，必定是最危险的时间段。

这两天主任陪着局长出差在外，那是山中无大王，也无二王了，小猢狲纷纷逃走，但我不会逃的。我时刻准备着。

这么想着，我又下意识地瞄了一下墙上的钟，六点差三分。

电话响了起来。

电话果然响了起来。

事先我早想好了，我接了主任的电话，我会说是呀，小张小王小李小什么什么都走了。我干嘛不出卖他们一下？

我真庆幸自己没有提前几分钟离开，赶紧提起话筒，却不是主任，是一个很刻板的声音，只有三个字：接传真。

我摁下传真键，嘎嘎嘎传真件就来了，取来一看，顿时头皮一麻。

明天上午重要会议，要求各单位一把手参加，不得请假，下班前报名。我又看了一眼钟，六点差两分，下班前报名？还有两分钟？这是什么节奏？我心里一喜，差点笑出声来。我虽然觉得有点可笑，但我的思路还是清晰的，赶紧给主任打电话，电话叫了半天，主任才接了，听得出来，主任很不高兴，说，你不知道我今天在干吗吗？有多急的事非要这时候打来？

我赶紧说事情是很急的，只剩一分钟了，可不敢耽误，尽量简洁地汇报，明天大会，要一把手正局长参加，不得请假，今天下班前报名。

那头主任愣了一下，爆了粗口，说，操，现在几点了？今天下班前报名？

我赶紧捧他，对的，主任，是今天，是今天，还有半分钟。

主任一愣之后忽然笑了起来，他又反过来问我，你觉得局长能赶回去参加明天的会吗？

当然不能，局长今天陪着首长在基层搞调研，那个基层是真正的基层，十分偏远，是首长亲自指定的，真正的下基层，而不是到近郊走马观花一下。

就算一夜不睡，驱车赶回来，但总不能把首长抛在基层吧，所以局长是无论如何都不可能参加明天的会议的。

我请教说，那怎么办呢？那么主任你呢，你能赶回来吗？

主任气得说，你说呢？亏你问得出口，我把局长一个人扔下我回去？

主任都没有办法，我能有什么办法，只好给那边的值班室打电话，替局长请假，理由是局长陪同上级领导在基层搞调研，那边只听了"请假"两字，立刻问，请假？你们局长去的那个基层，是在国外吗？

我哪敢说谎，老实报告，不在国外。

那边说，只要不在国外，都必须赶回来参加，不允许请假。

电话挂断，我又能怎么办？重新再打主任电话，再问怎么办，主任说，还能怎么办？替会呗。

我才当上副主任不久，还没机会处理过替会这样的事情，得问清楚，替会？谁替？

主任说，还能有谁？副局长呗。你找找看，哪个明天空着的，哪个替。

我遵命，一一找了副局长，结果是四个副局长三个没空，唯一一个空着的，却是个老油条，还老资格，不买局长的账，打官腔说，嗯，现在是不允许替会的哟，要不就报我的名字，否则我不替会。

但是办公厅值班室那边不要他的名字，只要一把手局长的名字。

问题再次抛给主任，主任候在首长和局长身边，应该是紧紧闭嘴，无声服务的，偏偏我不停地打他电话，好像显得他比局长和首长还忙似的，主任火冒三丈了，说，没人去，你去！

火冒虽然火冒，但事情还是要关照到位的，否则会出纰漏，所以又补充说，报局长的名，你去。不等我有什么反应，他又再叮咛，记住，到会场不要和别人说话，低头，低声，低调，现在替会抓到了是要处分的。

替会处分，也处分不到我，所以我有心情跟主任调侃，我说，我可以低头低声低调，低什么都可以，但是我的脸长在这里，我又不能戴面具，万一有人认出我来怎么办？

主任失声一笑，说，会场那里都是各单位一把手，你觉得他们会认得你吗？

可是我还有疑问，我说，但是他们应该认得孙局长呀，坐在那里不是孙局长，他们会不会——

主任打断了我说，你想多了。

事已至此，我当然得接受事实了，赶紧打电话报名，再看一眼墙上的钟，早已经过了下班时间，当然那边值班室并没有下班，他们正等着各单位报名呢，接到我的电话，听到了"孙子涵"三个字，没半句废话，电话就挂断了。

可能是因为主任的一再强调，替会的事情倒成了我心里的一团疙瘩，晚上也许还做了梦，梦见自己找不到会场，迟到了，本来替会这事情就见不得人，我却在那么多人的注视下走进会场——无论我有没有做这样一个梦，反正我醒来的时候，感觉心脏在怦怦乱跳。

因为怕迟到，早早出了门，结果到得太早了，我先依着别人的样子，先到报到桌那儿领取了会议须知和座位表,却没敢先进会场去,躲在外面一个角落,假装打电话,一边装出一副很忙很着急的样子,一边将座位表看仔细了,直到第一遍铃声响起,才匆匆进会场,迅速找到自己的位子,刚要落座的时候,后排的一个人伸出手和我握了一下,前排的一个人回头朝我摆了一下手,打过招呼。

位子的左边是过道,右边的这个人,正用笑脸迎接我的到位,我心不免一慌,回了一个尴尬的笑容,还好,会已经开始了。

领导讲话进入到三分之一以后,大家开始放松一点了,有的喝水,有的看看手机,有的翻会议手册,也有低声交头接耳一两句的,我可没那么自在,从坐下来以后,我就感觉自己的右半边身子的肌肉特别紧张,好像我的右侧不是坐了个人,而是坐了一头野兽,随时可能扑过来咬我一口。

我悄悄地把会议须知和座位表对照了一下,知道这个名叫许长明的人,是某单位的一把手局长,不过我可不敢和许局长的目光有一点点接触,如果都是各单位的一把手,他们之间应该是认得的,所以许局长肯定知道我不是孙局长。

这可是一个最重要最关键的问题,主任不仅没有教我,还让我不要多想。

也许替会是个心照不宣的事情,大家都能体谅,所以整个会议期间,许局长并没有再和我多说什么,只是偶尔朝我笑笑,像是很宽厚的那种笑。

我心存感激,本想套个近乎,感谢几句,但是一想到主任提醒过言多必失,赶紧忍住了,闭嘴听会。

终于熬到散会,继续牢记主任教诲,低头冲出会场,果然十分顺利,大家都走得匆忙,没有人再和我点头握手。

隔了两天,局长和主任回来了,我以为主任会了解一下替会的情况,主任却始终没有提起,大概忘记了,或者并不算什么事情,不值得重新提起。

过了一阵,我在机关大院里走路,听到身后有人喊,孙局长,孙局长。反正我又不是孙局长,没当回事继续往前走,结果喊的那个人追上了我,我在他面前,他说,咦,您不记得我啦?

旁边路上走着的几个人朝我们点头,微笑。

我有些迷糊了,我确实不记得这个人。这是我的一大弱点,基本上是个脸盲,有的人明明见过多次,但如果此人长相普通,没有什么特别的地方,我都记不住。这可是得罪人的毛病,只是自己没有能力改变。我也曾了解有没有办法克服脸盲的毛病,上网一查,网上办法多的是,千奇百怪,但是试下来一个也不管用。幸好我在单位不是负责接待工作,做后勤要好多了,反正都是为自己单位的人服务,不需要去记住什么新面孔。

所以，现在这个人虽然站在我面前，像是老熟人，很亲热，我却完全不记得他。

这个人就笑了，说，孙局长，那天会议结束，您走得快，我还没有来得及谢谢您，您知道我是替会的，却没有戳穿我，孙局长，您是位厚道的领导，不多见。

我肯定是张口结舌，一脸死相，因为我实在不知道说什么好，说我也是替会的？不行，主任的教导牢牢记住，打死也不能说。那么，说不客气，应该的？那就等于承认了自己是孙局长，而且是一位难得的厚道的领导，那岂不是在替会的基础上向假冒又冒进了一步？可是，我如果坚持不说话呢，那个假许长明就一直盯着我，笑，套近乎。

我只能来个死不认账，赶紧说，你认错人了，我不认得你呀。

假许长明又笑了，他真是喜欢笑，他笑着说，哎哟，孙局长，我又不是有什么事要麻烦您，我只是谢谢您而已。

我说，我确实不太记得，我记性不好。

假许长明也不勉强我，反而顺着我的口气说，哎呀，您这是属于脸盲呀！我呢，恰好相反，我记性特别好，尤其是记人的能力特别强，差不多就有超忆症那么厉害，不管什么人，我看一眼就永远不会忘记，那天开会，我们紧挨着坐了半天呢，我怎么会忘记您呢？

我被他缠上了，有一种逃不过去的感觉，差一点脱口坦白说，我也是替会的。可是话到嘴边，惊出一身冷汗，收了回去，紧紧闭上嘴。

假许长明显然性格蛮开朗，虽然碰到一个记性很差的"领导"，他却一点也不在乎，临走时又紧紧握了我的手，说，没事的，没事的，不认得也无所谓的。

等假许长明走后，我松了一口气，这才慢慢回想起来，这就应该是个替会的，虽然开会那天我大气不敢出，不敢正眼看人，也无法知道旁边的许局长是什么作风，但是刚才面对的这个假许长明，看起来确实是个假的，这么主动热情，才不像领导的派头。

幸好自己牙关咬得紧，没有暴露，否则以这个假许长明如此开朗，不定哪天一顺嘴就把我卖了。这时我一抬头，发现道上有个陌生的人正朝我笑着，我吓了一跳，赶紧扭头走开了。

好在我记不住人脸，那张令我有些懊恼的脸，很快就被我忘记了。

过了几天，碰到另一个单位管后勤的同志，我们工作上有来往，比较熟，他跟我，说，哎，孙主任，听说你们孙局长，架子蛮大的，别人和他打招呼，他爱理不理。

起初我听了也没当回事，局长有点架子，那也是正常，怎么说得那么严重呢？那人又说，听说他以前还是可以的，是不是最近要想提没提起来，所以情绪不佳呀？

其实最近一阵，在办公室里，也听到同事私下里议论，说孙局长最近心情不好，机关大院有不少人在背后编排他，说他架子大，眼睛长在额头上，目中无人，别人和他打招呼，他都不理不睬，甩手就走，等等。

不知怎的，我心里隐隐有些不安起来，但我又觉得奇怪，这种不安从何而来呢？人家又不是说的我，难道因为我也姓孙，我还真以为自己是孙局长了？

我呸。

我呸了自己一口后，做回了自己。

晚饭后，我老婆要去遛狗，我也乘机去朋友家走动走动，两人一起下楼后分头而去，刚走了几步，就有个人迎面过来，站定在我面前，我不认得他，但这个人停在我面前，恭恭敬敬地喊了一声孙局长好。

我可吓得不轻，没理他，赶紧走开了，一边走一边回头看老婆，还好，老婆牵着狗往前走呢，并没有在意身后的事情。

这天晚上回家晚了一点，我打算着看老婆的脸色了，结果却发现老婆的态度很好，一点也没有责怪我晚归的意思，十分和颜悦色，还体贴地说，天冷了，用热水泡泡脚吧，有助睡眠。就自说自话替我打了一盆水来泡脚，差一点就要帮我脱鞋脱袜了，我实在受宠若惊，有点不适应，赶紧说，我来，我自己来。

我们夫妻之间可真是有段时间没有亲热了，我有想法的时候，我老婆不是来例假，就是没情绪，每次都推三托四，今天我老婆等我泡过脚，就主动暗示要过夫妻生活，我真是十分惊喜，这种惊喜一直持续到第二天早晨，我从梦中醒来，听到我老婆在批评孩子，让她动作轻一点，说这么大的孩子，都不知道心疼大人，你爸还没醒呢。女儿说，咦？妈，你以前不是让我有意弄出动静把老爸轰起来的吗？老婆说，以前是以前，现在是现在。女儿哼了一声说，我晕。出门上学去了。

我老婆的满面春风，让我越来越不安了，后来我终于忍不住了，提着小心说，你是不是有什么事？是不是有什么事情瞒着我？

老婆笑道，是我有事情瞒着你，还是你有事情瞒着我呢——孙局长。

这下我真急了，赶紧说，你别瞎说，你别瞎喊。

老婆仍然笑，嘿，你还瞒着我？我早就知道了，那天在小区里遛狗，我就听到有人喊你孙局长了，你那德行，我还不知道你吗？文还没下来是吧？

文没下来，你是决不会说出来的。

我能怎么样？我肯定又是张口结舌。

我老婆说，本来一大家子亲戚朋友都要来家给你庆祝的，我劝住了，你是非得亲眼看到那张红头文件才肯说出来，就等一等你吧，嘿嘿，你知道他们说什么？他们都夸你素质好，有教养，不骄傲，低调，这样的素质，别说局长，再往上升的空间也很大噢。

我赶紧抓起手机出门上班去。

我知道是那个假许长明惹的事，一直就跑到他单位找他算账去，到了门口，站在人家门卫室里，人家问，你找谁？

我这才愣住了。

我要找的人，我并不知道他叫什么名字，许长明并不是他的名字，他只是一个假的许长明。

但是除了许长明，我又不知道他们这个单位其他任何一个人的名字，尴尬了半天，只能说，我找许长明。

两个门卫的脸色都严肃起来，其中一个说，许长明是我们局长，你是谁？你和许局长有约吗？

没有约。

没有约恐怕不行，我们局长很忙的，一般事先没约的人，没有时间接待的，何况今天……今天局长好像在外面开会，没来局里。

门卫很机灵，一句话说了几层意思，总之他是告诉我，无论如何我都是见不到许长明的。

我只得另外想办法，改口说，哦不，对不起，我刚才说错了，我不是找许长明。

那你到底找谁？

我找、找那个……那个假许长明。

假许长明？门卫咧着嘴大笑了起来，有这样的名字吗？四个字的名字，姓假吗？

另一个门卫没有笑，板脸了，严厉地说，你到底是什么人？来捣乱吗？

我赶紧把工作证拿出来给他看，这个门卫仍然警觉地盯着我的脸，两手反背，不接我的证，另一个停止了笑，接过去看了看，说，哦，是某某局的，还副主任呢。

他们这才相信我不是来找事的，后来就打电话进去了，说，有一个人，是某某局来的，要找许局长，但是没有预约，他也不说什么事，能让他进去吗？

电话那边说了些什么，看起来是对我有利的话，因为这边门卫的态度好些了，放下电话说，你进去吧，到二楼，找办公室钱主任。

我赶紧到里边二楼，很顺利地找到了办公室的钱主任，钱主任说，你要找我们局长？你认得我们局长吗？门卫说你没有预约？

我已经学乖了，我直接说，我找假许长明。

钱主任张着嘴，无声地笑了笑，说，我们单位没有假许长明，别说我们没有，我想哪个单位也不会有姓假的人哟。

我强调说，有，肯定有，我见过他，我认得他。

钱主任态度十分诚恳，说，我们的办公室都在这一层，要不，你一间一间地看一下，有没有。

钱主任不仅说了，还陪着我一间一间办公室看过来。虽然我脸盲，看不出这些人里有没有假许长明，但是假许长明却是个超忆，他如果看到我，一定能认出我来，他那么热情，一定会主动上前相认，所以我尽可能把自己的脸放到每一个陌生人的眼前。

但是始终没有人认得我，更没有人承认自己是假许长明。

眼看着一间一间办公室都走完了，我有些急了，我对钱主任说，肯定有的，肯定有的，就是那天开会，你们许局长没有去，他去替会的，他是假许长明，后来他还到处乱喊我孙局长。

我这话一说出来，一直很和气的钱主任一下子翻了脸，说，你说话要负责任哟，替会？我们单位从来没有替会现象，许局长每次都是自己亲自去开会。

钱主任这么理直气壮地一说，我确实被镇住了，有些惛了，我挠了挠头，嘀咕说，那，难道那个假许长明不是假许长明，而是真许长明？一边嘀咕，一边我脑洞开了，赶紧对钱主任说，那你让我去见见你们局长吧。

钱主任犹豫地看了看我，说，你又不认得我们局长，你要见他，什么理由？

我只好说，我也是没有办法的办法，既然找不到假许长明，我就看看你们局长，真许长明。

钱主任又是无声一笑，还耸了耸肩。我知道他不可能让我越过他这道关去找许长明，但是我也是固执的，我又是灵活的，我还急中生智了，我抓起钱主任办公桌上的一份材料，就进局长室了。

我进去就说，许局长，钱主任让我送一份材料给您。一边说，我一边紧紧盯住许长明的脸，可惜的是，我看了也等于没看，因为那个开会的许长明脸上没有什么明显的特征，而眼前的这个许长明脸上也同样没有明显的特征，所以我一点也吃不准，不知道到底是不是他，现在我们两个人，脸对脸，眼对眼，就这样，许长明也没有认出我来。

许长明显然对我这个假部下没有察觉，也没有看一眼我送的是什么材料，他倒是对我说的钱主任让我送材料这话愣了一愣，说，哦，钱主任回来了。

我也没听懂这是什么意思，钱主任就已经追进来了，连拖带拉把我弄了出来，说，好了好了。你已经见过我们局长了，你还想干什么？

我说，如果不是这个许长明，那就必定有另一个许长明。

钱主任听我这么说，完全不能同意，反对说，我们单位怎么可能有两个许长明？就算原来真有另一个人叫许长明，但是我们局长叫了许长明，他也会改名的，所以，我们单位不可能有两个许长明。

我尽量保持着耐心说，我不是说你们单位有两个许长明，我是说，你们单位可能有一个真的许长明和一个假的许长明，那天开大会，席卡上写的许长明，但是座位上坐的不是许长明，是假许长明，你们替会的那个人，就是假许长明。

钱主任真生气了，急切地说，不可能，绝对不可能，我告诉你，我再对你说一遍，说三遍，说一百遍：我们单位从来没有发生过替会的事情。

他一着急，也急中生智了，他知道反被动为主动了，他盯着我看了一会，怀疑说，你不是某某局办公室的吧，你是机关工委的？

不是。

纪委的？

不是。

机关作风建设暗访组的？

真不是，我就是某某局办公室副主任。

那你到我们单位找什么真假许长明？我们许局长碍你什么事？

我也感觉自己语塞了，因为再说下去，只有暴露自己替会的事情了，我可不傻，以眼前的情况看，就算我坦白了我自己，人家也不会承认他们替会。

最后钱主任说他头都被我搞昏了，他甚至怀疑我有病，不容分说，把电话直接打到我单位办公室去了，问我们主任，你那儿有没有一个姓孙的副主任？此人有没有病？

我听到电话里我们主任的声音了，他还是向着我一点的，说，是孙建中？除了不靠谱，其他倒没什么病。

这边钱主任还在疑惑，我主任电话就来追我了，说，单位这么忙，你还有闲暇跑别处去瞎逛？赶快回来。

我走出去的时候，听到背后有人在笑着说，小金，你小子冒充钱主任比钱主任还钱主任哟。

连这个钱主任也是假的？

耍我？

耍就耍吧。

我回到单位，刚进办公室，主任就冲我说，你混到那边去干什么？怎么，想攀高枝啦？

我撇了撇嘴。

我估计主任会和我计较一下，结果主任却说，生命太短暂，我没时间计较你。他真没跟我计较，直接交给我厚厚一沓需要填写的表格，指了指说，这些，这些，所有这些，都填0，记住啊，是零啊，我们单位什么也没犯啊。吩咐过还不放心，又补充说，你填好了让我看一下再报上去。

我所填的表格，其中有一栏就是自报替会现象，本单位一年有几次替会，是哪几次，是谁替了谁参会。

我毫不犹豫地填了0。

据说在最终的统计结果里，这一项，所有单位都填了0。

在全机关的年终总结中，重点表扬了会风的改进，其中之一的替会现象，从去年的大大减少降低，到今年的全部绝迹，总数为0，实现了巨大的飞跃性的进步。

新年伊始，又要开会了，孙一涵局长又出差了，而且是刚刚出发，虽然已经通知到他本人，他本人也确实不想再让别人替会，正在往回赶，但是恰好遇上雨雪天气，能不能赶回来还说不准，这边得做两手准备：报孙一涵的名，替会的人随时准备替会。

主任终于想起了去年我替会的事情，与其厚着脸皮去麻烦其他副局长，不如仍然派我去。

我去就我去。

虽然这只是我生平第二次替会，却已经熟门熟路了，我坦然得好像我真是孙一涵局长。

前排和后排，有人和我握手、微笑，我旁边座位的席卡上仍然写的是许长明，许长明仍然朝我笑着，只是我并没有认出这张脸，毕竟可能只是去年一起开过一次会，可能后来在路上偶遇过一次，也可能在他们单位看过他一眼，都只是可能而已，对于这样一张普通的平常的脸，我这样的脸盲，是不可能记住的。

认得出认不出并不碍事，反正他叫许长明。

不管这个许长明是真是假，我都笑着和他打招呼，许局长好。许长明也回应我说，孙局长好。

我从容坐下，离会议开始还有几分钟，我们聊了一会天。许长明说，现在会真多啊。我说，是呀，一个会连着一个会。我们深有同感。

在离开会还剩一分钟的时候，孙一涵局长匆匆赶到了，他在会场的过道里远远地已经看到前面他自己的座位了，可是座位上却已经有人坐着了，从背影看，孙一涵局长看不清他是谁，只是看到他和旁边的人有说有笑。

孙一涵局长顿时懵了，有些不知进退，会务工作人员眼看着主席台上领导已经就座，第二遍铃声都响了，孙一涵局长还傻傻地站在走道中央，赶紧把他拉出来，说，你哪个单位的？你的位子在哪里？孙一涵局长仍然懵着，想了一会才说，我？我好像没有位子？

孙一涵局长被请出了会场。

（原载《中国作家》2017年第4期）

作者简介：

范小青，女，江苏省作家协会主席。代表作长篇小说《女同志》《赤脚医生万泉和》《香火》《我的名字叫王村》等，曾获鲁迅文学奖、全国五个一工程奖、中国小说学会短篇小说成就奖等，多种作品翻译到国外。

街上的耳朵

钟求是

有人对式其说:"你的酒量矮了不少,即使踮一踮脚,也够不着以前的一半了。"式其咧咧嘴不吭声,但心里认下了这个算术说法。这么些年过去,昆城一点点变大了,他的酒量一点点变小了。由于这种退步,以前的他一定瞧不起现在的他。

不过酒量的退步不等于酒兴的下滑。事实上,他对酒桌仍保持着亲近的态度。每周少说两次,式其会出现在某个吃店的包厢里——不是生意饭局而是朋友聚酒。他坐下后并不造势,只是简单地敬酒或迎酒,说话的声音温和并且节约。但他显然又是受重视的,每一只酒杯与他对喝时都不会潦草。

在这种场合嘴巴们总是忙碌的,因为除了吃喝,还要讲镇子上形形色色的闲话。闲话时,式其也会淡淡地搭上几嘴,因说得少,话语就显着几分劲道。当酒桌上的热闹收尾时,式其便起身去一趟洗手间,顺便把账单刷了卡。等别人气壮地出门买单,女服务员会柔声说:"那位长头发的老板已经买过了。"

式其是昆城为数不多的长发者,一头没有杂色的黑发披挂下来直达脖子,把一张脸比得瘦了一些,看上去有点艺术又有点怪异。谁也不知道他啥时开始蓄此长发,反正在记忆中,他就是这么另类地从时间远处走来,走过镇子的一个个年头。也有人打听过,式其年轻时练过拳脚,又喜欢酒,那么他的披发也许是从《醉拳》里成龙的发型演变而来。这种猜测传到少数知情者耳中,自然被一笑弃之。知情者没有忘记,式其的长发遮着一个私密,一个关于耳朵的私密。这个私密其实并不稀奇,像式其这一类有过拳头史的人,年轻时免不了掐架斗狠,身上也就容易收藏一些刀疤拳痕。夏天若亮一亮身子,多少也显着一种荣光。但式其不一样,他不愿意走漏这种荣光。

因为这个原因,许多年里镇子上几乎无人见过式其的耳朵。随着时间的推移，即使知情者也失去了保留记忆的兴趣。一只伤残的耳朵，伴着一个男人渐渐老去，这有什么好惦记的呢？

当然，式其日子里也不是没意外的。大约三年前，一位愣头愣脑的理发师给式其修发后一时起兴，以神秘状向别人描述自己见到的耳朵。两天后他的发廊被砸，一只垃圾桶像导弹一样扑入店内，腐烂的气味久久不散。自此以后，式其的理发师换成一个懂得默契的人，他的习惯是不问女客的年龄，不提某个男客的隐物。

这天傍晚，式其照例到一家吃店凑一个休闲饭局。饭桌上十来个人，他坐定身子，眼睛一扫，先看到一圈熟脸，再一扫，多出一胖一瘦两位年轻女人。这也平常，为了搞点气氛，总有人喜欢往饭局里引进花花草草。

饭桌先是稳着，一双双筷子挺讲秩序地伸向端上来的海鲜和面食。随后酒杯们活跃起来，此起彼伏地在空中举来举去。由于酒液滋润了思维，不久便进入闲话阶段。一个声音起点很高，从国际大势讲到恐怖组织，认为世界各地的枪声有点多。另一个声音阻止了这种担忧，指出中东的枪声再多，也射不到昆城来。于是话题顺势回到镇子上，从某个楼盘的房价说到某家超市的被盗，从河边的钓鱼说到不爽的天气。有人说："这几天一会儿晴一会儿雨，像女人例假期里的情绪。"有人便把话语引向一胖一瘦两位年轻女人，说："包厢里没有下雨，你们的脸上为什么看不到高兴？"胖女做一个笑脸说："有吃有喝的，我有啥不高兴的？不高兴的是她！"她的嘴巴努向旁边瘦女。瘦女耸一下肩说："我干掉好几杯酒，把脸喝红了，还是没藏住不高兴。"有人说："有啥不高兴的，说说看。"瘦女说："那我得再喝一口啤酒。"她端起杯子吞下一大口，然后说，"今天上午有一女友发我微信，问坡南街上讣告说的是你吗？你不回答我会流泪。我回复两个字：傻B！接着又有人小心地给我老公发短信，意思是节哀什么的。"有人稀奇地说："哈，被死亡呀，什么情况？"瘦女说："我打听了一下，才知道坡南街的确死了一个女人，跟我的名字撞了脸……这乌龙闹得好晦气呀！"有声音问："啥叫名字撞了脸？"瘦女说："她叫王静芸，跟我的名字王静云是不是特别像？但再像也挨不着呀，按年龄她差不多可以做我母亲了。"又有声音问："那王静芸怎么死的？"瘦女说："一个字的病呗，听说是胃癌晚期，从发现到闭眼不过一个月。"有人噢了一声说："这么一说，我知道王静芸是谁了，她在坡南街开一文具店，她的老公叫叶公路。"叶公路这名字有点奇葩，让两三个人点了点脑袋，表示听说过此人。

式其瞧着瘦女，慢慢地说："你叫王静云，这名字不错。"瘦女一笑说：

"夸我名字不如夸我脸蛋，女人嘛爱听这个。"式其绕过玩笑，说："我细问一句，那位王静芸是哪天走的？"瘦女说："不是昨天就是今天一早呗，我想是这样。"式其又问："这个病……她怎么才活了一个月？"瘦女说："我又不是她家亲戚，没知道那么多。不过听说她去上海上了手术台，打开肚皮一看，立马缝上就回来了……昆城人嘛总愿意回昆城的。"式其不言语了，旁边有人接上说："归根到底是运气的事，按她的岁数，至少得再活二十年。"又有人说："二十年能活出一大堆内容呢，酒局、旅游、麻将还有性事，可以玩多少回呀。"马上有声音反对说："上了岁数的二十年，过的是尾巴日子，哪有这么痛快？"那位胖女说："所以好年纪的时候，得使劲活出一把味道来。"有人说："你现在就是好年纪，酒局旅游麻将还有性事，样样都挺使劲的吧？"胖女一撇嘴说："废话！女人不使劲能尝到那种快活味道吗？"一群笑声响起。

笑声中，式其起身去了洗手间，出来后拐到总台买单刷卡。刷完卡他仍静着身子，似乎在脑子里找什么主意，想了一想，原来自己不打算回包厢了。是的，他觉得那儿人有点多，话语和笑声也有点多。

他出了餐馆，慢着脚步往街上走。此时是喧闹时间，街道两旁的灯光有点亢奋。他走过一溜儿商店，拐入旁边一条小巷。穿过狭长巷子，走过一条马路，便是一处街心公园，他找到一张椅子坐下。

这个街心公园许多年前是人民广场，广场内有灯光篮球场，旁边有昆城唯一的电影院，电影院门口每天上演着热闹。此时静一静心，他的脑子里仿佛挂起一块银幕，远去的时光像是被一只手捉住，重新投放到了幕布上。

现在他明白了，自己找到这里是为了反刍一件往事。

往事的背景有些旧，点一点指头，是三十二年前的夏天。那时的他留着板寸头，身上攒着一块一块力气，整天游手好闲。一个闷热无趣的晚上，他从家里出来，先逛到电影院跟前，见没有可看的片子，就走进人民广场。广场内也没啥好玩的，只能站到篮球场边看热闹。他看到场子上一群人满头大汗地跑来跑去，一只篮球也憋着劲儿从这头跑到那头，又从那头跑到这头。

正是在此时，一个身子蹭了他一下。他没在意，但还是看了对方一眼——一位黑皮肤的小个子。小个子淡着脸说："你是那个……式其吧？"式其说："你谁呀？我不识得你！"小个子说："我找你两天啦，咱们旁边扯话！"小个子用手坚定地指向一边。式其心里奇怪着，随着小个子走开几步，站在暗色里。小个子说："我找你要个说法……你得对你说过的话……"式其说："我说过什么话啦？妈的，我又不认识你！"小个子说："前天晚上，你说做了一个梦。"

式其一下子记起来了。前天晚上有一个酒聚,他先喝白酒后喝啤酒,把自己喝澎湃了。澎湃之中,他嬉笑着拿出前一天夜里的一个梦。在梦里他搂住一个年轻女人谈心,似乎说些连哄带骗的话,然后把该办的事给办了。旁边的人就问,你说些什么连哄带骗的话呀?他说梦里的话哪能记得住?反正那女人听得高兴。旁边的人又问,那你办事都做了哪些动作?他说梦里的动作哪能记得住?反正衣服是一件一件脱下来的。旁边的人起哄地说,那女人的脸总记得吧,是不是镇子里的谁?他不能老说记不住,便顺着问话说了一个名字。

现在,这个酒后才肯说出的梦飘过镇子里的街道,传到小个子耳中并让他有了愤怒。暗色中,小个子的脸似乎发着烫,一双不大的眼睛则露着冷光。式其几乎要笑起来。他说:"我的梦跟你有啥关系?"小个子恨恨地说:"你梦中的女人是我女朋友。"式其心里一愣,上下打量对方一遍,说:"我是说了一个名字,名字谁都可以用,你偏拿去塞给自己。"小个子说:"你不光说了名字,还说了长相,还说了一米长的辫子……你说过的话想收也收不回去啦!"式其迷茫了一下——酒后说了多少放肆的话,他实在有些吃不准。不过他马上发现自己并不需要躲让,他说:"老子说什么也是在梦中,梦中的事你管得着吗?"小个子说:"我管得着,女朋友的事我管得着!"式其说:"那你怎么管?说说看!"小个子沉着脸不言语。式其说:"你找老子两天,想要一个什么说法?说说看嘛!"小个子仍不吭声,身子一动不动。式其说:"要不下次你也做一个梦,梦里老子剥你女朋友衣裳时,你冲上来拦住老子……"

话未说完,暗色中猛地蹿来一道影子,小个子的身子已缠住他的身子。式其没有慌乱,一只手顺势钳住小个子的手腕,另一只手掐向他的脖子,这一招叫"封手抄喉",能把对方单薄的身体抻开并锁住。但对方还剩着另一只手,那只手在空中冲动地划过,让他的身体一痛——这一痛比预想的有劲道,原来对方手里攥着一块石头。式其只好撤回掐脖子的手,劈向对方的胳膊,一块石头应声掉落在地。式其借势搂住对方拔离地面,一发力举到头顶,这一招叫"经天落鸟",能把对方托在空中转一圈再甩出去。就在他蹲好马步,按照招式将空中的身子做一个旋转时,耳朵又猛地一痛。这一痛太尖锐了,尖锐得有些麻木。他吼叫一声,将手中的身子丢了出去。

式其抬手捂住耳朵,看见小个子从地上爬起,嘴里叼着一块东西。式其有点发楞,愣愣地盯着小个子。小个子似乎笑了一下,往地上噗地吐出东西。那块东西湿软软地躺在地上,即使在暗色中也显得醒目。小个子跨前一步,一提脚将那块东西踢了出去。式其明白过来,纵身扑向小个子。小个子一闪身子便跑。

在那个夏日的夜色中,两个身子一前一后在镇子街道上快速穿行。路人不知道发生了什么,纷纷停步观看。在他们的目光中,两个身子一会儿挨近,一会儿拉远,像两匹失控的野马闯进了街道。他们有一种预感,如果两个身子追到一起,会演出一场好看的惨烈搏斗。在镇子上,这样的搏斗越来越少见到了。

但搏斗没有发生。小个子在奔跑中临时生智,一拐弯再一冲刺,跑进了解放街口的派出所。这是他认为的紧急自保的不错方法。一分钟后,式其气喘吁吁地站在派出所门口,耳朵上的血把半张脸淌湿了。

现在,式其坐在三十二年前的相斗地方,仍能觉出右边耳朵的疼痛。这种疼痛躲在记忆里,遇到机会便溜出来,证明着他的青春日子有一块补丁。

从记忆里溜出来的,还有两个名字。那个咬掉他半只耳朵的人个子瘦小,却有一个粗犷的名号叫叶公路。叶公路护着的年轻女人,叫王静芸。

第二天,式其一个人待在家里。

这么些年,他做一个装修公司,渐渐做得无趣了,便交给儿子。儿子忙着公司,又生了孩子,便招去母亲。他成了日子边上的人。

一天里他花不少时间躺在床上,这样可以攒些体力。下午的时候,有人来电话邀酒,被他挡住了。他说自己晚上有点事。

吃过晚饭,又看一会儿电视,他才穿上一身黑色衣裳出门。他要办的事有些特别:他让自己去坡南街,给那个叫王静芸的女人守个夜。火葬普及后,昆城有了新的习俗,人死后先火化肉身,再在灵堂守护三天,今晚应是相对安静的一夜。

走过一条短街一条长街,上了一段坡道,再顺势下去,便是旧色旧味的坡南老街。他问了问,拐进一条小巷,见到前方一团灯光。走近了看,是一个不小的院子。院子里搁着不少花圈,一些人影和哀乐缠在一起。

式其走进厅堂。这是哀乐最浓的地方,一只红布包裹的骨灰盒躺在方桌之上,后面木壁上挂着遗像,跟前香炉里燃着一炷香。式其端正身子躬了三次,然后细瞧木壁上的遗像。这是一张微胖的脸,五官平静不乱,不乱中又有些辛苦,跟镇子上的平常妇人没啥不一样。式其暗叹一声,收回目光,扫一眼左右,没人留意自己。再给出几眼,没见着叶公路的身影。

院子天井里摆着两张临时餐桌,几位年轻男女边吃边聊,好像在讨论网上购物的事情。边廊上也有两张桌子,一桌在玩扑克,一桌在打麻将。式其不能一个人待着,便踱到麻将桌边。桌上也有一位脸熟的,冲式其点头。过了片刻，打完一局牌，有人接起手机喂呀了几声，说自己得走开一会儿，让式其替一下。这差不多是救场，式其只好坐了下来。

牌局继续。式其不是麻将的熟手，此时心里又有些不定，打起牌来便显得冒失，一会儿吃错牌，一会儿放出不该放的牌，让警惕他的人很快松了心。那位脸熟的说："我知道你是城西的，公司老板。"式其说："现在不是啦，公司的活儿交给儿子了。"脸熟的又问："你是静芸的亲戚还是公路的朋友？以前很少在坡南街这边见到你。"式其打出一张牌，说："人走了总得来送送……公路呢？怎么不见他？"脸熟的说："在呀，他不是在那儿烧纸钱吗？"式其扭头看一眼，厅堂边果然蹲着一个人，只是身影粗胖得有些陌生。

式其正有些走神，原先走开的人回来了。算了输数，式其掏出几张票子起身离开。他慢慢走向那个粗胖身子，在蹲着火苗的脸盆旁站住。粗胖身子扭动一下，抬起一张严肃的圆脸看他。他蹲了下去，跟圆脸挨得很近。圆脸不介意地说："你也烧几张吧，送送她。"式其从地上捡起一沓纸钱，认真地一张一张往火苗里放。火苗起起伏伏，像是神秘的舞蹈。式其瞧着火苗，突然说："我叫式其。"圆脸没有听懂，不吭声。式其说："我是城西的式其。"圆脸愣了一下，身子挺直一些，目光很硬地递过来，又慢慢地收回去，说："要是在街上走，我认不得你了。"式其说："现在你蹲我跟前，我都认不得你了。"

看来，从瘦小身子到粗胖身段之间，只需要填进许多的时间。

多年前的那个夏天，叶公路在奔逃之中躲过了他的暴打，却没躲开命运的敲打。叶公路没能想到，跑进派出所是机灵的也是蠢傻的，把蠢傻减去机灵，剩下的却是现场拘留。半只耳朵加上一脸血迹，让派出所和法庭获得了故意伤害的确凿证据，叶公路被判有期徒刑两年六个月。无法知道那两年半叶公路是怎样的心境，王静芸又是怎样的心思，反正式其心里很懊丧，身上的力气也泄掉不少，他唯一想努力的，就是让发型变成披头士。过了两年半，他听到叶公路出狱的消息。又过了一些时间，他听到叶公路和王静芸结婚的消息。到了这时候，他内心才安定下来，觉得这件事终于了结。了结之后，他的日子便敞亮了许多。以后的年月，昆城渐渐欢闹，各种新事在镇子上生长，他不需要记着不快活的事情。不过偶尔经过坡南街时，他也会留意瞧一瞧街道两旁的商店，因为他听说王静芸开了一间不大的文具店。有那么一两回，他似乎在街边看到了王静芸。她手里牵着一个男孩，神情动作已是一位熟练的母亲。但他也不能确定就是王静芸，毕竟做了母亲的她和记忆中的她是不一样的。至于叶公路，在人来人往的街道上，式其再没见过他的瘦小身影。现在式其知道了，自己的眼睛为什么这么多年遇不到他。

眼前的火团渐渐软下去，变成了暗燃。叶公路盯着火堆，说："你来干什么？"式其说："人走了，我来道声别。"叶公路说："你道得着吗？"式其说："别这么说，死者为大，我的心意不是假的。"叶公路默了脸，过了半晌，他站起身说："那边坐。"他走向院子的另一侧边廊，那里摆着几张空椅子，显得暗静一些。

　　式其跟着走过去，坐到一张椅子上，与叶公路斜对。他们之间有一张方凳，上面搁着一包烟和一只烟缸。叶公路取了一支烟，将烟盒推给式其。式其摆摆手——一年前他遇着咳嗽，便将烟戒了。叶公路自己点上。

　　沉默了一会儿，叶公路说："静芸没跟你有啥来往，她一直这么说。"式其："她说得没错。"叶公路说："她以前不认识你，死的时候还不认识你。"式其说："嗯，是这样的。"叶公路说："一个不认识的人，把我们的日子捅一个窟窿。"式其抿一下嘴巴，说："这个时候，最好……别提不痛快的事。"叶公路不吭声了。式其说："今天晚上我来，就想说几句存了许多年的话。如果你乐意，我说给你听。如果你不乐意，我说给自己听。"叶公路猛吸一口烟，说："你说吧……我听着，静芸也在听着。"

　　式其说："王静芸说不认识我，可我认识王静芸……我记得那是一个下午，有点小雨的下午，然后是一条巷子加上一个身影。"式其这么说的时候，脑子里现出三十二年前的一条小巷。那天下午，他和几位弟兄因为某一次不爽的口争，跟另一伙小子约了一架，地点就在小巷口。他身上藏着一根笛子长的铁尺，与弟兄们抢先来到约架地，躲在巷口周边墙角，等候对手的出现。此时是春日，天空却不开朗，撑一会儿没撑住，下起了细雨。他使劲盯着巷子，胳膊上的肉一跳一跳的，心里等得都有点不耐烦了。就在这时，一个身影从小巷深处慢慢走出。

　　式其吸一口气，说："以前说这个事儿，我的嘴巴一定会有点难为情，但今天晚上我觉得不会。"叶公路说："啥个身影？你说。"式其说："那是一位身条不错的姑娘，二十出头吧，穿的是花布上衣黑色长裙，打着一把黄纸雨伞，脚步很轻，样子挺纯的。雨丝从上方落下来，让巷子显得有点静，也让她的身影变得有味道。当时我有些发愣，眼睛都舍不得眨，就觉得那身子好看。那姑娘一脚一脚靠近，从我跟前走过，露出了后背的辫子。那辫子呢足有一米长，很有趣地一晃一晃。"式其不好意思似的一笑，又说，"怎么说合适呢？那场景真的有点像电影里的一个镜头：在细雨中，一个年轻女人撑着纸伞从巷子里慢慢走出，一步步向巷口走近。"叶公路轻咳一声说："你说的是课本里的东西吧……那女人能是静芸？"式其说："我开始不知道是谁，只觉得心里被雨水洗了一把，挺舒坦。当时我还有一感觉，就是不想打那场架了,至少认为那会儿打架挺没意思的。事实上那场架也没打成,对方不知尿了还是耍啥花招,反正一直没露头。撤出来后,我们几个找了一家小店喝酒,喝着喝着我又想起在巷子里走着的纸伞姑娘。第二天,我找人打听那姑娘的名字,巷子的位置跟一米长的辫子一提供,很快让我知道了她叫王静芸。"叶公路取了一支烟替下上一支烟,问:"你是说……你一眼看上了静芸?"式其说,"当时年轻,不会分析自己,只觉得心里使劲晃动了一下,但似乎也不是你说的那种一眼看上。"叶公路又咳了一声,未接话。式其说:"这么些年过去,我才想明白了,我不是喜欢上巷子里的人,而是喜欢上了巷子里的那种情景。那一会儿呀,王静芸只是情景里的一个人物。"

叶公路用劲吸一口烟慢慢吐出,说:"我吃不准你这个人,也吃不准你的话,但有一点得告诉你,静芸不是一个招眼的女人。她不漂亮,也不活络。"式其说:"她……不漂亮吗?我不知道该怎么说……可她一定是个好人,那两年她没有丢下你。"叶公路点点头说:"我出了事,两个人反而缠住分不开了。但不管怎么说,我和她都是不怎么出息的人。因为日子过得不透亮,我的脾气又不好,我们也时常吵嘴……"式其说:"日子怎么不透亮了?"叶公路说:"还不是开店挣不到钱啦?孩子读书成绩不好啦?我出去打几场麻将她就唠叨啦?都是些杂碎的事。"式其说:"咱们镇子上的人过日子,谁不这样?"叶公路沉默一下又取一根烟接上,说:"跟镇子上的人比,她这辈子过得不算好也不算差,只是最后得了这病,比别人苦了些。"顿一顿又说,"不过这也是命,是命就得接着。"

两个人收了声音。哀乐明显起来,安魂的气息像雾一样散布在空气中。过了片刻,式其试探着说:"你说她不漂亮……年轻时候?可在我脑子里存着的,是一张好看的脸。你……能让我看几张她年轻时的照片吗?"叶公路认真地看式其一眼,默默吸几口烟,然后摁灭手中的烟蒂,起身去了不远处的房间。不一会儿,他回来了,双手在胖肚上护着一本相册。

叶公路将相册搁在凳子上,又把凳子往光亮的方向拖了拖。式其坐到凳子前打开相册,这是一家人的合集,但王静芸的照片多一些。他的目光盯住王静芸,一张一张往后翻,先是中年王静芸,体态已胖,神情有些累也有些愣;然后是少妇王静芸,手牵孩子,脸上搁着一点儿笑;再翻两页,见到了年轻的王静芸,一张是一个人站在某个景点里,一张与两个女伴坐在照相馆的椅子上,还有一张为黑白半身像。那时候的王静芸安静憨懂,养着一条长长的辫子,那张半身像还将辫子甩到胸前,算是添了清纯的味道。不过可以认定的是,姑娘时的王静芸并不漂亮,气质也平常,身上和脸上都找不出抢目的东西。

叶公路坐在旁边，默着脸一口一口抽烟。他似乎等待式其说点儿什么。式其的眼睛没离开相册，目光却看向了许多年前的小巷和小巷内走出的年轻女子。是的，那位有味道的漂亮女子和相册里的平常女人是同一个人，这多少让人有些失落。不过他又明白，这么多年过去，自己记着的那个女子和生活里的王静芸其实不是一个人了。

再细想一下，谁的身上都可能有妙处呢。用一句雅的话说，一个人在对的时间地点和对的欣赏目光里，能冒出一种叫气韵的东西。这一点，恐怕王静芸自己也从没料到。她无法想象在日常生活里的某一天，她曾经是别人眼中最好看的女人。

式其突然觉得，自己不应该沮丧。

他合上相册，找着话说："看着照片我就想到，时间溜得挺快，时间像钞票一样花了出去。"叶公路说："这不一样，钞票花了可以赚，时间花出去拿不回来啦。"式其说："能拿回孩子呀，孩子一天天大了，成家立业又生了新的小孩，日子嘛就是这样。"这种说法让叶公路嘴角翘了一下。他低下脑袋静了几秒钟，突然抬头说："有件事静芸问我好几次，现在我问你。"式其说："你讲吧。"叶公路说："静芸问'当时你咬下的那半只耳朵呢？'"式其愣了一下，叶公路说："我说我哪里知道，那会儿我可顾不上。"式其点点头说："我们两个人都跑开了，那半只耳朵丢在地上。"叶公路说："你没回去找？"式其说："想起来找已经是第二天上午了，没找到。"叶公路说："静芸觉得，当时把半只耳朵找到再接上，事情会好很多。"式其嗓子僵了一下，一时不知道怎么接话，只好在心里轻叹一声。

叶公路身子静着，嘴巴动一动，没出来声音。式其说："你要说什么？"叶公路脸上紧一紧，还是摇了头。

式其想了一下，似乎也没有新的话要说。夜已经深了，院子里人影少了一些。叶公路说自己再烧几张纸钱，起身去了。不一会儿，那边的地上又亮起一团火苗。

式其有些困了。他不能睡着，但允许自己闭上眼睛养一养神。

眼睛一闭上，哀乐响了一些，有点单调地在耳边游走。过了一会儿，他的脑子有些撑不住，似乎变轻变远了。朦胧中，他看见有什么东西飘来。飘近了，是一张很大的黑白照片。照片中有镇子里的街道，街道上出现一个男人。那个男人留着短发，露出右边的半只耳朵。半只耳朵的男人走过闹市，拐进一条小街，然后等在一条小巷跟前。小巷深处空空的，一时没有内容，于是男人抬起脑袋，去看雨丝有没有落下……

正在这时，他的身子被碰了一下。小巷和男人一起隐去，像电影镜头遇到了停电。式其睁开眼睛，看见叶公路的圆脸。他醒一醒神儿，听见叶公路说："我还有话要说。"式其点点头说："你说吧。"叶公路认真地说："我刚才琢磨过了，咱们这会儿见面，得让静芸知道。"式其眨眨眼，挺直了身子。叶公路又说，"你这么来了，我不能什么都不做。"式其说："你想怎么做？"叶公路一摆头，示意到那边去。

式其随着叶公路走过廊道，来到厅堂跟前。周围已安静下来，哀乐也明显调低了一些。叶公路指着方桌上的骨灰盒，说："静芸在这里……她现在一定睡不着，留意着咱们俩呢。"式其"嗯"了一声说："你说吧，要做点儿什么？"叶公路说："我想了，咱们还得打一架。"式其心里跟跄一下，说："今晚上我来错啦？"叶公路硬着口气说："今晚上不说对错，既然咱们见了面，就还得打一架！"式其说："你的主意挺稀奇，我不明白。"叶公路说："再跟你打一架，才能把事情了掉！不过这回跟上回不同，咱们只用嘴巴打架，跟下盲棋一个样。"又补一句说，"得让静芸听见。"式其默一默脸，心里明白了。

两个人调动脚步摆好身子，相对瞧着对方。叶公路说："我这辈子打两回架，都是为了一个女人。"式其说："我老了很多，但也不怕这种事，你出招吧。"叶公路说："我个子矮，先攻你的下盘。我突然抢前一步，双手去搂你的双腿！"式其说："你这还是老套路，很粗糙的打法。"叶公路说："虽然粗糙，但一用力能把你翻倒。"式其说："那好吧，我还是一挪脚步，一只手扣住你的手腕，另一只手掐你的脖子，这一招叫封手抄喉！"叶公路说："我也有两只手——你捏住的是我一只手，我另一只手正好打你的腰！"式其说："你这只手我确实大意了，我不知道你手里藏着东西……这一回是石头还是尖刀？"叶公路说："我过去不用刀，现在也不用，一块石头也挺不错！"式其说："疼痛让我发力，我一抽手劈掉你握着的石头，再攥住你的身体往上一提，你到了空中再飞出去，这一招叫经天落鸟！"

"等一等！"叶公路说，"你还用这一招？你怎么还敢用这一招？"式其说："我不会再犯傻，这次我省去头顶旋转的动作，不让你的嘴巴靠近我的耳朵……我直接把你的身子举起来往旁边一丢！"叶公路沉一下脸说："看来你还觉得能轻松赢我。"式其说："我的力气的确没以前大，不过你的力气也变小了。"叶公路说："可有一样东西你没算计对！"式其说："什么东西？"叶公路说："虽然我的力气小了，但我的肉盘大了。我现在的身子你能举得动吗？"

式其微微一愣，盯住对方的身形，盯了几秒钟，嘿嘿笑了。他一笑，叶公路的脸也慢慢松掉，像卸下了一层累。

两个人面对面久久站着,似乎忘了此时已是午夜。

(原载《收获》2017 年第 3 期)

作者简介:

钟求是,男,1964 年出生,毕业于中央民族大学经济系和鲁迅文学院第三届高级研讨班。现供职于浙江省作家协会《江南》杂志社,中国作协会员。

我们不配和蚂蚁同归于尽

王秀云

现在想来，他来时，我应该是在看那篇写宠物狗的散文。我的确感觉有一点动静，像风刮起树叶，或者是纸张在掀动，我并没有多想，接着看稿，看到这一句："突然，一阵急促的脚步声打破了黑夜的宁静。"这种陈旧的叙述，从白话文以来就用，但凡有点阅读经验也不会再用。我又拿起一组诗歌，有一个词挺好，作者写道：浩瀚的牙齿。浩瀚两个字让我看到了不一样。一天天看自然来稿，看的多是倾诉、觊觎和渴望，很难看到野心，那种真正对文字有冲击欲望，敢于跳出常规，压不住、藏不了、跃跃欲试、欲罢不能的野心。只要有点迹象，我就会倍加珍惜，我希望能发现一些好作家，当然我最大的梦想是发现曹雪芹和君特·格拉斯，我觉得他俩是我攀不上去的珠穆朗玛峰。

我对高处的写作充满好奇。

看完整首诗歌，还是有些失望，作品没有野心不行，仅有野心也不行。

我想去斟杯水，调节一下情绪。我喜欢喝茶，绿茶，淡到无味的那种。我起身拿茶叶，又感到了那种风，从我脚下、头顶和后背一点点袭来。这才发现他倚着门框，弓腰，穿一件黑色夹克，拉锁一直拉到脖子。他看着我，感觉眼睛很长时间才眨动一下，我当时觉得那是专注，不过后来我回想这一刻，才理解那表情应该叫怯懦，或者虚弱更准确。我想刚才的风应该是他引起的，尽管我看不出他身上哪里能带来风。所幸当编辑久了，五迷三道的作者见得多，一般情况下也不为怪。我边倒水边问他："有什么事吗？"

他这才挺直身子，往前探了一下头，又迅速地不易察觉地缩回去，说："老师，看您挺忙的，不敢打扰您。"他把"您"咬得很死，像是刻意强调谦卑的态度。这就和一般写作者有了区别，很多写作者是以轻狂自居的。

我又注意了他，看不出准确年龄，应该在50至70岁之间，这个年龄段也看不出职业了,不过看脸色和气质应该不是体力劳动者。我还在犹豫,是不是该让他进来。他已经迟疑着到我眼前了。我只好拽过一把椅子,让他坐下。他坐下后竟然发出了一声很深长的叹息。这声叹息又让我看出了他和别的作者一样——他们都觉得自己经历坎坷,满怀悲愤。

果然,他开口就说:"老师啊,我这一辈子啊……"

我毫无兴趣,因为这个年龄的人经历的一切我们心中有数——"大跃进"、饥荒、"文革"……赶上哪一段都脱层皮,可是他们都赶上了,或者说,赶上的人太多了。当编辑要是听诉苦,一天到晚泡到太平洋也不管用,几乎每个作者都有一腔辛酸泪。我本来想给他斟杯水,这声叹息让我打消了这个念头,我开始琢磨如何打发他尽快离开——还有很多稿子等着看。

他屁股刚落座,就说:"王老师,我跟您说,我这一辈子经历的事太多了。我啊,我老家是山东人,爷爷做银匠,九岁跟着我爷爷来北京,我爷爷后来牛啊,给宫里打过簪子,那是后话了,刚来的时候……"

不止一次遇到这种作者,想跟编辑倾诉,认为自己苦大仇深,身世就是世界名著。其实这个年龄该明白,没有多少人对别人的悲伤感兴趣,除非你的悲伤能让人获益。我也一样。我立刻阻止他说:"你也看了,我这里稿子特别多,真没时间聊天,你要有稿子就放下,我看完和你联系。"

他愣怔了一下,说:"那我就不打扰您了,我写了一篇小说,您给看看。"说着从一个黑色斜挎包里拿出一个信封,很厚,我接过来,竟然是新华社的信封。因为这个信封,我又着眼看看来人,没看出什么异样,就说:"你先回去吧,我先看稿子,看完咱们再谈。另外跟你说,我只是初审,还有二审三审,我说了不算。"他已经站起来,说:"这个我知道,我就是有话想说。"

有话想说,这最后一句话,让我动心了,他走之后我马上打开稿子,题目是《蚂蚁不配和我们同归于尽》,竟然看进去了。他的小说是这样的:

> 发现他们,源于全市文明城市大检查。我们把四年前的各种讲话、调查报告、批文放入垃圾袋,打电话给收废品的老头,东西不少,卖了一百八十六块钱,我和周健赶到陈贤标附近,三个人吃了一顿涮羊肉。吃完饭,他们两个说有事,我自己回来,发现办公桌右腿下有一小片黑乎乎的东西,椭圆形,不太规则,星星点点。我以为是早晨不小心洒落的咖啡,就拿了墩布准备擦洗,刚要动手,却发现那片黑乎乎的东西是移动的。这让我吃了一惊。我急忙扔掉墩布,蹲下仔细观察,这一看不要紧,这竟然是一群蚂蚁。太不可思议了。我们的办公楼是本城的标志性建筑,六十五层高。几年前

为了修这幢大楼，领导跑了二百三十一次主管部门，拆掉了两座桥、两栋名人故居。印象最深的，是当年住在这里的百姓，全部要迁走，哭爹喊娘，好像他们不是迁到楼里，而是迁到坟墓一样。

其实这些和蚂蚁无关，我说这些是想重申领导的话："我们的楼来之不易。"而且，不是谁都有资格进入这栋楼的，进这栋楼，要求学历高、文笔好、五官端正。能在这座楼里办公，我们感到自豪。我们这间办公室在四十八层，阳面，我经常站在窗前，居高临下，放眼望去，一览众物小，那些剧院、广场、住宅楼、医院、学校统统和唇膏包装盒一样，至于人嘛，从这里看去，就是蚂蚁。

蚂蚁，我说到了蚂蚁，我说这么多就是因为我脚下这群蚂蚁。它们还在移动，集体移动，它们已经到了椅子下面。我意识到了，这群蚂蚁在搬迁。我们整理物品，把它们的家园破坏了，它们现在像当年犹太人出埃及一样，正要踏上征程，奔向它们的耶路撒冷。

我很好奇，它们是怎么上来的？四十八层，我在这里办公八年，从没见过苍蝇、蚊子，可以说，没见过除了人之外的一切动物。这群蚂蚁竟然在这里安家立业，它们什么时候来的？怎么来的？它们要上哪里去呢？

关键是，迁徙，是谁做了这个决定，哪一只蚂蚁是这里的摩西？

我蹲下，仔细观察它们，它们的移动并不规律，有时快，有时慢，有时会停留一下。我知道，这一下在我是眨眼之间，在它们可能就是几天几夜，那些散落在周围的蚂蚁大多身负面包屑、茶叶渣、午餐罐头末之类，我能想到的适合它们吃的东西只有这些，或者是对桌周健的头皮屑。这里没有树木、土地和虫豸，脚下是安信地板，四周刷着多乐士墙漆，办公室是钢制办公桌，电脑椅是铝合金的，那些纸质文件清理之后，我确实找不到适合它们定居的地方。我理解了它们的踌躇。如果它们有思想，它们一定像某些文青面对雾霾发出一样的呼喊：哪里是我们的家园？

我好像真的听到了它们的呼喊。

周健回来了，他看见我蹲在地上，问："找什么？"

我担心他看见这群蚂蚁，急忙站起来，说："刚才笔掉地板上了。"幸好我手里拿着一支碳素笔。

周健哦了一声，回到自己的座位上。他从我身边经过的时候，我感觉他的气息有些燥热，这让我的心绪顿时有些烦乱。我们从搬到这栋楼里就是对桌,我们熟悉彼此,我知道这个中午,周健应该做过什么。

但人类的争执无外乎钱权情色,我和周健之间也一样。在进入这栋大楼之前,我们都是北京大学的学生,我学历史,他学哲学,因此我们曾经被周围同事羡慕,我们自己也深感庆幸,因为有很多共同的话题,尤其是午饭后,我们可以去楼外散步,院子里有法国梧桐和小叶月季,夏天有阴凉,冬天有阳光,话题可以从福柯一直说到霍布斯鲍姆。裂隙就是从那次竞选科长开始的,我们都在争,没有什么对和错。鹬蚌相争,渔翁得利,我们互相争抢的结果是让陈贤标得到了这个机会。陈贤标随后在一次上访中受伤,那一瞬间,我有一种庆幸,能感觉出来,这种心情周建也有。很显然,遇到这种情况,谁当科长谁就得冲到一线,谁冲到一线谁也免不了挨揍,只是轻重而已。我们因为竞争失利幸免于难。

问题是,陈贤标因公受伤,即将得到提拔,他的位置再次空出来。我们瞬间又从普通同事再次成为最强力的竞争对手,不得不又投入新一轮竞争。男人对于权力的渴望是一种生存本能。这个特殊时期,我们每个人都是蛰伏的猛兽,时刻监督着猎物的一举一动。刚才周健身上那种气息,在我看来有某种异样。这个时候,任何蛛丝马迹都不能放过。

没有什么更好的办法,我立刻去保安部,说我的手机掉了,好像上班路上还在,应该是掉在院子里,我想调看今天的录像。我很容易就发现了周健的身影,他的确是从部长房间出来的。

保安处长说:"没有看见您掉手机。"

我说:"看来我放忘了。"

保安处长狡黠地笑笑说:"您的手机掉得很奇妙。理由总是为目的而存在。"

我有些窘迫,但这没什么,这个楼就是因为有无数奔突的欲望而金碧辉煌。我也笑笑说:"这个楼里的每一个人都需要理由。包括你。"

我一直庆幸,我的手机幸亏没响。

回来时,周健正蹲在地上,我没有问他,我知道那群蚂蚁爬到他那边去了。

他抬头看我一眼,说:"怎么会有蚂蚁呢?"

想起自己刚才说谎,有些羞愧。但谎言一旦出口,就像驾车走错高速口，只有继续，倒车和改口只会更加凶险。

我装作刚刚看到，蹲下身来，说："真的是蚂蚁，横空出世啊，从哪来的？"我还像煞有介事地四下看看。窗外灰蒙蒙的，雾霾笼罩这个城市已经十七天了，我们几乎忘记了阳光的模样。

周健看得饶有兴趣，似乎没理会我在说什么。看了一会儿，他突然说："我们要给它们安个家，明天保洁员会把它们扫出去的。"

周健的话让我一惊，我能想到保洁员的墩布擦在这些蚂蚁中的情景——在蚂蚁的世界，一个巨大的不明物体席卷而来，暴雨如注，翻江倒海，它们要在惊涛骇浪中艰难求生，我甚至隐约看见几只蚂蚁，攀缘着我和周健的一根头发，那是它们生还的唯一希望。墩布所到之处，骨肉分离、死伤大半，鬼哭狼嚎、撕心裂肺。

我急忙说："行，我们把它们留下。"

真要留下一群蚂蚁，并不容易。办公室每一个角落都干干净净，蚂蚁格外醒目。而且蚂蚁和我们之间有一座通天塔，我们无法交流，我们不能阻止它们一厢情愿的一些行为，这些行为绝大部分是危险的。我们拉开办公桌，希望在两个办公桌之间找一个缝隙，这显然不能做到，一条裂缝破坏了办公室整体格局，会让人觉得我和周健之间有了罅隙，像闹别扭的小学生课桌上那道楚河汉界的分界线。墙角显然也不合适，那里竖着一个书柜，放着各种重要文件，蚂蚁一旦爬进去，后果会很严重。再就是窗台下面，目前来看那是比较合适的地方，但那里阳光曝晒，蚂蚁会被烤焦。虽然现在是雾霾天气，但是谁能保证太阳一辈子不出来呢？我们不能把蚂蚁往火炕上赶。

只有我们两个人脚下的位置了。我爱穿运动鞋，桌子下放了好几双，桌下的空间本来就逼仄，给蚂蚁腾个地儿显然很艰难；周健脚大，爱打篮球，他桌下放着篮球和阿迪达斯球鞋，他的空间也很有限。关键是，蚂蚁是运动的，它们有自己的想法，我们要做的，是制定边界，告诉它们，想去哪里就去哪里，在这个地方是危险的。我们必须把它们限制在一定的范围内。

经过反复研究，我们决定把一个文件箱子腾出来。箱子是纯白色的，蚂蚁的行动可以一目了然，便于我们监督。箱子体积不大，四十公分，这在蚂蚁来说就是广阔天地了。把2014年各种文件放在箱子最上面，以示这是一个重要的箱子，不能随便挪动。箱子放在我和周健办公桌靠边的位置，我们俩谁都能看到，有情况可以及时沟通。周健先把自己的曲奇放进去了，我也毫不示弱，把上午刚买来的咖啡倒进去一些。周健又把东西倒出来，找出一个保鲜膜，放进去铺平，再把刚才倒在地上的碎末都扫进去，我又把杯子的水滴进去一些。如何把这些蚂蚁弄进去，让我们颇费周折，用扫帚不行，肯定会让不少蚂蚁断胳膊断腿，好事办成了坏事，起码不能尽善尽美。最后我想了一个办法，找出一份过时的文件，撕开，上面洒满曲奇末，这些蚂蚁果然上当了，前赴后继，奔向这些白花花的文件上……也别说，自从清理了垃圾，它们就没什么食物了，尽管这是昨天的事，距离此刻只有不到两天时间，但在它们的蚂蚁史中，就该是三年自然灾害了。

　　应该说，我和周健是要感谢这些蚂蚁的。自从发现了这群蚂蚁，我们之间又可以谈论时政、历史和其他一些话题，我们心照不宣，实现了久违的默契。每天上班之后，我们互相看一眼，其中一个人，有时是他，有时是我，找个机会，拿开纸箱子上的文件，那些文件也会更换，比如最近，刚刚召开了关于向陈贤标学习的动员大会，那份实施意见就在最前面。我们拿开文件，看看那些蚂蚁，我放进些米饭、肉末，周健竟然省下了一个鸡蛋黄，我们会心一笑，把食物尽量揉碎，周健把食物放入纸箱子，他的动作很优雅，好像下面不是一群蚂蚁，而是英俊少年心仪的有着良好家教的姑娘。

　　陈贤标是我们屋里另外一个同事，更准确地说，是我们的科长。他去年到一个信访村蹲点，代表上级配合村班子一起做几个上访人员的安抚工作，你一定能想到，村里的地被一家企业占了，村民想多要点赔偿款，企业想少拿点，甚至不拿，矛盾很激烈。陈贤标在一次调解过程中被打断了腰。我们办公室就我们三个人，他自从腰断了之后就不再上班，来了也是看看就走，我刚才已经说过，他马上要提拔了。

　　我只顾看周健，没注意到蚂蚁爬上了陈贤标的名字，先是只有一只，后来发现有两只，从文件边缘爬出来，爬过陈，又爬过贤，再爬过标，它显然是在寻找食物，但它不知道食物没有在这些文字中，它不知道这些文字不生长玉米和大豆，也不能给予它咖啡和蛋挞。这些文字的意义是蚂蚁无法理解的。

　　我注意到这只蚂蚁和其他两只比，显然要年轻很多，它体态强健，动作敏捷，一旦决定会迅速做出反应。它身体的颜色是褐色的，有着透明的光泽，也许还没有像同伴那样变得黑亮、坚硬、成熟。

它爬到文件边缘，那里有一个逗号，逗号是把一句话分开了。

我们由此还发现了一个有趣的游戏。那天吃完饭，有些无聊，我和周健把文件放到箱子里，我们把《关于向陈贤标同志学习的通知》放进去，打开第一页，等着蚂蚁爬上来，然后打赌，看蚂蚁会爬到什么字上。

周健说："会在'奉献'上，'奉献'。"

"蚂蚁会喜欢奉献？"我抬头问周健。

"会。"周健说，"像穷人喜欢看豪门戏一样。"

"你喜欢吗？"我接着问。

周健愣了一下，说："问题是，那是一块诱饵，我们都是一条鱼。"

"你怎么知道你不是蚂蚁，而是一条鱼？"我穷追不舍。

周健被我问得不耐烦，就说："你敢说自己不喜欢奉献吗？"

这回我被僵住了，我不敢说不喜欢。但又不能认输，于是和周健较劲："你敢说我就敢说。"说完我们两个都笑了。

周健说："还是赌博吧。你说，蚂蚁会爬到什么字上？"

"陈贤标的标字上。"我说。我实际上瞎说，我怎么知道蚂蚁会爬向哪里呢？我以为蚂蚁的行动是布朗运动，毫无章法，后来我发现不是，它们有自己的规则。不是所有蚂蚁都往文件上爬，比如那只褐色的小蚂蚁，它就没有上来，即使文件上放了橄榄油炒制的牛排，它也无动于衷，好像洞穿秘密的巫师，它在文件下伫立、思考，而后放弃，终于让自己做了旁观者。

能看出来，它的拒绝很艰难，每次都有同伴在它身边停留，我似乎听到了它们对它的召唤，它每次都是爬几步，在我和它的同伴们以为它会一起行动时，停下来。后来，我发现，有一只和它一样颜色的蚂蚁爬到了它身边，它们耳鬓厮磨了很久，那一只稍微小一些，腹部有六节，是一只雄蚁，它们一定是一对恋人。雄蚁在对雌蚁做了很长时间思想政治工作之后，扭过身子，胜券在握，准备带着恋人，奔赴那些字。那只褐色的蚂蚁也跟着它爬了一阵，连我都以为它将追随而去，可它爬了几步就停下来，再也不动了。我明白了，它是在送别。它的同伴前赴后继，奔赴那些字里行间。在"良好风气"四个字上，停留着三只蚂蚁，看那状态，它们以为这里是芳草地，春天来到，百花盛开，松软的泥土里同类相生，彼此亲爱。但是很快，其中一只蚂蚁有了犹疑，它在"执"上盘旋了一会儿，又爬向"行",对于蚂蚁来说,这是不短的路程,相当于人类的两站地左右。它在"行"上停留了很久,大约有三秒钟,我想它一定以为这里会有某种气息,像家庭主妇面对新上市的水果一样,为新鲜的会让孩子们垂涎的味道而微微颤抖。但是很快,失望像一阵雾霾一样,让它的心绪暗淡下来。这些字甚至不是颜料墨,而是劣质的染料墨,温州产的那种,如果说味道,你能想到的,就是污染的河流里飘出的味道。

我们都赌输了,它们没有按照我们的意志爬行。我们把所有文件都拿来赌,尽管从来没有一次能够断定输赢,但这样的赌局总是让我们兴奋。

有一天,我们在用《关于流动人口的管理问题》赌完之后,周健深受触动,产生了新思路:"既然人类的流动都有那么多问题,那么蚂蚁凭什么可以为所欲为?我们也要给它们实施一个治理方案。"

我对此不以为然。它们在盒子里,活动空间总共不过四十公分,还能怎么限制呢?又不能把蚂蚁捆起来,难道用透明胶布粘上它们?这个想法一旦萌生,我被自己吓了一跳。我担心周健也想到这个主意,急忙说:"我们可以给它们制订管理方案。"

周健听了,犹豫了一下,说:"不,我们还是要给它们自由。"

一定是周健的唾液喷溅到了蚂蚁群中,我看到蚂蚁们一阵骚动。

一连很多天,周健投身于对蚂蚁的培训工作,他做的第一件事是给蚂蚁念托马斯·潘恩的《常识》:

一些作者把社会和政府混为一谈,弄得它们彼此没有多少区别,甚或完全没有区别;而实际上它们不但不是一回事,而且有不同的起源……前者使我们一体同心,从而积极地增进我们的幸福;后者制止我们的恶行,从而消极地增进我们的幸福……

在进行到第三天的时候,他提出以后给蚂蚁喂食的事就不用我操心了。我的权利被无端剥夺,很生气,蚂蚁毕竟是我发现的。但因为几只蚂蚁和他争执起来,又显得很荒唐,最后我还是选择了忍耐。我的理想是人类管理者,而不是面对一群蚂蚁指手画脚。我也和那只褐色蚂蚁一样,选择做了看客,甚至把蚂蚁箱子直接挪到了周健一边。

桌子下有了空间,我把几双运动鞋重新刷洗,摆放整齐,换上一双耐克出去散步、晒太阳。我在第三天中午遇到了部长。部长也在散步，我在犹豫是不是迎上去套套近乎时，部长主动跟我说："来，一起走走。"

起初，我和部长的谈话很紧张，我总是试图取悦部长，猜测他喜欢什么样的话题，比如我认为部长是领导，在最大范围实现个人意志必定是他的理想，换句话说，他一定希望拥有更大的权力。

部长问："对工作有什么想法？"

我答："部长，我觉得以您的才能，在我们这样的部门的确委屈您。"

部长没接我的话题，接着问："你来几年了？"

"八年，部长，八年，八年不算长，您都来了十一年了。"我谄媚地说。

除了谄媚，我不知道该如何和领导说话。这是这个大楼塑造的。

"昨晚中国队对法国队那个球真臭。"部长突然说。

我一时有些受宠若惊，难道部长在迎合我的兴趣？我急忙说："中国队教练不行，这要让您去当教练……"

部长没听我说完，看看表走了。下午我过得很忐忑，我不知道部长一走了之对我意味着什么。他不知道我其实并不是真要出去散步，而是看到他经常散步才投其所好。我每天都在他的必经之路等着他。

而现在，部长一走了之，我的未来陷入黑暗之中。我很想找一个人说说，但无人诉说，不能诉说，我能跟周健说"在你给蚂蚁进行培训的时候，我在取悦部长，但部长不买账"？这话能说吗？跟同级别，或者地位更低的人承认自己的弱点和挫败，不是件容易事。但并不是一成不变，我们在掌握生杀大权的人面前，承认不承认自己的弱点，完全是个伪命题。面对权力，我们的自尊心从来都是刀砍斧剁不躲避，油煎火滚任蹂躏，只要能升迁，忍把羞辱当黄连，怒将嘲讽做苍耳。我们忍受这一切的信念就是：闯过此山成大道，一马平川走泥丸。

可此刻，部长离去的背影就是一座阴森森的孤山，横亘在我的面前，让我晚饭都懒得吃。

下班后，周健给蚂蚁朗诵了一段文字：

这个"愚人"便是被缩减成"生物蔬菜水平之上的人"。他的生活密不透风,他将整个生命倚靠在肉体这个最小的犄角里,不愿离开这个壁垒朝外迈出一步。他是屈从的,屈从于自身生物性的需要,这种屈从可能发展为这个人所有屈从的基础,由屈从自己开始屈从他人,屈从普遍的种种不合理的压力。

等他走了之后,我急忙打开蚂蚁箱子。几天不见,周健把箱子做了改造,原来白色的四壁如今写满了文字,仔细一看,都是当代最活跃的知识分子的名言。

我反对文化决定论。我以为历史是有因果关系的,但作为历史主体的人具有主观能动性,因此历史中的因果只能是概率性因果,而不是必然性因果。

………

我发现左上角有一块有些异样,仔细一看,下面还有一点纸,只剩一些字:"……在一个总争吵的微信群里,一位群友说,当争论发生时,谁的观点都可以被打折,这才是多元的本意。"

我明白了,这些内容并不是不变的,周健会及时更新。

我本来想和蚂蚁倾诉部长不辞而别的焦虑,看来,周健先我一步已经和蚂蚁倾诉了他的焦虑。我忽然不想再说什么了。

有什么用呢?

天黑下来,我没有开灯,我能看见房间里办公桌的影子,文件柜的影子,我自己的影子,但蚂蚁被黑暗完全吞没了。没有灯光,我根本看不见它们。

我盖上箱子,黯然离去。

慢慢地,我发现,周健果然赢得了蚂蚁的尊重。他投放的食物被蚂蚁踊跃分食,乃至只要周健站在箱子前,俯下身子,蚂蚁们就会纷纷爬向离周健最近的地方。它们发出嘶嘶的声音,看起来像是欢呼领袖的光临。而我的境遇越来越不堪,我投放的米粒已经干得像一枚枚小小的石子,咖啡被推到一边,它们蜷缩在一起,宁愿饿着也要等着周健来喂食。周健出差一周,这些蚂蚁甚至在绝食。那只褐色的蚂蚁怯怯地爬过来,被另外的蚂蚁阻拦着,好像它是背叛者和窃贼一样。它眼巴巴地看着我,我似乎看到了它细小的眼中微分子一样紧致的泪滴。等周健出差回来,蚂蚁们似乎能辨别他的呼吸和体味，蚂蚁们一阵骚动。当周健把从南方带来的各种零食放进去，我听到了蚂蚁的欢呼席卷而来。整个箱子都弥漫着节日般的气氛。

事情的变化是部长到我们办公室之后。部长来主要是告诉我们，这一次科长人选将改变上级直接任命的制度，在整个大楼实行演说竞岗，会邀请业内、专业人员来评比，由本楼全部办公人员和下属部门投票决定，优胜者将获得任职机会。

我看见周健激动得脸通红，看起来像皮肤过敏。那段时间，蚂蚁成了他的演讲对象，我几乎每次到单位他都已经在那里讲上了，他全力以赴，志在必得，全部精力都用来准备演讲。

我和蚂蚁都在聆听。开始，蚂蚁像往常一样，三五成群，有的伫立在文字笔画之上静静听讲，有的在行文之间游走。我眯起眼睛，感觉文件就是它们广袤的大地，它们生活在点、撇、捺、横、竖的丛林中，偶尔有字母，abcdefg……组合成欧洲、拉丁美洲，甚至大洋洲的文字，带给它们异域的气息。它们已经很少大惊小怪，而是享受着这一切，像我和周健享受田园、森林和远处的白云一样。我甚至觉得，它们一定把周健的朗诵当成了天堂的牧歌。连我都开始沉浸在周健那被激情、不甘和跃跃欲试的情感反复踩躏的粗犷声音。

根据《人类本能性法则理论》，私欲性是人的本性，无私是不存在的。而私欲性（私）的本性是利己和贪婪，因此，不受任何制约的权力者，一定在其私欲性的驱使下，通过特权和腐败的方式……

话音刚落，我看到蚂蚁们一阵骚动。它们急速打乱了刚才的格局，四处奔走，惊慌失措，鬼哭狼嚎，仿佛暴风雨来临前的海燕，大地震中逃生的众生。只顾朗诵的周健也听到了它们的骚乱，吃惊地停下来。他走近箱子，想弄清楚发生了什么，我看着他的步履、动作和弯下的腰身，忽然发现他就是一只蚂蚁。

我的后背刮过一阵冷风，我也感到了蚂蚁同样的恐惧甚至绝望。我知道蚂蚁们的世界只有四十公分，我和周健也一样，我们在这栋大楼里的四十八层，我们只能在这一层，我们和那些蚂蚁一样，无处逃遁。我和周健互相看了一眼，我在他的眼睛里也看到了恐惧。然后我们一起回头。部长站在门口。

我们不知道部长站了多久。

竞争上岗取消了，上级部门派来一位转业干部，他上班第一天就发现了我们桌下那只可疑的箱子。我们和蚂蚁的这场游戏当即结束了。

没有选择的余地，我们立刻就得把箱子扔出去。我和周健互相看了一眼，周健搬起箱子，他低头看了看，忽然泪流满面。这泪水滴到蚂蚁群中，箱子里一阵翻江倒海，我知道，蚂蚁们也知道，它们的世界末日到了。我听到了自己脊骨断裂的声音，我的腿在变软，头往前伸，两只手弯曲下去，接过箱子。箱子真轻，特别轻，你甚至感觉不到重量的存在。以前真没意识到，箱子会这么轻，如果不仔细看，根本不知道里面有成千上万只蚂蚁。

我看到了那只褐色的蚂蚁，它一定最早预感到了危险，它已经独自爬到了箱子出口附近，正拼命往外攀缘。我像一只蚂蚁一样，四脚并用，迅速往外走去，然后把右手深深探进去，一直探到它身边，它迅速从我手心里爬进了我的衣袖。

我突然感觉它在吻我，是的，它就是在吻我，我听到了它急促的呼唤，感觉到了它四肢的柔情，它炽热的小小身体和我相依为命的战栗，让我勇气倍增。我弯下身子，加快脚步，义无反顾地往前冲去……

看完小说，我有些愣怔，不知道该说什么。我写好了稿签，准备送审。当我重新翻阅稿子，才发现没有署名，没有地址，没有联系方式，作者来无踪去无影。这几个月，我销毁了几百篇稿子，水平低不能刊用的，一稿多投的，三审没通过的，作者联系不上的，他的小说属于最后一种情况。这么长时间过去了，作者再也没有来过。我知道很可能再也联系不上他，但我又常常觉得他就在我身边，像当年一样，弓腰站立在门口；或者带着风吹落叶的声音从我身旁经过，我时常感到那种风在，他在。我无法销毁他那篇稿子，我甚至觉得销毁了那篇稿子就是销毁了他。那天，我突发奇想，给他写了一条微博：

我知道你在，你一直都在，你一定会在你想出现的时候出现，像你在想来的时候来了。这个我懂。你的小说我想送审，我不需要知道你的个人信息，像你无意这篇小说的命运一样。但我想告诉你，我把你的小说题目改了，这是我的权利。现在你的小说叫《我们不配和蚂蚁同归于尽》。

微博发出去之后,我忽然想流泪……

(原载《天涯》2017年第2期)

作者简介:

王秀云,中国作协会员,鲁迅文学院高研班第22届学员,在《北京文学》《人民文学》《十月》等发表中短篇小说多篇,著有长篇小说《出局》《飞奔的口红》,出版中短篇小说集《钻石时代》等。

然后果然

朱 辉

这是个好天气。清晨，百鸟婉转，红日满窗。连日的阴沉雾霾后能有这么个好天，本该使人心情愉悦，甚至精神一振，但王弘毅愉快不起来。对人的心情而言，坏天气是雪上加霜，好天气应该能锦上添花。可他不是锦缎，被面才是锦缎，他是床褥里压死了的棉絮。总而言之，这天气好得像个反衬，简直像个讽刺。

但是他外表不流露。行动举止不流露，面部表情也如常。早晨总是风风火火又有条不紊。他嘴里叼着牙刷，去催女儿起床；老婆在厨房里忙早饭。早饭简单而准时，女儿起床却复杂拖沓。光动嘴还不行，有时还要去拖。把她从平躺变成坐姿一般需要重复数次。做爸爸的好脾气，左手把她拖正，手一松又躺下去了。再拖，还下去。这父女俩斗法，斗的是个角度问题，从180度变成90度，是日常生活中的几何难题。于是他双管齐下，左手拖，右手在她后背推一把，固定，含着牙刷的嘴说："大丈夫能伸能屈。"女儿睡眼惺忪地反驳："你才大丈夫，我是小女子！"看看，才四年级，就小女子了。话这么说，90度终于稳固了。女儿穿衣不算太磨叽，片刻后，她就会呈直立状走到餐桌前。

鸡蛋，面包，牛奶；水果一两种，随季节变化。三个橘子在桌上，鸡蛋摆在盘子里等着他剥壳。老婆一边削着苹果皮，一边热牛奶。王弘毅听着厨房里微波炉的嗡嗡声，扭头看看盥洗室的女儿，抓起一个鸡蛋准备放入自己口袋，略一停顿，飞快地剥去蛋壳；又抓起一个橘子，也剥掉皮，抽几张餐巾纸一起包好，塞进了口袋。那边微波炉嘟的一声，老婆就要出来了。他突然想起自己分内的面包还没有处理，眼一扫，飞快地把面包塞进了包里。包被塞了食品很安静，他空着的嘴倒吧唧起来了："你妈买了新品面包，好吃！你可以快点啦。"女儿对镜梳头，并不正眼看他，喊一声说："馋猫！"

老婆很能干，双手可以端三杯牛奶。他跑过去接过一杯，不喝，摆在桌子上。坐下来，继续剥好剩下的鸡蛋，他舌头余味未尽似的在嘴里转一圈，抽餐巾纸擦擦嘴和手。老婆说："牛奶。"王弘毅说："牛奶不喝了，肚子有点咕咕的。我到办公室喝茶。大红袍，解腻。"老婆说："你最近应酬不多啊。""晚上是不多，"王弘毅无奈地说，"现在基本改中午了，中午目标小。"

"目标小，防止被发现。嘻嘻。"女儿拿起个鸡蛋，捏在手上，斜眼看看她爸爸。她人小鬼大，还懂目标小的意思。这会儿王弘毅的胃属于假大空，不平则鸣，咕咕叫唤。他坐在餐桌边看着她们吃。聪明的女儿，美丽能干的老婆，晨光勾勒出她们宁馨的侧影。时间差不多了，他拎起上班的包，说他今天有个重要的洽谈，不能再等了，得先走。通常他开车先送女儿和老婆，然后自己去上班。但他今天工作忙，他把车钥匙递给老婆，说自己打车去。

一个多小时后，他终于吃上早饭了。衣袋里的橘子和鸡蛋还有点模样，面包就一塌糊涂了。烤过的面包片很脆，七零八落地落在包底，他的手必须呈鸟喙状，到包底去撮。他吃自己的饭，却像个寻食的鸟，这令人气恼。他把包弄个底朝天又摇又晃，这才算弄干净。包里一些文书被抖搂出来，是一些药品和医疗器械的说明书。这提醒他，他以前也在公司干过的，那时他干得很不错。

是的，那是以前。就是说，他自称今天有个重要的洽谈，那是哄人的。重要还算重要，因为这是他的新工作；洽谈却是早已谈好了。在网上谈好，不谈好他也不需要空着肚子，不谈好他也拿不到那几百块定金。两天后，如果不出意外，他还可以拿到剩下的几百块。他把草皮上散落的说明书捡起来，塞回包里。路过的人朝这边瞅瞅，但人家并不再多看一眼。这里是医院，这些说明书出现在这里再正常不过。倒是几只鸽子，早已习惯了人来人往，他一离开，它们就围过来啄面包屑。它们安静地啄食，头一点一点像在致谢，不时还侧脸看看他。王弘毅突然觉得有点讪讪的，顺手把墨镜戴上了。

接下来到哪里去，这是一个问题。医院他再熟悉不过，不但这个医院，全市近十家三甲医院，他没有不熟悉的。但医院不是个能容留的地方，这里氛围不好，除非真生了病，没有人喜欢到这里来。他没有病，全身上下十分健康。三十八年一路走来，除了脚上的两个鸡眼，他什么毛病都没落下，实在是运气。但他目前状况不好，他跳槽了。有人跳槽是往高处跳，他不是，他有点像是跳河。以前的公司就像只船，他待不下去了，扑通就掉水里了。就是说，他目前落水，没有稳定工作。找工作是急不得的，他总得先做着点什么，最好是骑驴找马。"马"不知在哪里，"驴"他先骑起来。他的驴说到底是他自己，是他自己的身体。他自己骑自己，靠好身板先撑着。

其实也不耗费身体的。又不是干苦力，他只是使用自己的身体。具体说，他目前的工作是代人体检。有人因为某种原因必须去检查身体，却又不想不合格，这时候，一个好身体的替身就很有价值，于是，王弘毅的身体就具备了价值。这真的不耗费什么，用一下身体而已。说起来，任何工作都必须使用自己的身体，概莫能外。高级如那个科学家霍金，全身瘫痪，但他也用着自己身体的一部分——脑子，脑子不转，他就歇菜；低级的吧，像有些姑娘，不也在磨损自己的身体吗？他此前推销医疗产品，用的是腿、嘴，还有脸上的表情，只不过现在用得更全面而已。

说是全面使用，其实主要的就那么几项，几个部位。他是学过药学的，知道自我保护，抽血验尿B超基本无所谓，X光他就比较谨慎，有伤害的。有伤害就是有成本，必须控制间隔和次数，价格也就高一点。他靠身体吃饭哩。

今天的项目是抽血，必须空腹。晚点吃早饭他不在乎，稍有难度的是要瞒着老婆。好在老婆虽然贤惠却也粗线条，瞒她并不难。抽血很简单，静脉血，几毫升，几百块，简直单价可观。他甚至想，即使以后找到新工作，这活儿也未必就完全不做。零伤害，高收益，做个兼职有什么不好？别让人知道就是了。

不让人知道他做这个不算难，对老婆却必须仔细披着。他这么过了快三个月，已经掌握了一点技巧。从医院出来后到哪里去，曾经让他十分为难。茶馆、麻将档，本来都是好去处，但这需要成本；找朋友打发时间也不是长久之计。他一般到东湖公园去。那里很大，也有幽静处，怎么都容得下一个杀时间的人。他在那里也不是纯粹发呆，他经常要看看手机。他接活儿或者找一份稳定工作，都离不开网络。

公园是免费的，公交车很便宜。这很好。他拎着公文包，如果忽略手臂上抽血留下的一点疼痛，连他自己都要认为他还是个忙碌的白领。刚进公园，他皮包里嘀嘟了一下。他停下来，查看手机。

来活儿了。他本以为是他发的求职信息有了回复，不是，是一单新活儿。这也不错啊。这是个顺利的上午，原本他还因为刚才抽血没能和腹部B超一起做而略感遗憾，这新生意不就又来了吗？这人的项目更简单：代检色盲。这比所有项目都要简单。几块色卡，幼儿园的孩子都能看出是什么图案，可如果你色盲，你就只能乱说，他曾亲眼看见有人把一个美女看成了一只鸡。他只要去瞅两眼，几百块就到手。可是问了地点，他拒绝了。对方很急切，问为什么不干，钱还可以再商量。王弘毅说不是钱的问题，是安全问题。对方说这个你不用担心，车管所他找过人了，不会太顶真。为了说服他，对方还在屏幕上幽默了一句："又不是枪毙，不会那样验明正身的！"王弘毅说："不是这个安全问题。你红绿不分，开车就是杀人。"对方好半天没回话，然后传来一句语音。王弘毅听了一半就按掉了。那边在开骂。王弘毅迟疑一下，把这人黑掉了。他自己女儿上学，最担心的就是交通安全。无论多忙，只要他答应当天接孩子，从来没有失职过。此人拿到驾照就满街跑，那就是个无差别杀手。

他不肯去看色卡，只能在公园看风景了。他看风景，却不愿意风景里的人看他，最好没有任何人看见他才好。年纪轻轻的，大白天的在公园里晃荡，怎么看都扎眼。但他别无他法，只能在外面盘桓到下班时间。公园很大，山清水秀，最佳处是临水的长堤。长堤上人来人往，他只把后脑勺露给他们；前面是浩渺的湖水，只有鱼偶尔会探个头，但除非他还能从包里掏出面包屑，否则它们决不会对他产生丝毫兴趣。他找个长椅坐下来，突然就想起了医院里的鸽子。人为财死，鸟为食亡，但鸽子和鱼都活得挺好，蛮自在。他忍不住苦笑了一下。其实代检色盲他是做过的。此前有个人要入职，竞争激烈，他就代做了。那工作跟辨色力半毛钱关系都没有，但他担心被有背景的人找理由挤掉，他的一脸惶恐让王弘毅觉得自己应该挺身而出，很有点仗义执言、主持公道的感觉。要说他接活儿还有什么明确的标准或者原则，也真说不上。他凭感觉。他需要钱，可也不愿意太憋屈自己。除了这种零碎的，他做得比较多的是保险体检。来找他的有买保险的，也有卖保险的业务员，他们要拿提成。他肯去做倒不是因为他以前在医药公司也靠提成吃饭，而是他觉得保险公司赚钱太容易了，也太多，董事长竟拿几千万年薪，不帮他漏掉一点简直不公平。这一块是他的业务大头，做起来既安全又理直气壮。他以前在医药公司，钱虽然不算少，但压力极大，压力不大他也不至于丢工作。找个工作是真不容易啊，就是他现在这份"工作"，也不是那么容易干的。有的业务他没法干。有个男的把女人肚子搞大了，人家扯住他，不依不饶要结婚，他想找个不育的人代自己体检，以此洗脱，这事他就干不了。少精、弱精、畸精，诸如此类，跟他完全不沾边。即使他不在乎缺德不缺德，这个单子他也接不下来。他的身体实在是太好了。

风和日丽，春风送暖。突然就想起了老婆。老婆漂亮，也是从小镇考大学出来的，很干练，工作上从来不要他操心，也顾家。得妻如此，夫复何求？在家庭上他运气不错。虽然目前工作有点问题，但他相信一定能熬过去。倒是女儿没少让他操心。女儿娇气，小可爱，也有点小任性。不过，不为女儿操心，这家不缺了点味道吗？他和老婆有时想亲热，可女儿就是不睡，他们三番五次地过去又哄又骗，最后还要悄悄地去侦察确认。想到这里，他扑哧笑了。他看看周围，没有人注意他，可他自己的身体却有了反应。这有点尴尬。他站起来，举起双手抻了抻身子，笑骂自己没出息，目前这状况还有心思想这个。不过也不能怪，天气太好，暖洋洋的，还真是饱暖思淫欲了。这时忽然觉得，肚子有点饿了。

老婆暂时抱不到，可饭总得吃。快到午饭时间了，他起身上了湖堤，往公园外走。公园大门是一座古城门，城门内是一片巨大的草坪。很多退休的老人聚集到这里，放风筝，抖空竹。天上的风筝很安静，你都不知道线在谁手里。空竹呼哨着，围绕着那老头上下左右翻飞。这地方人最多，人多眼杂，他本不愿意在这里多停留，不知怎的，竟站住了。那老头玩得兴起，冲他做个鬼脸，手臂一挥，长长的竿子一带，空竹忽然飞过来，绕着他响了一个圈。他缩了一下脖子，咧咧嘴表示他不计较，心里却突然焦躁起来。风筝是未来的工作，在天上，你找不到线；空竹倒是好玩，可即使你玩得转，你也得等到退休啊。他还远不到退休年龄，况且现在连工作都没有，哪谈得上退休？他快步走开了。

公园周围有很多小饭馆，填饱肚子没有问题。

小饭馆里也有好饭食。价格低，味道也不错。他一会儿就吃光了。正犹豫着是不是还回公园去，手机响了。

是个陌生的号码，招聘的。他很需要这样的信息，可这个电话没多大意思。对方是保险公司的，招聘业务员，说白了就是招跑保险的。他一时转不过神来。那些跑保险的多次介绍人过来找他代检，身份一翻，他自己也要这么干吗？他觉得有点滑稽。做保险的都在名片上印着"业务经理"的头衔，可他以前是"区域经理"，那是正式任命的。他目前还没有到山穷水尽的地步，这么搞下去，那真是一路向下了。

事实上他原本也还犹豫，但他的手机很快就从网上接到了一笔新生意：抽血加腹部B超。比早晨的项目大，同样要空腹。那人看来不差钱，很大方，在价格上一点没费口舌。约好了时间和医院，王弘毅很高兴。他觉得至少目前他还可以这么做下去。

下午总归还是空着了。空落落的下午还是消磨在公园里比较稳妥。王弘毅戴上墨镜，算是小小地改变了一下容貌。城门前的停车场车来车往，人流如梭，乱哄哄的。离城门还有一箭之遥，王弘毅看见前面出了事故。一个小伙子被车碰了，倒在地上哇哇直叫，几个人正围着车主理论。那车主开始嘴还挺硬，一看到人家红肿的脚踝也有点慌了。他是错过了一个车位，又倒回来，责任显然在他。他嚷嚷着说要报警，又说要找人，但手机拿在手上就是不拨号。王弘毅探头朝倒在地上的那人瞅了瞅，那人原本半躺着抱着腿，被他这一瞅，索性挺在地上哭起来。王弘毅对那车主说："你还是私了吧。商量商量，赔点钱了事。"车主说："你跟他们是一拨的！"王弘毅笑道："我跟他们一拨？你什么眼神啊？喊！"他扶扶墨镜摆摆手走开了，"我为你好，不听拉倒。"

那躺在地上的人他见过，他们是碰瓷的。前不久他开车，在一条狭窄的马路上路堵了，他见前面吵得凶就下去看了看。就是这个人，倒在地上抱着肿脚，连叫的声音和表情都一样。当时他并不知道是碰瓷，今天再看见，不是碰瓷是什么？他们转移战场了。那只伤脚是真肿，十有八九还真的骨折，不怕跟人去拍片。保持到现在都不去治，真是很坚韧。虽然不能排除是一次意外骨折启发他们走起了这条钱路，但王弘毅更相信是自伤。那几个帮腔的狠角色把这伙计弄伤了赚钱，谁叫他的眼泪来得那么顺溜呢？这伙计肯定是从了，很可怜，也很没出息。

湖边的长椅垂柳掩映。他点着手机，心里总觉得郁闷。今天是10号，发工资的日子。只简单地点几下屏幕，他就把"工资"转到了老婆的卡上。他卡上的钱目前还够。钱转出去他突然觉得坐不住，站起来走几步，索性在草皮上躺下了，皮包挡在他脸上。他只多了个皮包，否则这姿势跟那碰瓷的很像。那鸟车主说他跟他们一伙，也算是一种眼力。转念一想，真要去做保险，他倒可以自己直接代人体检，省去中间环节，拉保险和体检就一条龙了。他坐起身，想回个电话过去，想想又作罢了。这么快就反悔，有点说不过去。他卡上以前有点小私房钱，再加上最近接的活儿，尽够再付两个月的。且再看看吧。

太阳西沉，湖水更亮了，金光耀眼。该回家了。女儿的放学时间不确定，如果开车他会去那里弯一下，碰上放学就接。女儿有时会故意捣蛋，明明看见家里的车却由着他按喇叭故意不理。这丫头，撒娇哩。想到女儿，他的脸上漾出了笑意，不过他今天没开车，接不了女儿。

家里的气氛今天有些特别。他是第一个回来的，时间不长，老婆和女儿差不多前后脚也到了家。女儿板着个脸不高兴，嘟嘟哝哝的，大概是抱怨又没人去接她。老婆一点也不计较，她关心一下丈夫，摸摸女儿的头，还亲一口，转身出去，不一会儿就买回了不少菜，很丰富，做好了摆在桌上更显得丰盛。她不要丈夫帮手，喜滋滋地忙得很麻利。长发微摇，脚步轻盈，碗碟清脆。老婆喜上眉梢，是什么事情使沉静稳重的老婆溢出了喜悦？王弘毅知情识趣，开了红酒，女儿喝果汁。三人碰一下杯，他终于忍不住，叫老婆别卖关子了。老婆举举杯子一笑，说没什么。女儿撇了撇嘴。王弘毅说："你妈妈今天有好事了。我们猜猜，是什么好事？"他有心凑趣，拿来纸和笔，说，"我们写出来对。"女儿又撇嘴，还是写了，写完一推，跟王弘毅的纸并在一起。女儿写的是"升官发财",还打了三个惊叹号,他写的是"提拔"。老婆抿嘴一笑,说真的没什么的,就是工作有了点变动。王弘毅夸张地"耶"一下,要跟女儿击掌,女儿说:"俗!"埋头扒饭。他抬起老婆的手,与她对拍一下。女儿哧哧冷笑两声,大咧咧地把他的酒杯拿过去,抬头就是一大口;酒杯也不还他,伸手把自己的果汁推了过来。她妈妈要制止,她举杯说:"庆祝,庆祝哩!"又是一小口。她没准还等着爸爸也来制止,可王弘毅见杯子里酒已不多,笑笑就随她去了。他本就不该喝酒的,他没有忘记明天还要体检。

女儿并没有把酒全喝掉,饭也还剩一点,她把碗一推,到自己房间去了。王弘毅帮着收拾桌子,问明了老婆具体的情况。简而言之,还在原来处室,升了副处。这真不容易啊!此前肯定好一番竞争,还有程序,但老婆基本没说过。他一直都蛮省心的,但这会儿心里也有点泛酸。这不该当。老婆的好事当然是全家的好事。他笑着对老婆说:"以后你就不要老陪领导啦,嘿嘿,你就是领导了啰。"老婆酡红着脸说:"去!不就是个副处吗?还是个干事的。"王弘毅忽然有点后悔,他如果早一点知道这个喜讯,就应该多汇出一点"工资",就说自己上个月业绩特别好。那就是个双喜临门了。只不过这个"囍"字,其实被风雨打掉了半边。

这个家是温馨的,而且安宁。他和老婆正说笑,那边女儿房间却不安宁了,乒乒乓乓,动静不小。过去一看,女儿躺在床上,脸上捂着一张纸——这样子倒和他下午躺在草皮上的姿势很类似,只不过她脸上捂的是试卷。卷子上的分数让两口子大惊失色,才89分!这真是不得了了。数学是女儿的强项啊,出大事啦!夫妻俩一左一右,强作镇定,温言有加,循循善诱。沉默,然后又滔滔不绝,无非是批评和自我批评,难免要检讨做父母的各种失职。女儿继续躺着,没有了试卷挡脸,她只好紧闭眼睛。终于还是老婆细心,她发现女儿在偷笑。眼不笑,嘴在笑,一咧一咧的。她捅捅丈夫,围着女儿观察片刻,一声娇叱:"好了!我全知道啦!"她抖抖试卷,女儿扑哧笑出来了。

原来是虚惊。女儿考的是99分,她改成了89。若非老婆明察秋毫,那只能等女儿憋不住自己揭晓。她揭晓的同时肯定还有一句话:"你们都不和我玩!"这句话她终究没憋住,还是说出来了。王弘毅佩服老婆,躺到床上,简直有点敬畏。躺在边上的是副处长。他们原本规划好,她做公务员,他从商,最佳家庭搭配。现在躺在副处长身边的是一个早晨刚抽过血的人。这抽过血的男人有心亲热一下,却不行了。好在老婆很体贴,也不硬要。两情若是久长时,又岂在天天亲热?老婆以前累了说不要,就这么说过。没有这样的懂事老婆,他撑不住;为了这样的老婆,还有女儿,他必须撑住,并早日结束目前的状况。

第二天早晨检查很顺利，倒是他自己曾有点纠结。如果不是仅仅定金就达到了一千块，他很可能会中途违约。找他的人是个胖子，说话举止显然是个领导，眉眼间跟他以前的上司还有几分神似。这貌似以前的圈子正朝他窥探，王弘毅有点不自在。抽完血把B超单送去排队，因为人多，王弘毅就先到医院外面等着。那人远远地跟了过来，点上根烟和王弘毅拉呱。王弘毅十分好奇，他这个身份为什么要找人来帮着代检，藏着掖着的咋回事？别忘了，王弘毅可是做过销售的，口才超好，几句话一套就全问出来了。原来这胖子的单位第二天就年度体检，他想弄个一切良好。他提前一天来做检查，明天滑掉这几个项目，所有单子最后也都是全的。他伸手拍拍王弘毅的肩膀说："兄弟你放心，体检科我打过招呼了，没事。"喊！他王弘毅干吗不放心？他不管这个。说话间，胖子接了一个电话，他扬着头，左手一指一戳的，声调虽不高，但那派头就仿佛前面正有个下属在接受指示。这个电话把他弄得感觉良好，他对王弘毅说，上面吃饱了没事干，搞什么重新聘任，个个都争着朝上拱，脚往下踹。"兄弟，我别的软项那是没有，就一个，脂肪肝，还有酒精肝。这不就找你了吗？"原来他有两个肝，脂肪肝和酒精肝。两个肝的人来找一个肝的冒充了。他鼻子上也全是脂肪。王弘毅突然感到厌恶。他以前的上司，那个酒糟鼻子让他离职时说的是"你先休息一阵子，好吧"，于是他就休息了。王弘毅对胖子说："其实，你也可以先休息一阵子，养好身体再说嘛。"胖子大惊失色："那可不行！"王弘毅朝他的油鼻子笑笑，说去看看B超排到没有，就匆匆去了。即使这胖子不与他的前上司眉眼神似，王弘毅认为他也不配当领导。他有心不辞而别去吃早饭，又觉得白拿人家定金有一点过分，如果不是胖子紧接着打电话过来催，眼一眨竟找到了他，还拽着他说要加钱，他肯定已经走掉了。

他有点窝心，触碰了自己也说不清的底线，憋屈。不过这天他业务不错，难得的兴旺。看来有病的人还真不少，这满大街的人，不少人面带喜色，走起路来还雄赳赳的，其实没准他就有病，他知道了不说或者暂时不知道罢了。即使健康如他王弘毅，左右脚不也各有一个鸡眼吗？下午他又接到一单，验尿。这也是个简单快捷的。说起来他的第一单生意正是从验尿开始。几十年的老烟枪，个个都记得第一根烟是怎么抽上的，谁给的，他虽不知道第一次请他代检的是什么人，但当时的情景历历在目。他那时刚离职，依着惯性到医院去碰碰运气，看能不能凭着老关系继续少做一点，哪怕只卖几把止血钳。当然是失望。没想到他去上厕所，倒无意间看见了别人的隐私。一个男人捏着个瓶子走了进来，他不去接自己的小便，迟疑了一下，却拧开水池上的水龙头，接了一点自来水。王弘毅一愣，突然明白了，忍不住扑哧笑了出来。

那男人吓了一跳，手里的瓶子差点掉到地上。那人看起来忠厚老实，尴尬得不行。王弘毅从拐角那边的便池过来说："你这样可不行，"他好心提醒道，"自来水一眼就能看出来的。茶水还差不多。"

那男人僵在那里，赔着笑问："你不是来看泌尿科的吧？"王弘毅说不是，问他什么意思。那人说："帮个忙，借你点尿。"他手从裆下往外一扯道，"就一点点。我付费。"

这就是第一次。门道就是这么被发现的，可见天无绝人之路，可惜这路不是康庄大道，是虚线，有一搭没一搭的。今天这老兄的处境比第一次的那男人要困难得多了，因为他老婆要陪他或者说是押着他一起来。不过这老兄胆大心细，他们约好，在某个时间段，王弘毅在厕所里等着。天幸还有厕所这么个女人永远不能跟进来的地方，也幸亏这老兄安排周密，王弘毅只闻了十几分钟臭气他们就顺利交割了。王弘毅先出去，他看见一个女人正守在外面，眉眼憔悴，看上去是个本分女人。她也真是不容易。他当然装作陌路人，只忍不住朝她两腿间瞅了一眼。

事儿完了，等会儿出结果那小子自己会去拿。王弘毅找个水池仔仔细细地洗了手，突然对刚拿的钱也不放心起来。他应该马上把钱存掉。可即使钱存到卡上了，他或许还会觉得卡也不干净。那小子不是个好东西。他老婆真是蛮可怜。他突然发觉今天这活儿有一个明确的被欺骗的人，而且刚才还和他面对面。这前所未有，是第一次。如果不是现在这么个境况，这事他不会干的。

医院边上就有家银行。他找个柜员机，钱却被吐出一张。再试，还是吐。语音提醒这是假币。他知道糟了，不知是谁给了张假钱。这真他妈的过分啦！是谁？那个领导？刚才借尿的？也有可能是昨天那个验血的。他捏着这张钱，一时不知如何是好。

他慢慢走上马路。突然想，如果把这钱假装掉在地上，会发生什么情况呢？正瞎想着等着过马路，突然听到身后有人在争吵。是一男一女。他不多管闲事，只下意识地回了一下头。这一回头不要紧，那男的直冲过来一把抓住了他："鸟人！你别跑！"王弘毅也认出来了，就是刚才找他借尿的人。王弘毅懵了，他不知道这算是哪一出。那女的站在一边，一副不明所以、难以置信的样子。王弘毅有点醒了，但他张口结舌说不出话。那小子揪着王弘毅的衣领，手里抖着一张纸说："妈个×，你他妈的有病！我算是被你害惨了！"他扭头看看他老婆，抬手对王弘毅就是一拳。王弘毅退后几步，差点跌倒。那男人又逼过来，把检验单往他脸上一摔，喊道："钱拿来！"王弘毅怔了一下，随手把那张假币朝他扔过去。人群迅速围上来了。王弘毅见势头不好，闪身冲出重围，跑了。

他毕竟身体好，一般人哪能追得上？他一路狂奔，跑到安全地带，躲到一个小巷子里大喘粗气。我的尿有问题？有性病？这难道是真的？

眼眶被打肿了，有点睁不开。变形的视野里出现了刚才那个老婆。她一言不发，冷眼旁观。突然又浮现出自己的老婆。窈窕、贤淑的老婆，忙碌上进的老婆。他以前也许是忽略了什么。刚才跑得急切，那张单子掉在地上没有拿。到底是什么病？

他摸出包里的手机，正想着是不是给老婆打个电话，她电话却打过来了。他拿着手机，突然觉得不知道怎么跟她说。下意识地接通，老婆急切地说："丹丹逃学了！学校刚才来电话，说她最后一节课没上。"王弘毅脑子嗡了一下，眼睛在疼，心脏突突的。小学生不让带手机，他现在想联系女儿也没办法。他让老婆别急，先回家等着，自己马上去学校。老婆说她现在就在学校，要他立即回家。老婆说："还有两个男生也不见了，他们肯定是在一起。"她已经带了哭音，"她小小的人，胆子怎么这么大啊！"

王弘毅挪动脚步，到路边招车。他的样子有点狼狈，衣领被撕大了，眼眶也肿着。他伸手到上衣口袋找墨镜，没找着。肯定是刚才撕扯中掉了。墨镜几百块，正好跟他收的代检费相抵。这时候他还想到算账，连他自己都觉得惊奇。

他上了车，脑子出奇地镇定。前面的后视镜里，司机木然地瞟着他。他自嘲地笑笑，没说话。坐垫很干净，洁白如新，只有一根微黄的毛发，应该是某个女人落下的。他突然觉得自己的下体有点不舒服，比眼眶的疼还挠人，持续，不可忽略。他动动屁股，往边上靠靠，睁大眼睛看着窗外。路上有不少放了学的孩子，撒了脚丫在互相追逐。虽然没有看见女儿，但他相信女儿马上就会回家，就像他最近"下班"这样，顶多比正常放学晚一点点而已。她也肯定不会主动说她逃了课。

但愿如此。一定如此。他本来一回家就要质问老婆，找她算账。他要问她，他为什么会查出脏病？这是怎么回事？不管为了自证清白，还是为了实施反击，她去医院检查几乎都不可避免。可马上就要到家了，他决定今天不提这事。

（原载《人民文学》2017 年第 3 期）

作者简介：

朱辉，男，江苏省作家协会专业作家，《雨花》主编，现居南京。

宽　　吻

双雪涛

时间还早，我端着咖啡看一个女孩子丢飞镖。她一只脚在前，一只脚在后，轻轻耸动肩膀，飞镖击中靶子旁边的白墙。我扭头看她，原来她闭着眼睛。才上午十一点，她就把自己喝醉了。但是她那么年轻，应当醉得更晚些。她走过去，捡起飞镖，站在原处，闭上眼睛，我说，往左。她向左挪了挪，我说，再往左。她又往左走，我说，可以了。她用力将飞镖掷出，春卷把头一躲，飞镖击中了他身后吉姆·莫里森的相框，相框晃了一下没有掉下来。春卷是这儿的调酒师，也是DJ和老板。说是DJ，其实有点敷衍，他四十岁左右，头发弯曲，但是表情严肃，所放的音乐也十分单调。莫里森，披头士，偶尔放一点陈年的乡村音乐。他用抹布擦了擦洒出的酒说，你不能再喝了。女孩儿指着我说，是他喝多了。春卷说，他喝的是咖啡。女孩儿扭头看着我说，听见了吗？他跟你说，你不能再喝了。她的眼睛因为酒精的作用湿漉漉的，像鳃一样收缩，她身材瘦小，皮肤雪白，却不那么紧致，好像铺满细沙的海滩，踩上去可以留下脚印。我说，以前没见过你。这片的酒鬼我都认识。她掏出钱包说，再来一杯伏特加加橙汁。掏了半天，掏出一张银行卡，说，我刷卡。春卷说，POS机坏了。我说，我有现金。春卷看着我说，庄老师。我说，你回座位等着，我给你端过去。我给她倒了满满一杯橙汁，春卷说，问清她住在哪里，她马上就要睡着了。我回到自己的座位把没写完的文档保存了一下，扣上电脑，走到她对面坐下。她用手指着我说，你不能再喝了。我把橙汁推到她面前说，你最好也别喝。她摇晃自己的手包说，今天开了工资，我刷卡。我注意到她穿了一双运动鞋，脚踝的皮肤和脸一样白。我说，用不用给你叫辆车？她拿起玻璃杯又放下，说，我趴一会，十二点叫我。我说，我待不了那么久。她从手包里拿出一只哨子递给我，十二点吹这只哨子。说完便趴在桌子上睡着了。哨子细长，口扁，像是白钢的，风口方形，上面拴着一条带子，带子上有个"阮"字。我拿在手里看了半天，一定是用过很久，"阮"的耳刀旁已经磨掉了一半。二十分钟之后，我要去上课，我把哨子挂在她的脖子上。走过吧台的时候，我对春卷说，十二点叫醒她。春卷说，我这儿不是旅馆。我指了指钟说，十二点，还有四十分钟。

下午的课我分析了村上的短篇小说《蜂蜜饼》，这是一篇不知名的作品，《神的孩子全跳舞》集子里的最后一篇，但是不知怎么回事儿，十五年前看这篇小说，便被其吸引，然后找来村上的所有书看，因为一个短篇小说而看了村上的全部作品，这种情况不太常见。李巍和我在一起的时候，曾经说我之所以当了作家，是因为经常会迷恋一些奇怪的东西，我说，比如呢？她说，比如一个集子里不知名的小说，比如班级里最不起眼的女孩儿。我说，你这样说有点过于谦虚。她说，没有，你这种迷恋是有原因的，你有独特的眼力。那是我们俩最要好的时候，大概六年前，她刚刚怀了小雪，我刚刚签了第一本书的出版合同。她想吃草莓，我便去买草莓，她想吃葡萄，我便去买葡萄，她吃了一颗不吃了，我便把剩余的全吃光。现在我每当看见草莓和葡萄就有点反胃，那几个月已经吃下了一辈子的配额。

下午有点热，学生们有点困倦，我想讲个笑话，提提他们的精神，可是大多我知道的笑话已经讲过，比如詹姆斯·乔伊斯脑袋套着老婆的内裤写作，比如欧内斯特·海明威说，《老人与海》里没有象征，只有鲨鱼，鲨鱼象征评论家。一个女生噘着嘴，半睡半醒，无聊得吹着自己的刘海，好像老迈的心脏一样一跳一跳。我见过大约一千个这样的学生，如同误入课堂的鱼，从我的课堂游出去，他们就会马上忘记我说的话，找到属于他们自己的话题，一条微博，或者用手机摇到了附近的某个人。世界上有太多值得年轻人关注的事情，他们不大会关心蜂蜜饼和小夜子，至少不会当真。

> 小夜子穿着一件黑色圆领毛衣。她双手放在桌面上，说了声"预备"，然后先右手像甲鱼一样刺溜溜钻进毛衣袖，在背部做出轻轻搔痒的姿势。继而拿出右手，这回把左手伸进袖口，绕脖子轻轻一圈，又从袖口退出，手里边拿着白色胸罩。委实敏捷得很。胸罩不大，没有钢丝支撑，即刻又被塞入袖口，左手从袖口退出。接下去右手进入袖口，在背部窸窸窣窣地动了动，旋即右手退出，至此全部结束，双手在桌面上合拢。

啊，就是这么回事，当年我曾让李巍试过，小夜子二十五秒，李巍三十七秒，在没有经过练习的情况下，快极了。她有一对柔软的肩膀和修长的手臂,还有蔑视现实的想象力,在操作的过程中不停作弊。教学楼底下是一片整齐的草地,一个工人正驾着红色的除草机工作,轰鸣声如倦懒的下午一样催人入睡,没有内容,不知所终。我设想了一下从窗户跳下去的场景,还有我面前这些年轻人的反应。也许他们会掏出手机拍下我俯卧的样子。

  下课之后,我去学校的游泳馆游了两千米,然后回到咖啡馆,女孩儿已经不见了,春卷也不在,这个钟点他会回后面午睡,让侍者看店。一个壮硕的男人正在丢飞镖,力道十足,大部分都中了靶心。他看我看他,说,玩吗?我摆了摆手说,不玩。明天是周末,早上九点接小雪,我坐在自己的老位置上,查看了一下小雪给我发的语音,明天她想去海洋馆。离这儿不远处,新建了一个海洋馆,据说是亚洲最大,有许多珍奇的动物,还有一条充满了鲨鱼的长廊,奠基时有几个动物保护者来静坐,后来被警察礼貌地请走了,他们来自天南海北,下午就被送上了回家的火车。我不了解一个坐二十小时火车来保护动物的人到底是什么样子,如果他有个五岁的女儿,是不是能说服她不要去看浣熊和海豹。我们养殖动物,吃掉动物,我们享有很多可怕的权利,也面临着无数独有的困难。在海洋馆修建的时候,我看见过一排运送海水的大车,还有一辆吊车吊来一座人工岛屿。在海洋馆开幕前几天,春卷跟我说,这两天晚上他都看见有车运出动物的尸体,有大有小,用黑塑料裹着,不知运去哪里。他说,水土不服,我们这儿为什么没有海?因为不该有海。我倒没多想气候的问题,也许我们这儿最早的时候也是海洋,享受着宁静,承受着海水的重压。我想起了苏联的古拉格,服苦役的人,冻成一坨,挖土机一翻,便成了基石。但是当小雪提出要去海洋馆,我毫不犹豫地答应了,我不是动物,它们不会了解我的需要。

  酒吧很安静,十几把椅子,一个外国老人坐在角落,双手摆在桌子上,端详着属于自己的啤酒,玻璃杯里的啤酒,形式里的内容。我戴上耳机,开始写一篇小说的结尾,从某种意义上说,我现在是一名大学教师,写作只是我的爱好。每当我戴上耳机写作的时候,就好像漂浮于海洋,没人搭救我,充满了危险,有时身边有鲨鱼游弋,天上的飞鸟也会时不时飞下啄我的眼睛,但是只有这时,我属于我自己,拥有太阳和风,洋流通过我的身体,无论是漂向赤道还是北极,都不会让我恐惧。我在努力写的是一个十二岁男孩探险的故事,寻找他失踪的亲人,从他在湖边拾到姑姑的一只鞋子开始,然后来到一座乡野的教堂。小说是一条隧道,结尾如同隧道尽头的一线光芒,我写了大概三四遍,还没找到恰当的方式,那线光芒有时过于耀眼,有时过于微弱,不是我想要的成色。即使我找到了让自己欢欣鼓舞的结尾,也许在他人眼里,这也是一篇烂透了的小说,又有什么关系呢?就像有些音乐在耳机里听就可以了，不用打开扬声器。大概一个小时之后，我的手机响了一下，是小雪的语音：爸爸，明天早上有舞蹈课，不能去海洋馆了，你替我去看看好不好？照几张海豹和海豚的照片，你能跟它们合影吗？告诉它们我为什么去不了。我说，好，爸爸会去，你的舞蹈老师严格吗？最近学会了什么？可不可以下周跳个舞补偿爸爸？没有回复，我等了大概半个小时，然后继续工作。

  第二天一早，我步行来到海洋馆，这是我第一次仔细端详这个东西，原来所谓海洋馆只是一片巨大游乐场其中一个建筑。从入口望进去，里面还有摩天轮和旋转木马，再里面还有一些别的项目，被假山遮挡看不清楚。还没有开馆，一切静止，几个穿制服的人在里面说笑，脸上映着清晨的阳光。我以为自己是最早的一个，结果发现售票处门口已经排了大概二十个人，一个孩子穿着鲨鱼鳍骑在父亲脖子上，母亲站在旁边，拿着水和面包。像我这种独个儿一个男人，站在队伍里，实在有些不太协调。一张海洋馆的票，我说。一百二，一百五是通票，可以玩所有项目，售票小姐对着下巴底下的麦克说。我说，我就去海洋馆，我不需要所有项目。票是蓝色的，上面画了一只出水的海豚。

  走进海洋馆的入口，就看见海豹，大多沉在水底，似乎昨晚熬了夜。我不知道怎么去和它们合影，它们看起来像礁石一样一动不动。一个工作人员走过来说，先生，想和海豹合影吗？我说，想，但是它们都睡着了。工作人员说，这边还有一只醒着。原来转过池子，一个帘子后面，一只高脚凳上坐着一只海豹，身上有幽蓝的花纹，还有几根白色的长胡子。我说，真的？她说，当然，三岁，我们每天给它消毒，你可以抱着它。我站在它旁边，闻到一股洗发水的味道，它有睫毛，眼珠黝黑，毛皮像果冻一样。相机在我面前，我有点不自在，工作人员说，你往左靠一靠，现在有点像偷拍。我说，就这样吧。工作人员说，球球，那你往右靠一靠。海豹摆动了一下尾巴，上身朝我歪过来，胡须触到了我的肩膀。我小声说，我的女儿叫小雪，她今天有舞蹈课不能来，我代她向你问好。海豹坐直了身体，没有回应。也许是我蠢，即使它能够听懂我的话，也没有适当的器官为我签名。工作人员告诉我，相片在出口取，都挂在墙上。你再往前走，走过一个木桥，有食人鱼。我说，我不想看食人鱼。它说，不会有危险，保护措施很好，一般海洋馆没有，我们这儿是特批的。再过十分钟有喂食表演，你现在过去能占个位置。我道了谢，走上木桥。果然有一只巨大的玻璃缸，里面蜂聚着小鱼，三角形，扁身大嘴，似乎知道吃饭的时间快要到了，有几只先行撕咬起来，须臾又散开，其中一只尾巴残了一角，丧失了自己的平衡和尊严，歪着身子游到里面去了。人们围着水缸，有两个小孩儿鼻子都要贴上，瞪着大眼，用手指着。一个穿靴子的男人套袖上沾着血，拎了一只大塑料桶走过来。我马上向前走了。手机响，是李巍发给我的视频，小雪在压腿，脑袋贴在腓骨上，和其他孩子比，她有点瘦弱，但是我相信这有利于跳跃。李巍是严格的母亲，她观测到小雪的舞蹈天赋，不会让她吃胖。在分开之后的半年多时间里，偶尔我们会通一个电话，从孩子开始，然后聊聊最近的事情。我不知道她是否宽恕了我，她从来没有明说，但是她从来没提出让我回去。那个酒醉的夜晚，那个陌生的身体，那些从未说过的脏话，那个站在窗前的早晨，丝毫没有褪色，甚至更加鲜艳了点。我记得我歪在床头，敞着领子，让那个学生试着照我说的做，戏剧性地脱掉胸罩，她怎么弄也不行，后来我索性伸手扯了下来。我似乎还扭过她的双手，让她背朝着我。我从来不会这么做，不过自那次之后，有时站在课堂上，突如其来，看见女学生认真听着我说的话，看见她们的刘海，我就想把她翻过来，扭住。我需要回想葬礼之类的东西，回想生活里最为美好的时刻，比如小雪出生时的样子，脖子软软的，高声哭叫，才能将自己稳定下来。

　　窄路的两旁种着绿植，天棚有玻璃，日光照下来，折成无数道亮线。我看了一些蜥蜴和乌龟，有只蜥蜴因为被人注视，变成了树枝的样子。走过了无数玻璃橱窗，随便看着底下的简介，很多动物是从美洲和非洲来，在这里睡觉。有的有剧毒，有的比猫还大，吃着游人给的果子，双手捧住，吃完还会吐着信子作揖。走到一片昏暗处，拐角一条小路，铺着木板，牌子上写着：海豚剧场。大概是保留节目，牌子前面排着长队，前面还有鲨鱼长廊，但是鲨鱼不太适合小雪，海豚大概可以，和海豚照张相，我应该就可以回去。排了大概半个钟头，进到一个圆形的场子，斗兽场一般，四周围着座椅，穹顶高举，状若头颅。我加了十块钱，于是坐在第一排，几个女孩子在人群中穿梭，兜售着海豚模样的纪念品：手机扣、钥匙链，还有海豚模样的水枪，从海豚微笑的嘴巴，可以射出水去。一个男人，梳着背头，拿着麦克风炒着气氛。有孩子从后面冲过来，扒着栏杆向下看，什么也没有，只有蓝色的水，家长跑来将其抱走。其实我从进来时，便看到在大池子的旁边，用胶合板挡着，应该有个小池子，底下相通，就像运动会里的等待区。终于主持人喊了一声，四个年轻人，两男两女，拎着塑料桶从胶合板后走出来，水面也起了波纹，从我的角度看下去，四只海豚排成一列，慢慢游入主池，停在各自驯养员的脚边。表演开始，驯养员胸前挂着哨子，桶里装着死鱼。海豚们跳舞，腾跃，把气球顶向观众席，引起一群人的围抢。它们还会唱歌，声音之尖厉，超过想象，好像火车的汽笛，我怀疑这样高亢，是因为大海空旷，在这里听，着实有些刺耳。我站起来想要拍照，突然注意到他们胸前的哨子，他们离我不过十米，我可以清晰看见，他们嘴上的哨子，长条扁口，闪着冷光。可是这四个人中，没有我昨天见过的女孩儿。他们都太高大，而且面无表情，腮帮子鼓起，往海豚嘴里塞着死鱼。每只海豚都在微笑，看着安全而且顺从，它们安静地游弋，又突然浮出水面，专心听着哨音，熟练地表演各种花样。大概十五分钟之后，四人鞠躬，四只海豚也消失不见。这时主持人提高了嗓门，从水池侧方的一个高台上，出现了一个女孩儿，穿着潜水服，脖子上挂着哨子。她扬手向大家致意，我注意到这时池子里出现了另一只海豚，比刚才那几只都大，游的速度也快，迅疾地贴着池子打转。女孩儿好像打翻的瓶子一样，从高台跃下，落入水中，剧场里响起一片惊呼。然后是彻底的安静，主持人也不见了，只见水波荡漾，我已经僵住，忘了拍照。突然女孩儿从水中飞起，脚踩着海豚的嘴唇，在空中翻了一圈，重又落入水中，掌声四起，孩子们大喊着，你看，你看，她还活着！我已经将她认出来，我看见在水中，她骑上了海豚的脊背，然后再次浮出水面，这东西好像来了力气，游得比刚才还快，下颚像一把刀把水切开，女孩儿开始是匍匐着，后来一点点站起，许多人站起身来看，只见她终于松开了双手，一脚在前，一脚在后，弓着身子，眼睛看着前方，嘴里叼着哨子。哨声响起，十分悠长，海豚突然一跃，两人在空中分离，然后又落在一起，几次之后，海豚开始打转，越转越快，女孩儿张开双手保持平衡，她们终于旋转着沉入水里。水面恢复平静。不一会，女孩儿自己沿着梯子爬上来，散开头发向大家鞠躬致意。她的头发滴着水，束发的皮套勒在手上。

　　人们陆续散去了，我没走。从很小的时候，我就喜欢游泳，而且游得不赖，在我的家乡，有一个湖，一端有峭壁，水中有细小的鱼和柔软的水草，我常常浮在湖面，半睡半醒。男孩儿就是在这湖边捡到了姑姑的鞋子。我在那儿待了一下午，如同被催眠，把节目又看了两遍，一切都一模一样，每次女孩儿都从高台上跳下来，只是最后一场时，天光渐暗，穹顶亮起了灯。最后一拨人走了，打扫卫生的阿姨在我身边捡垃圾；一个年轻人，头发泛油，似乎没有睡醒，捏着管子冲洗着池边的栏杆。我走过去说，你这里谁是经理？年轻人没有抬头，说，那个高台底下有个办公室。我说，刚才那个女孩儿是不是姓阮？他转过身来，你干吗的？管子里的水在我脚前形成了一个圈。我说，没事儿，你忙。办公室布置得十分简单，墙上贴着表演的时间表，工作日一天两场，节假日一天三场。另一面墙是奖状和锦旗，欢乐大使，洒爱人间，勇敢无畏，技艺绝伦，一面锦旗上写着。经理听我说完，说，我得跟上面汇报，这事儿没遇着过。他的头发很少，有一张椭圆而疲惫的脸，很难想象，在海洋馆里会有一个看起来这么干燥的人。我说，汇报吧，需要签字我可以签字，你们没有风险。他说，这么说有点不礼貌，但是，你有传染病吗？或者最近有没有伤风感冒？我说，我有体检报告，上周刚刚下来，我经常游泳，身体很健康。他说，你的工作证我看看。我把工作证递给他，哦，大学教师，他说。我说，我也是为工作，今天看了表演，觉得可以写点东西。他说，报纸你熟？我说，日报的主编是我同学，我现在就可以给他打电话。他说，你打，我听听。我拨通电话，按了免提，不出所料，他对我的这个特稿感兴趣，在电话里便提出可以出一点预付款，而且埋怨我上次给南方某报纸写的稿子，没有给他。经理说，有几点跟你说清楚：第一，三天时间，多一天都不行。第二，我不收你钱，但是你别乱写，你有学校，我们上面也有政府。我们这一帮人，天天泡在这里，也不容易，你多夸夸。第三，人你可以问，海豚你可以摸，但是不能下水。我说，为什么？他说，海豚有牙。你要回去准备吗，还是现在开始？我说，没有什么准备的，如果不打扰你们工作的话。他说，今天没表演了，晚上是训练，你想先采访谁？我说，最后出来那个女孩儿，从台子跳下来的那个。他说，阮灵。行，上来就逮住我们的头牌。你去池子旁边等着，一会我让她过去找你。

　　灯比刚才更暗，池水显出黑色。场地空无一人，能闻到一点腥味。我回到刚才的位置，掏出手机，没有信息，这个钟点儿，小雪不是在写作业，就是在看动画片，每到周末，她能看一个小时动画片。阮灵穿着白色的短袖衬衫和蓝色短裤，脚上穿着一双红色的塑料拖鞋，走到我近前说，你是庄老师？我说，我是。她说，我从来没见过记者，不知道怎么说话。我说，我不算记者，写的东西对人不对事儿。你愿意说就说，不愿意说也是一种状态，可以写进去。她递给我一盒盒饭，说，没吃吧。我说，没吃。她坐到我旁边，说，我现在有点累，咱们能少说两句吗？我说，没问题，可着你来，随时可以停下来。一会训练？她说，十分钟之后。我说，海豚有名字吗？她说，当然有，平时说话，总不能叫它们海豚。我说，你那只叫什么？她说，叫海子。我说，啊，你读诗？她说，什么诗？它是大海的儿子，所以叫海子。我说，哦，也对。海子几岁？她说，七岁，我大概说一下吧，省得你挨个儿问。它是宽吻海豚，雄性，原来生活在太平洋，捕来时两岁。它的智力很高，相当于四五岁的孩子，但是力量很大，四五只这种海豚，鲨鱼也不怕，它们可以围成一圈把鲨鱼撞晕。你看这只哨子，是我和它们沟通的工具，它们相互也吹口哨，内容很多，玩耍、驱逐、交配，或者就是唱歌。游的时候它们靠回声辨别方位。海子从来的时候就和我在一起，当时不在这个海洋馆，今年才被这儿买来。本来我不想再换环境，这儿我一个人也不认识。但是海子来了，我想来想去，还是来了。我说，有意思，你说你累了，但是也没少说。她说，现在开始不说了,歇会儿。我说,你歇着,我把你说的记在手机上。其实我挺好奇,一个女孩儿可能有很多种生存方式,但是当海豚驯养师,实在是不多。她说,我原先是练游泳的,后来受了伤,退役了。教练推荐我不行的话就试试这个,我也喜欢动物,就来了。我从十二岁出来学游泳,到现在,有时候一年也回不了家一次,就是跟海豚在一起。我说,我有个问题,海子是你训练的第一只海豚吗?她把头发束上,说,不是。训练的时间到了,你来的时候不错,我们在排新节目。她站起来,我说,我见过你。她说,在哪?我说,昨天中午,流浪者酒吧。她说,是你跟我端了杯橙汁?我说,嗯。她说,但是你没叫醒我,害我迟到了。我说,你那哨子,我能买一个吗?她说,买不着,你坐这儿别动,海子来了。

海子是一只害羞的海豚,尤其在夜晚的时候,不愿意见生人。他们排的节目是一个短剧,两个男性的潜水员,扮成鲨鱼,把阮灵乘坐的木筏顶翻,海子从小池子游进来,驱逐两条鲨鱼,然后驮起阮灵,把她拱到岸上。那天晚上只是一个开始,阮灵坐在池边,脚伸进水里,海子蹭着她的脚,听她讲故事,这是个救人的故事。海子好像有点不情愿,几次游出去,阮灵吹响哨子,它又讪讪地游回来。阮灵的故事编得一丝不苟,她先讲为什么她会在筏子上,是因为她坐的船失事了。为什么她会上那条船呢?是因为她要坐船回家,而之所以要回家,是因为她做了一个梦,她的爷爷因为年纪大了,进山时走丢了,她要回家看看,如果没丢最好,如果丢了,她就去山里把爷爷找回来。这个游乐场里,有她的宿舍,离摩天轮不远,是整个游乐场的西北角,有一条碎石子铺的小路。她没让我送她,这里头到了晚上是全封闭的,不会有危险。我们相互留了电话,然后挥手告别。在海洋馆的出口处,我看见一面墙上,挂着我和海豹的合影,原先应该挂了许多,现在只剩下一张,我拿下来放进包里,走了出去。

回到家里我洗了个澡,身上全是氯水的味道。我租的这个公寓是个高层,两室一厅,我把一个房间用作书房。坐在书房写了点东西,从书房的窗子,能看见海洋馆的屋顶,圆圆的,有一个尖。走在路上,我给李巍发了条信息:睡了吗?她没有回。我又发了一条:今天我认识了一只叫海子的海豚,两米长,两百公斤,但是其实是个小孩子。她也没有回。我核对了一下明天要用的教案,明天要讲《奥康纳的天惠时刻》,或者也可以叫《奥康纳的绝望》。

  1964年,重写《启示》,和基尔克斯计划新的小说选集,准备秋季出版。2月初,检查显示纤维瘤是引起贫血的原因。手术前一天在医院修改《启示》的校样。2月25日,纤维瘤被成功摘除。3月初,回到家里,因感染和重新诱发的狼疮而越来越虚弱,月底回到医院。5月初接受输血和可的松注射,仍然虚弱无力。当月21日,在离开亚特兰大的皮德蒙特医院之前,签署选集出版合同,选择"上升的一切必将汇合"作为书名。把未完成的短篇小说藏在枕头下,唯恐被禁止写作。7月7日,要求并从教区教上那里领受了敷油(旧称临终者涂油礼),当月中旬,收到了卡佛寄回的《审判日》,根据他的建议做了修改。月底,住进博尔德文医院。8月2日,陷入昏迷,3日零时刚过,死于肾衰竭。4日,和着米利奇维尔圣心教堂低沉的《安魂曲》葬于纪念山公墓,她父亲的身旁。

这就是奥康纳1964年的经历,她拖着残躯,面对自己是个临终者的事实,还是修改了文稿。我怀疑那修改可能没有什么意义,只是作为她的存在方式进行,也许在各种药物的夹缝里,改得更坏也说不定。对于生存,她已丧失了希望,可对什么东西,依然怀有希望,到底是个什么东西,我不太清楚,但是一定极为重要。阮灵的形象几次进入我的脑海,她是苍白的,不难看,湿漉漉的,我想起她光着的脚,像个小孩子,上面涂的红色指甲油已经斑驳,海子笑眯眯地倚着她的小腿。又写了一会,我把和海豹的合影拍下来,给李巍传了过去,然后把照片贴在书柜上。

第二天的课在上午,学生们大多清醒,今天是周日,我上的是选修课,学生大都不认识,来自其他院系。有一个孩子站起来问了几个较好的问题,她对奥康纳的名作《善良的乡下人》有些看法,认为其主旨可以概括为恶的启迪。下课之后,她说她写过几篇习作,想请我看看,我给了她一个邮箱。中午我打开手机,发现李巍还是没有回复我的信息,这是十分罕见的情况,上次出现还是小雪得了急性肠炎,跑到医院急救,她把电话忘在了家里。我给她打去电话,响了十几声自动挂断了,我连续打了几个,都是十几声后自动挂断。我突然感到极为恐惧,跑到路边,准备打车回家,我们原先的家。这时一条微信进来:我在登机,手机未来一周都不好用,勿念。我说:去哪?小雪和你在一起吗?怎么不提前告诉我?她说:日本,临时决定的,不用担心,小雪想去日本迪士尼和海洋馆,我给她请了假。我说:好,注意安全,到了有Wi-Fi的地方请和我联系。没有回音。

下午的海洋馆出了点意外状况,工作人员水加得太满,喂食表演的时候,几只食人鱼跳了出来,其中一只咬中一个五岁男孩儿的小腿,撕下手指那么长一条肉来。场面大乱,孩子的家长先是将食人鱼踩死,然后又和负责这一区域的经理厮打起来,救护车来时,不但拉走了男孩儿,而且把经理也拉走了，他的鼻子被打断了。受这个事情影响，海豚剧场的人相当寥落，目测大概不超过二十个人，稀稀拉拉分布在池子周围。晚上阮灵继续带着海子训练，鲨鱼没有来，只有她坐在木筏上，然后装作失足跌进水里，海子把她驮起来，就近放在池边。阮灵告诉它，不应该放在这么近的地方，这样观众会觉得不过瘾，应当驮着她在池子里绕一下，等她给它信号，拍它的嘴唇，它再把她推上去。效果不好，海子似乎没太理解她的意思。训练结束后，阮灵没有给它鱼吃，海子也没有多争辩，依然笑着，游入了相当于自己宿舍的池子。向外走时，我问阮灵，日本的海洋馆和我们的有区别吗？她看了我一眼说，区别很大，前年我去过一次，他们训练海豚特别严格，海豚能够钻火圈，如果你交足够的钱，孩子可以骑在海豚背上在水里兜风。我说，你能做到吗？她说，我不能。走到室外，没有一丝风，闷热异常，在分手之前，阮灵说，海子的尾巴上长了一块疮，你注意到了吗？我说，没有，是我的问题吗？是我摸了它？她说，和你没关系，几天前就长了。明天它恐怕得休息一天，你后天来吧。

　　夜里无法入睡，热得出奇，空调工作的声响都像热浪一样在房间里转悠。我洗了两个冷水澡，然后光着膀子坐在书房看书。我想起我写第一部长篇小说时，家里没有书柜，几乎没有家具，只有一张废旧的铁桌子，奇长无比，是房东留给我们的，或者说是懒得搬走的。我们在前面摆了两把椅子，那是一个同样炎热的夏天，我脱得只剩一条裤衩，拼命打字，故事源源不断，我只需伸手把他们逮住，有时写得燥起来，就弄条湿毛巾搭在脖子上。李巍给我扇扇子，可我浑然不觉，当她睡倒在我后背，我才发现她的浑身已经湿透了。已过午夜，可我还是没有一点睡意，我打开邮箱查看邮件，那个女生给我发了两篇小说，都不好，十分做作，充满了无谓的比喻，有一些不错的见地，但是和小说没有关系。在邮件的正文，她说她听过我所有的公开课，现在的专业是通信工程，希望考取我的硕士，未来成为作家，邮件的底部留了她的联系方式。当初那个女生小说要比她写得好些，至少，比喻比她少一半。我把邮件看了两遍，连同附件一起删掉。我忘记了我正在写的东西，开始构思我的报道，开头也许是，海子七岁了，人生第一次做梦，它梦见它的驯养师阮灵比它还小，需要它的保护，它梦见每到夜晚便会长出两只脚，登上陆地，走过阮灵走过的碎石路，寻思着她走在路上会想些什么。海豚会不会做梦，也许问一下阮灵就会知道。这时手机进来一条微信，小雪用很小的声音说：爸爸，有个叔叔。我知道小雪半夜爬起来，从李巍那偷出手机，发完这条微信便会把记录删掉，然后偷偷放回去。我想问她是不是去了东京的海洋馆，骑没骑上海豚的背，但是我知道我即使问了，她也不会看见。我翻找了垃圾箱，找到刚才那封邮件，读了一遍，然后彻底删除。我随便套了一件T恤衫，给春卷打了个电话，今天你当班吗？他那边有音乐声，当班，怎么个意思？我说，把我存的那瓶酒拿出来。他停了一下说，你这半年都没喝酒。我说，所以，你已经帮我喝了？他说，那没有，就是得找找。我说，找吧，我十分钟之后到。

  酒吧里人不多，春卷这个酒吧，总是人不多，但是一直开着，也许他很有钱，也许第二天就会关门，我从来没问过他。他知道我姓庄，知道我是个老师，我们经常聊天，但是他从来不打听别的，我也只知道他是个单身男人，能调很不错的龙舌兰。今天放的是《light me fire》，声音不大。他给我倒上酒，说，约了人吗？我喝光一杯，说，没有，就我自己。他又给我倒上，说，你上次喝多了，在我这吧台上趴了一宿。我说，是，第二天落枕了。他说，你这酒不错，但是再存半年可能更好。我又喝了一大口，说，我怕丢，喝了比较踏实。他笑了笑，有人玩飞镖，我已经躲过好几支了，醉得比上次还厉害。我才发现阮灵也在，她和那天晚上一样的装束，独自一人，一脚在前，一脚在后，飞镖拿反了。我走过去说，要点橙汁吗？她看了我一眼说，不要。我说，带我一个好吗？她说，不带。一支飞镖出去，屁股朝下落在墙脚。我说，一个人？她说，又要采访我？我说，没有。我看了一会儿说，只是想聊聊天，让你少喝点。她说，你是警察吗？我怎么老能看着你？我有权保持沉默，我说的话会成为呈堂证供。在灯光里头，她看起来很好看，面颊白皙，四肢纤细，脖颈修长。小女孩长大之后应该就是这样吧。我没有再说话，只是看着她把一支支飞镖丢得到处都是，然后帮她捡回来，让她再丢。她说，你问过我一个问题。我说，嗯。她说，你问我，海子是我带过的第一只海豚吗？我现在回答你，不是，我带过两只海豚，海子是第三只。第一只海豚叫比特，我从五岁带到七岁；第二只叫憨憨，我从六岁带到七岁。我说，嗯。她说，它们后来都死了。我说，怎么死的？她说，都是自杀。但是都有预兆，预兆就是尾巴上长疮。跟你说过，它们用声呐代替触觉，游泳池不是大海，在游泳池里，它们发出的声波会来回来去地弹射，让它们彻底迷失。所以你看到的海豚，基本都是瞎子，只是因为熟悉地形，所以还能游。我说，没有办法？她说，都没活过七岁。比特把自己撞死，憨憨绝食死的，死在我怀里，那时身上已经长满了疮。海子上周刚过完七岁的生日，算是比较有毅力的。我说，但是尾巴也有疮了，可是为什么它们还在微笑呢？她看了一眼，它们是宽吻海豚，就算你把它们的脑袋砍下来，它们也是笑的。我说，总会有办法的。我想了想说，我们可以把它偷出来，放回大海里去。她说，你愿意和我一起干？我说，愿意。她说，真的？那可会被判刑。我说，我认识几个律师。她笑了,说,你醉了。我说,必须得这么干。我雇辆大车装满水,把它放了之后,就去自首,你就说我挟持了你,和你没关系。她说,那罪就更大了。我说,我在哪都能写东西,也许监狱对于我来说更好,没有自由,能安心写点东西。她停了一会说,就算把它放回大海,它也会饿死,它已经不会捕食,它的归宿就在游泳池里。我走过去,从她的手里夺下飞镖说,我们可以先教它,偷偷地把它教会,然后把它放回大海,或者,肯定有别的办法。她站直了,没有摇晃,盯着我说,我比你更需要它。我说,那就想想办法。她说,你怎么对它这么上心?你不是大学教师吗?你应该活得很舒服啊?我说,我就是不想让它死,就是不想让它死啊。不知为啥,我的眼泪流了出来,流到领子里,我的手里攥着酒杯和飞镖,想把它们捏碎。她伸手拍了拍我,说,换个地方吧。我说,去哪?她说,去看海子。

海豚剧场里漆黑一片,阮灵隐入暗处,点亮了灯。她从仓库里拖出竹筏,扔在池子里,然后吹响了哨子。海子不知从何处游了进来,它叫了几声,然后停在阮灵脚边。阮灵说,尾巴。海子转过头去,把尾巴伸出来,阮灵看了看,让它游到另一边去了。她小声对我说,和我想得一样,疮好了一点,不出意外的话,它还能活一年。我说,活到八岁?她说,嗯,一个纪录。我说,为什么?她说,因为海子喜欢我,当然比特和憨憨也很喜欢,不过海子是最喜欢我的一个。我说,最喜欢你的一个。她说,对,所以它会坚持活下去,因为这个节目,它会活着,然后一次次把我救起,即使它知道这是假的,它也会担心,担心另一只海豚搞砸。所以它会相信这个节目是真的,然后等待每天救我。我知道有点残忍,但是我想不出别的办法。我立在池边,没有说话,我看着池水里的海子,看着它的影子。它什么也看不见,它只是游来游去。我说,我能下水吗?我能抱着它游一会吗?她说,你会水吗?我说,会。相信我。她说,三分钟。我说,三分钟。她走到池边,有些趔趄,和海子说了几句话,然后冲我点了点头。

我脱光了自己,一丝不挂,跳进水里。我抓着它的胸鳍,它缓缓地向前游去。我一点点地靠近它,抱住它,它极其冰冷,但是没有躲闪。上面传来醉醺醺的哨子声,我感到自己正在变得滚烫,我奋力贴着它,不让池水分开我们。

(原载《收获》2017 年第 4 期)

作者简介:

双雪涛,小说家,1983 年生于沈阳。出版长篇小说《聋哑时代》《天吾手记》《翅鬼》,小说集《平原上的摩西》《飞行家》。

逆　位

斯继东

应该是大一的第二个学期吧，田忌和雷横突然闯进学生宿舍。

我有点喜出望外："奶奶的，你们俩没心肝的怎么想到来看我啊？"

"看你？"雷横反问一句，不吭声了。其实，他们不是来看我的。按田忌的说法，他们只是来瞧瞧此生绝缘的大学。看得出来他俩都挺沮丧。

雷横和田忌的成绩差，会考完就没再读。我比他们好一些，勉强去考，又胡乱填的志愿，却意外被录取了。收到入学通知书才知道，学校并不在省城。一所坐落在四线城市郊外，农田、荒坡和村庄混杂，傍晚经常有耕牛擦肩而过的灰不啦唧的大学，别说他们，我自己也失望。

事实上，我喜出望外的原因也不是因为他们来看我。我只是太想找个人聊聊那件事了，而高中同学自然最合适不过。

"我交了个女朋友。"我轻描淡写地跟他们说。

"是吗？"雷横和田忌的贼眼都有了光。

"奶奶的，行啊你，怎么勾搭上的？"田忌说。

至此我想我好歹算是给这所破大学挽回了一点面子。

"嗳嗳，她奶子有李萍翘吗？"雷横问。

李萍是我们的同班同学。我给她写过好多信。对，是信，不是纸条。因为我觉得前者更郑重其事一些。生活委员拿了一摞信在讲台前喊名字，我总是心惊肉跳。李萍！李萍！李萍！而她总是要等生活委员喊三遍，才极不情愿地走上前去。我不知道自己干吗心惊肉跳，其实那些信我一封都没寄出过。

"约出来让哥俩瞧瞧？"田忌、雷横异口同声。

我似乎已经忘了怎么认识的赵四。约出来瞧瞧，这个当然没问题。

于是就商量好了一块去看通宵电影。

对讲器里赵四有点吞吐，经不住我执意，到底还是出来了。

电影院在市区，得先到校门口搭乘公交。四个人慢悠悠地沿着林荫道走。时不时有学生三三两两迎面过来。因为有雷横和田忌在，我颇踟蹰于该不该挽上赵四的手。他俩刚刚还口无遮拦的，见着赵四后，无端就拘谨起来。

似乎是为了打破这份尴尬，经过图书馆的三岔口时，斜刺里忽然杀出一个男生，对着赵四喊了一声。赵四闻声收住步，就见那男生冲过来拉扯赵四的手。

没有丝毫的犹豫，我一个箭步蹿上去，说时迟，那时快，那男生便被掀翻在地。我不会打架，之前甚至从未跟人发生过肢体冲突。我不知道当时自己是出了一拳还是一掌，也许只是狠狠地搡了一把。

那男生从地上爬起来，恶狠狠地朝我反扑上来。我的大脑一片茫然，我根本不知道之后拳脚应该怎么跟进。我的勇气好像已在那一瞬间用光了。

一个硕大的拳头正朝我脸上砸过来，突然被险生生地收住。

"你等着！"那个男生说。

在他转身之前，我看到两条褚红的蚯蚓正从他的鼻孔蠕蠕而出。

田忌和雷横抱着胳膊站在我身后，气定神闲，仿佛两尊佛。

那晚的通宵电影自然看得寡淡。俩老兄第二天一早就匆匆走了。在火车站的某个小摊上，我买了一把弹簧刀。

我依然与赵四约着会，出去喝杯咖啡，逛个街，看一场电影，周末用那辆老乡传承的破自行车载着她去周边郊游。当然，更多时候还是晚饭后在校内闲逛。校园占地阔绰，其间林木森森，沟壑起伏，历届学兄学姐还留下了诸多放浪的地名。一到晚上，影影绰绰的月光下，遍布了萤火虫般捉对厮混的恋人。

赵四依然还是那个藤蔓一样缠着我，然后问许多古怪问题的女孩。海绵体到底是什么材质？为什么眉毛生得早却长得慢？是不是雌雄同株就不会孤独了？那段时间，她忽然对对称性产生了兴趣。前一天她问我，人有对称的身体，为什么内脏却是非对称的呢？比如心脏，为什么不是一对？为什么非得长在左胸而不是右侧呢？第二天她又兴奋地告诉我，她找到心脏长右胸的人了，这种人跟另一种人一一对应。"你知道这些人生活在哪吗？"她自问自答，"告诉你吧，他们生活在镜子里！"说实话，比起这些古怪烧脑的问题，我更感兴趣的是她的身体，我希望所有的理论最终都能跟肢体实践相结合。

但是那段时间，当我的手像往常一样越过文胸和内裤，在她身上游走时，那股子亢奋劲明显消减了。

那些夜晚，我无数次地梦见：那个男生带着一伙社会青年气势汹汹地闯进了宿舍——每次从睡梦中惊醒,我都会看到手里汗津津地握着那把刀子。

我曾经问过那男生的事。赵四说是她隔壁班的。

"人家喜欢我难道也是我的错?"赵四这样反诘我。

"还来找过你吗?""没有。"

大概过了两周多,另一只靴子落了地。

那男生没来找我,却寻了赵四。赵四的大腿内侧结结实实挨了一刀。

去医院看她时,我的裤兜里还装了那把弹簧刀,这让我产生了一种奇怪的幻觉:似乎扎这一刀的不是那男生而是我。

赵四倒是嘻嘻哈哈的:"还好啦还好啦。没伤着股动脉,位置也不算太坏。刀口要再朝下移一移,我可就穿不成短裙了。"

我给田忌和雷横打长途。扎回去!他俩不约而同地说,这时候比的就是谁狠。对他们而言,这当然只是小事一桩。高中三年,他俩就是这样打打杀杀过来的。他们还同时表示了声援:需要的话吱一声,立马杀过来。

这种事自然不敢跟家里说,因为混文学社,室友们走得也不亲近。我就去找了一个高年级的老乡,那老乡在校学生会任职。他的态度很明确:找校方。"这事闹得已经够大,再扎过来扎过去,局面就更不可收拾了!"他很严肃地跟我说。

赵四不赞同,她嫌我多此一举。但我还是听了老乡的话。校方派人找赵四详细了解了事情的始末。后来又找了我:"听说是你先把人家吕一布打出了血?"我把经过避重就轻地讲了一遍,我否认自己看到了血。可事实是,吕一布的确流了血。而且按照惯例,学校也不可能单方处理当事人。辗转反侧一夜,我又去找了学生会那老乡。老乡爽快地收下了我带去的两条烟,答应会去学生处通融通融,又宽慰我:"放心吧,动没动刀子性质到底不同。"

挨了近一个月,校方的处理意见出来了。吕一布被开除,而我挨了个警告处分。老乡跟我解释说:"给你背个警告,其实也是校方的一种保护。如果单单处理对方,他能咽得下这口恶气吗?"

这倒也是。

但是,一个轻描淡写的警告,真的足以让对方咽下开除这口恶气吗?

就在我惶惶不可终日的时候,忽然接到了家里电话,母亲的身体出了问题。我们一家四口,妹妹那时正读高中。家里拿主意的一向是母亲。父亲是个无心无事的闲人,整天捧着他那个结满茶垢的搪瓷杯,满镇瞎转悠,哪里热闹就朝哪里轧。我们家境在当地还算过得去,靠的正是母亲。种桑树,养长毛兔,开杂货店,一路过来全是母亲的心精力气。想起来,父亲实在是个快乐的人，他唯一的烦恼是他的零花钱。自从迷上打麻将后，他的零花钱总是不够。问母亲追加得编理由，这真是让他伤透了脑筋。记得我参加工作后，曾经好多次梦见父亲来办公室找我。他坐在对面，支支吾吾地没话找话，我知道他就等着我拿一百两百的零花给他。喜滋滋走之前，父亲总不忘关照一声："我来过这事，别跟你妈说。"

县里的医院给了结论，又建议送省城复诊。我匆匆赶到省城，母亲他们已经先到了，六神无主的父亲还在等着我办入院手续。县里的所有检查单、化验单都是无效的，一项一项都得从头查起。到这田地，母亲还在记挂家里的杂货店。父亲在一边唉声叹气，他什么入院的必需品都没带，但居然没忘他的搪瓷茶杯。

一张张单子叠出的是一个相同的结论。医生指了两条道：保守治疗，或者马上手术。但手术有风险。母亲必须瞒着，我就跟父亲商量。父亲却把眼神挪开了，他看上去如临宰的羊羔，"我真的不知道。"他盯着他的搪瓷茶杯说。

"那就动吧！"我把心一横，平生第一次代替母亲做了决定。

手术挺成功，但切片化验的结果也掐灭了最后一丝侥幸。

术后，陆续有亲友闻讯前来探望。田忌和雷横也来了。

我们站在院里的一棵杨槐树下抽烟。雷横忸忸怩怩地告诉我，他也处了个女朋友，让我猜是谁，说我认识。猜半天，还是田忌公布的谜底——那人是李萍。然后他们顺嘴问起了赵四。其实他俩更关心的是那起架，最后扎没扎回去什么的。我却走了神，我忽然非常想念赵四。

是的，如果那时候赵四能来陪我，哪怕只是跟我接着探讨对称非对称问题也好啊。

田忌和雷横走后，我赶紧给宿舍打了个电话。接电话的室友说，没人来找过我。我不甘心，给他留了医院的电话，又再三叮嘱了一番。

但赵四没有出现，一直到母亲做完第一次化疗出院。

南方春短，等我回到学校，已是初夏。

几天后的傍晚，我像往常一样去女生宿舍找赵四。

路上不少女生已经换上了裙装，校园被装扮得妖艳无比。赵四应该也换上裙子了吧？她的短裙能遮住那个疤吗？我这样想着快步穿过商业街。

经过那家咖啡馆时，眼角的余光一晃，我似乎听到了熟悉的笑声。

略一迟疑，我就又折了回去。

透过玻璃窗，我看到了久违的赵四。

赵四果然换上了裙子。她正拿着一个匙子往对面一个男生嘴里送着什么，应该是冷饮之类的吧。由于我是过了再折回去，与赵四的脸恰好正对，她应该很轻易就能发现一窗之隔的我，但是她太专注于手中的匙子了。我又往回走了两步，赵四依然没有察觉，倒是那个男生似乎注意到了我。那男生我认得，是体育系的，在校篮球队打中锋。赶在赵四抬头之前，我仓皇逃离了现场。

要复述当时的心情是困难的。能感觉到心脏跳得很快，但这个剧烈跳动的家伙跟自己似乎并无关系，因为我无法确定它是在左胸还是右侧跳动。

有人在叫我名字。我像个梦游症患者一样缓过神来，这才发现自己已经不知不觉晃到了图书馆前面。

图书馆的台阶上聚了很多人。喊我的是两个文学社的诗友。

其中之一走过来跟我说了一句："周庄死了。"

仿佛兜头一盆冰水，我被完全激灵醒了。

周庄是我们校文学社的社长。

怎么回事啊？旁边七嘴八舌的。据说是周庄中午肚子痛，同学陪着去了医院。晚饭时分，却从医院传回来他的死讯。

"周庄死得不明不白，必须得向医院要个说法。"另一诗友说。

仿佛有人在暗处撺掇似的，源源不断有学生在向图书馆聚集。

"我们去医院！"有人带头喊了一声。

"对！""对！""对！"更多的声音在附和。

于是台阶上坐着的人都站了起来，队伍开始蚁团似的朝校门口滚动。

学生处和校领导早已闻讯堵在了校门口。几近废弃的大铁门也破天荒地关上了。我事后才知道，那天是六月初某个特殊的日子。几个老师站在铁门前劝阻，但是人多嘴杂，场面很乱，劝阻显然无济于事。

这时候，就有人匆匆跑过来递给校长一个扩音器。

"同学们先静一静！"校长说。嘈杂的声音总算被扩音器压了下来。

校长说，这件事校方会出面跟医院交涉，到时一定给同学们一个满意的答复。校长才说上没几句，马上就有人反驳，人群里不满的声音再次高起来盖过了扩音器。

眼看软的不行，校长黑下脸对着扩音器使了撒手锏："大家给我听好了，今天谁要敢跨出校门一步，我就开除谁！"

人群一下就鸦雀无声了。

在此之前，我似乎只是一片被水流裹挟的树叶。那个叫嚣的扩音器忽然变成了一条诱惑的蛇，那句威胁就是它吐出的细细长长的信子。

开除？真的吗？如果我跨出那一步，就会像吕一布那样被开除？这听上去就像一个特别刺激的游戏，干吗不试一试呢？

于是死寂的蚁群有了轻微的骚动。人群自动让开了一条道，我一步一步走到蚁群前面，拨开一位老师的手臂，然后拉开了大铁门。

好凉爽的夏夜啊，连星星都出来了。

一切都比想象中要简单多了。

我回过身，看到两个同学正跟着朝外走。

经他们再一拉，大铁门的口子更大了。

然后，整个蚁团开始重新挪动起来。

公交已经没了，只能徒步。

中午陪同去医院的同学自告奋勇在前面带路。蚁团变阵成了一字长蛇。

两个走在我前面的诗友在小声说着与周庄的往事。我恍恍惚惚觉得周庄并没死，他就夹杂在队伍中间。周庄是个小个子，平时走在校园里蔫蔫的，仿佛是谁揉皱掷掉的香烟壳，很不起眼，但是当他一站上讲台，突然就像通了电的吉他似的光芒四射。我虽然入学初就加入了文学社，跟他并无交情，但每次碰见他，我都会有种错觉：假以时日，我们是能成为朋友的。

恍惚中我又觉得，刚才大铁门前挺身而出的应该是他。然而事实不是，那么，大概他是真的死了。照此看来，我跟他已经再也做不成朋友了。想到这里，我忽然悲伤起来。

预料中，这样黑压压一支队伍杀过去，院方难免会措手不及。

但我们的想法太幼稚了。

医院大门洞开，灯火通明，几个院领导模样的人正迎候在门诊楼高高的台阶上。有同学用胳膊捅捅我，通道口居然若隐若现地停了两辆警车。对方显然早已严阵以待。跟院领导站在一起的还有我们校长，狗娘养的他居然还带上了那个扩音器。我之所以讨厌，是因为我们镇上那个卖"三步倒"老鼠药的家伙，成天就拿着这玩意儿在十字路口吆喝。

校长介绍几句后，那院长便接过了扩音器。他显然见多了这种场面，神态镇定自若，说辞声情并茂。大概意思就是，一个风华正茂的大学生出这样的事，他也很难过，同学们悲痛的心情他十分理解。但周同学的猝死属于器质性原因，医院的检查治疗经得起任何质询，最后的抢救院方也已尽了全力。

大多数愤愤然来的同学其实也是不明就里的，所谓要个说法的现在似乎也有了说法，剑拔弩张的气氛开始缓和下来。

这时，人群中忽然有人喊了一句："口说无凭，我们要尸检结论！"这话对一帮毫无医学常识的人来说无异于一剂兴奋剂,于是疲软的队伍再次亢奋起来。

我到现在都没弄明白,那个同学关于尸检的提议是否符合医学逻辑。而且当时死者家属也并没在场,半生不熟的同学、诗友或者校领导就能代表死者的意愿吗?但那天的事实情况是,院领导和校领导现场商议了十几分钟后,同意了。

接着是选学生代表。三个。这应该是游戏的一部分,我毫不犹豫地举了手。

从跨出校门那一刻起,游戏就已经正式开始,而参与者特别是作为一个领头的人没有任何理由中途退场。

白大褂,头套,口罩。电梯闭合,下沉,又打开。扑面一股阴冷的风,全身的汗瞬间都被收纳。过道冗长、潮湿,日光灯森森然,无数影子在墙上忽长忽短。

一切如同梦境。

我们被带入过道尽头的一个房间,骤启的顶灯灼人眼目。等我再度睁眼,白色的床单已被揭去,一具赤身裸体的男尸呈现在我们面前。似乎只是睡着了,却又全然不同。白皙的躯体中间有黑乎乎一坨,仿佛沙地上的一蓬芨芨草,刺目又怪异。多年之后,当我第一次读到王小波的诗:"走在天上,走在寂静里,而阴茎倒挂下来"时,眼前闪现的就是这个场景。

首先亮相的是一把手术刀,小巧,精致,锃亮。仿佛一张犁切入业已板结的土地,犁过处黑土齐刷刷翻开,散发出新鲜肌肉特有的甜腥的芬芳。切开的只是皮肤和肌肉,还有一层透明的腹膜包裹着内脏。为了不划破脏器,得先在腹膜上细心地割开一个小孔,足以插入两指就行。现在,上场的是一把更为灵巧的剪子。

作为必须遵守的游戏规则,整个解剖过程,我一直是目不斜视的。直到医生摘出一个鲜活的脏器,并小心翼翼地托着它凑近观察灯。

不需要任何经验就能指认,那是一个完整的心脏。它似乎还在怦怦跳动。

我的忍耐力终于到了极点。事实证明,这并不是一个好玩的游戏。

我捂着口罩跑出了手术室。

手术室对面就是厕所,厕所外面是带一整排水龙头的洗手槽。

我伏在水泥槽上狂吐不已。

就在这时,我再一次想起了赵四。而这中间,似乎已经隔了漫长的时光。就像一个喝酒断片的人,我毫无来由地回忆起了与她初次见面的场景。那是一个冬天的傍晚，某个诗歌活动刚刚结束，一大群人从图书馆出来，经过那个结冰的湖时，走在我边上的一个女生慢下来，然后很突兀地问了我一句："你说湖面结冰后，那些鱼儿去了哪啊？"问这问题的人自然就是赵四。

他妈的，这问题可真够矫情的。鱼儿还能去哪呢？这跟湖面结不结冰有什么关系？

我拧开一个水龙头，出来的水很小。

于是，我就上去把一整排水龙头一个一个都拧开了。那一大堆陌生的呕吐物开始松动，然后像冰山一样缓慢移动，虽然极不情愿，但最终还是被水流完完全全地带入了下水道。

两天之后，周庄父母赶到了学校。不知道是不是因为我们介入的原因，院方到底还是给了家属一笔不菲的补偿金。在整理儿子遗物时，周庄父母翻出了一大堆的书。也不知道是不是出于另外一种补偿心理，离校前，他们把这些书都分赠给了大家。我也分到了一摞——记得其中一本是乔伊斯的《都柏林人》。此后，文学社几位理事曾经找过我，让人生气的是，他们的来意竟是让我出任新一任社长，我自此再未参与文学社任何活动。

对这起群体事件校方迟迟没有结论，意料中的死亡倒是如期而至了，但诡异的是，死神带走的却是我的父亲（我的母亲至今健在）。父亲出殡那天，田忌来了，雷横没有来。因为一场两肋插刀的械斗，雷横犯人命入了狱。让田忌幸免于难的，是一起莫名其妙的车祸。田忌还顺便告诉了我另一件事：李萍现在跟他住在一起。

我再也没见过赵四。偶尔，我也会想起她。但那个时候，我的内心是冰冷的，仿佛那个脏器已不再存在于腹膜之下。事实上，并不是所有心脏都是长在左胸口的。很多年之后，我还真在电视上看到了一个心脏长在右胸的中年男子，他看上去跟我们并无二致。赵四就像个天才的预言家，这些概率只有几百万分之一的怪胎，医学上居然真的就叫"镜面人"。专家介绍说，"镜面人"常不自知，一旦患病极易被误诊，由于内脏左右逆位，给他们做手术需要反向操作，越是技术娴熟的医生反倒越易犯错。不知为何，我居然想到了周庄，院方称其死于器质性疾病，会不会他就是一个稀罕的"镜面人"呢？尸检的场景于是再次浮现于眼前。可是，那颗被医生用左手或右手小心翼翼地托举着凑近观察灯的似乎还在怦怦跳动的心脏，到底来自于周庄的左胸还是右胸呢？

对了，在我居家期间，那个李萍挺意外地曾经来看过我。丧事办毕，亲友皆已作鸟兽散，屋子里外空空荡荡。李萍是一个人来的，也不知田忌是否知晓。母亲搬了两把竹椅到屋前高高的空台基上。那是个傍晚,我们的面前是一望无际的正在疯狂抽穗的水稻田,更远处是若隐若现的远山平畴。我忘记我们说了些什么。也许什么都没说。我不知道李萍为什么要来看我,而且是孤身一人。我俩就那样默坐着,任由暮色从四野一点点地朝我们围拢。我混混沌沌的意识却慢慢变得澄清,腹腔里那个似乎早已溶化的脏器,在不知不觉中再次凝固,显形,然后复归原位。背后传来母亲的叫唤声,于是李萍站起来告辞。就在那一刻,在四合的暮色中,我忽然接受了之前的所有事情——包括学校里那个等着我的悬而未落的判决。

(原载《收获》2017 年第 1 期)

作者简介:

　　斯继东,1973 年生于浙江嵊州。以短篇小说创作为主。作品散见《收获》《人民文学》《小说选刊》《小说月报》和各种年度选本,其中《今夜无人入眠》《你为何心虚》《西凉》等作品分别入选《小说选刊》2009 小说排行榜、中国小说学会 2012 年度排行榜和《羊城晚报》2016 花地文学榜。现居绍兴。

骨　头

周李立

红燕和韩大明坐在长椅上，正对着一个小水塘。水塘里的水黑得像墨鱼汁。从前这地方是变压器厂的浴室，韩大明最后一次在那个红砖盖的有一长排热水龙头的浴室洗澡，应该是二十多年前了。

他问红燕还记不记得那个浴室？红燕奇怪地把头扭到一边去。韩大明就不再说话了，浴室的话题确实不合适。不过二十多年前，红燕十多岁，其实也该记事了。

"这里地势低，就会积水。"韩大明只好冲着面前那弯黑水说。下午的太阳在水面镀上一层银色，水面沉静得像银色硬纸壳。水塘呈不规则的椭圆形，中心处有几根水管探出头来。

红燕说："不是积水。原来是喷泉，喷过一回，挺好看的，后来不喷了。"

"哦。"这都是在韩大明坐牢期间发生的事。他没什么好说的。

红燕知道自己被跟踪已经有一段时间了。最早一次，是她从超市下班后，听超市门口自行车寄存处的老李说，有个流浪汉最近常在超市门口一坐一整天，到红燕下班的时候，流浪汉就跟在她后面一起离开。"那老头儿头发脏得就像钢丝球，你得小心点儿。"老李这么说。

过了几天，红燕也看见了那个流浪汉——右脚是残疾的，走路的时候，两只脚背一只冲前，另一只冲着旁边，两脚始终是个直角。

这天，她就没有直接回家，而是在家附近的胡同绕了几圈，手里一直提着超市打折卖给内部员工的一根过期的猪棒骨。

她有意走得很慢，看他能不能跟上。然后她发现，没用。他对这片胡同还是很熟悉。十七年了，胡同的结构发生过不少变化，有的地方被拆除，有的地方又被居民自建的厨房和卫生间堵上了，有的堵上之后又被拆掉。但他还是能找到这地盘上的规律，就像人跟人再千差万别，骨骼结构却总是一样的。

他在她必将出现的地方，缩着头等她。她不用刻意去看也知道，他蓬头垢面，蹲在一排自行车后面，把脸埋进衣服里，身上穿的白色老头衫有无数细小的破洞，薄得像蒸馒头用的屉布，可能那的确是屉布做的，只是颜色跟屉布不一样，汗衫是不均匀的棕黄色——是被汗渍层层叠叠常年染出的效果。

她从那排自行车前走过去，假装没有发现他，就像小时候在胡同里捉迷藏一样，装作没发现某个小伙伴。她不知道那时自己为什么要假装，可能只是为了在突然捉住别人的时候显得自己比较厉害。

她知道现在是下午三点多。她在超市上早班，从早上六点到下午两点。她现在还有时间，不用急着回家给彭秀丽做晚饭。而这根猪棒骨，至少可以换来彭秀丽整个晚上闭嘴不抱怨。

她接着走，不用回头也知道，他从藏身的那排自行车后面钻出来，贴着墙根继续跟着她。那排墙根永远有积水，因为这片胡同——现在差不多已经是棚户了——无用的地下排水设备。他踩着脏水，扑哧扑哧的脚步声在安静的胡同里格外响亮。他还是老实的，所以没法做一个高明的跟踪者，她想。

她在一个三岔路口左转，这与她回家的方向背道而驰。如果彭秀丽和韩大明两个人，今天她必须要选一个的话，她选韩大明。

左转是条细长的胡同，她没有继续走，而是突然转身。

他被吓了一跳，马上把双手都高高举起来，应是习惯性动作，她想，又看着他慢慢把手臂放下。

"你为什么跟着我？"红燕问他。

"我……我……"他吞吞吐吐。

"韩大明，你出来了？"红燕高声问他，窄小的胡同里，她听见自己的声音来回荡漾。在超市工作这些年，她除了增加了二十斤体重，还收获了越来越亮堂的嗓门儿。

韩大明点头，点到最后，就把头低在胸口再不抬起来。下巴上乱七八糟的胡子扎进锁骨里，锁骨处的凹陷仿佛深不见底。

"你现在住哪儿？"红燕和韩大明往变压器厂的旧址走的时候，她问他。

韩大明从前在变压器厂工作，当车间主任，那年受伤后还被评为劳动模范。藏蓝色的工作服永远干干净净，那枚劳动模范的奖章在重要的日子里会别在他工作服左上方的口袋的位置，刚好压着他的心脏。现在变压器厂已经没有了。十年前，那些十分有韵味的苏式红砖厂房被推倒。外资公司在废墟上开建化工厂。新厂房的墙面是灰色水泥，从没启用过。窗户的玻璃还没装上的时候，外资公司那些人就卷着钱款跑了。荒废的厂房从此就是这座北方小城体内一个巨大的暗疮，被避之不提的公开秘密。

韩大明摇头。

"没地方住？"红燕问。当然没地方住，如果有，他也不会穿这样的衣服，身上还有股垃圾桶的味道。

"有时在马路边，有时我就住厂房。"韩大明说。

"化工厂？"

"变压器厂。"他不知道外资投资建化工厂的事。

"变压器厂早拆了，现在是化工厂，也不是，那个化工厂，我们都没见过，鬼知道化工厂应该长什么样儿。"

"不知道什么厂。我有时候就住那里。"

"怎么能住那里呢？"

"很好了，新厂房，挺敞亮，晚上还能看见天上。"他看上去真心诚意觉得自己住在一个好地方。

"总不是个正经住人的地方。"红燕说。她想他还不知道新厂房永远也不可能盖好了。她还想，可能因为他住了十七年的牢房是很小的，晚上应该也看不到天上。

"我的房子倒是正经住人的地方！"他突然吼起来。因为她说到他的痛处了吗？

红燕愣了愣，没跟他计较。韩大明的房子，这些年一直是红燕和彭秀丽住着。那两间棚户区的平房早破败不堪，像彭秀丽本人一样，眼下已是风光不再的老妪，被时间折磨到失去形状，随时会崩塌。屋顶漏水，电路老化，瓦数再低的灯泡也无法平稳发出光亮，总是闪闪烁烁，仿佛店铺那种细小的彩灯。彭秀丽根本不在乎灯泡亮不亮，反正她多年来只是躺在床上等着两件事发生。第一件显而易见已经发生了，那就是韩大明出狱。"他出来会杀了我，我会在他出狱那天死掉。"彭秀丽总这么说。红燕认为，世界上恐怕只有彭秀丽一个人对自己的死期如此心知肚明。第二件是拆迁，彭秀丽认为如果这里拆迁了，韩大明就找不到她了，至于拆迁之后她和女儿红燕去哪里住，她倒是没有考虑过。而拆迁的事随着时间推移，也总像越来越不可能发生。

"你……回……家……去过吗？"红燕小心翼翼地问。她犹豫了一下才终于用"家"来形容他们三人曾经住的那两间房子。如果彭秀丽知道韩大明已经出狱，会不会去死？她对这问题充满好奇。彭秀丽算计了十几年，就是没算到韩大明会提前两年出来。

韩大明沉默着，摇头，随后快走了几步，去变压器厂的路仿佛漫长得让他失去耐心。以前他都骑自行车上下班，下班的时候自行车把手上总是挂着一篮子蔬菜。晚上他会把自行车精心擦拭，摆在两间平房前的空地上欣赏好长时间。月光下的自行车轮毂锃亮，就像明晃晃的刀锋。

韩大明停下来，回头对红燕说："我不能回去，我怕我会忍不住杀了她！"

"她也知道你肯定会杀了她。"红燕笑着说。和彭秀丽一样，她这些年也一直等着彭秀丽被杀或自杀的那一天。

彭秀丽是红燕的妈妈，但是彭秀丽把她一生都毁了，哦，不止，彭秀丽还毁了她自己，也毁了韩大明。韩大明是彭秀丽的丈夫，他们到现在都还没有正式离婚——不知道他坐牢的十七年会不会影响他们的法定夫妻关系？红燕不了解这样的事。韩大明不是她的生父，彭秀丽带着红燕嫁给韩大明的时候，红燕已经八岁了。

"她为什么不去死？"韩大明用手背擦着鼻涕，这让红燕觉得他可能哭出来了，但是没有，他可能早就哭干了眼泪。而且他现在那么瘦，可能都没有杀掉彭秀丽的力气了。他手臂的骨头仿佛被彭秀丽啃光的那些猪棒骨，光秃秃的，暴露着经脉血管和骨骼上密布的纹路。

"彭秀丽怎么会去死？她还要吃猪棒骨呢。"红燕说，"她吃掉了我多少猪棒骨，还好我在超市上班，可以买到便宜货。"她把塑料袋里的猪棒骨提到韩大明眼前，晃来晃去。白色塑料袋内侧沾着红色的血迹。

韩大明背过脸去，悄声骂了句什么，红燕没听清，她倒是听见韩大明随后问她："能不能给我买个馒头？"他饿坏了。"我本来想请你吃东西的，但是我没钱。"他说。

"我也没钱。"红燕说。她倒是想起小时候韩大明给她买过的各种好吃的，比如油炸肉串和猪油包子。

红燕和韩大明就坐在化工厂的长椅上吃馒头。面前那弯黑水的臭味，丝毫没有败坏他们的胃口。红燕三十岁以后，胃口越来越好。她在超市的生鲜速冻部工作，负责卸货装货，体力活儿需要好胃口。卸货装货的，大多是老爷儿们。休息时他们喜欢并排蹲在库房的一溜儿纸箱前，说说笑笑。红燕肥硕的胸和屁股当然是他们百说不厌的主题。红燕无所谓，她从十五岁起就是被这些人指指戳戳地开着玩笑长大的。她有时没兴致，就假装愤怒，拿保鲜膜的圆筒挨个敲那些男人的脑袋。他们多数都是从前变压器厂的工人，或者老工人的孩子，和红燕一样，都在这片胡同长大，度过荒唐的青春期。等变压器厂变成了化工厂，化工厂又始终没建成之后，几年前这家全城最大的超市一开张，他们都忙不迭地来应聘了。

红燕手里长条保鲜膜圆筒的形状，总是不合适地让他们更有兴致。"来，给红燕换个大号的！这婆娘喜欢大号的。"

"别逼老娘告诉你媳妇去！"红燕并不真生气。

"红燕就是我媳妇。"男人们嬉皮笑脸，"红燕是我们大家的媳妇。"

"去你妈的。"红燕骂着。她到现在都还不是任何人的媳妇，她一直没有结婚。二十五岁的时候，她比现在轻三十斤，曾有过对象，是从外地来这里卖电动车的小老板。小老板的电动车行就开在红燕住的胡同口。她很爱他，他也爱她。他们很快开始谈婚论嫁。那时她在筹建中的化工厂负责建筑材料登记，每天在一张巨大的表格上填写钢筋和水泥的重量，所以她也是坐过办公室的。对方不在意她几近瘫痪还每天要吃猪棒骨的老娘彭秀丽，也不在意她住在指甲盖大的老平房，反正那时小城里跑的电动车，全都是他卖出去的。他还一个人住在新建的楼房里，有一套水磨石地板的两室一厅，窗帘是好看的碎花布，还有自来水和燃气。那是红燕唯一一次爱情，她以为这辈子终于时来运转并安心等待幸福生活开始的时候，对方悔婚了。

"恶心，被继父强奸过的烂婆娘。"他倒是直言不讳。

"那不是真的。"她解释。

"全城的人都知道，你那个继父还在坐牢，你十五岁被老牲口强奸，你以为能瞒得住吗？"他连骂韩大明是老牲口的样子，都文质彬彬。

"没有。"她说。十五岁的时候，她被带到医院，高高躺在一张巨大的"刑具"上，张开两腿。女医生戴着口罩和三角形的白帽子，但仍挡不住她那双表示嫌恶的眯缝眼。红燕闭着眼睛忍受，等待女医生给出一个公正的结果。确实，后来的结果证明，红燕是清白的。她当然是清白的。只是，也根本没人关心红燕还是个处女，因为随后韩大明被判十七年的事情，在所有人看来都更有意思、更值得谈论：曾经的劳动模范，三级伤残的变压器厂车间主任，娶了肤白唇红的彭秀丽，还不够，他惦记的是十五岁的继女。

卖电动车的商人让红燕滚出他的两室一厅，从此再也不要弄脏他的水磨石地板，无论她是否刚刚把那地板擦得像镜子般闪亮。

红燕吃完了馒头，用装馒头的塑料袋裹着一个砖块，朝那黑水塘扔过去，水面被砸出一个个圆圈，瞬间又恢复平静，仿佛砖块被浓稠的液体消解掉了，无影无踪。只要水足够肮脏，就没人会看见水底有什么，哪怕淹没一切的那东西，只是水，而已。

"我在里面表现好，所以减了两年刑。"韩大明说。

"你在哪里都是表现好的人。你就是那种人。"

"其实还不如在里面呢,好歹里面有我一间房,不大,四人间,好歹有个睡觉的地方,时间到了就去吃饭,总能吃上饭的。"

"你现在吃不上饭?"

"有时候吃不上,我领低保,等着安置工作,等了好久了,年轻一点儿的好安置,我这种人,可能难些。"

韩大明这天一口气吃了四个馒头。他说:"彭秀丽还能老吃猪棒骨。"

红燕无奈地笑着:"是的,她只好这一口,她最喜欢吸里面的骨髓,她现在更好这口了,说骨髓补钙,她以为自己补完钙没准儿还能站起来。"

"这婆娘真有福气,怎么有你这么个女儿?"韩大明穿着黑布鞋的两脚,挂在长椅边上,来回踢着地面的小石子,红燕幻想他在踢彭秀丽,一下、一下,又一下。

不过在红燕印象中,韩大明不是会踢老婆的那种男人,就算是十七年前那个夜晚,他也顶多拖着残腿举了举菜刀,连无关紧要的东西都没有砍坏一件。倒是彭秀丽,抓住他的胳臂,哭喊着,看上去更像要砍人的样子。红燕似乎也上前了,拉着韩大明的另一只胳臂,刚好是他残腿同侧的那只胳臂。韩大明站不稳,摔在地上,彭秀丽趁机跑出去,在胡同里大嚷韩大明要强奸她女儿。

红燕告诉韩大明,她其实也恨彭秀丽,就因为她那天晚饭后在胡同里大声嚷的那些话,让胡同里所有人都信以为真。几家的媳妇还专门跑出来握着彭秀丽的手嘘寒问暖。她们把彭秀丽挨家挨户带到各自的家里去。她们给她洗脸、梳头,请她吃瓜子。彭秀丽吃着瓜子哭哭啼啼告诉那些媳妇:"韩大明要拿菜刀砍我,因为他要强暴红燕,被我撞见了。"彭秀丽之后就一直不回家,在那些媳妇轮流照顾下,她依然在胡同里生活得不错,只是她早晨穿着睡衣去买豆浆油条的时候,得小心翼翼不碰上韩大明。直到彭秀丽起诉韩大明,韩大明被抓走,彭秀丽才住回来。

她没脸见韩大明,那段时间才一直不回来,至少红燕是这么看的。

"她不在乎我的名誉,她只在乎她自己,哪怕我是她女儿。"红燕说。

"她也不在乎我的名誉,我家三代都在这胡同里住着,几时做过亏心事?"韩大明也说。

"我真不想管她,有时就想她早点儿死掉算了。"

"等等,你刚说,她瘫了?"

"你不知道?你走没多久,她就遇上车祸,小汽车压了她一条腿,是左腿,跟你坏的那条刚好相反,这真有意思。刚开始本来没坏,只是骨折,接好就能长好的那种骨折。骨头长好后,她也躺在床上不起来,说是要让对方多赔点儿钱。她可真有本事,断断续续讹了人家五年。她用一条腿赚了我们五年的生活费!这种女人,太他妈有毅力了。但是,结果你知道吗?她因为躺了太久,肌肉萎缩,就再也不能下地了!"

"真是报应啊!"

"是,她真瘫了之后,我就想开了,她反正已经得到她的报应了。何况,我还是她女儿,我不管她,她怎么办?而且她躺床上不起来,要人家付生活费,说到底,不也是为了我吗?"

"后来呢?"

"后来她就真瘫了啊。"

"后来人家还给她付生活费吗?"

"不,人家再付,我也没脸要了。我不要了,丢不起那人。"

"唉,我现在一点都不相信因果报应这回事了。"韩大明的那只残腿,一直往红燕坐的方向歪过来,红燕总没法不去注意它。她想起韩大明受伤之前,骑自行车带着她和彭秀丽去胡同口的新民餐馆吃饭,自行车前后各坐着一个,车铃响了一路。夏天里,胡同总是被树荫盖出一道长长的阴凉地带,不可知的地方总有蝉声传来。胡同里总有人赞叹:"韩主任前世修了什么福,一口气得了这么漂亮的两个。"

韩大明不信报应这回事了。他说:"我一辈子没做过一件坏事,结果受了工伤,残了,这不算什么。但我就想不通,彭秀丽为什么要这么害我,我没有对不起她。"

"不是不报,时候未到。"红燕吐了一口唾沫,很痛快,她把陈年的老痰也一块儿吐掉了。

"都十七年了还不到,得什么时候到?"他叹气。

红燕看着韩大明,不知道该怎么回答,最后只好问他要不要再吃个馒头,她可以去买。

他摇头,说:"我在这里最想的,就是去从前的厂浴室洗个热水澡。"

"受伤后你就没去那儿洗过了,我记得,你都在家里洗,打盆热水,锁上门。"

"你怎么知道?"

"我有一次去开门,打不开,听见有水声,我就回自己房间了。"

韩大明说:"你不知道我为什么不去厂浴室洗澡。"

"因为你腿不好了?"

"不是,我腿虽然这样,但是我还能走路,走到浴室更是没问题,那阵子我还上班呢，只是从白班换成了夜班，厂里说夜班更轻松，算是照顾我。"

红燕当然记得，如果不是韩大明上夜班，如果韩大明没有在那个本该上夜班的晚上提前下班回家，一切都不会发生，他们所有人现在都会是另外的样子。她曾经的愿望是跳舞，当舞蹈家，但现在她只能拖着被劣质食物膨胀开的身体，在超市把所有的肉类食品码放整齐。

韩大明说："我当时是被砸坏了脊柱，伤的是性能力。我……我那之后，就……起不来了。我不能去浴室洗澡，他们会笑话我，我可是车间主任、劳动模范。"

红燕不知道，彭秀丽从来没告诉过她，韩大明受伤后就是一个没有性能力的人。在韩大明的判决下来前后，彭秀丽一口咬定的，都是他强奸幼女未遂，所以韩大明被判了十年有期。又因为他举了菜刀，被判故意杀人未遂，又是一个十年有期。两个"未遂"合并执行，十九年。真是讽刺，十九年，却因为两个都"未遂"。

"真的？"红燕问。

"真的。"他又低头，把胡子扎进自己的锁骨。

"天啊，一个没能力的强奸犯。"她忍不住大笑出来，虽然她也知道，笑声在此刻会显得很不合适，至少有些残忍。但更残忍的事情，她没有告诉他，她还不能像他那样，把不堪的真相一股脑儿说出来——"一个是没有能力的强奸犯，另一个，是被强奸的老处女。"这真是太好笑了，老天。

韩大明看着几乎已经笑出眼泪的红燕。她觉得他眼珠里塞满的都是春日里漫天飘飞的杨絮。他狭窄的双眼里仿佛写着两个大大的字：麻木。

"那你为什么要承认？"红燕说。

"我承不承认都一样。"他说，"你也是，你承不承认都一样。不影响判决。"

突然，她说："如果被别人看到我们见面，那真是，哈哈，那真是……"她一时找不到合适的话来形容，她猜胡同那些老居民，应该还是能认出韩大明的。只不过，当年那些老居民已经剩下没几个了。

"你看我现在这副样子，没人能认出了吧？"他低头看自己身上的衣服，把一根手指插进衣服的一个破洞里，转圈，那破洞眼看着被越撑越大，露出里面黝黑松弛的皮肤。他又抬起手臂，闻了闻袖子，那气味应当不怎么好，但他也满足地微笑着。

"确实，不过，还是被我认出来了。"红燕说。她当然能认出他，那只永远朝一旁伸出去的腿，总是无法回到正确的方向——这是他永远的标志，一辈子也不会消除的标记，如同罪恶。

她说:"无所谓了,我经历的事情,比这个可糟糕多了。而且,我这样子,谁会强奸我?我倒是希望有个人来强奸我!"

她身上还套着超市工作的蓝背心,"福贵超市"四个巨大的字在她的前胸后背上都挂着——哪个男人会对"福贵超市"四个字有性致呢?而且她现在胖得低头已经看不见自己的脚踝了,只看得见肚皮上背心的油渍。

"你胖了不少。"他说,"我就放心了。"

她想,他完全不懂外面的世界了,他可能还以为胖就代表生活得不错。

"超市门口,看自行车的那个老头……"他说,那个老头今天赶他走,还叫来了两个瘦小的保安,扬言如果他再出现,就把他送到派出所去。他只好躲到更远的地方去。他是刑满释放人员,正等待一份不知道什么时候会有的工作安置,所以他最不能去的地方,就是派出所了。

"是的,老李,他是个好人,他提醒我,说你跟踪我。"红燕抠着指甲缝。她从小就有这习惯,把指甲抠到只剩下细细的一根线,露出雪白的指尖的肉。"我还得谢谢你,从来没有男的跟踪过我!现在,他们得对我刮目相看了,老李肯定会让所有人知道的。"她还是笑。

"你没结婚吗?"他突然想起一般,问。

"没有。"她摇头,又低头,"谁会娶一个被强奸过的女人?"

"事实不是这样。"他说。

"你坐了十七年牢,我没法嫁人。这不就是事实吗?你以为还有什么别的事实?"

"我想要事实。"他说。

"嗯?"她不明白,她想,如果他真的要真相,他十七年前就应该为自己争取的,反正她是为他争取过的。

"我就想你、我,还有彭秀丽,我们三个人,当面说清楚事实到底是怎么回事。我十七年就只想这个事。"

红燕说:"所以你跟踪我?"

他点头,然后等着几个放学回家的小男孩背着书包从他们坐的长椅前走过去。男孩们走过去了,他们并排蹲在黑水塘前,往里扔各种东西:砖块、装满沙子的可乐瓶,还有捡来的烂鞋子。他们在比试谁扔得更远,没有人能把那些东西扔到水的对岸去。

"我不想跟踪你,我其实,就是不敢主动跟你说话。"

"哦。"她想起,十七年里,她和彭秀丽都没去监狱看过他。她是受害人,而彭秀丽是原告,她们都没去看望过被告。而她们分别是他的妻子和继女。她想,那应该再没人去看过他了。

"我不知道你恨不恨我？我不敢跟你说话。但是，我一点儿都不怪你。"

"怪我？"她有点生气，"我没有告诉别人你并没有强奸我，所以你就要怪我？"

"不，我是说我一点儿都不怪你。"

"我都去医院做证明了，但那有什么用？"她说，说完自己先笑了。她想起自己拿到的那张处女膜完整的证明，现在那张纸还在她的抽屉里，就像一份耻辱人生的判决。她固执地保留着那张证明，但她没给电动车老板提过那张纸。

她还想告诉他，"罪名是未遂。未遂，就是没发生，既然没发生，我再怎么争辩，还有什么用？"但她没说。她只是停了一会儿，看男孩儿们兴高采烈地在不远处比试投掷砖头的游戏。小时候，韩大明受伤之前，她也喜欢来变压器厂玩。那时，她总能在厂房的墙角或草坪上发现一些形状奇怪的金属小玩意儿，她把那些小玩意儿都带回去。那其实都是生产变压器的残余废料。韩大明是个手巧的男人，他用这些捡回来的废料给她做了一个像变形金刚一样的笔筒。那时她并不喜欢那个笔筒，因为太笨重，而她的梦想是舞蹈家，舞蹈家最不应该用的就是笨重的笔筒。那个笔筒，现在还在她家，放在厨房当磨刀的器具，很好用，只是变形金刚的脑袋就这样被菜刀一点点磨掉，不过那实在是个不小的变形金刚，所以她还可以用它磨很多的刀。那是很好的时候，至少那时在变压器厂玩的男孩儿们对她都格外友好，并不在意她是一个跟着母亲嫁到这里来的外地人。直到韩大明受伤，她就不再来玩了。因为她以为，瘸了腿的韩大明不再美好，她不再喜欢跟他扯上关系。她后来猜想，彭秀丽跟自己的想法是一样的，瘸腿的韩大明不再是光鲜的车间主任，只是一个令人同情的、残疾的劳动模范。

红燕说："我当然不恨你。"

韩大明却说："我恨她，你妈妈。"

红燕扬着眉毛又笑："彭秀丽？谁不恨她？我也恨她。"

"我就是想要个事实，就是想我们三个人，我们本来还是一家人的，对不对？我们一起过了好几个春节呢，对不对？我对她、对你都很好，对不对？现在我们能不能坐下来，把整件事说清楚？我就想这件事。反正我牢也坐完了，我不求什么，我就求事情在我们三个中间是清清楚楚的。"他越说越快。

"我想，我明白了。"她说。事情对她从来都是清楚的。

十七年前那个夜晚，她在彭秀丽和韩大明的房间看电视。一部她最喜欢看的连续剧，里面的男男女女统统爱得死去活来，那个残腿的女人总是不相信丈夫对自己的爱。片尾曲是《一帘幽梦》，好听得她全身都发软。她一点都不关心彭秀丽在隔壁房间做什么。隔壁房间是红燕平日住的，只有一张小床和几个大箱子，其中一个箱子装着韩大明的工具，大大小小的钢锯和锤子在箱子里排列整齐。她从不被允许碰那些工具，因为"会伤到自己的"，韩大明说。不过，自从他一年前受伤后，他自己再也没碰过那些钢锯和锤子了。

《一帘幽梦》片尾曲第一次播放的时候，那个杂货铺的老头送了花生和毛豆来，她一边吃毛豆一边看广告，等着下一集。

韩大明回来的时候，电视正演到关键的情节，残腿的女人一直犹豫要不要自杀，此刻她看上去真的要用刀片切手腕了。韩大明不喜欢这部电视剧，因为女主人公的残腿。韩大明买了猪棒骨回来，红燕本应该立刻换一个电视频道的，但她舍不得，她希望残腿女人的刀片不要割下去，就算割了，也要被及时发现，送到医院。

红燕以为，是她在看的电视剧惹怒了韩大明，所以他才把猪棒骨扔在他和彭秀丽的大床上，让血淋淋的骨头弄脏了床单。血水和油弄脏的床单很难清洗。

韩大明去了隔壁卧室，红燕还在看电视剧。但是隔壁吵起来了。红燕听不清电视的声音，只看见里面的女人躺在浴缸里，刀片迟迟没有落下。真是紧张。

她跑着到隔壁，告诉他们别吵了。韩大明受伤后，总是喜怒无常。他们经常吵架。

杂货铺的老头居然还在。他看了红燕一眼，和平时没什么不同，但很快红燕就发现，那老头没穿裤子，两条瘦腿像烤过头的肉串，黑乎乎地从穿了太多衣服的身体里伸出来。

彭秀丽问韩大明："你怎么早回来了？"

韩大明脸红得像那根猪棒骨上深色的血，他打开工具箱，操出一把刀。这是他受伤之后第一次打开工具箱，这次他要修理的东西，是他的家庭。

"厂里停电！我要杀了你。"

杂货铺的老头离开了，一边走一边不慌不忙穿裤子。红燕看见老头的白色内裤，松垮得像巨型尿布。

韩大明重复宣告自己要杀了彭秀丽，直到他的刀被彭秀丽夺走。他故意杀人未遂。

红燕不知道彭秀丽如何灵机一动，嚷出韩大明要强奸她女儿的话来。她觉得自己肯定做不到，在那么短的时间里，讲述一件并没发生过的事，并且，令所有人都信服。

红燕有时猜想，彭秀丽其实早有准备，她提前想好这样一个故事，剩下的，只是等着有一天把它讲出来。但也许，这个故事永远也用不上，只要变压器厂没有停电，韩大明没有提前回家的话。这样的猜想让红燕感到可怕。渐渐地，她就不再这么想了。

那几个男孩，还在水塘边，投掷比赛似乎难以为继，因为他们手边可以扔出去的东西都已经被扔出去了。这会儿，他们都弯腰埋头，可能在地上寻找一些大小合适的石块。韩大明坐在长椅上，弯腰捡了个石块，朝男孩儿们丢过去。他们一窝蜂过来，以为他扔了个什么宝贝。

只是个石块，其中一个男孩叫着，显得沮丧，其他四五个男孩莫名其妙地大笑。

这时，红燕告诉韩大明，那个杂货铺的老头，已经死了。原来杂货铺的地方，现在是一家沙县小吃。

韩大明没说话，又弯腰捡了个石块。然后他站起来，胳臂在空中抡了好几圈，才把石块扔出去。

扑通一声，石块没有飞到对岸。在快要越过黑水塘的地方，它几乎像突然地，就落进水里了。

小小的一湾污水，为什么扔了那么多东西进去，也没有填满它？红燕觉得这真是令人困扰的问题。

韩大明似乎在跟自己较劲，他继续捡石头，扔出去，甚至拖着残腿往更远的地方去捡更多的石头。男孩儿们不知是激动还是愤怒，他们雀跃着，吼着红燕不明白的话——可能那些话本来就没有意义。他们只是乐于见到这个肮脏的老头参与他们的游戏，或许他们只是不愿意这个老头捡走了本应属于他们的石头。

红燕一点儿也不想动，这是筋疲力尽的一天。

韩大明终于把石头扔到对岸去了，他冲男孩儿们喊："上西天吧！该死的东西。"但他的声音沙哑而微弱，几乎一出口，就立刻凝滞在空气里。

男孩们望着水塘对岸，全都大张了嘴，"胜利了！扔过去了！"他们叫着、喊着，跑到不知道什么地方去寻找或开发下一个游戏。

红燕这才发现，韩大明扔到对岸去的，不是石头，而是骨头，那根猪棒骨。

（原载《十月》2017 年第 3 期）

作者简介：

周李立，女，1984年生于四川，毕业于中国人民大学新闻学院。2008年开始发表小说。出版小说集《欢喜腾》《透视》《八道门》。获汉语文学女评委奖、《小说选刊》新人奖及双年奖中篇小说奖、《广州文艺》都市小说双年奖一等奖、《朔方》文学奖、储吉旺文学奖等。现居北京。

祖先与小丑

雷 默

父亲得了食道癌，生命倒计时的时候，他还在惦记着吃的。他说最好过年的时候能杀一头猪，猪尾巴做成酱肉，切成小段，放饭锅里蒸，会哧哧冒油。事实上，膨胀的肿瘤让他咽口水都非常困难，我很难过，如此热衷于吃的人偏偏生这样的病！

也在那个月，我母亲偷偷跟我说，你爸活不到过年了，应该为他准备后事了。我去喊了村里的木匠，让他为我父亲打一口棺材。木匠是我远房表亲，平日里看不出是个木匠，大部分时间他都扛着锄头游走于路上，慢吞吞的像只乌龟。他问我，娘舅怎么了？我说快不行了，大概就这几天。他停下了手里的活，带上工具就来了我家。

楼下伐木的声音传到了楼上，我父亲就知道是给他在打棺材，他问我用的是什么材料，我说浸池塘里的几段木头都捞起来了。父亲又问，那段阴干的檀木呢？我说也用了。父亲迟疑了一阵，陷入了沉默中。我知道他是心疼那段木材，当初找到这棵碗口粗的檀树时，他欣喜不已，说留到以后可以派大用场，那时候他绝没想到是为自己打棺材用的。我说，一段木头而已，用就用了。父亲没有再吭声。

我猜没有那口棺材，父亲可能早几天就走了，他一直在等那口棺材。村里也有这样的老人，奄奄一息，挨着挨着又挺过难关，活过来了，等棺材打好，又用不上了。所以木匠的活干得不紧不慢，他还时不时地去探望一下我父亲，在床头跟我父亲聊一会天，告诉他，棺材打好还需要一段日子。他看多了弥留之际的老人，知道哪些老人还能挺一挺，如果真不行，他也会加快进度，绝不会发生人过世了，棺材还没打好的情况。

每天吃晚饭的时候，木匠都会言之凿凿地留下一句话：娘舅一时走不了，你们放心。十天后，他给棺材上完漆，收拾着工具要走了，我真有点舍不得他。我说，你有空的时候多来看看他。他笑嘻嘻地答应了，事实上，后来他再也没来过。

楼下安静了，父亲的胃口突然好了起来，他喝下了满满一碗粥。陈小秋在床边高兴得像个孩子，她说，爸爸要好起来了。那时候，父亲脸色红润，精神也好像回来了，喝完粥，他让我给他捶背，我触到他的后背，发现他瘦得吓人，那仿佛是一具空壳，我特别留心力道，生怕下手重了会捶疼他。捶了一小会，他示意我停下，我从他后背伸出脖子去看他，发现他脸上的光泽变淡了。

父亲指了指床边的橱柜，让我去拿上面的种子。我竟然不知道橱柜上还放着种子，那些种子都用旧报纸包着，包得很规整，形状和大小都差不多，握在手中像个面包，打开后，种子光鲜亮丽，一颗颗都饱满而圆润。父亲语气低沉，不容商量，他说，你仔仔细细，用手捋一遍！我不明白，他为什么让我这么做，他说那都是他留下的种子，活人的手不摸一摸，他担心来年发不了芽。

那时候，我挺沮丧的，母亲却出奇地顺从，她跟我说，你都答应了去，不要让你爸不痛快。我只好都依着做，捋完种子，我又重新用旧报纸包好，每一包都包得小心翼翼，那仿佛是我父亲全部的心血。

父亲的精神彻底委顿下来，他躺在床上跟我们说，你们去休息一下，晚上可能会没的睡。我激灵了一下，母亲却凑到他的跟前，问他大概什么时候走。父亲犹豫了一下，指了指窗外的夕阳，我转头去看，通红的落日如同老人的一声叹息，正缓缓地往西边隐退下去。

他眼睛中的光变得微弱，仿佛隔着一层轻薄的雾气，一直看着我和陈小秋，我想这可能是他最后一次认出我们了。我喊了他一声，他微微地点了点头，陈小秋哭了起来，我看到父亲脸上的愁容像波纹一样扩散开去，他的脸色变得恬淡而安详。

晚上，婶子、堂哥他们都来了，床前站满了人，我恍惚间明白过来，父亲已经到了弥留之际。原来送终跟送一个出远门的人情形是差不多的，大家都站着，伸长了脖子，依依不舍地看着他。父亲躺在床上，只剩下出气的声音，声音很大，仿佛在干一件重活，看上去十分吃力。

我母亲跟我说，你去抱抱你爸，送他一程。众人都上来帮忙，把躺着的父亲上身抬了起来，我盘着腿坐到了父亲的背后，感觉像抱一个大孩子，那一瞬间，我感觉发生了一些奇妙的事，最早的童年记忆发生了偏移。我清楚地记起小时候父亲抱着睡得蒙眬的我往楼梯上走，我的两条小腿露在外面，时值隆冬，小腿肚那里凉丝丝的，木楼梯发出了咯吱咯吱的声音。之前，我一直以为最早的记忆是在五岁的时候，我手上拿着一块南瓜饼，在堂哥家的黄狗面前晃了晃，被它一口叼走了，我哇哇大哭起来，那动静是如此之大，以至于很多年过去了，我还记忆犹新。

我恍惚出神的时候，周围的哭声响了起来，所有的女人都开始号啕大哭，我的眼眶也湿润了。母亲凑上前来跟我小声叮嘱，要忍一忍，千万别把眼泪滴到父亲脸上，不然他会走不安心的。我应了下来，那时候，母亲在父亲的身边不停地讲宽慰的话，意思让他放心地走，家里她会照顾好的，再过些年，等孩子大了，她就下去陪他。这个过程很漫长，母亲一直絮絮叨叨地讲着，我好几次想把父亲放下来，因为我的腿坐麻了，但我也不想放下还未彻底咽气的父亲，我知道这一放下，就永远地放下了。盘着的双腿由麻木变成针扎般的刺痛，这让我尴尬不已，我起不了身，又不能跟人讲述我的感受，就这样一直抱着父亲，直到他的身体开始慢慢变凉。

堂哥率先看到了我的六神无主，他把我从床上扶了下来，我险些跌倒在地，他以为我是伤心过度，我低声跟他说，腿坐麻了。他赶紧挪了一条凳子，让我坐下。片刻之后，我的脚恢复了知觉，悲伤的情绪如同轻柔的潮水，一寸寸地淹上来，淹没到脖子那里，我几乎难以呼吸。这一晚，我不知道是怎么过来的，精神处于游离的状态，很多人叫我，我都没听到。

第二天清晨，堂哥变成了最忙碌的人，我看着他进进出出，理着千头万绪的杂事，恍然间有点心疼他。我也跟了出去，发现家里来了很多人，哭声如同号角，一响，四面八方的人都赶过来了。堂哥问我，请哪里的道士。我懵在那里，不知道该如何回答。堂哥说，算了，还是我去请吧。说着，他匆匆忙忙地往外赶，走不了几步，又停下来吩咐租赁碗筷的人。我看到堂哥手里拿着一本污垢很厚的小笔记本，还有一支鹅毛圆珠笔，他麻利地记着账本，那些字又粗又大，笔迹还挺难看。他记账的时候，特别专注，蓬松的头发会微微地颤抖。

那时候，我感到很丢脸，一个人站在门外，不停地有人过来安慰我，我却记不清到底是哪些人，脑袋中突然浮现出傻子马勒的样子，哪里有热闹他就往哪里凑，很奇怪，在闹哄哄的人群中竟然没见到他的身影。

我在人群中找来找去，想着马勒以前的嗅觉是多么的灵敏，十里路以外的哪个村庄有越剧演出，他都摸得一清二楚，他怎么就不知道这里有葬礼呢？似乎，他不来，这葬礼缺了点什么。他喜欢学人家吹唢呐，抿紧嘴巴，把脸涨得紫红，每次，他一学，就引来一阵哄笑，这葬礼仿佛因为有了他的出现，而变得欢乐起来。悲伤的悲伤，欢乐的欢乐，五味杂陈的气息掺和在一起，就成了一个我所熟悉的场面。

我呆呆地立在门口，看着人们像蚂蚁一样，排成蜿蜒而绵长的队，陆陆续续朝我家走来。

道士来了，三个枯瘦如柴的中年人，其中领头的戴着一顶灰色毡帽，我那时候才知道有一套迎接的礼节，要给他们奉茶、递烟。因为不懂这些，我看出领班有些不太高兴。喝过茶，吃过点心，他们才稀稀拉拉地开始上活。他们从箱子里取出的不是唢呐，而是一件件五花八门的道袍，有黄色，也有绿色，颜色鲜艳得有些虚假。他们穿上行头，又取出了一套笔墨，让我去拿些黄纸来。我愣了一下问，什么黄纸？领班道士倒墨汁的手停在了空中，他把墨汁瓶往桌上一搁说，这些都应该提前备好的，你们要写吗？不写我也无所谓。我连忙说，要写要写。赶紧央了人去准备。

道士在那些黄纸上写了很多，包括我父亲的名字、生辰八字，家里成员的生辰八字等等，他们写完，就把那些长条形的黄纸晾在桌上，我好奇地打量着，发现有些称呼很拗口，比如我父亲叫张志忠，他们写着"先考张公讳志忠府君生西之莲位"。我还在一堆黄纸中发现了一个陌生的名字——张端木。我想了很久，也不清楚这个人是谁，但我又不敢轻易乱说，我怕说错了，遭到他们责怪。这种氛围很怪异，既肃穆，又显得有点轻率，领班的道士写完一张，就自我欣赏似的读一遍，有时还喝一口茶。我似乎有些明白过来，那种怪异的感觉主要来源于这些人，这是一群吃葬礼饭的人，他们身上有一股说不透的气息。

我把堂哥叫到了屋外，我问他，张端木是谁你知道吗？堂哥摇摇头，他惊讶地说，不会写错了吧？我去跟他们说！我看到堂哥进了屋，跟领班的道士嘀咕了一阵，他又走出来跟我解释，说那是你未出生的孩子。

我懵在原地，陈小秋怀孕了吗？堂哥说，一般都是这样，小孩没出生，先写一个去，你们迟早会有的。

我觉得这事好像草率了，至少得跟我说一声。我去找了陈小秋，她和我母亲在一起，守在父亲的遗体旁。因为从来没经历过葬礼，她的表情看上去有些木然，跟当初结婚的时候一样，每一个环节都显得生疏而笨拙。我找到她们的时候，我的姑姑和表弟正在那里，母亲相对来说显得有经验多了，她哭一阵歇一阵，每回停下来的时候，就跟姑姑讲述我父亲临走时的情形，她仿佛在安慰别人，又仿佛说给自己听，她说，还好，没怎么痛苦！姑姑在一旁默默地抹着眼泪。

每来一个人，母亲都这么应对，她不厌其烦地跟他们述说我父亲临走时的情形，来一个人就述说一遍，到后来有点像背书。我有种奇怪的感觉，仿佛旁边躺着的父亲还在听他们说话。我觉得母亲把这事说体面了，事实上，还是有些不堪的细节，比如我父亲最后时刻的痛苦，但没有人愿意去反驳她。

我把陈小秋喊到一旁，轻声问她有没有怀孕。陈小秋瞪大了眼睛说，你怎么问这么奇怪的问题？我着急起来，干脆点，回答我！她接着反问我，你难道不知道吗？有了我会不告诉你？我说，孩子的名字已经写到父亲的灵位牌上了。陈小秋惊异地问，怎么会这样？我说，不知道，可能风俗就是这样的。

陈小秋又问我：这样行吗？孩子叫什么名字？

我愣了一下说：端木。

端木……端木。陈小秋开始喃喃自语，她突然蹙了蹙眉头说，这名字好土！

我也这么觉得，不过以后真有了孩子，可能也不一定会用。

那写在灵位牌上干吗？陈小秋说着，还惶恐地往父亲的遗体瞥了一眼。

写一个去，也是一种安慰吧。

如果以后有了孩子，不叫这个名字，那不是在骗爸爸吗？陈小秋涨红了脸，似乎在摆脱可怕的念头，她赶紧摇头说，这事不能随便，骗了谁都可以，不能骗爸爸！

我有些后悔，感觉这件事不应该跟陈小秋讲的，很多事情不说，可以当什么事都没发生，但一说破，就会徒增很多烦恼。我说，那你想个好听的名字，我让他们去改！

是木字辈吗？

可能吧。

嘉木怎么样？

你说行就行，我无所谓。

陈小秋突然生起气来，她说，什么叫你无所谓？这又不是我一个人的事！在这样的情境中，我不想说话的分贝越来越高，招惹别人的注意，我马上开始妥协，好的好的，我也想想，如果没有更好的，就用你的建议。陈小秋似乎更加生气，她觉得我在敷衍她。我觉得她有点反常，平时她不是这样的。招架不住，我只能抽身离开。

我找到了领班的道士，把陈小秋的想法跟他说了一遍，没想到他还挺痛快，把原来的那张黄纸折叠起来，小心地收了起来，这个动作虽然看起来微不足道，但我对他好感倍增。他又重新写了一张，还问我写得怎么样，我冲他竖了竖大拇指，这让他很高兴，他还眯着眼睛看了一会，陶醉过后，他谦虚地说，一般一般，只是字迹工整而已。

连续三天，我都没有合眼，父亲被抬到了堂屋的后间，中间挂了一块帷幕,帷幕是蓝色的,拉起来的时候有点像舞台闭幕。堂屋的前半间留给了道士们,他们热闹了两个晚上,其实后半夜能听出来,他们也倦怠了,唢呐声时而低落,时而高亢,听起来一惊一乍的。我估摸在高亢的时候,也是他们打盹的时候,一激灵,就猛打猛冲,也是想赶走自己的困意。

葬礼进行得很顺利,第三天一大清早,我们就把父亲送上了山,回来的路上,大家都不说话,沉默和疲惫混杂在一起,连抬棺材的脚夫都有些无精打采。一直走到家门口,也许是披麻戴孝的缘故,拴在门前梨树上的狗又扑又叫,母亲径直走到梨树旁,给了黄狗一个大嘴巴,厉声喝道,自己人还叫!黄狗停止了叫唤,改为伏在地上呜呜地低鸣,像在抱怨什么。母亲在那里站了一会,她幽幽地跟我说,你爸没了,这树也快死了。

我看到拴狗的铁链在梨树上勒出了一道深深的疤痕,我跟母亲说,不该把狗拴在树下,一纵一跃的,容易伤到树皮。

母亲轻声说道,不是狗的缘故,是白蚁,树根下有蚁巢,整个树干已经蛀空了。

梨树下以前有个防空洞,据说里面四通八达,另一个出口在大山背后。刚挖好的时候,夏天有很多人在那里纳凉,后来美国佬的飞机没来,防空洞就荒废了,里面积满了水,再没有人去。后来父亲搬了很多黄泥来填洞,蚁巢大概就是那时候搬来的。

我看着树干上白蚁留下的泥路,像一条河流一直往树上延伸。这棵梨树在我小时候就生机勃勃,很远就能看到它冲天的树冠,这两年里,每年都有枝条枯死,枯了就锯,剥笋似的,只剩下了两片孤零零的枝干。我猜,不出几个月,这棵梨树就会真的枯死。陈小秋突然在那里惊叫起来,你们看,那是老树长出的树苗吗?

我们都围了过去,果然,在原来的根部附近探出了一棵小树苗的脑袋。母亲的脸上浮过一丝淡然的笑意,她说,把这棵树苗挖起来,种到别的地方去,不然很快又被白蚁蛀死了。

我和陈小秋找来了一把锄头,在树根处挖了一个很深的坑,把小树苗的根连泥挖了起来,母亲说,泥也不要了,可能黄泥中就有白蚁卵。我们只好把黄泥都剔除干净,树根和人参的形状差不多,枝枝蔓蔓的根须看上去柔弱不堪。

我把它移植到了屋后,种下那棵树苗,陈小秋舀了一盆水过来,换在平时,她可能一下子全倒下去了,她知道那可能会把树苗淹死,于是临时改了主意,用手蘸着水,一下一下地淋。我和母亲在旁边看,虽然嫌麻烦,但谁也没阻止她这么做。母亲看了一阵,走开了,她去收拾屋前的杂物,那如同一地狼藉的心境，总得慢慢收拾起来，生活还得回归原本的模样。

堂哥经过了三四天的折腾，疲惫不堪，租赁来的碗筷和桌凳还得需要他还回去，他在屋子里转来转去，哈欠连天。他跟我母亲说，想先回去睡一觉，睡醒了再来处理。母亲说好的。堂哥转身就走了，走到门口，母亲像突然记起了什么，叫住了堂哥。堂哥一半身子站在门外，一半站在屋内，侧着身子停了下来，问我母亲什么事。我母亲摇了摇手说，没事，辛苦你了！

堂哥的脸轻轻地笑了一下，我突然发觉他的脸色是憔悴的。

屋里弥漫着一股静悄悄的气息，少一个人的区别一下子凸显出来。我们嘴上谁都没说，但我敢肯定，母亲和陈小秋都觉察到了。那天晚上，陈小秋迟迟没有入睡，她在身边翻来覆去，我问她有什么心事，她说，在想那个孩子。

我说，都还在天上飞，想他干吗？

黑暗中，她沉默了许久，我以为她睡着了，在蒙蒙眬眬即将入睡的时候，陈小秋又说了一句，不知道他是男的还是女的。

我的睡意瞬间被赶跑了，再也没法入睡。我说，男的女的都可以呀。

最好是男的，家里三代都是单传，我突然明白爸爸临终前为什么看着我们，他想说而没说出来。

我把陈小秋抱在怀里，她轻轻地哭了起来，在黑夜里，这哭声闹出了一些动静，我听到隔壁房间母亲也翻了一下身。

陈小秋轻声说，我们生个孩子吧。那一刻，我挺感动的，但又有些犯难，我说，还在头七呢。

我不知道陈小秋是不是真的出于害怕，她在我怀里簌簌发抖，过了好一会，她又说，爸爸才离开一会，我好像感觉他离开我们很久了。家里也没有留下他的照片，我现在突然想不起他长什么样子了。

这真是一种奇怪的感觉，说实话，我也有这样的感受，一想起父亲，他的模样就开始往后退，像随风飘散一样，不由你控制地越走越远，想得越用力，他的样子就越模糊。

我跟陈小秋说，我也这样，你不说，本来我也不想说，我以为是累的缘故。

怎么会这样？

我说，想起来就后悔，在他还活着的时候，没去拍个全家福。

家里少了一个人，真的不一样了。陈小秋说着，拍了拍我的后背，我能感受到她在安慰我。

这时候，母亲起来上厕所，鞋子踩在木地板上发出了声响，她上完厕所，陈小秋也起来了，她走到了母亲的房间，母亲问她，睡不着吗？陈小秋说话的声音小小的，像做了错事。

我常常有一种错觉，感觉母亲和陈小秋才是一对真正的母女，她们会聊一些非常私密的话，在她们面前，我倒显得生疏一些。母亲的声音很轻，在问陈小秋，你怎么比我还伤心呢？陈小秋不语，传来抽抽搭搭的哭泣声，母亲又说，其实我也伤心，可看到你伤心，我就不能再伤心了。

之后，她们窃窃私语了很久，我一直没有睡着。陈小秋回到床上，她掀了一下被子，我顺势翻了个身，她惊讶地问我，你怎么还没睡？我说，睡不着了。她说，你还想爸爸吗？我"嗯"了一声，她跟我说，那你闭上眼睛。

我在黑暗中闭上了眼睛，外面微弱的光线也跟着消失了，整个人仿佛被扣在一个密闭的罩子内。她问我，闭上了吗？

嗯。

她摸着我的肩膀说，你放松些，全神贯注地放松些。

我的身体神奇地顺从了陈小秋的指引，那一瞬间，很奇妙，我从之前那种黑暗、逼仄的空间中解放了出来，仿佛感到身体飘起来了。

宁谧的夜晚，我听到陈小秋深呼了一口气说，慢慢地……想爸爸……你看到了什么？

我惊讶地差点叫出声来，父亲的轮廓慢慢清晰了起来，他在门前的梨树下乘凉，还是一身黝黑的皮肤，上身赤膊，手中摇着一把大蒲扇，天空是如此之蓝，阳光把树叶照得闪亮，父亲脸上的汗珠都清晰可见，我屏住呼吸，害怕他突然离我远去。

陈小秋仿佛知道我看到了什么，她问我，神奇吗？

我点点头，问，妈告诉你的？

是的！

要是我是个画家就好了，现在我能把他画下来！等我们以后有了孩子，就可以给他看了。

其实，你跟爸爸轮廓长得很像，二三十年以后，你们就是差不多的模样。

我在黑暗中咧咧嘴，笑了。

父亲留下的种子，过完年后，我都播到了地上，春雨过后，它们大部分都活了，也有少量没有发芽，地上的绿色疏密不均，一目了然。我不知道是不是我当初捋种子的时候不够均匀，没有捋到这些种子？我同时也在怀疑，如果当初没有捋那些种子，是不是真如父亲所言，发不了芽？

那年春天，陈小秋顺利地怀孕了，这让家里一下子有了生机。母亲把所有的家务都揽了过去，让陈小秋安心养胎，我每天都会把躺椅搬到屋子外面，看着陈小秋挺着个日益隆起来的大肚子，笨拙地晒着太阳。

那个被写进父亲灵位牌的小东西在太阳的照耀下，像禾苗一样开始萌动，他的每一次游动，都会让陈小秋惊叫起来，又动了，快看，快看！自从有了小家伙，家里的氛围变了，连每天一模一样的太阳也变了，暖融融的，照得陈小秋牙根发痒，她的味觉也发生了奇妙的变化，能从葫芦里吃出西瓜的味道。那时候，她已经不纠结肚子里的孩子到底是男的还是女的，名字该叫"嘉木"还是"端木"。

过完年后，孩子出生了，是个男孩，我还是把他取名为嘉木。名字定下来时，我和陈小秋默契地相视一笑，母亲并不知情，她说，孩子名字不能取得太洋气。于是又给他起了一个小名，叫"小丑"。

我以为陈小秋会反对这个难听的小名，没想到她默认了。不光如此，陈小秋在跟着我们生硬地喊了几次"小丑"后，竟然也把"小丑"叫顺口了，之前取的"嘉木"反而躲到了"小丑"的身后。

母亲总在心满意足的时候叨唠父亲命薄，没有福气看一眼这么可爱的小家伙，但她很快又从失落中解脱出来，她说，谁知道呢，说不定是父亲去了那边，才换来了小丑。

我发现母亲在带孩子的过程中，常常会带着对父亲的复杂感受。有时候，她好像把小丑看作是转世后的父亲，用戏谑的口吻调侃着他，短暂的迷失过后，她又回过神来，觉得自己的想法有些荒唐。

父亲走了以后，家里确实出现了转机。以前心心念念惦记的过年杀猪，在父亲过世后的第一个年关就实现了，猪尾巴做成了酱肉，放在饭锅里蒸。出锅后我们祭奠了父亲，母亲和陈小秋一边烧着纸钱，一边偷偷地抹起了眼泪。

这以后，酱猪尾成了家里祭奠父亲必不可少的供品。似乎通过它，我们能真切地感受到父亲对生活的依恋。每年的清明和冬至，我们都会去父亲的坟头，母亲说，小丑太小，不要去坟地。于是，她留下来照顾小丑。其实她也很想去看看父亲，我跟她说，父亲的坟头上长出了一棵檀树，她觉得不可思议，一直想去看看。但说归说，终究还是耽搁下来。

小丑比别的孩子更早地表现出了语言天赋，到他三岁的时候，跟我们的交流已经没有什么障碍。清明和冬至，我们不带他去，让他的好奇心迅速地膨胀，他每次都会不厌其烦地问我去了哪里。我说去给爷爷扫墓。他又问我爷爷是谁。我说，对他来说就是祖先。于是，他吵着要去看祖先。

母亲只好把他领到屋后的那棵小梨树下，说，这是你！然后又把他领到屋前，指着那棵已经彻底枯死的老梨树说，这是你爷爷！说的次数一多，小丑就认定他爷爷就是一棵树。

那棵老梨树在白蚁的吞噬下，渐渐成了一段朽木，有的枝条纷纷剥落，朽成了粉末。母亲担心小丑在树下跑来跑去危险，让我把它砍了。砍伐的当天，小丑抱住那棵老树，哭得伤心欲绝。但最终，我还是把它劈成了柴火，送进了灶台。

屋后的小梨树已经高过了小丑，虽然身高落在了后面，但是小丑仍孜孜不倦地比对着树上的标记，他说那是在跟自己比赛。

小丑五岁那年的清明节，我才带着他去看了他爷爷。那天，他睡得很熟，不过裹着的棉被已经蹬散了，整个人横在床中央。我喊了他几次，他都迷迷糊糊地不肯起床，我母亲说，孩子喜欢睡，让他多睡会。

直到快中午的时候，我才把小丑叫起床，他揉着惺忪的眼睛问我，爸爸，地球是不是在旋转？

我愣了一下，说，是啊！怎么了？

他微微地笑着，露出了神秘兮兮的表情，他说，我发现睡觉的时候，在慢慢移动，每次睡下，我头都在枕头这边。醒来后，头和脚都调换了位置。刚才你把我叫醒的时候，我刚刚移动了一半。

哦，是这样的，地球是圆的，它悬浮在宇宙中，围着太阳转。我说。

小丑看着我，他大概在脑袋中浮现出一个旋转的球体，歪着头问我，我们站在圆滚滚的球上不会滑下去吗？

小丑的异想天开，让我惊愕不已，我说，地球很大很大，我们在地球上就跟蚊子停在牛背上一样，不！比牛背还大，是什么呢？我思索着，想打一个合适的比方，却又找不到合适的对象。

大象！对不对？小丑眨着眼睛。

可能比大象还要大，但爸爸现在想不出来，等想出来了，再告诉你。

那天去扫墓的时候，小丑一直在想这个问题，看到他爷爷的坟墓，小家伙兴奋地钻进了旁边空着的墓穴，在那个杂草丛生的墓穴中钻进钻出，我们看着他都笑了。他在他爷爷的坟墓上发现了一只黑色的蚂蚁，他又问我，我们在地球上，是不是跟蚂蚁在爷爷的坟墓上一样？

我笑了笑说，应该是的。

小家伙很开心，在下山的路上，他又问我，爷爷一直住在山上吗？

我愣了一下说，是的。

那老虎来了怎么办？

呃——他不怕，那是他养的小狗。

他一个人会孤单吗？

我的喉咙口瞬间滚过一阵热流，我说，每年的清明和冬至，我们就来看他。说完这句话，我眼泪竟然没忍住，哗地流了下来。

小家伙看到我流泪，惊呆了，他两只小手在我的衣领上磨蹭着，过了一会，他大概想替我把眼泪擦掉，又觉得有些不好意思，小手摸到了我的腮帮处又缩了回去。

我把儿子紧紧地搂进了怀里，我不能确定我有没有被父亲这么抱过。我搂得有点太用力，以至于儿子涨红了脸蛋，但他并没有激烈地挣扎，任由我抱着。那一刻，我想着，我失去的都已经回来了。

（原载《花城》2017年第3期）

作者简介：

雷默，生于1979年10月，浙江诸暨人，现居宁波。在《收获》《十月》《花城》《人民文学》等刊物发表小说若干，多篇小说被《小说月报》《小说选刊》转载，并入选年度选本，中篇小说《追火车的人》被改编成电影，曾获得2015年度浙江省青年文学之星的称号，出版过中短篇小说集《黑暗来临》《气味》《追火车的人》，《雷默短篇小说自选集》在美国出版。

水　仙

张　楚

白天总是那么长，直至戌时，星辰才坠浮河面，一荡一漾地淹了暗处。她到猪圈里看了看小六，又将新韭浇透，才倚着门框大口大口地喝起凉水。入夏以来，她老觉得燥热，身子里有什么东西一簇一簇地拱，拱得她口干舌燥，走起路来脚底仿佛踩着闪电。唯暮色四起蝉声疲乏，夜虫鸣声从河的此岸跳到彼岸，她才静下来，身体里的火才被黑色掐灭。她静了，小六却不安生，躺在猪圈里不停哼唧。小六就要当母亲了，胃口却越来越差，连最喜欢的落莉放到嘴边，也不屑睁眼瞅瞅。有时她站在猪圈旁忧心忡忡地盯着小六，不晓得哪天它若真分娩了该如何是好。公社唯一的兽医年前就死了。张金旺呢，更指望不上。他在大清河盐场搞"四清"，夜里带领村民背语录，个把月不曾回来。即便回来又怎样？据说他对何桂玲有意思。全村的人都知道，他为何桂玲生过一场大病，整个暮春，他母亲都会叹息着将药草渣淬倒在门前，嘴里嘟嘟囔囔骂个不休。

又用扫帚扫了庭院。扫帚苗在沙地上留下一绺一绺白迹，月光铺上，无数根羽毛似乎就飘升起来。扫完院子又将农具摆放齐整，锹挨着锄，锄挨着镐，镐挨着镰，镰的旁侧是粪筐。拾掇齐整才拽了草垫坐下。坐下了眼睛也不得闲。夜色浓墨，盯得久了，仍能辨出哪里是高粱地，哪里是稻田，哪里是玉米地，哪里种着黄豆，哪里种着芝麻，哪里又种着荞麦。在所有的墨绿、浅绿、素黑、墨黑、叶脉抖动的光之上，肯定就是涑河了。涑河在夜晚是莹黑的。她侧耳听着涑河之上幽暗的叫声，草鱼从水里一跃而出的尾响，以及溽热夏风吹拂水纹的细碎呢喃，还是忍不住双手捂住脸庞，抽噎起来。

母亲去年过世了。

母亲去世后，她从哥哥的院子搬出，住进涑河岸边的这栋老宅。据说老宅解放前是地主陈家的，如今早已没收，亦未存后人，因了离村窎远，也没得派上公用。自她记事起，就没盘起过炊烟。队长是本家，哥哥跟他打了招呼，他就将一把生锈的钥匙给了她。说实话她很想跟哥嫂住在一起，只是每逢晚上就念起母亲，念起面目模糊的父亲，难免从枕头这头挪到那头，再从枕头那头挪到这头，直到将天辗转亮了，才眯个回笼觉。白天参加生产队的劳动没一点精神，瘟鸡一般。哥哥家有八个女儿，最大的跟她同龄，最小的才五岁，闹闹嚷嚷如牲畜市场，肃静些也好。搬过来不几日也就习惯。白天挣工分，晚上在院子里浇菜泅地，背背主席语录，倒也安生自在。前几日跟妇联主任借了辆纺车，将积攒了几年的旧棉花倒腾出来，一捆捆纺成线，等来年开春，托邻村的拐子织成布匹，就能给哥哥做几件布衫。也曾想给张金旺做一件，不过因了何桂玲的事，心里多少有些疙瘩。张金旺搞"四清"前倒也来拜访过她一次。他确实瘦了些许，脸上的麻子印更密实了。张金旺跟她站在院子里聊了许久，事后想想聊了什么，倒也记不起。临走前他递给她两双袜子，说是托人从供销社买的。她没接，张金旺就将袜子塞她手里。他买了两双绿色的袜子，说是从罗马尼亚进口的。他还说，他会给她写信。

　　她倒没应过他什么，以前他们有个学雷锋小组，组员俱是村里未婚待嫁的小伙姑娘，倒是常组织些活动。他们曾趁着夜色给生产队的稻田灌水，晨起时腰脊都炸裂，几个姑娘家还连夜做了条棉门帘，大雪那日挂在何光棍家门口。张金旺不是个话多的人，她也是。何桂玲倒麻雀般聒噪，就想不明白，张金旺怎么会喜欢镶着一只金牙的何桂玲？仿似人家没看上他，这才正眼瞅起自己，心里终归有些麻麻幽幽。不过在月光下纺纱，偶想起张金旺，嘴里尚有一丝水果糖的甜。

　　那个穿白布衫的男子何时来的河边？想不起来。反正有那么一天，七八点钟光景，这人骑着辆老式自行车慢慢悠悠地从岔路过来。天蒙黑，她还未点煤油灯，正坐在院子里吃晚饭。之所以留心到他，是他的布衫太白了。这人将自行车扔到黄豆秧苗旁，瞅也不瞅别处，径自褪掉布衫，光着膀子在河里洗将起来。她的脸就红了，转身回了房间，灯也没点，只将语录贴上心房，不知如何是好。看样子不是村里的年轻人，村里的男子都知道她住在这里，万万不会如此冒失地跑河边洗澡。还是忍不住朝窗外窥去。糊着浆纸的窗棂被木棍支起，透过薄薄的雾气放眼过去，只觑到黑乎乎的柳树枝和豆角秧。那人倒仿佛走掉了般。就想，兴许是邻村的人路过，耐不得一身黏汗，这才不管不顾洗了洗身子。

　　翌日上工，妇联主任老远就朝她打招呼，眉眼都是笑。待近身方才说，老妹子啊，有人给你写信了呢。她喃喃着说，谁会给我写信呢？别骗我了。

妇联主任拧了拧她脸蛋，十七八的姑娘水里的莲花，当然有人惦记着。接过来看，真是一封信。这是她有生以来第一次接到来信，看了看封皮上的字迹，歪歪扭扭，松松垮垮，就想起一个人高高的身坯，瞬息脸就不晓得往哪里搁。妇联主任打趣道，别看老妹子黏黏糊糊，话不多，可男人啊，就喜欢这样的。旁人就附和着大笑。她忙将信封塞进裤兜，低头捉起蝗虫来。

这年的稻田，倒是长得好，粪用得足，水也盈旺，都寻思是个好年景。不承想怎么就闹起了蝗虫。她还没见过这么多蝗虫，一只飞起，另一只尾随，眨眼空当百十只也有，从头顶乌央乌央飞过，还没缓过神，耳朵里全是翅膀撕裂空气的尖厉声响，抬起头，浩浩荡荡的一片又一片绿云就移过，飞过之处，稻叶被啃得七零八落。公社就号召各村各队逮蝗虫，男子若是一日逮一千，记工分十二分；女子若是一日逮八百，记十分。村人便狂喜，往日里劳作一天，不过男子记十分，女子记八分，这逮蝗虫无论如何比间草、施肥、去除蘖枝要清闲吧。没想到并非如此，蝗虫贼头贼脑，小腿一蹬翅膀一张就飞出去老远，捕捉起来真是不便。怕踩到秧苗，又只得在田垄上，一日下来，逮四五百只已是庆幸。反倒不如平常里挣的工分多，难免发些牢骚怨言。她倒是不关心逮了多少蝗虫，她最想知道的，这封信里写了什么。垄上走着，心里却老惦着裤兜里的那封信，腿脚便滑进稻田，裤子鞋子全是泥水。村民哄堂大笑，她也恨不得如蝗虫般拍着响翅飞走。

好不容易熬到傍晚，收了工，这才小跑着回家。衣裳也顾不得换洗，先将那封信掏出来，拿剪子小心着剪了细口，哆嗦着将白信笺抖搂出来。果不其然，就是张金旺写来的。他说，周桂花同志，我在大清河这边工作很顺利，组织信任我们，我们也不能辜负组织，已经清理了三名队长，一名是为相好的寡妇多记了三百工分，一名是侵占了村里的两张梨木桌，还有一名是死活背不会"老三篇"，如此如此。最后他说，虽然鸡蛋因适当的温度而变化为鸡，但温度不能使石头变成鸡，我们在战略上要蔑视敌人，在战术上要重视敌人，把别人的经验变成自己的，他的本事就大了。

这封信她读了几遍，读到最后总是失望。他提了半天工作，唯独没有提她，没有问她的猪胖了没有，没有问她的辫子是不是更长，也没有问她穿没穿他送的罗马尼亚袜子。不过，她还是把那封信重新叠好，小心着塞进信封藏到镜框后面，想了想不放心，还是用报纸包了，塞进炕席下。等月亮升起，才煎了碗豆角就着玉米粥草草吃掉。吃完了又扫院子，扫着扫着，便听到河边响起哗啦哗啦的声响。不禁愣眼瞅去，正瞅到有人洗澡。这人无疑是个男人，站在岸边，肆无忌惮地擦弄着身体。这胸口就憋闷得很，有火在舐，她分不清是缘于羞愧，还是缘于愤怒。转身进了屋，从笸箩里寻把剪子紧紧攥在手里。男子无疑是昨日里那男子。看来不是偶然路过洗澡，倒是将这里作为澡堂了。若是个下作的人，知晓她一个姑娘家独居于此，难免会生歹心。暗地埋怨起自己，为何偏要搬到此处。若是仍住老院，怎有这般的荒唐事担忧？这里想着，便听到外面有人喊：家里有人吗？

颤抖着手将煤油灯点燃，清了清嗓子嚷道，谁啊？

便听那人说，我是隔壁村里的，路过这里，口渴得紧，能否讨碗水喝？

她提煤油灯走出去。那人尚在篱笆外，她定了定神说，你进来喝吧，水缸就在门口。

那人搡开院门，闪进来，舀水，咕咚咕咚喝，又将水瓢扔进缸里，擦擦下巴说，真是谢谢你了。

煤油灯抬了抬，正是这几日接连洗澡的男子。头发蓬松湿漉，白布衫也是半湿。她说，客气啥，乡里乡亲的。

他说，我这些天单位搞演出，排练到很晚，再骑上几十里路，快到家了，总是一身汗，禁不住在河里冲凉，你可别介意。

原来是个公家人。公家人细眉细眼的，说话声也柔和。她就问，你做什么的？

男子说，我在文工团。

她眼睛亮了亮，问道，你会唱《拉骆驼的黑小伙》不？男子摇摇头说，不会。她又问，《接过雷锋的枪》呢？男子又是摇摇头。原来是个不会唱歌的人。她说，你不会唱歌，肯定会跳舞了，不然你在文工团做什么？男子轻笑了两声说，我也唱歌，我也跳舞，不过都是你没听过的。他的口气并没有炫耀或嘲讽的意思，不过她还是有些不舒服，就说，我们前年还到公社参加过会演呢。男子也没有追问她演过什么节目，他的眼神飘来飘去，皮肤又那么白，站在夜色里，随时要消逝的模样。

你们最近在逮蝗虫吗？男子从身后拽出个物什，说，这东西送你，保证你能挣十个工分。她撇了撇嘴说，放水缸旁边吧。男子说，要不我给你演示演示？我自己做的。他眉眼竟有些羞赧，你要是觉得不管用，我再重新做一个给你。

她说，很晚了，我要休息了。

男子转身就走了，老式自行车咿咿呀呀地消失在绿纱帐里，白色布衫也只是闪了几闪。她将手心里的汗在裤子上蹭了半晌。

那夜倒睡得踏实香甜，听到上工的钟声才蓦然醒来，慌乱着穿衣洗脸，跑出院子时撞到了水缸。有东西便歪歪斜斜倒将下来，匆忙一瞥，记起是昨夜里那白衣男子送的，忍不住打量，却是一根绿竹竿，铁丝拧成圆形罩了塑膜紧紧绑在竹竿顶部，倒像是麦田里的稻草人。就想，这男人聪明得很，别人怎么就没想到？

带到稻田，逮起蝗虫来还真是应手得紧，不用跑不用颠，竹竿握稳了稻上挥上一挥，几十只蝗虫便稳稳落网。队长见了很是惊讶，说，这么简单的法子我们怎么没想出来？不就是逮知了用的嘛！夸了她几句，吩咐小队长们分头去做器具。她心里难免有些欢喜，又想起那男子，也是古怪，不会唱不会跳，还在文工团里营生。每日里骑上几十里路倒是辛苦，不过，比起张金旺就幸运多了。张金旺的大清河盐场离家百十公里，搭马车的话也要一整天。又想着如何给张金旺回信。看来要去供销社买信纸了。

那晚早早吃了饭，院子也没有拾掇，就在煤油灯下写起信来。她写道，今年夏天比往年都要热，蝉多，蛇多，连蝗虫也多。这些天生产队一直在灭蝗虫。不过，毛主席说过，捣乱，失败，再捣乱，再失败，直到灭亡，这就是帝国主义和世界上一切反动派对待人民事业的逻辑。蝗虫肯定也是这样，注定会被消灭的。不过，优势而无准备，不是真正的优势，也没有主动，懂得这一点，劣势而有准备之军，常可对敌举行不意的攻势，把优势者打败。队里一开始被蝗虫闹得心焦，不过，自从发明了捕虫器，人民群众就有了优势，就能把蝗虫全部消灭。写到这里时，她难免想起那个白衣男子，斟酌了一番，还是一句话都没提。最后她写道，希望张金旺同志身体健康，革命友谊永远永远不朽。

又读了一遍，读着读着就睡着了。及至窗外大亮，白色水鸟从河面掠过，小野鸭在睡莲里凫来凫去，她方才醒来。站到院子里伸个懒腰，才发觉缸里的水是满的。如果没有记错，昨天只剩半缸水，她有些劳累，懒得动弹，并没去井里挑水。是谁做的好事？就想起那白衣男子，不过马上又摇摇头。想，他昨晚是不是又来河边洗澡了？像他这么爱干净的男子，倒真是不多见呢。

那天晚上闲来无事，将猪圈里的粪起了。小六一直趴着哼哼，掐指算算，猫三狗四，猪五羊六，驴七马八，看样子过不几天就分娩。小六是哥哥买给她的。哥哥说，你一个姑娘家，不能老闲着，养头半大猪，忙忙活活，一年就过去了。年底了把猪卖掉，攒些嫁妆钱，找个好小伙子完全不是问题。她也没吭声。他们家是中农，又这么早没了父母，婚事还是谨慎些为好。又记起母亲临终前，拉着她的手叮嘱，千万别学别人家的姑娘，靠着门框整日里嗑冬瓜子。那是母亲留给她的最末一句话。望着逐渐黑下来的涞河，哀伤像雾霭般将自己笼住。虽说孤身一人过日子，但并不比村人过得差，委实没有什么好哀怨，可心里就是膈应得很，常常看着河流，什么都不想说，什么都不想做。甚至想，这世上的人，跟这涞河里的浮萍并无二致，灭了生，生了灭，灭灭生生，生生灭灭，没有什么好怨怼愤懑，哪怕是当世最伟大的人，上千年过去，记得的也不曾有几个。

那晚正胡思乱想，便看到白衣男子忽从篱笆外跑过。他仍套着那件白布衫，一晃两晃地就被暗夜吞噬。不过十余分钟，却又从高粱地里蹿出，一味地奔跑。也不知在追赶什么。耳畔几乎能听得他呼哧呼哧的喘息声。忍不住走了出去。那时月光正好，过不会儿男子又跑到门前，她"喂"了声，男子才猛然停住，问道，你瞧见那人跑哪里去了？她说，我没看到旁人，只见你一个人在这里傻似的狂奔。男子"唉"了声说，都怪你，我眼看就要逮住他了。她问道，那人是谁？偷粮食的吗？你是护秋员吗？男子摇摇头说，你想不想帮我？她问道，帮什么？男子说，那人待会儿还会从你门前跑过，他被我吓破了胆，已然疯癫，到时他在前面跑，我在后面追，你要是见了他，拿我送你的竹竿绊下他双腿就好。她迷迷瞪瞪地乜斜他一眼，说道，只这些吗？那人是坏分子吗？男子点点头道，你真是冰雪聪明。

她刚回院里拿了竹竿出来，便有一矮胖男人跑过来。套一身绿衣，眼球凸起，头发被风吹得一跳一跳。忙将竹竿扫过去，那绿衣男子一声大叫立仆于地，白衣男子趁势赶来，用野草拧巴拧巴缚了男人，转头朝她笑了笑，却是半句话也无。

她愣愣地看着他们在黑夜里蠕动不见。

翌日，村人带着捕虫器来到田间，才发觉蝗虫似乎大面积撤退了，只逮到些麦粒般大小的幼虫，想是这个把月的辛劳没有白费，蝗虫也没革命气焰吓跑了。

那男子，几乎每日都来。倒不怎么洗澡了，时常站在篱笆外喊一嗓子，将她唤出，唤出来了也不吭声，只是默递给她条草鱼或者青鱼，个头大，也吃不完，往往只是将鱼头炖了，身子骨头一并给嫂子拎过去，喂给那些长得比桑麻秆还屡细的侄女。有时也会给她送些河蚌，肥得赛羊油，还从里面掏出过一颗玻璃球大小的东西，亮亮的，放在窗台上，夜里也发着幽光。有时她在月下纺线，纺车嗡嗡地响着，棉花团变成一根根银线吐出来，她再一绺绺捆绑好，放在沙地上。煤油灯时常跳芯，忽闪忽闪的，也容易被夜风拂灭，倒很是缠头。有一天，这男子不知道从哪里寻了盏马灯，替她挂到屋檐下。她笑着对他说，你倒真是有办法。他抿嘴笑了笑说，我本事可大着呢。她说，本事大的话，帮我来纺线啊。

说完就有些后悔。这深更半夜的，让一个不清楚来历的男人替自己纺线，要是被村人看到，不定要传出什么风凉话。况且，男人又怎么会干这样的活？

不承想那男子想也没想就说，这有什么难的？瞧我的好了。将她搡到一旁，自己坐上草垫，调了调纺车，径自有板有眼地将棉花扯好，一条条塞进去。他长手细脚，倒是麻利得很，纺车也嗡嗡地转得比以往更快，在月下，他的脸白皙莹润，没有一滴汗珠。她就说，看样子，你倒是比我娴熟呢，小时常常帮你娘干活吗？他将手中的线停下，盯着她看，看了半响才喏嚅道，我娘死了不知多少年了，你要夸的话，倒不如夸我心灵手巧。她说，你呀，别人说你胖，你就喘上了。毛主席说，一切真知都是从直接经验发源的，可千万不能骄傲。男子默不吭声，只是纺车转得越发地快，那手上的白线倒比月光还白还长。她说，天晚了，你快回家吧，省得家里人担心。他哼了声说，家里人谁管得了我？她就舀了瓢水递给他，不晓得再如何接话。多年后，她仍时常念起那个夜晚，河边的院子里，他仰头喝水的样子：脖颈比细腕葫芦还瘦，几乎没有喉结，脸上的汗毛被马灯昏黄的灯光映得毛茸茸。有那么片刻，她差点忍不住伸出手去摸上一摸。

那晚男子走得很晚。她都有些困顿了，回屋趴炕沿上睡着。醒来时天已大亮，院子里的几捆棉花都已纺好，线捆得整齐，地上浮着层碎棉絮。水缸里的水还是满的。

张金旺又来信了。张金旺的字似乎比上一次好看了些，写了满满两页。他说，"四清"工作取得了丰硕成果，县里已经将大清河盐场列为示范点，要组织全县搞"四清"人员前去考察学习。他还骄傲地说，他帮助一位不识字、眼睛得了白内障的老太太背会了《愚公移山》。老太太不仅能正着背诵，还能反着背诵。他下一步的任务，就是教她《纪念白求恩》。

她想，他这么忙，还给她写了整整两页信纸，真是不同寻常的革命友谊。竟有些隐隐地想他，想他高挑的个子，鸟窝般的乱发和白色的布衫。想着想着，猛然惊醒，竟然是把张金旺的样子和那白衣男子的样子混淆了。觉得格外对不起张金旺，就又把信从头到尾读了一遍。让她再次失望的是，他仍然提都没有提小六。

小六的乳头越来越大，潮红发亮，用手一挤就流出清亮的乳液。听有经验的人说，大抵四五天就要分娩了。她让人家捎信，叫哥哥这两天回家帮忙，顺便给她买把镰刀。母亲留下的那把镰刀，别说割草了，割起草纸来都费劲。不过哥哥捎话回来，他们单位出了点问题，要处理好才能安稳，给小六接生猪崽的事，最好找队长商量一下。她想了想，为啥非要男人帮忙呢？家里那么多侄女，随便抻几个过来，打打下手就好。不承想真到了下崽那天，小六竟一直熬到午夜，三个侄女全在炕头上睡熟了，她一个人蹲在猪圈里，看着小六四肢伸直躺卧在那里，不断有黄色黏液流出，自己倒是乱成一团麻，一屁股坐在猪食槽子上。此时便有盏马灯晃过来，在她脸上停了停。她听到有人说，我来吧，你先去歇息。除了那白衣男子还会有谁？她就问，你给猪接过生？男子说，没有。她问，你给马接过生？男子说，没有。她有些急，嚷道，那你装什么兽医？男子说，这些雕虫小技，还需要学吗？

折腾半宿，小六安生了，七个崽哼唧着嘬奶。侄女们也都醒来，围着小猪喊喊喳喳。她备了猪食，再去找那男子，男子已经走了。就问侄女，帮忙接生的人呢？侄女瞪着迷迷糊糊的眼说，不是你自己接的生吗？她也没顾得上跟侄女计较，人家帮了半宿忙，连个西红柿都没吃，真是对不住。

当晚侄女们刚呼啦啦走掉，男子就过来，背了几袋麸皮，说是老母猪最爱的料，又叮嘱说，每隔两个时辰要给小六喂次清水，清水里要加些粗盐。要是得了空闲，最好到供销社买些豆饼。她嗯啊着应允，其实委实不知道该如何感谢人家。男子似乎看出她有些过意不去，就说，你个姑娘家，养猪养羊的，忒不易。我这么帮你，也没有乱七八糟的意思。她红着脸看他，说，不如这样，今晚我请你吃顿便饭吧？这些日子，你倒是帮了我不少大忙。

男子盯她半晌说，我不饿。

她说，你不饿的话，就坐在旁边，看着我吃。我吃了，就等于你吃了。我这心事就算了结。

男子笑了，说，你这是哪门子道理？

她说，这是我们周家的道理。我妈说过，千万不要欠人家的，钱物如此，人情更是如此。

男子想了想说，也罢也罢。你们这些人……倒少有你这般心口合一的。

她就让他坐在院里纺线，自己烧了灶，用酸酱炖了茄子尖椒和豌豆，盛了碗黍米粥，有一口没一口地嚼着。自小到大，她还真未见过这般男子，干净得像棵刚蹿了花的高粱，做起事来一板一眼。吃着吃着，她问他，你家是哪里的？这么久了都没听你念叨过。男子沉吟了片刻说，我家啊，就在涞河之上，我们也算是同乡。她问他，你姓什么叫什么？日后路上遇到，都没法打招呼。男子说，我没有自己的名字。她说，唉，你是孤儿吧？父母是被日本鬼子害死的？他没有应她，她就继续问，你们文工团最近在排演什么节目？你不会唱歌不会跳舞，难道在那里当会计吗？

他将手里的活停了，转身笑着望她，望了良久才说，我倒是会跳舞，不过，跟你们跳的不是一回事。她将碗筷推到一旁拍手道，我最喜欢看人家跳舞呢。男子也没有拒绝，将纺车搬到篱笆旁，站着朝她笑了笑，径自跳了起来。

那是怎样的一种舞蹈呢？她之前从未见到过，当然，在她未来的七十年之内，也从未见到过。她感觉这男子仿若一株高挑植物肆意地在夜风中摇摆，或者说像一尾青鱼在浅水里曼妙着游动。他身上似乎没有骨骼和血液，所有羁绊人步履的都不能牵绊他的腾挪跳跃，翻滚踢移，月光下，他的身体越来越虚无，越来越缥缈，在某个瞬息她感觉到这个男子已经被月光融化了，只有他的影子依然在庭院里袅袅舞动，她相信即便是猪栏里的小六和它的猪崽们也被他的舞步迷住了，它们很久没有发出愚蠢的呻吟和哭闹声。当一声断喝从篱笆外传来时，男子的身影才定在纺车旁，他显然是愣住了。她再次听到一声大喊，喊的是什么完全没有听清，她的耳朵仿佛也和瞳孔一样被死死地钉在男子身上。然后，她看到男子缓缓地瘫倒在地上，她泪眼迷离地看着哥哥攥着把镰刀站在她身旁，刀刃在月光下滴着血。她再去看男子，男子踉踉跄跄地朝篱笆外走去。她试图喊一嗓子什么，却发现自己一句话都说不出。他一直没有回头。

　　后来，她就什么都记不得了。

　　日后据哥哥说，那晚他急匆匆打单位归来，心里惦着小六产崽的事，晚饭没来得及吃就拎着新买的镰刀前来探望。他已听女儿们说过，小六生了七头猪崽，为了奖励小六，他还特意从家里背了半块豆饼。当他急匆匆到了妹妹院子门口时，赫然发现一条硕大的白鲢正甩着尾鳍在月光下扭动。他这辈子还没见过这么长这么大的鱼，它的鱼鳞在月光下仿佛一块块碎玻璃发出妖冶明亮的光芒，而妹妹，就站在那条鱼的旁边痴痴凝望着它。他当时吓傻了，那条鱼比妹妹还修长高大，他很怕妹妹一口就被它吞咽到肚腹之中，所以他先是大喝一声，扔掉背上的豆饼直冲过去，挥起镰刀朝那条鱼的头部狠狠砍了一刀。当然，他也被自己吓傻了。等他瞪眼再次观瞧，那根本不是条鱼，而是一个脸色苍白的年轻男子。

　　我肯定是中了邪。日后他曾经不下五十次跟妹妹解释那晚的事。不过你放心，每次他都拍拍妹妹的肩膀神情肃穆地解释说，那个年轻后生屁事都没有，他只是被我砍伤了耳朵。没瞧见吗？地上就那么一星两星血迹，他根本就不会有鸟事。他去哪儿了？我不是跟你说过吗，你太累了，晕倒在我怀里，等我将你安置好出来，那男人已不见了踪迹。说实话，我心里更内疚啊，莫名其妙地砍伤了个人。问没问旁的村庄？当然了妹妹，我走访了涑河边上的十八个村庄，都说没见过这样一个在文工团上班的孩子，也没有这样一个会纺纱织布的孩子。他是哪里人？他去了哪里？兴许他只是个过路的，帮了你的忙，鬼使神差地给你跳了段舞。有些人就是这么样的，妹妹，突然出现了，突然又消失了，你可千万别往心里去。日子还长着呢！那晚你怎么会喝酒呢？

我心里挂惦着你，哪里有心思喝酒？他肯定会没事的，只不过被我吓到了，日后才没敢再次拜访你。或许就是个游手好闲的年轻人，骑着自行车东跑西窜，没个屁事。不过我觉得他对你也没安什么正经心思，不然何苦大半夜地来帮一个陌生姑娘做事？不陌生？不陌生你连他姓甚名谁都不晓得！这事可千万不能说与旁人听！张金旺要是知道了，还会给你写信吗？

她在床上躺了一个月，日日听哥哥唠叨这些无用的话。即便是假话，重复了千遍也成了真话，成了颠扑不破的真理。到了最后，她也渐渐心宽。哥哥兴许说得没错，没准就是个不靠谱的庄稼人，恰巧帮了她的忙，那晚被哥哥惊到，是再也不敢贸然拜访。

病快好了，张金旺也从大清河盐场回来了。据说"四清运动"已经圆满结束，一项更伟大的运动已经在首都轰轰烈烈地展开。张金旺回来后的第一件事情就是找了妇联主任做媒人，先跟她定了亲。定亲那日，她到张金旺家吃了顿萝卜虾皮馅的饺子。吃完饺子天已经擦黑，张金旺要送她回家。她说，虽然定了亲，还是要该来的才来，该往的才往，不能被人家抓住把柄，说我们只谈恋爱不谈革命。张金旺就有些羞愧，说，周桂花同志，我还没有你的革命意识强，没有你的思想境界高呢，如果你愿意，就让我们并肩战斗，携手共进吧！

待她回到家里，喂了猪喂了鸡，又扫了庭院，才走到岸边站了会儿。秋天到了，庄稼已经收割完毕，高粱玉米归仓，水稻也已上交县里。月色不如夏日里白亮，罩在河水上，有些铁器的清冷。这时从小路上踅过来个老妇，虽然只是深秋，却裹了黑色棉衣棉裤，头上也裹着条黑色纱巾。见她站在河边，就咳嗽了声，问道，姑娘，你没事吧？她看了妇人一眼说，能有什么事？妇人并未走开，反倒上前几步与她并肩而立。她觉得有些诧异，难免侧头瞥了两眼。老妇这才慢慢腾腾地说道，他委实伤得不轻，养了几个月不见好，怕是要走了。

她打个寒噤，死死盯着老妇。老妇说，劫难就是劫难，破不了的。他修行了两千年，不也如此结果？

她伸手探了探妇人额头。妇人掸掸手说道，你也休要可怜他，你们的日子，怕是更难更苦。她将老妇的头巾裹得更紧些，轻声轻语道，快回家吧，免得家里人惦记。

她知道，束河两岸有不少疯妇，春天或是晚秋，都喜欢在岸边怔怔地行走，走着走着就走到那水里，再也没有出来。

老妇瞥她一眼，道，你婚期定了吗？

她想了想说，定了。

老妇幽幽地问道,什么黄道吉日?

她想了想说,还有一个月。

老妇人就掐了掐手指说,哦,阴历是冬子月十一,阳历嘛,是……

她看了看老妇说,没错,阴历冬子月十一,阳历嘛,是十二月二十二号,一九六六年十二月二十二号。

(原载《作家》2017 年第 2 期)

作者简介:

张楚,河北作家协会专业作家,在《人民文学》《收获》等杂志发表过小说,著有《七根孔雀羽毛》《野象小姐》等小说集。曾获过一些奖项。

大象席地而坐

胡 迁

第一次听说这个事情,是在黎凯的家里,他说花莲市的动物园里有一头大象,"它他妈的就一直坐在那,可能有人老拿叉子扎它,也可能它就喜欢坐在那,然后所有人就跑过去,抱着栏杆看,有人扔什么吃的过去,它也不理。"他原话就是这么说的。他还告诉我他一直想去那看看这头大象,那是一年前的事情了。前天,黎凯跑到他家楼顶上跳了下去,因为他老婆劈腿了。但我知道黎凯对他老婆没有那么在意。黎凯回到家里,他本来要去出差,但是发现自己的皮鞋拿错了,两只不一样;他长年吃一种安眠药吃坏了脑子。他就把火车票改签,然后回家,门大概被反锁了吧,因为他的钥匙打不开。等他进了屋,发现他老婆衣冠不整。

黎凯说:"我找我的皮鞋。"

她说:"都在鞋柜里。"

黎凯就去翻鞋柜,终于找到两只一样的,他本来想就这么出门,但发现他老婆嘴上有个牙印。我觉得他安眠药吃得还不够多所以才会发现那个牙印。

"家里有人?"黎凯说。

"根本没有。你怎么回来了?"

"我来拿东西啊。"

"那你要待在这儿吗?"

"什么?"

"你要待在家里吗?"他老婆显然很慌张。

于是黎凯先走到厕所看,又去卧室,他还特意翻了翻衣柜。我不知道他最后怎么知道的,反正他打开了他们家那个大得不像话的洗衣机,因为他老婆每周都要把床单被罩洗一遍。他打开之后,我正坐在里面。

他说："那只皮鞋是你的？"

我说："是的。"

洗衣机在阳台上，我正考虑怎么出来呢。实际上我不知道该怎么从洗衣机里爬出来。不过我已经把脑袋伸了出来。

我看到，黎凯拉开窗户就跳了下去。我没听到什么动静。黎凯老婆冲了过来，趴在窗户上往下看。

我就赶紧跑了，把上次落在他家的皮鞋也带走了。因为他老婆上次送了我双鞋，我就把自己的皮鞋忘在他家。

所以这两天，就有新闻稿登出来，"苦难白领因妻子出轨激愤自杀"。下面讨论的人分成两拨，一拨人骂他老婆，一拨人骂我。这件事我失误在，首先我认为黎凯一点也不爱他老婆，其实我也不爱，我只不过因为追求一个女人没追上，才去找了黎凯老婆，因为我们在大学时关系很好。

接着，我追求的那个女人，她去了台北。我就跟了过去。

她总是很忙，有一堆事情要做，而我什么事情也不做，也没有任何事情要做。当我缺钱的时候，就去跟着开剧本策划会，里面有很多我这样的人，我们坐在那，帮一个项目出出主意，瞎扯淡，然后每人分些钱。我一个字也不给他们写，只去瞎扯淡，所以赚得并不太多。我身边有三个人，可以把我拉去参加这种策划会，一个是做话剧的，他已经结婚了；一个是我的大学同学，他前一阵拍了个反响还不错的电影；还有一个是我的前女友，她本职就是做编剧。这样，不管我跟其中的任何一个人说起我没钱了，他们都会拉我去开剧本会，他们并不想跟我扯上这种工作关系，只是怕我也许哪天会死掉，才会帮我。但我没想到已经转行的黎凯如此果断。有一次我和那个拍电影的同学一起去四海骑摩托车，一辆汽车压了中线，我压弯出了问题，栽进悬崖旁的地沟里，假如没有地沟，我就会从一百米高的山峰上滚下去，当时他担忧地跑过来看我。我有点混乱，因为我根本不知道是冲下悬崖还是安然无恙，对这一生是比较好的解决办法。但我还是感到一丝庆幸。所以这个同学就给我介绍了一个大项目的策划会，我现在可以跑去台北也是因为这笔钱。

到了台北，我去中华电信办手机卡。这里有三个柜台，其中有个老太太在买手机，她坐在那儿买了有一个钟头；另一个柜台是个老头，他要换卡，估计坐了更久的时间；剩下的我们十几号人就等那一个柜台。我真不想老了也变成那样。我换了新手机卡，给她打电话。

"是我。"我说。

"你换号了？"她也许并不想接到我的电话。

"没有，我到台北了。"

"真假？"

"我在西门町的峨眉街换了手机卡。"

"来做什么？"

"瞎晃，顺便找你。"

"疯了吧？我可没空陪你，安排得很满。"

"没关系，吃个饭就行。"

"不行的，今晚已经约了人，他们作家就是很傲娇，谈得并不顺畅。"她说。

"那就吃个夜宵。"

"这……晚点联系。"

她把电话挂了。

我去商店里买了双拖鞋，把从黎凯家里拿回来的皮鞋换下来塞进包里。但包里占据空间最大的就是这双皮鞋，于是我又把它拿出来，扔到垃圾箱里了。倒不是因为在意黎凯是否穿过。

之后我坐在一家超市门口，买了一打啤酒。门口放着两个小圆凳子，我一个人占据了两个凳子，有个东南亚人想来坐，但我没有把啤酒拿下来，他站了一会儿就走了。如果在他们老家我可不敢这么干。我从下午五点，一直待到晚上十点，中间去一家宾馆用了几次洗手间。我运气很好，离开的时候没有人来坐这两个小圆凳子。这是我今年运气最好的事了。十点刚过，我给她打电话。

"你来士林吧。"她说。

我到了士林，站在一个咖啡馆门口，等了半小时，她出来了。

她，以及一个作家，还有一个不知道做什么玩意的人，他们三人在门口告别。她一脸笑容，作家也一脸笑容，那个不知道做什么的也一脸笑容。我总觉得这个作家很难缠，是为了多见她几面，因为她很好看。

等他们告别完，我朝她招了招手。

我看着她，她说："怎么了？"

"没怎么。"

"那你看我做什么？"

"该看什么呢？"

"谁知道呢？我不喜欢别人看我。"

"得了吧。"

我们沿着街道走了一会儿，进了一家看起来好像很有名的鹅肉老字号。

她好像一天没吃东西的样子，吃了半个鹅腿，还有一份皮冻之类的东西。我一口也吃不下。

"你来找我做什么？"她擦了擦嘴。

"跟你待一会儿。"

"那就要跑过来？"

"我没有事情做，但跟你待着比较放松。"

"我们不太可能的，因为不是一路人，所以你跑这么远来找我，也没什么用。"

"那你跟什么人是一路呢？"

"反正不是你，因为你不知道我的点，我也理解不了你。"

"听起来可真复杂。"

"对，就是你这种冷嘲热讽，让人很不舒服，我跟你待着并不舒服。"

"两天前，我睡了一个朋友的老婆，让他看到了，他就跳楼了。我来台北是为了把这个事混过去。"

"你为什么要做这种事呢？"

"因为你不见我。"

"那你现在告诉我了，我以后可能更不会见你了。"

"不管告不告诉你，见你都会越来越困难。"

她微微皱着眉头，我仔细观察着她。我一直想从她身上找到某个破绽，以此来让自己从这个阴影里走出去。

从鹅肉店出来后，不到五百米就走到了通河边，我们找了个地方坐了下来。不能跟她去喝酒的地方，因为她每次只抿几口，让人觉得很烦躁。

我说："那个作家说什么了？"

"他不满意剧本，要自己弄。"

"但作家写不了剧本。你怎么说的？"

"我不能这么说。"

"你可以这么说，就说，你可以自己弄，但你写不了剧本。"

"可以这样说服别人吗？"

"百试不爽，我去开策划会，如果原著作者来了，他总是不满意，我就这么说的，你可以自己写，但一个月后就拿坨屎过来，这里的每个人看了以后还不告诉你，都说挺好的。"

"你不怕事情黄了吗？"

"他已经签了合同，黄了他拿不到后面的钱，而且版权都签走了。"

"我说不出口。"

"但你在对付我时可没什么说不出口。"

"因为你一直缠着我。"

"最开始可不是这样。"

"最开始不是这样,但相处一段时间,我发现并不合适,我不舒服。"

"你说过了,你不舒服,我不觉得人什么时候舒服过。"

"那是你,我有喜欢的人,跟他在一起就很舒服。"

"你们认识多久了?"

"半年。"

"然后怎么样了?"

"关系很好啊。"

"怎么个好法?"

"他善解人意,对我很好,我见到他很开心。"

"那怎么半年了也没什么进展呢?"

她不说话。我闻到河里的腥味,但又好像不是,我侧头一看,果然两个东南亚人正朝这儿走着。然后她朝我靠了靠。我把她搂过来,她也没推脱。之前就是这样,我在家里也把她搂过来,她也没拒绝。再之前也一样,总是这样。

东南亚人走过去之后,她把我的手移开,朝一侧坐了坐。

"你就一直在台北待着吗?"我说。

"对啊,忙完就回去。"

"我带你去花莲看个东西。"

"不去。"

"你不知道看什么就不去?即便你不去,我也告诉你吧,那是我听过最好玩的事,一头大象坐在动物园里,每天坐在那。"

"好玩吗?"她抬起眼睛看着我。

"一年前,那个哥们告诉我的,前几天他就跳楼了,我刚才说过吧?搞不懂为什么。你真的不想去看看?"

"我不想跟你去任何地方。"

"那你现在为什么坐在这里呢?"我几乎脱口而出。

"那我走了。"她站起来。

我拉过她的胳膊,她就坐下来。这太无聊了。

"你走吧。"我说。

她站起来,但我一动不动,她看着我,说:"你不跟我一起走吗?"

"为什么?"

"我不想你一个人在这儿待着。"

"你有什么不想的呢?"

她怨怼地看了我一眼,起身迈步。

我想着在河边坐一会儿,但还是有点担心她,就跟在她身后二百米的位置。她住得离这里并不远,这期间她看了两次手机地图,只有几百米的距离。到了那家宾馆,我看着她进去,就离开了。

半夜,我找了机场对面的一个宾馆,窗户是双层真空,所以可以看到各个时辰飞机的起飞与降落,但听不到任何声音。白天,这间屋子幽暗无比,远离市区,所以我可以坐在一把椅子上。在这两天里,我每天上午起床,中午去街道里面吃一个便当,晚上带回一瓶酒,然后坐在椅子上看着机场。

在宾馆住了两个晚上,第三天我收拾好行李去了花莲,一百二十公里,火车跑了三个小时。这算个镇子,这个镇子全是针对游客的夜市,里面最有名的是烤野猪肉,味道跟牛皮纸差不多,但每个人都吃得津津有味。他们得飞两千公里来到这里,买一份牛皮纸,吃下去,发个朋友圈说这是阿里山野猪肉。我在小镇游荡了两天,一直待在气温酷热的室外,因为燥热能缓解一点不安。除了夜市,我所住的民宿老板是个头发染成浅色的中年男人。在上午,我出门的时候,他站在门口。

"你是做什么的?"他说。

"做电气焊的。"我说。

"电气焊?"

"就是焊接铁器。"我并没有撒谎,因为我爸会一点,所以我也会一点,我几年前还去焊接铁门的店铺里做过一阵子。

"那很好。"他说。

我不知道好在哪。

我说:"你呢?"

"我是一个流浪汉。"

"流浪汉有这么一栋楼?"

"我年轻时周游世界,现在年纪大了,在这里定居,这个地方很好,很安静。"

"是挺安静的。"

"现在我主要做木雕,你的房间里没有,但客厅里的桌子,楼道里的,都是我做的。"

"厉害。"

"电气焊也一样吧?"

"不一样,电气焊就做一些铁门、招牌。"

"做木雕呢,可以跟木头交流,让你的心更平静,我喜欢木头,跟它们讲话也非常舒服。"

听到舒服二字,我心里很懊丧。我说:"我有点头痛,你知道药店在哪吗?"

他有点蒙,也许来的游客都要听他讲个一小时,兴之所至还会回到客厅一边摸着那张桌子一边讲,游客也会觉得自己跟木头交流了,平静了。那民宿里有吉他、书架、电视机、垃圾桶、狐臭,我住的房间还是一体式空调,都他妈滚蛋吧。

我报了两个旅行团。第二天早上我站在门口等司机,我肚子有点痛,等了半小时后,就去对面的网吧找厕所。中间这个司机给我打电话,说麻烦我快一点,我说我马上。然后我从厕所出来,站在一个玩游戏的人背后,看着他打完那一盘,就出去上了车。这个司机一路上都拉着脸。

第一个旅行团是去当地最高的山,中间有条沿着溪流徒步的石子路,穿着拖鞋走这条路可真难受。这条路很长,有几公里,头顶上方是悬崖,下面是条混着白色泥巴的河。走到这条路的尽头时,脚也肿了,浑身都是汗水。我坐在一块大石头上,看着那个铁门上挂的牌子,"未开放区域"。过了会儿,一个女人朝门里走,她打开铁门,然后站在里面,想把门重新锁上,但那根铁棍总是跟锁眼对不上,门又很沉。这准是气焊出了问题。她大约尝试了十分钟,我根本不想走过去帮她,虽然我知道原因是这个铁门的门轴被那块石头挤歪了。两个中年男人笑哈哈地走过去,说:"我们来帮你吧。"他俩很高兴,一起抬着门,锁眼扣上了,然后他们三人都很高兴。女人锁好门后,朝前方没修好的路走去。两个中年男人互相看了一眼,仍旧很高兴。

我沿着石子路往回走,路上我看到河岸上有一只死鸟。我去年养了只柴犬,但狗贩子卖的是病狗,那只柴犬得了犬瘟和细小,每天吐一堆虫子,我照顾它有半个月。每天晚上,我得爬起来,去给它灌药、打针。有一天早上,它哀嚎一声,但我实在太困了,我大约给它打过有五十针。中午我过去看,它四肢已经僵了,舌头伸出来。我觉得它体内的虫子大概还活着。

第二天,我去了另一个旅游团。来到一片山丘,山上云雾缭绕,还有大片的金针花海,有一个小村子看起来如同瑞士,但这有什么用呢?

那辆车是另一家旅行社的,他们负责的线路不同,车上的四个人会说闽南语,他们用闽南语说话。

听了半路,我实在不耐烦,我说:"你们非要讲闽南话吗?这车上就我一个人听不懂,你妈的这是什么意思呢?"

"欸？你怎么讲脏话？"

"我讲什么脏话了？"

"你讲脏话了。"

"那你们就别说闽南话！"

之后所有人不再说话，他可能会把我扔下去，但他已经四十多岁，基本上打不过三十岁的我，所以我丝毫不担心。我把一车人的心情都搅和得糟糕透顶。

在下山时，路过一个牧场，我去喝牛奶，看到有只鸵鸟站在牛群里，它瞎了一只眼睛，站在草地上一动不动。我感到很悲伤，需要扶着木头栅栏。我看着那只鸵鸟，不一会儿突然觉得很开心，因为我搅和得一车人都很失望。等我朝旅游车走去，那个司机本来在跟另一辆旅游车的司机讲闽南话，我盯着他，他就不说了，我走过去："给我个火。"他掏出火机递给我。我盯着那个司机看他还讲不讲闽南话，抽完一根烟后，我上了车。

这辆车可以把人送去不同的地方，可以是所住的民宿，也可以是书店或饭店，我让司机把我送到动物园，当时已经四点半了，他说动物园五点半关门，我说："你就送我到就好了。"

司机把我放到动物园门口。他最后冲我笑了笑，大概终于摆脱了我。就跟我所追求的那个女人一样，终于摆脱了我。

我进了动物园，这个园子很小，每隔一段路程会有地图标示，顺着标示，我找到了那头大象。其实来看的人并不多，也许是因为动物园已经快关门了。

我走过去，那头大象坐在土地上，在它周围有粪便，不知道干吗用的草，还有几个傻不棱登的树桩子，他们把它当什么啊？周围是一圈栅栏，还有其他两头大象准备回它们的棚子。我跟它离着有四五十米，我也不知道它看着哪。可能什么也没看，它坐着一动不动，总让人觉得哪里有点奇怪。

这个栅栏有两米高，我看到它面前二三十米的位置上有零碎的胡萝卜、苹果、汉堡和剩下的那几口面包什么的。

我很艰难地翻越了栅栏，这太可笑了，因为我八九岁就可以翻过两米的围墙。我跳了下去，有别的大象看到我也没什么反应。

我跑向那头坐着的大象。身后有人喊着什么根本听不清楚。因为我得看看它为什么要一直坐在那，这件事可能是我这辈子最大的一个问题了。

等我贴着它，看到它那条断了的后腿。它看上去至少有五吨重，能坐稳就很厉害了，我几乎笑了出来，说实话我很想抱着它哭一场，但它用鼻子钩了我一下，力气真大，然后一脚踩向我的胸口。

那几个动物园的人跑过来的时候,我还能听到他们嘴里骂着什么呢。

(原载《西湖》2017 年第 7 期)

作者简介:

胡迁,毕业于北京电影学院导演系,已出版《大裂》《牛蛙》。

别 亦 难

任晓雯

那日，陶小小的猫跑了。

它是一只黑色的东方短毛猫，腿脚修长，脖颈纤细，尖窄的脑袋上，耸了一对三角大耳，间或一转，细麻绳似的尾巴便抽直起来。

三年前的夏夜，它从房门缝钻进来，蹲在厨房地板上，一声挨一声地叫。陶小小听了不忍，舀两勺米饭，拌上剩菜，喂与它吃。翌日，猫又来了，舔光陶小小给的牛奶，在屋里走动开来，沿了墙脚，一嗅一嗅。第三天，它叼来一只死老鼠作酬，放在陶小小脚边。陶小小把老鼠扫进簸箕，扫帚一扔，嘬嘴道："过来。"黑猫迟疑着，过来了，眯着眼，蹭着陶小小。陶小小抚摸一晌，捏住它的后颈皮，将新买的尼龙项圈箍在它脖子上："以后，你就叫玲玲。"

陶小小有一个女儿，也叫"玲玲"，是她三十六岁上生的。玲玲，玲玲，喊起来嘀呱松脆。丈夫张博仁嘀咕了一句："张玲？这名字太俗，没有书卷气。"便也随她去。

张博仁的母亲不喜陶小小，嫌她年纪大，屁股窄，不是个能生的。又嫌她太高，比男人还高半头，简直浪费粮食和布料。可张家成分不好，找不到像样媳妇。张玲出生不久，张母过世了，临终嘱咐儿子："高个女人忒强势。你要克牢她，免得有一日她骑到你头上来。"

张玲四五岁时，张博仁开始殴打陶小小。他是个烤砂工，长年铲砂送砂，练得浑身是劲，胳膊上两块"栗子肉"硬邦邦的。他一手卡住妻子脖颈，迫她俯首下来，一手捏了拳，朝她身上冲，还腾了一只脚，往她阴部一蹬一蹬。她左右扭摆，甩他不脱，便闭了眼，抿了嘴，身体蜷缩起来。他见她不肯落泪求饶，愈发恼怒，直打得她身体松软了，才罢手。

张博仁从不将妻子打出血。野蛮人才将女人打出血，比如当年冲进张家的红卫兵。女人，是要打一打的，但斯文人家，最好别见血。张家是斯文人，张博仁幼年会写小楷，临过赵孟𫖯的字帖。张父办了个学校，讲什么墨子、兼爱，后来把校舍书籍统统捐给国家。在挨过几次批斗后，他失踪了。有说他投奔台湾，有说他畏罪自杀。张母盼他死，又不甘心："倒是便宜他了呀，自己痛痛快快翘辫子，害得我们母子受苦。"

张博仁的哥哥去了黑龙江，姐姐用尼龙绳套住脑袋，把自己拴在床头横档上，被人发现时，两只脚都乌紫了。张博仁做着苦生活，住着亭子间，四十多岁才娶妻。妻子也是年纪一把，寻不到婆家，勉强嫁过来的。她本不该是他的女人，这本不该是他的生活。

张博仁整日躁闷，若有一把慢火，在身体里炖着他。陶小小在桌旁咀嚼的样子，在眼前走动的样子，在床沿上织绒线的样子，都令他无法忍受。他下班回了家，总要轻轻慢慢走到房门口，似想出其不意，逮她个把柄。一日，便逮到了。陶小小在门内跟女儿讲："爸爸是个坏人，爸爸不喜欢你，喜欢男小囡。只有妈妈待你好，你长大也要待妈妈好。"他捏了拳头，冲将进去。那是他第一次动手。她胸腔深处闷闷噗了一声，身体向后仰倒。玲玲哭叫起来，护住母亲。他扯开她的手，她又护回去。如是几次，他跟醒了酒似的，晃悠悠收手。陶小小缓慢坐起，脸色犹如刷过一层浆。他后退半步，声音轻下去："几点钟了？还不烧饭？"

打人是会上瘾的。张博仁越来越爱找碴。甚或没有理由，也动起手来。但他是斯文人，不会将她打出血。三十五年后，当他中风瘫痪在床，便如此为自己辩解："打出血了才叫打，没出血的，都是两口子闹亲热。老太婆，你说，是吧。"

黑猫不请自来后，陶小小在弄口电线木头上，发现一张寻猫启事。黑白打印照里的走失者，正是她新收养的玲玲。它真正的主人，是一位"张女士"；真正的名字，叫作"妹妹头"。

妹妹头——像弄堂里倒马桶的小脚老太起的。陶小小的母亲，就是这样的小脚老太。她呼唤每个女儿，都叫"妹妹头"。她饿着她们，给她们穿小一码的鞋。陶小小自记事起，时时觉得饿，连酱油都偷来抿一口。母亲打她，又搂住她："妹妹头啊，我是为了你们好。陶家种气差，个个长得像晾衣裳竹竿。我让你们少吃点，长矮点，是盼你们寻个好婆家。你看我，就是个头太高，只好嫁给你爸。你爸算个啥物什？懒得来出蛆，穷得来淌淌滴，没有女人想要他。"

陶小小温吞吞长到十二岁，倏然蹿高起来。夜间惊醒，膝盖痛麻，似有一股力道，将双腿往长里拉扯。父亲偷偷给她买零食。母亲发现了，"穷鬼、懒胚"乱骂，还拉过陶小小，使劲摁她脑袋，像要把她摁矮回去。

陶小小终究比父母高，也比四个姐姐高。当她过了二十六岁，母亲开始事事嫌鄙她。她太高，太丑，但这怪不得她。她是贤惠的，时常惹得街坊夸奖："妹妹头脾气交关好，一日到夜闷声不响。手脚也勤快，样样物什拿得出手，明年帮我家也绣一副枕头套。啊，对了，啥辰光成家啊？"三十五岁时，做媒的翘脚娘姨寻上门来："我这里有户人家，妹妹头中意吗？姓张，工人，脾气蛮好，规规矩矩的。"母亲一口应下："啥聘礼都不要，把人要过去就行。"

陶小小撕了寻猫启事，又在街区里兜转，将所见的启事尽皆扯碎。她等了个把月，确信"张女士"不会找来，这才跟遛狗似的，天天遛起她的猫来。

黑猫一走野地，就不安生，爬树、钻墙、抓麻雀。逢到落雨天，又躲躲窜窜，不肯出门。陶小小买了宠物雨衣，裹在它身上："玲玲啊，妈妈是为你好。家里气味臭，闻多了会生毛病，每天要出去走一走的。乖乖，我们回来吃最贵的罐头。"黑猫脑门沾了雨，发疯一般乱叫乱跳。陶小小拽紧牵绳，不停踢它，直踢得它乖巧下来。

很快，所有人都知道了这只猫。跳舞队阿姨们围拢来，叽喳指点，说它长得像羊，像鹿，像马，像狗，像豹子，也有的说："这猫长手长脚的，跟陶阿婆最像。"陶小小抖一抖牵猫绳，笑起来。她好久没有咧开嘴笑，上回还是女儿张玲考取中专时。展眼二十五年过去了。

忽有人道："这猫是怪胎吗？从没见过这样的猫。"另有人道："你是没见识。我家洋女婿就养了一只这样的，浑身带斑纹，聪明得不得了。外国人流行养怪里怪气的品种，宠物店卖的贵得要死。""那也是带斑纹的，不像这只，墨擦里黑，有点吓人。""外国人不养黑猫的，不吉利。""外国人归外国人，中国人养黑猫能辟邪的，不过我是不会养。""你不养，有人养。前阵子弄堂口不是有人贴油印小纸头吗？说是家里丢了猫，请大家相帮寻一寻，寻到了奖赏五千块洋钿。也是一只黑猫，跟陶阿婆这只有点像。""呀，我也看见过，真的蛮像的。"陶小小忙道："我这只是真金白银买来的。那人不看牢自己的猫，怪谁呀？"从地上抱了猫咪，快步回家。

自此，陶小小不再遛猫。她把从超市服务部偷来的塑料绳，编作三股粗，四五米长，替换原先的牵绳，绳头拴在张博仁的折叠床腿上。又在旁边放一只藤篮子，铺上棉垫，撒好猫薄荷。

张博仁的折叠床,嵌在三面墙壁之间。原先这里是个壁橱,在张博仁褥疮发臭后,陶小小卸了橱门,敲掉门框,把他连人带床塞进去:"我是为你好,弄得屋里厢全是味道,你自己最难受。"

张博仁是在卧床半年时染的褥疮。起初发水疱,继而溃烂,复又发黑发臭。他泡在脓水里呻吟喊叫。她被吵得睡不着,喂他头孢和安眠药。当他患上败血症,她以为是感冒,又加喂了百服宁。未几,他开始神志不清,这才送他去医院。医生说:"再晚一点,就救不过来了。"

张博仁从医院出来,对陶小小说:"你对我是有感情的,否则也不用看病,让我在家里死掉拉倒。"

"我不想你随便死掉,太便宜你。"

张博仁笑了:"我是惹你讨厌,可你一个人活着,更没劲了。"

"喊,巴不得一个人,想做啥做啥。我参加跳舞队去,每天跳跳扇子舞,心情好了还能旅游,我想到天安门看一看。"

张博仁又笑:"跳舞队都比你年轻一截,才不会带你玩。只有我不嫌鄙你。少年夫妻老来伴,年轻时谁家不打闹?老了就消停了,老两口你陪着我,我陪着你,一辈子过完拉倒,是吧?"

现在,张博仁不能确定了。陶小小有了一只猫。她像疼女儿似的疼猫,对张博仁愈发懈怠下来。她给他的喂食,减至一日一顿:"医生不是讲了吗?像你这种瘫子,不能吃太多,免得增加肠胃负担,弄不好搞出糖尿病。"

洗澡、翻身、换尿布也少了。张博仁重新闻到自己的体味。汗液、粪溺、口臭、皮肉溃烂的混合气味。他会再次得败血症的,而陶小小,一定不肯再救他。

张博仁痛恨黑猫。猪来穷,狗来富,猫咪来了戴孝布。这畜生就是个丧门星。它跟人一样精刮,晓得讨好女主人。陶小小说"去",它便去,说"来",它便来,让跳就跳,让躺就躺。陶小小吃饭,它便乖乖蹲在桌底,递什么,吃什么。晚间也跟陶小小一床。她看电视,它也看电视。她躺下,它也躺下。它似乎自知不够圆软,便要刻意扮可爱。团了身子,收起四肢,脑袋往她身上蹭,口中呜啊作婴儿声,引得陶小小又亲又抱,心肝宝宝乱叫。

陶小小不在家时,它才将乖巧的嘴脸卸下。时或蹲在穿衣镜前,从镜面里觊望张博仁。张博仁从棉被底下抽出一根不锈钢"不求人",指指戳戳吓唬它:"看啥看?马屁精,当我好吃是吧?自己照照镜子,算个啥东西,猫不猫,狗不狗的。你也配叫玲玲?我女儿才叫玲玲。玲玲高高挑挑,漂亮得不得了。老太婆拎不清,对一只猫这么好,对亲生女儿那么差。玲玲就是被她气跑的。她不许玲玲读高中,逼她考中专。毕业出来,中专已经不吃香了,害玲玲找不到好工作，还要辛辛苦苦进修。玲玲谈了个男朋友，一间办公室的同事，互相知根知底，不是蛮好吗？她偏要拆散，说男的个子太矮，是外地户口。矮怎么啦？外地户口怎么啦？小畜生，我告诉你，讨好老太婆没用，她翻起脸来，亲生女儿下跪磕头也没用。你晓得她做了啥？她跑到玲玲单位哭闹，要求领导出面管管，闹过几次，把玲玲工作闹丢了。玲玲从小到大，啥事都依着她。我们住的一室一厅，也是玲玲买的。玲玲作孽啊，哭来哭去，留了一张纸条，就跑掉了。纸条上写了啥，老太婆不给看，肯定是玲玲骂她了。骂得好，哈哈，哈哈，玲玲走啦，走啦，她不要老太婆了，也不要我了。不不，玲玲没有不要我，玲玲最孝顺我了。你看看这根不求人，就是她送的。以前她每日给我挠背。手劲不轻不重，指甲不长不短，挠得可舒服。有天她突然送了这个，还塞了一万块钱。我早该猜到的，她那时就想离家出走了。"

张博仁说一下玲玲，说一下陶小小，又说一下玲玲，甚至说到早前过世的父母。往事在头脑中交混起来。他认定母亲是被陶小小气死的，认定陶小小欺负了自己一辈子。中风这件事情，保不准也是她的手脚。张博仁越说越恨，恨不能跳下床来，揍谁一顿。他抖着面颊，朝黑猫勾起手指，一抠一抠地说："瞪了两只绿眼乌珠做啥？总有一天帮你抠出来。"

黑猫像是听懂了，跳上床尾逼视他。后腿伸直，脊背弓起，双耳朝后折过，尾巴犹如抽鞭子一般左右甩摆。他向它嘀嘀挥舞不求人："小老虎，你想吃了我吗？来呀，来呀。"它愈发将瞳仁鼓圆起来，测度他手中武器的威力，自觉不敌，便后退两步，跳下床去，满地发泄怒气：抓家具，咬床罩，拍翻水杯，扒拉晾晒的衣裤，还低头撕咬头颈里的项圈。

陶小小把项圈称为"衣裳领头"，每日拎一拎松紧，检查接口："乖宝宝，让妈妈看看，领头戴好了没有？"项圈粗得像打包带，把脖子毛磨光了。陶小小不是不心疼，却害怕黑猫逃走。她好几次见它又蹭又扯，企图挣脱出来。

此刻，这猫跳上钻下，还是挣脱不开，便佝了头，耸了背，将下巴搋入项圈。居然成功了。它张嘴咬项圈。一咬不断，项圈撑住它的嘴，将半只脑袋勒紧起来。它摇晃着，呜咽着，喘息着。笃笃转，头头转。脖颈渐渗出血来。

张博仁笑了："小畜生，难受吗？跑也跑不掉，死也死不了，哈哈，跟我一样，哈哈，哈哈。"黑猫叫得越大声，他就笑得越大声，笑声在嗓子口滚得毛糙糙的。他扭转至床沿边，一手撑着身体，一手举起不求人。那猫提防不及，吃了一击，赶忙腾出爪子，抓扑不求人。张博仁五官拧起，胳膊肘愈发往外撑，仿佛忘了瘫痪，即刻要跳下床去。斗了几下，黑猫颈部吃痛，便拖了一径血迹，跌撞撞往外间跑。张博仁奋力一掷。不求人砸到猫背，往墙面一弹，跌落在地。张博仁挂倒在床边，整个人虚脱了。

不知多久，听得锁孔响。张博仁挣扎着躺正回去，闭目假寐。房门铰链吱嘎作声：" 玲玲，妈妈回来啦，啊呀。"菜篮子扑通扔下，保暖鞋沙沙乱走，乒乓拉开抽屉，乒乓合上，一阵窸里窣落。猫叫声，安抚声，椅子碰撞声。逐渐安静了。墙上的三五牌挂钟，咔嚓嚓走动，间杂了古怪的轻响。张博仁意识到，是陶小小在啜泣。他从没见她哭过，问："老太婆，是你吗？发生啥事体啦？我刚才睏着了。"

啜泣声消失。陶小小抱着猫进来，踢正藤篮子，将它轻放进去。项圈已被剪开，猫脖子上涂满金霉素眼膏，贴了七八张创可贴。张博仁想故作惊讶，怕反而惹怒妻子，便不动，不出声。陶小小红着鼻头，跪在地上，像拥抱婴孩似的，拥抱她的猫。西晒太阳从窗角擦过去。屋内的家具物什，都昏沌沌的，仿佛一堆年代久远的陪葬品。

良久，张博仁轻声道："喂喂，晚饭吃啥？早上到现在，我就喝过两杯水。"陶小小将黑猫放下，又护着猫窝，凝视片刻，这才起身，直着两条跪麻了的腿，一跛一跛扶墙而出，拿来两只猫罐头："玲玲乖宝宝，饿了吧，吃点东西吧，吃完就全好了。"那猫蜷着，偎着，软着耳朵，口中呼噜作声。她继续哀求，它才一舔一舔吃起来。

陶小小服侍黑猫躺下，收拾了食盘，走到外间去。张博仁听见碗盏咣啷，微波炉叮的一声，便撑起身体等待。少时，有洗碗声。又过一刻，陶小小进屋来，俯身察看她的猫，见伤口已经止血，便轻轻抚摸它。张博仁道："昨天的冷馒头，你一个人吃掉了吗？我吃什么？"

陶小小走到单人床边，掀开床罩，将枕头堆高起来，一手抱着猫，一手拿了电视遥控器，躺靠上去。张博仁道："干吗不睬我，哪里得罪你了？"陶小小将电视机开到最响。"喂喂，打算饿死我吗？你等着。"她没有听见。电视节目里的嘉宾，恰好爆起一阵笑，淹没了他的声音。

逾数日，黑猫逃走了。它是趁陶小小去超市时逃走的。张博仁说自己睡着了，啥都不晓得。"怎么可能？门窗都关着。""你没拴住它啊，猫咪跑来跑去，就跑掉啦。""这下你高兴了是吧？你巴不得它跑掉是吧？"陶小小抓起不求人锈斑斑的爪头，往张博仁脸上刮。张博仁喊："打人不能出血，不能出血。"很快没力气喊。

陶小小套上老棉袄，不及换拖鞋，便摔门出去。她浃了两腋热汗，在回光返照般的初冬日头底下，寻找了整个下午。她走遍街区，将附近楼房上下爬过几遍,把弄底大垃圾桶个个兜底翻,又在草丛、车库、自行车棚里徘徊良久。待到天黑,路灯下聚起几只流浪猫,她喊着"玲玲,玲玲"跑去,猫们一哄而散。她泄了气,膝盖窝一软,坐到路沿上。

夜风空空四击,将她缟白的头发挑拨起来,又钻进领口和裤腿,将湿答答的棉毛衫裤,冰在她皮肤上。她怔怔低了头,见一只时跳时停的塑料袋,嚓嚓刮磨地面,似要揭走她灰长的影子。两个女孩叽喳而来,一个跟另一个耳语了什么。两人噤了声,加快步子经过她,才重新说笑起来。

陶小小扭头瞩视她们,已经看不见了,仍然扭着头。她们估摸二十来岁,跟她女儿一般大。不,张玲已经三十九,虚岁都四十了。不不,张玲还是小女孩呢。陶小小忍耐张博仁一辈子,全是为了这女儿。中年得来的孩子,唯一的孩子。第一次抱她,感觉她比一只猫咪还小,还软。陶小小不舍得她碰冷水干脏活,甚至不舍得教她煮饭、洗衣、套被子。谁能想到呢?她居然翅膀硬了,飞了。她留下的字条,只有三个字,"对不起"。对不起有啥用?这简直要了陶小小的命。她报过警,警察不予立案:"年轻人闹闹脾气,几天就回来了。"陶小小整日在街上游荡,看见高个子姑娘,便要追上认一认,缠着说几句话。她被当成精神病、捡垃圾的、拐卖妇女的,甚至挨过一顿打。养完伤,下了床,她发现自己的脊背,再也挺不直了。

除夕夜,她接到陌生电话:"阿姨,张玲让我帮忙拜个年,她一切都好,不要挂念,也不用找她。她让我汇两万块钱,是孝敬你们的,麻烦留意一下汇款单。"陶小小正欲细问,那厢挂断了。她不甘心,抓着听筒,喂喂不停。张博仁道:"年夜饭都不好好吃。"冲来揍她。胳膊抬到一半,抬不动了。她瞠视他片刻,大了胆子,轻轻一推,他便跌软下去。

生活不停地给陶小小吃苦头,一个接一个。她苦了一辈子,全是为别人。到头来没个体谅她的。白眼狼,白眼狼,人也是,猫也是。陶小小的心口上,仿佛被抓了一下。她扶着街沿起身。脚掌冻僵了,踩在地上扎痛扎痛。她慢慢往家的方向挪动。

陶小小家在一楼。她轻唤"玲玲,玲玲",绕楼一周,重回门前,拿钥匙开锁。推门的时刻,她朝屋里嘿一声,等了等,仿佛期待黑猫奔来迎接。没有动静,连张博仁都不应声,"谁呀?老太婆吗?你回来啦?"他甚至不好好待在床上。

他拖着两条长满褥疮的腿,和一块沾染便溺的橡胶垫,爬到了外间。他保持最后的姿势,一手抓着门框,一手抠住地面,手背上有道道血痕。釉面地砖的纹色犹如鸡蛋花,过于阔大的砖缝,嵌满油腻腻的黑垢。这是他半开的眼睛里，定格住的世界。

陶小小记得，好几天没喂他饭。她不想喂，说不上为什么。也许是医生讲的，卧床病人不宜吃多。她踢他一下，闻到鸡蛋腐烂似的味道，空空作了一个呕，抬脚绕过他，进到里屋。

五斗橱、大衣柜、单人床、塑料椅、移动边桌。昏昧的吊灯光里，家具们挤挤挨挨，一副怕冷的样子。旧报纸、铁皮罐、月饼盒、过期月历、儿童玩具、废弃包装袋、成叠中学教材、用完芯油的圆珠笔、破了洞的平底跑鞋、发不出声的半导体收音机、准备剪成抹布的旧汗衫……房间堆得潽潽满满，犹如一片记忆的荒场。在最里端，三堵墙壁之间，便是张博仁的折叠床，床边是藤篮子做的猫窝，斜斜翻倒下来。陶小小走去将它扶正。

她看见折叠床上的棉被，又薄又黑，隆起一块，仿佛卧床者还躺在那底下。她揭开被子，看见了她的猫。它的毛色失去光泽，显得比任何时候都黑。肚皮朝天，四肢伸长，脚爪子犹如尖刺，从爪鞘里根根刺出。它的脖颈上有圈红色塑料绳，深深勒入皮肉。两只眼窝凹陷下去，里头已没有眼珠。一根沾了血的不锈钢不求人，横在黑猫的尸体旁边。

（原载《人民文学》2017 年第 7 期）

作者简介：

任晓雯，1978 年生于上海，著有《好人宋没用》等 6 种，作品被翻译为英文、法文、俄文、瑞典文、意大利文等。

都 市 猫 语

张　翎

　　茂盛一觉醒来，习惯性地伸手到枕头底下摸出手机，发现屏幕一片漆黑，才猛然想起昨晚收工回家的路上，他用了三年的手机毫无预兆地死了。

　　这一阵子他生活里发生的事情似乎都是毫无预兆的。比如正月里，他那个向来力壮如牛连医院的门都没进过的爹，头天晚上还在跟人大呼小嚷地喝酒猜拳，第二天到了中午也不见起床，一摸，已经浑身冰凉。再比如春天里他和哥哥包养的鱼塘，头天鱼还活蹦乱跳的，第二天早上塘面上却是白花花的一片。他还以为是日头反射在水上的光，走近了才看清楚那是死鱼翻起来的肚皮。再比如已经跟他谈了一年恋爱的桔子，五一还在和他谈着聘礼的事，六月里却跟邻村的祥庆订了婚。桔子跟自己什么事情都做过了，而且，他们从来没有吵过嘴。岂止没吵过嘴，连句厉害话也是没说过的。

　　他只是没想到。

　　村里年岁最长见过世面最多的杨太公说其实天底下哪样事情都是有兆头的，只是人的眼睛太笨，看不出底里。茂盛仔细想想也是：树上的芽叶看起来是一天里爆出来的，其实力气已经攒了一冬天；天边的第一声雷劈下来叫人猝不及防，其实风和云已经憋了很久的气；病虫子说不定已经在爹的肚子里住了三五年，只不过借着那顿酒才把疯撒出来而已。他是个凡人，没长天眼，他只能看见皮肉上突然鼓出来一个脓包，却看不见脓在皮肉底下已经行了九百九十九里路。杨太公见他蔫蔫的打不起精神来，就开导他说树挪死人挪活，换个地方说不定就换了运气。正好村里有一个后生去年到了温州打工，说那个地方天气和暖人好活，他就离了家，到温州城里当了一名的哥。

　　茂盛从被窝里钻出来，拿脚从床底下钩出拖鞋来，套进去，起了床，手里捏着一柄冰冷铁硬的手机，怔怔的，一时不知做什么好。到这时他才意识到，原来手机是他的眼睛耳朵嘴巴，他靠手机才看得见外边世界的动静，听得见外边世界的热闹,他靠手机才能跟外边的那个天地搭得上话。手机岂止是他的眼睛耳朵嘴巴?手机还是他的手脚,他得靠手机才能摸得着路走得了道。手机活着,他就活着。手机死了,他就成了个四面是水的孤岛,连岸的影子都找不到。连着他和世界的那根线突然断了,他便惶惶不知如何是好。

他抓起枕头,想翻出藏在枕芯里的那张存折,手伸到一半又停住了。用不着看,他脑子里记得那个数字,精确到小数点后面的二位。一万六千八百九十二块七毛九,其中有一万块钱是临走时妈妈塞到他包里的。加上支付宝里的三千块钱和微信钱包里的一点零钱,那就是他在这个城市里的全副家产。他完全可以去手机市场买一部新的苹果机,可是他不能。家里虽然没人张嘴跟他要过钱,可是他知道哥哥要还买鱼苗时借下的债,妈妈要给爷爷做八十大寿,妹妹要交高考补习班的学费……他的钱只有一个来头,却有九十九个去处。这九十九个成员的长队伍里,苹果手机只能排在末尾。

待会儿去南站天桥下边的那个手机市场找个人问一问能不能修。如不能修,只能去买一部华为,便宜的那款。他对自己说。

他推开窗,天亮了,又没有亮透。风钻进他的鼻孔,带着细细一丝声响,有点痒。这可不是家乡的风。这个时节家乡的风早就长了牙齿,能把人咬得遍身都是窟窿。南方的天候就是好啊,秋天长得像没有尽头。家乡早该万木凋零了,可这里门前的那棵金橘树,枝条被果子压得低低的,绿的和黄的颜色上都还挂着油。当初他决定租下这个地方,除了和交接班的司机相近以外,多多少少也是因为这棵树。

那天他来看房子,大老远就看见门前有棵树,在风中抖啊抖啊,抖着满枝的绿和星星点点的黄。走近了,他才看清楚是挂了果的金橘,只觉得眼睛一亮,心里便先有了几分喜欢。这地方在城郊,离市中心有些路,房子是那种在年复一年的拆迁风声中活活等老了的旧平房,颓败得紧,漏风,说不定还会漏雨,地板踩上去惊天动地地叫唤。但他一打开窗户满眼便是那片绿和黄,又听得房主开口说两间房统共月租六百——那个价格在城里刚够租一间厕所。他闭着眼睛还了五十块钱的价,暗想着一定招骂,没想到人家竟爽爽快快地答应了,他就猜那是天意——那棵金橘就是老天爷给他的好彩头。

当然,那时他并不知道这屋里不久前刚死过人,是一个久病的老人,实在挨不下病痛而上吊死的。当茂盛得知真相时,已经是几个月之后的事了,那时他已经和这屋子摩擦出了暖意,竟不知害怕了。

他不知道现在是几点钟。自从有了手机,他就不戴手表了,嫌沉。老黄依旧横卧在床尾,在被子窝出来的一条皱褶里露出半张脸,扑哧扑哧地打着呼噜。他就猜想还没到六点。每天到六点,老黄就会睁开眼睛跳下床来,跑到墙角那个大瓷碗跟前，等着茂盛来喂食。老黄的脑袋瓜子里好像埋了一张磁卡，老黄比日头比钟表比打卡上班的工人都守时。

老黄是一只母猫，皮毛通身灿黄，只在两眼之间有一道棕色的竖纹。老黄身形硕大，四腿颀长，看起来更像是一只经过驯养的迷你虎。在成为茂盛的宠物之前，它曾经是沿街乞食的野猫。有一天茂盛起床，开窗时发现外边的窗台上蹲着一只猫。那猫全然没有街猫惯有的惊恐之态，见人并没有逃跑，而是懒洋洋地翻了一下白眼，若无其事地接着睡觉。茂盛忍不住喂了它几口前晚吃剩的盒饭，猫吃了，第二天竟在同一时间回来找茂盛。后来干脆自说自话登堂入室，赖在茂盛屋里不走了。茂盛每日下班回到家里冷冷清清，有只猫走动着也算是有点生气，就留下了它，取名老黄，随口喂些剩饭剩菜。幸好老黄有一副与硕健的体格不相匹配的小胃口，费不了茂盛几个饭钱，实属皮实好养。

很快茂盛就发觉老黄是只有脾性的猫。那脾性有点像自卑，又有点像自傲，总而言之有几分硌涩。每日茂盛在哪里，老黄就尾随到哪里。茂盛下班回家，它远远地听见了脚步声，早早就跑到门口等候。待茂盛进了门，它却又后退几步，用那双介于猫和虎之间的灰绿色眼睛，定定地看着茂盛，看得茂盛心里发毛。那眼神很是复杂，有傲慢、好奇、警戒、期待，也有那么一丝半点的哀怨，却绝对没有阿谀。它和茂盛之间隔着的，总是那样不远不近的三步。茂盛进了，它就退；茂盛退了，它就进。就连睡觉，他们也保持着那样的距离，一个在床头，一个在床尾。老黄从不肯轻易接受茂盛的爱抚，茂盛从老黄身上得到的唯一一次接近于亲昵的表示，是有一天夜里他踢了被子，老黄在他赤裸的冒着汗臭的脚板上轻轻地舔了一舔。茂盛几乎有些受宠若惊。那湿漉漉的一舔，以前从未发生过，后来也没有被重复——老黄把亲近的主动权，毫厘不让地攥在了自己的手心，就连最美味的猫食也买不通。茂盛无可奈何。

老黄终于醒了，从被子的皱褶里探出身子，伸了一个长长的懒腰。这是一个架势十足的懒腰，腰和后臀所形成的那条弧线，几乎像一张扯得很满的弓。突然，它的耳朵兔子似的抖了一抖，嘴里发出一声低沉的嘶吼。那声音让人联想起丛林，而不是街道。紧接着，它从床上一跃而起，身子在半空划出一条灿黄的流线，然后轻轻地落到了门口——它赶在茂盛之前听到了，不，感受到了，来人。

敲门声是几秒之后才响起来的，很重，很急，一声压着一声，在这个时辰听起来有几分心惊。茂盛开了门，只见门前站着一个身穿桃红色腈纶棉外套的女人。女人手里拖着一只拉链已经开爆的蓝色拉杆箱，身上背着一个双肩包。双肩包是倒背着的，沉的那头坠在前胸。

"你是叶茂盛？"女人问。

女人说话的声音沙哑粗糙，声带喉咙和舌头像在砂纸上走过了一遭——一听就是个烟鬼。

"我叫赵小芬，是大头介绍来的。"

大头是和茂盛交替着开同一辆的士的司机，茂盛开早班，大头接他的手开晚班。

女人化着很浓的妆，睫毛膏在下眼睑印下一排黑色的污渍，唇膏在牙齿上溢染出一片猩红，一动表情，脸上就扬起一丝细细的粉。

她该叫"小粉"，而不是"小芬"。茂盛暗想。

茂盛觉得嘴角轻轻牵了一牵，就知道那是笑的前兆。他狠狠地咬住嘴唇，扯紧了已经松开的脸肌。

老黄对来人显示出了异乎寻常的兴趣，它彻底打破了先前那个苛严的三步规则，围着女人转了一圈又一圈，不停地闻着女人的腿，鼻子里发出响亮的咻咻声，这一刻老黄的表现更像是一条没见过任何世面的乡野土狗。茂盛只是没弄懂，老黄的兴奋到底是出于愤怒，还是欢喜。

"大头说你要找房客。他给你打了一夜的电话，你都没接，所以我直接来了。"

茂盛这才想起昨天跟大头说过的话。这阵子满街都是载客的车，滴滴、优步、神州……百样千般，的哥的生意清淡了许多。下个月老板要加份子钱，茂盛就跟大头说想找个房客来分担房租。本是一句随口的话，没想到大头上了心。他更没想到，大头介绍来的竟是个女人。

"我知道你不要女房客，可是大头说你上早班，我上的是夜班，我们可以不照面。"

女人似乎看穿了茂盛的心思。

"我不怎么做饭，耗不了多少水电。"

女人把双肩包卸下来，放到地板上。这时老黄的兴趣一下子从女人身上转移到了女人的包上。老黄的喉咙里传出一阵怪异的声响——是声带发出的低频振颤，听起来像是在寻找，又像是在召唤。那声响与其说是耳朵接收到的，倒不如说是皮肤感觉到的。

女人的包突然蠕动了起来，过了一会儿，半松的袋口钻出一个黑乎乎的东西。

女人打开袋口，从里头抱出一只猫来。

"大头说你也养猫，我就把小黑带过来了。"

女人把猫抱在臂弯里，犹犹豫豫地看着虎视眈眈的老黄。

"没事的，它看起来凶狠，其实是个孬种。"茂盛替老黄辩解着。

女人将信将疑地将手里的那只猫放到了地上。猫很小，大概刚断奶不久，皮毛几乎是纯黑的，只是尾巴上有两块白斑。它站在老黄跟前，似乎还没有老黄的一条腿高。它想站，却没站稳，脚一软，似乎要倒。

老黄走过来，用鼻子嗅了一下小黑。小黑向后跌跌撞撞地退了一步，老黄斜过半个身子，堵住了小黑的退路。两只猫睁大眼睛彼此对望着，地球咔嚓一声停止了转动，空气中有一些噼里啪啦的声响——那是两道目光的狭路相逢。老黄和小黑身上的毛突然噌的一声竖了起来，像是两朵结了绒的蒲公英，一朵大，一朵小；一朵黄，一朵黑。

小黑的毛发先矮了下去。它喵地叫了一声，声气孱弱，犹如一根要断没断的线。老黄身上的毛也渐渐平伏了下来。接下来发生的事情，让茂盛吃了一惊。

老黄伸出它那根粉红色的舌头，开始舔小黑。老黄舔小黑的时候，力气是用两，不，是用钱来计量的。它只用了半根舌头，神情极是小心翼翼，仿佛小黑是一件稀世名瓷，多一钱力气就能将它碎成齑粉。

老黄舔了很久很久，一直到把小黑舔成一团湿淋淋的毛线。老黄把平日舍不得花在茂盛身上的口水，像海洋一样慷慨地奉献给了素昧平生的小黑。

"狗东西。"

茂盛暗暗骂了一句。

茂盛就是在那一刻决定留下那个女人的。他一直也没改得了他的脾性，他总会为一些莫名其妙的原因做出一些莫名其妙的决定。比如几个月前，他就是为门前一棵精神抖擞的金橘树，决定租下这个住处的。而今天，他又要为这只老黄见了化成一摊水的小黑猫，决定把房子分租给这个女人。

"六百。"茂盛粗声粗气地说。

他期待着女人还价。就是杀下两百块钱，他依旧合算。

"你这鬼地方，离城里一千里地。除了我，连鬼都不稀罕住。"

女人从一个脏得几乎辨不出颜色的手提包里，扯出三张同样脏得几乎辨不出颜色的纸币，扔到窗台上。

"五百五，多一分也别想。月初给三百，月中给两百五。"女人说。

茂盛心里一阵狂跳。这个女人将替他交付全部的房租，从今天起，他将在这个屋子里白住。他觉得离那只想象中的苹果手机，已经接近了一大步。

茂盛并不知道，女人被房东赶出去，已经在客运站的候机厅过了两个夜晚。她，连同她的猫。

就像先前他不知道这个屋子里死过人一样。

赵小芬说得不错,在她住进来很长一段时间里,他们都没有照过面。他出门上班的时候,她还在睡觉;而他回家的时候,她已经出门。他们周末都不休息,一周七天连轴转。

只是家里多出了一些东西,在提示着他屋里还存在着另外一个人。

比如说浴室里摆放的那些化妆品。

小芬的化妆品不是收在一个化妆包里,而是随意散落在浴室的各个角落。洗手盂旁边立着几支唇膏,肥皂架边上放着两瓶指甲油,洗澡时放干净衣服的凳子上搁着几盒粉底霜和粉饼……每一只瓶子每一个盒子都是脏的,内容涂溢到容器外边,混杂着女人的指痕唾沫和皮屑。茂盛不太懂女人的行头,桔子除了脸霜和口红之外,几乎没使过什么化妆品。桔子的口红是浅红的,接近于唇色,涂和不涂并没有太大的差别。茂盛是在那些散乱的化妆品里,发现了小芬的重口味的。宝蓝色的指甲油,黑色的唇膏,艳红的带闪光颗粒的胭脂……这个浓妆艳抹的女人走在街面上会是一副什么模样?茂盛突然对女人上班的时间和地点产生了一些奇怪的联想。

有一天他上厕所,发现马桶边上的垃圾桶里扔着几团染着血的手纸。他赶紧扯了一片干净的纸盖在上面。那一整天,那几团纸一直在他的脑子里飞来飞去,像受了伤的蝴蝶,睁眼闭眼都是。

还有一天,他在浴亭的挂钩上看见了一条半湿不干的黑色内裤。其实那都不能叫作内裤,它至多只是一条剪裁成丁字形的窄布,布边上镶着精致的蕾丝,中间的某一个地方缝着一朵小小的红玫瑰。茂盛盯着那朵玫瑰,觉得有块烧得通红的炭火在他心里落了下来,他听见了呲呲的声响——那是皮肉烧焦的声音。他只觉得这个叫赵小芬的女人在这个屋子里埋下了无数块这样的炭火,他走到哪里都有被烧焦的危险,他简直防不胜防。

于是他在冰箱上贴了一张字条。

"请收好卫生间里的东西,卫生间不是你一个人的。"

第二天他下班回家,发现缝着蕾丝和玫瑰花的内裤消失了,化妆品装进了一个有锁边的大塑料口袋,垃圾桶也清空了。冰箱上却出现了一张字条,就在头天他写的那张纸条之下。

"穿过的袜子不要丢在沙发上,沙发是公共场所。"

女人的字迹像是被一巴掌拍扁了的昆虫,模糊潦草,却还保持着一点恣意横行的意思。

当时他还不知道,这是他们漫长的隐身对话的开始。

后来冰箱上还持续不断地出现过许多张纸条。

"不要喂猫吃剩饭。下班带包猫食回来，一样的牌子。上次是我买的。"

"别光说猫食，上次的猫砂是我付的钱。"

"下班回家轻点，有人要起早。"

"上班关门别那么大声，有人还在睡觉。"

"提醒：明天是十五号。"

"房租塞你门缝底下了，丢了别赖我。"

很快那些纸条就排成了长长一支队伍，很奇怪，谁也没想起来把过期的那些揭下扔掉。

有时茂盛没事，端着一碗泡面站在冰箱跟前，一张一张地看着那些越排越长的纸条，心里竟有点想笑。这是两个人躲在错位的时间之后的喊话。不，是顶嘴。他说的每一句话，女人都会顶回来，不仅是内容，而且在句式，甚至到词语，很有点两国交兵寸土不让的意思。

而他们的猫，却每时每刻寸步不离地腻在一起。

小黑渐渐长大了些，就很是淘气起来，窗外每一阵风吹过，屋里每一声细微的响动，窗口射进来的每一块光斑，都是它信手拈来的玩具。实在没有东西可以牵绊住它的注意力时，它就会抓着自己的尾巴转，一圈又一圈。老黄蹲在小黑身边，看着它永动机似的片刻不停地跑来跑去，满眼都是慈祥和溺爱。老黄到茂盛家不过才几个月，茂盛还没见过老黄发情时的模样，也不知道老黄从前在街上生没生过崽。看它现在的样子，老黄似乎跳过了恋爱生子的阶段，直接成了祖母。

有时小黑玩腻了，就过来招惹老黄。小黑用糍粑一样大小的爪子，拍打着老黄的脸。老黄从不气恼，通常只是轻轻地摇一摇头，像轰苍蝇似的躲着小黑的爪子。有时实在烦了，就用牙齿咬住小黑的耳朵，以示警诫。其实那不是咬，更确切地说，那是含。老黄把小黑的小耳朵轻轻地含在嘴里，怕化了似的，小黑老鼠似的吱呀一声——是撒娇，老黄就松了口，伸出一条肥厚的舌头，开始舔小黑。老黄一天不知要舔小黑多少次，老黄的舌头有七七四十九种功能，是洗洁精、擦脸毛巾、镇静片、安慰剂、安眠药……小黑安然享受着老黄的爱抚，既不推让，也不俯就。

老黄对茂盛的被子已经彻底失去了兴趣。老黄现在在沙发角上睡觉。老黄睡觉时把身子摊得很开，把自己做成世上最柔软舒适的一张床。小黑则把身体蜷成一个小球,尾巴钩成一个黑白相间的圆圈——就像它还在母腹里的样子,枕着老黄的手臂,贴着老黄的肚皮,安然入眠。看着小黑睡觉的样子,茂盛不知怎么的就想起了桔子,却又不知道这两件事中间到底有没有一毛钱的关系。

有一天,茂盛正睡着懒觉,被一阵声响惊醒。开门一看,小芬穿着一身棉睡衣,大马猴似的站在电磁炉跟前炒鸡蛋。热油里落进了水,油花炸得噼里啪啦,音响开得惊天动地,某个黑人歌星正在声嘶力竭地吼着一首谁也听不懂的歌。茂盛咳嗽了好几声,小芬才听见,回过头来看到他,见了鬼似的跳了起来。

"你怎么,没上班,今天?"她问。

"车坏了,老板拿去修了。"他大声喊叫着。

她就把音量调低了些。

"我以为屋里没人。"她说。

茂盛说:"这响动,你耳朵受得了?"

小芬说:"不吵,一点也不。"

小芬关了电磁炉,鸡蛋已经炒老了,焦糊糊的,很难看。她从锅里舀出一碗粥来,吃一勺粥,夹一筷子鸡蛋。鸡蛋吃了半口,又把剩下的那半口递给了坐在她脚下的小黑。小黑是吃猫粮长大的,不吃人食,偏过头去不予理睬。她又把那半筷子鸡蛋伸到老黄嘴边。老黄吃过人食也吃过猫粮,却对那鸡蛋兴趣索然,舔了一舔也把脸扭了开去。

"你不是不让喂剩饭吗?"茂盛说,说完就想起这是某张字条上的内容。

"大少爷!"小芬愤愤地骂道——她骂的是猫。

茂盛打开冰箱,拿出一瓶腐乳,递过去给她。

"在家没做过饭吧?连猫都不吃。"茂盛说。

小芬抬头斜了他一眼,说什么样的人就有什么样的猫,都嘴刁。

她毫不客气地打开瓶子,夹了一块腐乳出来,放到碗里,吃一口,喊一声咸。

她刚洗过澡,头发还没干,披散在肩膀上,滴滴答答地淌着水。她还没来得及化妆,洗去了脂粉的脸干净清爽,眉眼开阔,这会儿的她看上去几乎就是个中学生。茂盛忍不住暗自感叹:他娘的这化妆品到底是什么东西做的,怎么那么脏?

这身棉睡衣底下穿着的是那条黑色的缝着蕾丝的内裤吗?那朵玫瑰应该落在身体的哪个部位?茂盛想。挂在衣架上时,它仅仅是条内裤。而当有一个胴体可以落实的时候,感觉突然就不同了。

茂盛的脸有点热。

"其实，你不化妆，挺好。"茂盛听见自己说。

这话没经过脑子就直接跳到了舌头上，说完了，他就后悔。轮得着他说吗，这话？他和她算个什么交情？纵使他们交换过了一万张纸条，他们依旧是两不相干的陌生人。

小芬撇了撇嘴，说："不化妆能行吗？谁能找你？人人都把你当孩子。"

茂盛这才明白，对于这个叫赵小芬的女人来说，化妆的目的跟世上居多的女人都不一样。别人是想靠化妆来遮掩年纪，她却是想靠化妆来遮掩年轻的。

"你是想问我做什么工作的，是吧？"小芬问。

茂盛的脸又是一热。这个女人像是他肚子里的蛔虫，总能抢先一步猜出他的心思。他其实是问过大头的，大头说不清楚。大头跟小芬并不真熟，是朋友的朋友辗转介绍的。大头只知道她是安徽人，来温州快一年了，换过很多份工作。

"想问你就问。"小芬说。

"我没想问。"茂盛瓮声瓮气地回答。

"不问你别后悔，就这一次机会。"小芬依旧嬉皮笑脸。

"我后悔个屁。"茂盛说完了，又为自己的口吻懊丧。他听上去几乎有些在意。

"哎，我说那个的哥兄弟，你怎么那么闷？懂不懂什么叫玩笑啊？"

小芬从兜里掏出烟盒，点上了一支烟。

闷？

茂盛心里一惊。从前桔子也这么说过他。他一直以为桔子变心是因为他家里穷，可是祥庆的家境也没比他宽松多少。兴许，桔子是因为祥庆爱说爱笑会哄人？

茂盛就想笑一笑。可是刚才那一下绷得太紧，脸还硬着，像没化透的冻肉。要是有镜子，他知道这时的笑容肯定夹生。

"放松点，别太把自己当真。"小芬又抽出一支烟，朝茂盛扔过来，"别告诉我你不会抽。"

茂盛就着小芬的烟头，点着了火。从前他跟着哥哥跑码头贩鱼的时候，就学会了抽烟，只是没上瘾，说不抽就不抽了。这一口烟进了肚子，他以为久违的味道会勾出从前的那些记忆，可是时过境迁，两股烟走的是不同的道，既不相识，也没相遇，彼此只是陌生。

他抽烟的样子很古怪，一气连抽两大口，然后在肚腹里憋着，待到憋足了劲道，才慢慢地从鼻孔里逼出来，逼出一串圆圈。那圆圈刚开始时很紧很圆，后来就渐渐地懈了劲，变成一个个松松扁扁的椭圆，最后在天花板上撞碎了。

这是哥哥教给他的魔术。

小芬见了，忍不住咯咯地笑了起来。

"没想到你也有这一招啊，的哥。"她说。

"好吧，你告诉我，你是做什么的？"茂盛把一根烟抽到了头，终于问。

小芬站起来，把脏碗哗啦哗啦地扔进了水池子：

"晚了。我说话算数，就一次机会。你算是错过了，哥。"

那天之后，又是很长一段时间，他们彼此没有再照过面。后来茂盛发现小芬趁他上班的时候，往家里带过人。

最初的迹象是茶几上出现的一个眼生的金属烟灰缸。

小芬自己有一个烟灰缸，是玻璃的，吹成一朵敞口的花。小芬抽烟的时候，走到哪里，就把那朵花端到哪里。小芬从来不用别的烟灰缸。

又过了几天，茂盛倒垃圾的时候，发现街角收集垃圾的那个塑料桶里，有一只熟悉的垃圾袋。那个袋子上印的是一家超市的名字。这家超市是大头的一个朋友开的，不久前关了张，就把压在库里的购物袋拿出来分送给朋友做垃圾袋使。茂盛手里的垃圾袋撞到那只垃圾袋的时候，发出一声硬硬的声响。茂盛好奇，就打开那只袋口，发现里头是五只空啤酒罐。

还有一天，小芬忘了清空沙发上的那只烟灰缸，茂盛数了数，里头躺着十八只烟蒂，不同的牌子。

从那天起，茂盛就开始留意垃圾袋里的内容。渐渐地，他可以从啤酒罐和烟蒂的牌子和数量上，大致判断出家里来过几拨人，那些人又待了多久。

他开始猜测她在家里会和那些人做些什么事，趁他不在的时候。想着想着，也不知怎么的，脑子就拐上了一条歪路。她和他们一起抽烟，喝酒，或许还有……是在她的床上？还是在沙发上？抑或是地板上，像好莱坞电影里的那些男女那样？那条缝着蕾丝和玫瑰花的丁字裤，是好戏上演之前的最后一块幕布。幕布不是戏，可是戏却总要经过幕布那道关口的。所以她在一切事情上都可以如此潦草，漫不经心，却唯独肯花心思挑选了这么一块精致的幕布。

她和她带进家来的那些人开始闯进他的夜梦。她的面目始终是模糊的，他到现在也没能真正记起她的相貌，因为他只见过她两面，而这两面又是彼此打着架，毫无相似之处的，但他却感觉她开始操控他的情绪，她和她那条黑色的绣花内裤。有几次他甚至萌生了趁白天没客的空当，偷偷开车回家把他们逮个正着的想法。有一次他甚至已经把车开到了家门口，最终还是冷静了下来，没有进去。她不是他的婆娘，也不是他的未婚妻。他们甚至不是朋友。他只是她的房东。不，从法律的意义来说，他甚至算不上是她的房东。他不是来抓奸的，他仅仅是要提醒她一个房客应该恪守的规矩。

就在发现茶几上那只陌生烟灰缸里有十八只烟蒂的那一天，茂盛理直气壮地在冰箱上贴出了一张条子。

"不要往家里带人。"

其实这张条子已经在他脑子里酝酿了一阵子了。它最初的版本是：

"请不要随便往家里带陌生人。"

后来又改为：

"请不要随便往家里带人。"

再后来又改为：

"请不要往家里带人。"

等到最终的版本出现在冰箱上时，字数已经比初稿减少了将近一半。

茂盛删去了"请"字，因为这个字会把要求变成请求，而只要是请求，就必须接受遭到拒绝的可能性。"随意"和"陌生人"两个词，也会招致诸如"没有随意""不是陌生人"之类的反驳。他必须在所有的漏洞还没有成为漏洞的时候预见到漏洞，并把它们一一堵死。读中学的时候，他的数学成绩不错，老师曾夸过他有逻辑思维能力。现在他才知道了逻辑思维是个什么玩意儿，可惜他对读书的兴致始终寥寥。

让茂盛踌躇许久的，还不只是这张字条的内容，而是该如何应付这张字条可能出现的回应。

假如她的下一张字条是："你凭什么说我带了人？"他该如何回应？他总不能告诉她：他每天在臭气熏天的垃圾口袋里翻找空啤酒罐，并且用钳子一一夹出烟蒂，以确定它们的准确数目。

而那个陌生烟灰缸里明明白白地躺着的十八只烟蒂，像一根不锈钢的脊梁骨，让他终于可以理直气壮地提出他的要求。

他期待着她的回应，可是她固执地沉默着。他最新的一张纸条之下，第一次出现了长久的空白。

他以为她理屈词穷。他以为他逻辑思维的铁手已经捏住了她的短处，他终于占了上风。他只是不知道，那个他以为理屈词穷了的女人，依旧在做着她时常做的事情，只不过找到了更巧妙的方法，来销毁身后遗留下来的踪迹而已。

后来他还是从垃圾口袋里找到了几个空啤酒罐和烟蒂，但数目已经大幅度下降，和她一个人的消费量基本相吻。

终于懂规矩了。他想。

他就渐渐放松了警惕。

有一天茂盛载了一个客人，下车的地点就在离他住处很近的地方。放下客人之后，茂盛突然感觉睁不开眼睛。那天的午饭吃得太饱，他感觉异常困倦。路上没地方可以停车，他就想回家眯几分钟。

他蹑手蹑脚地开门进了屋。他知道小芬平常是下午四点多钟上班，这会儿说不定还在睡懒觉，他不想惊动她。其实，他是不想面对她。自从他贴出那张"不要往家里带人"的字条之后，冰箱的门上再也没有出现过新的字条。她异乎寻常的沉默不知怎的竟然使他感觉忐忑——他宁愿她辩解一句，甚至激烈地反驳。可是她没有。很奇怪，理亏的是她，不安的却是他。

家里很安静，老黄和小黑在沙发上睡午觉。小黑今天换了一个姿势，不再枕着老黄的胳膊，而是爬上了老黄的肚子。老黄的身子依旧摊得很开，小黑的身子依旧蜷得很紧。老黄轻轻地打着呼噜，身子一起一伏，像微风里的一汪海水。小黑如同水上的一只小船，随着水波纹一会儿高一会儿低，海和船都很惬意。

茂盛在床上躺下，本来是想睡十五分钟就走的，可是一合眼就睡过了头。脑子在一遍又一遍地催促着身子："起来，赶紧起来吧。"身子却用三倍的力气抵挡着脑子："两分钟，再睡两分钟。"

后来他隐隐约约听见厕所里有些响动——是有人在撒尿。声响很沉，咚咚咚咚的，不像是女人。他的神经触角只张开了几秒钟，又很快缩了回去——困意压倒了一切。

也不知过了多久，他被一阵尖锐的声响惊醒，像是什么物件摔碎了。紧接着，他听见了一个女人的叫喊："变态啊，你这个猪！"女人的叫喊很快被一个男人的吼声盖住了："这个价码，你还嚷什么嚷！"

屋里安静了片刻，女人的声音又响了起来，这次，像是让被子蒙住了嘴，呀呀呜呜的，听见了，却听不真。

茂盛一下子醒利索了，鞋子也没顾得上穿，光着脚踹开了小芬卧室的门。

屋里一片狼藉，劣质烧酒的味道刺鼻，地板上到处撒满了烟蒂和闪闪烁烁的玻璃碴子——是小芬的烟灰缸碎了。一块碎片扎进了墙里，扎得很深。

床上叠着两个人。不，确切地说，是一个男人骑在一个女人身上。男人很肥，肚子上的赘肉一叠一叠的，几乎覆盖住了女人的大半个身子。女人唯一露在外边的,是两条白鱼一样的细腿。

那两人看见他,同时吃了一惊,倏地坐了起来。女人扯过被子捂住了身子,男人滑到床沿上,慌慌张张地套着裤子。

"你是谁?"茂盛大声喝问。

"这个你得问她。"男人指了指床上的女人说。

男人这时已经穿完了裤子。有了遮挡之后,男人的语气里就有了几分镇定,甚至几分油滑。

"滚!"

茂盛喊出这个字,马上知道他的声带撕裂了,因为喉咙里泛上一股隐隐的血腥味。他看见男人的目光落在他的手上,突然蔫软了下去,像猪油见着了火。他这才醒悟过来,原来他手里捏着一把锤子。他已经想不起来他是在哪里找到这把锤子的。

男人贴着墙从他身边溜了出去。溜到门口的时候,咕咕哝哝地说了一句:"你情我愿的事,爹娘也管不着。"

男人砰的一声带上门走了,屋里安静了下来,静得几乎可以听得见灰尘被搅动起来又渐渐落地的声音。茂盛期待着女人说话。羞愧,感激,道歉,解释,或者哪怕仅仅是哭泣。可是女人没有。女人只是把下巴栽在两个膝盖中间,怔怔地盯着窗户,一动不动地沉默着。窗帘没关严实,正午的阳光从缝隙里钻进来,在地板上投掷下一把白色的长刀。女人脸上的化妆品被汗水扫出一行行的沟壑,像雨淋过的灰土地。

茂盛把锤子咚的一声扔在地板上,转身走了。

"你给我搬出去,马上。我不想再看见你。"茂盛说。

晚上茂盛下班回家,推门进屋,小芬没走,正坐在饭桌旁边等着他。

桌上摆着两菜一汤。菜是清水煮虾和西红柿炒鸡蛋,汤是海米冬瓜汤。鸡蛋这次没有炒糊,黄灿灿的,挂着油光。

"我吃过了,这是给你的。"小芬说。

女人的脸洗过了,可是茂盛总觉得那上头依旧留着一道道污渍,白的,红的,黑的……茂盛便知道,有的脏是任多少水也洗不干净的。

"大哥,我能不能,再住一宿?"女人怯怯地问。

"我不是你大哥。"茂盛说。

"茂……茂盛,大哥,晚上我没有地方去,明天我一定走。"女人说。

茂盛没有吱声。

"你吃饭。"女人把筷子塞到他手里。

"我吃过了。"茂盛瓮声瓮气地答道。

女人站起来，默默地收拾了桌子上的饭菜，进了厨房。厨房里响起了锅碗瓢盆的碰擦声，小心翼翼的。接着，茶壶发出了嗡嗡的振颤——女人在烧水。

茂盛倒出猫粮，给老黄和小黑喂食。平常这个时候，小芬应该已经出门上班。从一开始他们就说好了：她管中午这一顿，他管它们的晚饭。

也许她中午忘了喂它们，老黄和小黑看上去都很饿。小黑冲了上来，身子横在碗边，挡住了老黄，猫粮的硬颗粒在小黑两排牙齿的挤压下发出尖锐的碎裂声。小黑吃起食来脖子一扭一梗的，仿佛每一口食物都长着一条尾巴，或是一根骨头，它需要舌头牙齿嘴巴和脖子的通力合作。

其实它完全防御不了老黄——老黄的一只爪子就可以轻而易举地把它扫出几尺远。小黑这阵子虽然长了些身个，可是论体积，它远不是老黄的对手。也许它一辈子也成不了老黄的对手，可是它不需要。它知道它不需要用体力来征服老黄，它的一个眼神就能把老黄化成一摊黄泥浆，从第一眼起，它就已经把巨兽老黄绕在了自己的指尖上。

老黄蹲在小黑身后，静静地看着它一口一口地吃着饭，两只眼睛眯成两条满足的细缝，只有尾巴暴露了目光里所没有包含的内容。老黄的尾巴在一下一下地拍打着地板——那是来自肠胃的饥饿呼喊，脑子和心都管不住。

小黑终于吃完了，开始用小爪子洗脸。老黄这才起身朝那只碗走去，走到一半的时候它又犹犹豫豫地停住了，回过头来轻轻舔了一下小黑的脊背，仿佛在问："你真的吃饱了？"见小黑没搭理，它才蹲下巨大的身躯，放心地吃了起来——这时的猫碗已经空了一大半。

"贱货！"茂盛用脚尖轻轻踢了一下老黄。

"明天你就自由了，想什么时候吃就什么时候吃，想吃多少就吃多少。"他对老黄说。

茂盛在沙发上坐下，拿出那只他花了三百块钱修好的手机，开始玩军棋。军长师长旅长团长营长，大官吃小官，工兵排地雷……那是他玩了一整个孩提时代的游戏。大头笑他没断奶，殊不知这却是他开了一天车之后最不耗脑子的休息方式。

女人端着一个木盆从厨房里出来，把盆放到他的脚下——是一盆热气腾腾的水。女人拖过一张板凳坐下，就来扒茂盛的袜子。茂盛吓了一跳。

女人把茂盛的脚按进水里，茂盛不情愿地挣扎了一下，可是水很情愿，漂浮着中药末的水生出一万条温软的舌头，轻柔地舔着茂盛踩了一天油门和刹车的脚。那脚一秒钟前还是一块硬冷的石头，这会儿却跟棉花糖似的化在了水里。接着，腿也跟着化没了。

"你问过我到底是做什么的，我是个洗脚妹。"小芬说。

他早该猜到的。她这样的女人，除了发廊和按摩院，还能干些什么？

"我给你好好洗一次脚，今天，多亏了你。"女人的话论道理应该是感激的意思，可是不知怎的听起来不像——至少不完全像。

"你带多少人来过这里？"茂盛问完了才意识到，这句话他已经憋了整整半天，从中午到现在。

女人的眉头轻轻地蹙了几下，仿佛在进行一次艰难的心算。

"没数过。"女人终于说。

"那些人，都是你店里的客人？"茂盛追着问。

"都是我洗过脚的，我觉得稳妥的，才敢带回来。"女人说这话的时候，没看他。女人只是看着他的脚。

茂盛的脚在水里颤了一颤。她已经成功地把他变成了一个她洗过脚的男人，就在这一刻。

"今天这个，也算稳妥？"茂盛冷冷一笑。

女人没吱声。女人把他的一只脚从水里捞出来，搁在她的腿上，擦干了，抹上油，开始揉搓。他没想到女人在家里也收藏着全套的洗脚工具。在他不在的时候，她还给多少男人洗过脚？

女人的腿并不丰腴，他的脚隐隐觉出了底下的骨头。他想起了她那两条露在那个猪一样肥壮的男人身下的裸腿。他没看过女人的身份证，他不知道她的确切年龄，兴许她还是个没完全长好的孩子。

可是这一切都将和他毫无关系，这个女人，连同她的年纪，她的蕾丝内裤，还有她全套的洗脚工具。因为再过一夜，她将彻底淡出他的生活，连个水印子都不会留下。

女人的手法一看就是没经过正规培训的，女人丝毫也不在意经络穴位，女人规避了一切可能产生疼痛的途径，女人只求用最少的力气抵达最大的舒适。

可是他感觉受用。

"他是熟客……今天，是我不让他用我的烟灰缸……惹翻了……"

茂盛发现自己的思绪开始断片，女人的五根手指已经把他轻而易举地引入了清醒和睡眠中间的那个灰色地带。

"我弟弟要换肾，医药费二十万……"

茂盛知道，这是一个苦情戏的开场。他希望睡去，因为那是最安全的一种抗拒。可是他的耳朵不肯和他的脑子配合，耳朵大大的，睁着眼睛，他发觉自己在听。

"我妈生了五个女儿,才有了这个弟弟。我爸说他要捐一个肾,剩下二十万医药费,五个姐姐都出去挣,年底各带四万回家。"

"我爸把我们送上火车的时候,交代我们,不用告诉他钱是怎么挣的。"

茂盛怔了一怔。他妈送他到火车站的时候,也留下了话。他妈的话是:"挣不来钱就赶紧回家。"

当然,他没有一个需要换肾的弟弟,也没有一个需要献出一个肾的爸爸,因为他的爸爸已经变成了一坛子灰,埋在村后的一片山坡上。

"那些人,一次给多少钱?"茂盛问。

茂盛其实是想问"给你多少钱"的,话走到舌尖的时候,舌头自作主张扣住了那个"你"字。有那个字和没那个字,意思是大不相同的。有那个字的时候,他打听的是人,而没那个字的时候,他打听的是事。

"最少五十,偶尔一百,就像今天这个。"女人的神情和语气里没有任何波纹和皱褶,仿佛她仅仅是在比较着某种货物在不同超市里的价格。

现在他终于明白了,为什么赵小芬如此着急,几乎没有认真还价就同意租下了这个房间:她图的不是便宜,而是他白天不在家。他从她那里收取的房租是五百五十块钱,也就是说,用这个价格,他其实每个月可以和她痛快十一次。隔两天一次。

原来女人的身体竟然如此便宜。

可是她却从来没跟他开过口,连个暗示也没有。她明明可以用十一个急匆匆的夜晚,抵销一整月的房租的。哪张床上不是睡呢?皮肉大多是不认床的,尤其是她这样的皮肉。

"那酒呢?酒不算钱?"他又追着问。

小芬迟疑了一下,才说:"超市啤酒减价的时候,一块钱三罐。我大姐说男人喝点酒后,能……能痛快些。"

痛快?是给钱的痛快,还是……茂盛为自己的联想感到无耻。他知道自己在占着她的便宜——占着她的理亏,或许还有,占着她的感激。可是理亏和感激是橡皮筋,弹性再好也有扯断的时候。他不能毫无限制。

女人的表情只是安然。冰箱门上那些字条上表现出来的毫厘不让的斗志,此刻已经荡然无存。

"为什么还要抽烟?不能省一省吗?"茂盛说。

"抽了烟,日子好过些。"女人说到"好过"两个字的时候,咧嘴笑了,茂盛发觉她的门牙已经染上了一丝黄渍。

女人终于把他的脚洗完了,每一根脚趾每一寸皮肤都得到了慰抚。脚失去了重量，坠不住身子，他觉得他有些飘浮。

"还短多少，离四万？"他听见自己问女人。

这话听起来像某种暗示，他一下子警醒了。水是迷魂汤，女人的手指也是，脚一离开水和女人的手，立时就清醒了，他重新落到了地上。他有他的日子，她有她的。她的苦情戏或许很真，可是他不想在里头扮演角色，哪怕是最不起眼的一个。

"还短四千，眼看就到年底了。"女人站起身，捶了捶腰。女人的这个动作叫她一下子从中学生变成了祖母。

"注意点，安全。"茂盛说完这话，急急地就往自己的房间走去。女人的眼神和话语都生着千万根看不见的线，像暗夜里结的蜘蛛网，他一不小心就有可能绊在里边。他得尽快逃离。

"茂盛，大哥。"女人从身后犹犹豫豫地叫住了他。

"我明天搬走，离月底还差六天。月租五百五，算到每天就是十八块三。你能退我一百一十吗？就算顶我今天给你洗脚的费用。"女人说。

女人说这话时声气理直气壮，没有丝毫的扭捏和不安。

蠢猪！

茂盛暗暗地咒骂着自己。女人之所以给你捏脚，不是感激，不是愧疚，不是难堪，甚至也不是解释，而仅仅是为了那一百一十块钱的房租。女人到底给多少人下过这样的套子？又有多少个像他这样的蠢猪，睁着眼睛落进了套中？

茂盛从口袋里数出几张纸币，扔在地上：

"明天，你一定走人。"

茂盛第二天下班回家，不用推那个房间的门，就知道赵小芬已经搬走了，因为他看见冰箱上贴的那些浸泡着各样情绪的字条已经全部不见了。曾经密不透风的冰箱门，一下子赤裸了，看起来有些陌生。他觉得屋子很大，大得似乎可以感受到风。

她在这里住了两个多月，在这期间他总共见过她四面。不，他总共才见过她两面，因为另外那两面她是化着浓妆的，他看见的不是她，而是一堆脂粉。其实平常他下班回家时，她也不在，可是那些字条总在隐隐约约地提示着她的存在，给了他某种错觉，总以为他并不是一个人。

他发现沙发左边的那个扶手上，新盖了一块手帕。那是她留下的，目的是遮掩底下那个被烟头引烧出来的大洞。这个沙发是屋主的旧物，茂盛搬进来时懒得动，就留下了。他，还有后来的她，都对扶手上那个昭著的疤痕熟视无睹，因为他们从来也没有把这里真正当作过家。而在她走的时候，她却突然想起来遮掩这块丑陋——替他。

他拿起那块手帕看了一眼，是一块白色的亚麻织物，应该是新的，还带着未经洗涤的挺括。她对一切都是那样的潦草和漫不经心：被油垢沾成一团的头发，被脂粉修改得面目全非的脸蛋，脏得辨不出颜色的手提包，还有包里那些同样脏得辨不出颜色的纸币……可是，这块干净的、白色的、还带着浆味的亚麻手帕，却在提醒着他：她其实也可以不潦草，或者说，她甚至还可以上心。

他不由自主地联想起那个被摔成了一万块碎片的烟灰缸。大凡是人，大概总得守着一两块干净的地盘，不许别人碰脏的。对有的人来说，那可能是母亲身上的味道；对另外一些人来说，那可能是老家门前的青石板路。对他叶茂盛来说，那可能就是桔子。而对这个叫赵小芬的女人——不，女孩——来说，兴许就是这块帕子，还有那个吹成一朵花样式的敞口玻璃烟灰缸。她可以把身体最隐秘的通道打开来，由着人进进出出，却无法容忍别人和她共用一只烟灰缸。

多么奇怪的洁癖啊。茂盛想。

老黄今天一反常态，没有到门口迎接他，而是蹲在墙角默不作声。茂盛走过去抚弄它，它无精打采地看了他一眼，却没有退后。它任由他把它的毛揉乱了，再顺平；顺平了，再揉乱。茂盛突然觉得老黄的皮松了一些，他的指头竟能夹起一叠。

早上搁在碗里的猫食，几乎没动过。茂盛又换了半碗新鲜的，送到老黄跟前。老黄闻了一闻，依旧没动。茂盛突然醒悟：从前老黄总是等着小黑吃完了才过来的，老黄的每一顿饭都是由小黑开场。没有了小黑，老黄竟然不知道如何吃饭了。其实在有小黑之前，老黄也是孤单的。只是有过了小黑的孤单，和没有过小黑的孤单，又是很不一样的。

"你总得习惯一个人吃饭。"茂盛拍了拍老黄的头说。

这天睡到半夜，尿急，茂盛起床上厕所，突然发现老黄蹲在窗台上，仰着头，怔怔地盯着窗外。刚开始茂盛以为它在看路边的树。时已腊冬，树叶早已落尽，露出枝丫间一只乌蓬蓬的鸟巢。老黄爱鸟，从前也时常蹲在窗台上看麻雀从树枝间飞来飞去的。那时的树枝叶茂密，鸟巢藏得很深。这会儿鸟巢裸露着，却不知里头是否有鸟雀栖息。没有风，光秃秃的枝丫和孤零零的鸟巢像纸剪的景致，边角犀利，纹丝不动。

过了一会儿，茂盛才明白过来，老黄不是在看树，而是在看月亮。月已经圆了一大半，澄澈透亮，照到哪里，哪里就像抹了一层清鼻涕。

老黄的眼中也有一层那样的光亮。

那是眼泪。

在接下来的三天里，老黄一直不吃不喝，一动不动地蹲在墙角。茂盛去宠物店买了一个湿肉罐头回来喂它，它只轻轻舔了一口，就作罢了。老黄平日最爱吃湿肉罐头，只是罐头太贵，茂盛没舍得买。

我拿什么来拯救你，你这个大傻瓜？

茂盛无可奈何地叹息着。

茂盛打开电磁炉烧水，正准备煮面，突然发现蹲在墙角的老黄耳朵抖索了一下，喉咙里发出一阵低沉的呜咽声。顺着老黄的目光望过去，茂盛发现在半明不暗的路灯光亮里，外边的窗台上出现了一团模糊的黑影。那团黑影先是圆的，后来就变长了。它把自己拉成细长的一片，紧紧地贴在窗户上。紧接着他听见了一阵刺啦刺啦的声响——是黑影在抓窗。

老黄的身子一下子紧了起来，纵身一跃，嗖的一声跳到了窗台上。老黄猝然醒了，仿佛刚刚经历了一场漫长的冬眠。几乎是同时，老黄和窗外的那团黑影各自伸出了舌头，疯狂地舔着对方——隔着一层窗玻璃。它们的口涎在沾满灰尘的玻璃上清理出一大一小、一里一外两个干净的蒸腾着热气的圆。茂盛终于看清楚了，窗外的黑影是三天前离开的小黑。

茂盛刚把门打开一条缝，小黑就迫不及待地把自己的身体挤了进来。茂盛下意识地看了看小黑身后——路上没有人。

小黑冲进屋时用力过猛，身体一下子失去平衡，滑倒在地上。小黑挣扎着想站立起来，却没能站稳，茂盛这才发现小黑瘸了一条腿。小黑的身上沾满了草秆和泥沙，皮毛脏得起了结子，前爪的肉垫上扎进了几根刺。茂盛拿过一块湿布来，正想擦一擦小黑的身子，老黄咆哮着冲过来，挡住了茂盛的路。老黄的毛根根竖立如针，茂盛在它的眼神里看见了丛林和火焰。

茂盛明白了，老黄也有自己的地盘。小黑就是老黄死守着的那块干净地儿，容不得别人闯入。清洗和疗伤只能是老黄的事，他插不进去。

等他煮完一碗挂面出来，小黑已经是一个湿淋淋的线团，一路沾染的泥尘已经随着口水吞咽进了老黄的肠胃。小黑簌簌地发着抖，大概是饿，也许是冷，一只前爪蜷缩在胸前，正在大口享用猫碗里的湿肉。湿肉放久了，已经结了一片泛白的硬皮。它吃饭的样子依然如故，一梗一梗地扭着脖子甩着头，仿佛湿肉里藏着尾巴，或是骨头。老黄蹲在它身后，静静地看着它，两眼眯成一条细缝，尾巴一下一下地敲着地板，仿佛在为小黑的舞蹈打着节奏。

小黑吃了一半，突然停住了，似乎想起了什么。犹豫了片刻，才一瘸一拐、恋恋不舍地离开了猫碗。老黄起身，朝猫碗走去，在它们相互交错的那一刻里，老黄习惯性地停住了，扭头看了一眼小黑，仿佛在问："你真的……吃饱了？"小黑没有回头。老黄这才蹲下来，将自己下半身的重量安然地放置在地板上，开始低头吃饭——这是三天以来老黄第一次进食。

老黄很快吃完了那半碗湿肉，茂盛又添了一碗干食。老黄再次回头看了一眼小黑——那是呼唤。小黑站起来，慢吞吞地走了过来。小黑坐在碗的那头，老黄坐在碗的这头，老黄没退，小黑也没抢，它们各自吃着各自的饭，猫粮干硬的颗粒在它们的齿间发出尖厉的碎裂声。

终于吃饱了，它们躺在猫碗旁边的地上睡着了。它们都已经精疲力竭，甚至没有力气将身体挪移到沙发上。温暖和饱足像一层丝绸裹着它们的身体，将它们瞬间推入睡眠的深谷。小黑既没有枕在老黄的胳膊上，也没有爬在老黄的身上。小黑不再蜷成一个紧紧的球，它把自己的身体肆无忌惮地摊开了，像老黄那样，露出一片粉红色的肚皮。茂盛惊奇地发现，小黑几乎是一只大猫了。小黑和老黄脸对着脸，鼻子挨着鼻子，四肢相触，搭成一个一头小一头大的圈圈。

茂盛掏出手机，发出一条短信息："小黑在我这里。"

可是他一直没有收到回复。

茂盛下班回家，看见门前坐着一个人，正靠在一只箱子上睡觉。那人的头埋在臂弯里，他看不清脸，衣服和箱子他却是认得的：衣服是一件脏得泛着油光的桃红色腈纶棉外套，箱子是一只拉链已经爆开的蓝色拉杆箱。

是赵小芬。

她睡得很沉，当他把她推醒时，她嘴角上挂着一丝口涎，一副不知身在何处的蠢相。她的脸依旧脏，倒不是化妆品，而是尘土。

他知道她会过来的，只是没想到她会不打电话直接来了。

他打量了一眼她的拉杆箱，不知道该不该让她进屋——她给他下过的套子尚记忆犹新。

她看出了他的犹豫，就笑了，说："大哥，我不会给你添麻烦的，我已经买好明天早上的动车票回家。"

他吃了一惊，问："你挣够钱了？"

她离开这里才四天。假如她没有在路上踢到一个金元宝，她得洗多少双脚，经手多少个男人，才能挣够那四千块钱？

"我大姐来电话，把我短的那份也挣出来了。"小芬说。

茂盛犹犹豫豫地把女人让进了屋。女人走在他前面，佝偻着腰，一只手护着肚子，身形有些古怪。他的心抽了抽，不由自主地产生了一串龌龊的联想：一间光线不足、四面透风的屋子里，一个即将失去一只肾的父亲出来开门。在朦朦胧胧的夜色中，他看见门口站着五个浑身尘土、体态臃肿的女儿。

女人一进屋，躺在沙发上酣睡的小黑突然惊醒了，呼的一声跳下来，呜呜地叫着，叼住了女人的裤腿，尾巴摇得像一阵风。

女人用脚尖钩起小黑，一下一下地晃悠着，嘴里喃喃自语："你这个……你这个……良心叫狗吃了的坏东西。我哪儿都找过了，怎么就没想到你跑这里来了。十站地，十站地啊，你怎么就认得路呢？"

老黄警惕地跟了过来，围着女人绕了一圈又一圈，鼻子里发出响亮的咻咻声。老黄的神情跟几个月前第一次见到女人时一模一样，可是茂盛知道，老黄的心情却大不相同：那次是狐疑和试探，这次是嫉妒和提防。

女人终于放下了小黑，解开外套，从里头掏出一个内容饱实的塑料袋，放到桌子上：

"我买了两个盒饭，油爆虾，挺香。"

茂盛这才醒悟，女人一直把盒饭焐在身上保暖。

"请你吃的，没毒。"女人见他不动，就把他推到了饭桌跟前。

茂盛想说他吃过了，可是他的肚子却发出了一阵不知廉耻的呼喊。

两人便坐下来，开始吃饭，却都无话。女人的额角一会儿鼓，一会儿瘪，那是女人的话在寻找出路。

"小黑是救了我一命的，因为我不想活了，那个时候。"女人终于开口。

又是一个，苦情桥段。茂盛想关闭一切感官的闸门，可是耳朵好像不是脑子养的，耳朵总在寻找任何一个时机悖逆着脑子的教管。

"那一天，我第一回带人回家。完事了，心里闷，就到街上散心……走一步，都疼。"女人断断续续地说。

"走到街口，风一吹，我突然醒了。天，这是我的第一次，我怎么就没给李云久呢？

"李云久住在我家那条街上，小学中学，我们都同班。他缠了我好多回了，每一次我都说，'等你找到了工作，再来找我'。到后来，我倒是把自己，给了一个连名字也不晓得的陌生人。"

"我怎么……这么傻呀，这么傻。"女人反反复复地说着同一句话，像是一架年久失修的唱机。

茂盛觉得一只虾卡在了他的喉咙口，往下咽往外吐都扎着喉咙，一样疼。

"那天我不知怎的，就走到了江边，越想越郁闷。这才是第一回啊，还要多少回我才能挣到四万块钱？我怕熬不到头，我不想熬了。我正要往栏杆上爬，突然有个毛烘烘的东西绊住了我的脚。我低头一看，是只猫。其实它哪是猫啊？看上去也就比一只老鼠大不了多少。我抱起来，它还盖不全我的手掌。我心想，哪个心狠的娘能扔下这么小的崽呢？我要是不救它，它活不过一个晚上。我就把它带回家来了。

"它太小了，还不会喝奶，我就去药房买了个针筒，往它嘴里推牛奶。后来它就活下来了。我救了它，它也救了我。"

茂盛不知说什么好。他是个的哥，一天到晚在路上走，他不知听过了多少个故事。他的耳膜，早已被各种各样的故事磨出了老茧，他自以为刀枪不入。他已经练就了一样本事：他总能用一两句话，或某种表情，甚至一声哼哈，来应对那些讲故事的客人，叫人觉得他在听，也听进心里了。而只有这个故事，这个叫赵小芬的女人的故事，叫他第一次感觉词穷。

"你这几天，都住在哪里？"半晌，他才换了个话题。

"同事家里挤一挤。"她说。

她说的并不是实情。至少，不是全部的实情。

她在同事家里挤了两夜，后来同事的男友来了，她只好去长途客运站的候车室里过夜。

"今晚你就在这儿睡吧，明天早上，我开车送你去车站。"他说。

她没有推辞。她的嘴唇轻轻地翕动了一下，他看得出来她还有话说。

"茂盛，大哥，你能帮我收养小黑吗？它现在大了，在背包里待不住。他们不让我……带上车。"她迟迟疑疑地说。

茂盛踌躇了片刻，终于点了点头："反正把它们分开了，两个都得死。"

两人便接着吃饭，又是一阵长久的沉默。

突然，女人扑哧一声笑了：

"大哥，我知道你看过我的内裤。"

茂盛从椅子上跳了起来。他想说的是"胡说八道"，可是话出口的时候，不知怎的却成了："你怎么知道的？"

"我晾内裤的时候，都是面朝外的，我妈说这样就不会沾上脏东西。可是那天我回家，发现裤子翻了个个，里朝外了。"

茂盛的面皮涨得赤红，烫得像点了一盏火油灯，汗水流下来，发出哗哗的响声。

他是一个窃贼，就在手里捏着赃物的时候，被人拿了个正着。他纵然有一百条簧舌，也找不到一个可以逃脱的借口。

"其实也没什么。我大姐夫在广东打工，我大姐常说男人一个人在外边，不好活。"女人说。

茂盛脸上的火油灯渐渐暗了下去，赤红终于褪尽。女人就有这样本事，能把最丑的东西摊在光亮底下，不动声色地说了，叫人觉得那不过是一桩每日都有可能发生的寻常小事。和女人身上那些幽暗的秘密相比，他的秘密算什么？大不了是一粒尘土。

"那你，为什么没找我？"茂盛突然有了胆气。这句话其实是句老话，在他肚子里已经捂了好几天了，差点捂出了霉味。

女人低着头，一下一下地撕着手指上被中药泡出来的裂皮。撕狠了，流出血来，就把指头含在嘴里咝咝地嘬着。

"因为你是好人。我不找好人。我不想你对不住日后你要娶的那个女人。"她说。

早晨茂盛开车送小芬去动车站。

"路上多长个眼睛，放点零票在身边就行了，别在人眼前掏钱包。"他叮嘱她。

她说知道了，钱已经缝在贴身口袋里了，钱包里只有五十块钱，应急。

过安检的时候，女人从手提包里拿出一个纸包，塞到他手里。

"一会儿再打开。难熬的时候看一眼，说不定好受些。"女人进了安检门，又回头补了一句，"我没洗。"

茂盛打开纸包，是一条内裤——那条黑色的，缝着蕾丝，绣着一朵红玫瑰的内裤。

茂盛抬起头来，大声喊着女人的名字。

"过完年，你还回来不？"

女人也许听见了，也许没听见，却没有回头。女人拖着那只拉链已经爆开的蓝色拉杆箱，融入了熙熙攘攘急于归家的人流。

（原载《花城》2017 年第 4 期）

作者简介：

张翎，海外华文作家。著有《劳燕》《余震》《金山》等。曾获华语传媒奖，华侨华人文学奖，《红楼梦》全球华文长篇小说推荐奖。

父亲的相好

晓　苏

1

　　我的父亲吕爽，年轻的时候帅呆了，身高一米八五，打篮球不用跳就能把球投进篮。他还读过高中，是当年油菜坡三个高中生中的一个。高中毕业后，父亲回家只种了半年田，就到村小学当了一名代课老师。他代的是体育课，成天领着学生打篮球。父亲皮肤光洁，四肢灵敏，动作矫健，穿着白短裤和红背心在操场上奔跑的身影特别迷人。据说，李采就是在看他打球时被鬼迷心窍的，然后就成了父亲的相好。

　　作为女儿，我本不应该这么口无遮拦地谈论自己父亲的风流韵事，而且多少也有点难以启齿。小时候，每当有人提起父亲和他的相好，我当场就要发怒，又是哭又是骂，还扑上去抓人家的脸。青年时代，听见有人说到他们，我马上会感到无地自容，什么话也不说，只顾着赶紧扭头走开。现在，我已人过中年，人间的事情，我看多了，也看穿了，也看淡了，再遇上有人讲起父亲和李采，我也没有脾气了，心情十分淡然。不仅如此，我还常常一个人回忆他们的往事，并生出许多的人生感慨。

　　李采也是村小学的老师，教音乐。她长一个小嘴，小得像个鹌鹑蛋，两个眼睛却差不多有鸡蛋那么大。李采能歌善舞，最拿手的曲目是《樱桃好吃树难栽》。她一个人在台上边唱边跳，一群人在台下不停地拍手喝彩。父亲是李采观众里最忠实的一个，听说他每次观看时都要往台上抛花。花是父亲随手从操场边上扯的，有迎春花，有牡丹花，有玫瑰花，还有油菜花。

　　父亲比李采小三岁。他去村小学代课时，李采已经结婚了。她的丈夫是邻村望娘山的人，当过兵，后来转业到十堰汽车制造厂，好像是一个电焊工。

李采的娘家在铁厂垭，也算是邻村。初中毕业后，她被推荐到县里读了两年师范，然后就分到油菜坡小学当了音乐老师。李采和电焊工是经媒人介绍认识的，只见过两次面就登记结婚了。电焊工比李采大很多，又瘦又黑，论外貌，一点也配不上李采。媒人说，只要李采嫁给了电焊工，很快就能调到十堰去。李采当时轻信了媒人的话，才勉强同意了这门婚事。结婚之后，李采才发觉上了当，不仅调动无望，而且与电焊工相聚的日子也少得可怜。除了寒暑假，李采基本上都在守活寡。

我至今没弄清楚，父亲和李采究竟谁是主动的。但有一点可以肯定，他们认识不到半年就好上了。小学后面有一个岩洞，口小洞深，冬暖夏凉，从前还住过红军。学校里人多眼杂，为了避人耳目，父亲和李采从不在校园里幽会，每次都去钻那个岩洞。他们的行动十分谨慎，去的时候总是兵分两路，回来也是一前一后。尽管如此，他们还是被发现了。一个周末的黄昏，父亲和李采又进了岩洞。完事后，他们正准备穿衣服，校长突然带着两个老师冲进了洞里。

那是上个世纪七十年代初，男女之间的那点儿事就像洪水猛兽，一旦暴露就会惊天动地。事发第二天，学校就开了父亲的批斗会。校长曾经学过木匠，便亲自动手做了一块木牌，用麻绳挂在父亲的脖子上。木牌上写着两个又粗又黑的大字：流氓。校长一直暗暗喜欢李采，就想保护她。他没让李采上台挨斗，甚至连她的名字都闭口不提。李采一直默默地坐在台下，深深地勾着头，没人能看见她的脸。父亲被批斗了一番之后，校长高声宣布，经过研究，学校决定开除吕爽的代课老师资格，从即日起回家种田。

校长话音未落，李采突然站起来了。她昂首挺胸地说："校长，请你不要开除吕爽老师，要开除就开除我吧！"校长不由一愣，黑着脸问："为什么？"李采毫不犹豫地说："这事是我主动的。"父亲一下子惊呆了，目光直直地看着李采，半天说不出话来。沉默了好一会，父亲才张开嘴，大声喊道："不，是我主动的，开除我吧，我今天就回家种田！"父亲话刚说完，校长连忙跟李采挥挥手说："既然吕爽都承认了，你还往自己身上扯什么？"

那天散会以后，父亲立即拎着行李离开了小学。当时已近中午，没有一个人留父亲吃午饭，也没有一个人送他。父亲独自走过他每天打球的操场，只有自己映在地上的影子跟着他无声地移动。快要走出校门的时候，父亲忽然听见有人从身后朝他跑来，急促的脚步声令他心跳加速。父亲停下来，慢慢回头，看见跑过来的是李采。

"你跑来做什么？"父亲吃惊地问。

李采没有回答，满脸都是泪水。她手上提着一个鼓鼓的布袋，好几处都被泪水打湿了。站定后,李采把布袋递向父亲。

父亲没接,疑惑地问,包里是什么?

李采抬起手背擦了擦眼泪,呜咽了一声说:"我给你织了一件毛衣,领口的几针刚刚才织好,你带回家等天冷了好穿。还有几个月饼,你在路上当午饭吃吧!"说完,她一把将布袋塞进父亲怀里,然后转身走了。

父亲抱着布袋,看着李采渐渐走远的背影,盘旋了半天的泪花终于化作泪水,一下子涌出了眼眶。

那一年父亲还不满二十岁,用当时流行的一句话说,就像早上八九点钟的太阳。如果不是有了相好,他的前途可能会一片光明,或者说前程似锦。然而,因为李采,这轮太阳刚刚出山就落下了。

事实上,李采为此也付出了沉重的代价。一开始,校长是想保李采的,连处分都没给她一个。但是,李采却没有领校长的情,不仅没投怀送抱,而且连感谢的话也没说一句。校长先是失望,接着是恼火,然后一气之下把李采的事汇报给了公社教育组。不久,教育组下了一纸调令,将李采调到了公鸡沟小学。那是一个又偏又穷的村子,离油菜坡有二十几里路,中间横着四座山包和三条水沟。他们把李采贬到那个鬼地方,显然是要让她远离父亲,以免两个人藕断丝连。

遗憾的是,男女感情这东西,并不是山水能够阻隔的。也就是说,父亲和李采的关系,并没有因为两人分开而中断,后面的故事还长着呢。

2

父亲从小学回到家里时,爷爷奶奶已听说了他干的好事。这种事情,传起来比长了翅膀还快。一夜之间,父亲和李采的故事就传遍了整个油菜坡。在口口相传的过程中,人们不断地添油加醋,增枝补叶,等传到爷爷奶奶耳朵里,故事已经有鼻子有眼了。有人甚至还描述了父亲和李采在岩洞里偷情时的叫唤声,说岩洞顶上栖息着一群盐老鼠,父亲和李采一叫唤,那群盐老鼠就吓得惊恐万状,满洞乱飞,展翅的声音哗哗啦啦响成一片,如同大闹天宫。

奶奶得知父亲的事情后,感到万分伤心。她虽然没文化,但知道这件事情将毁掉父亲的名声和前程。奶奶同时更加担心,担心爷爷把父亲打出个三长两短。爷爷脾气暴躁,从前父亲一闯祸,他总要把父亲痛打一顿。这次,父亲犯了这么大的事,奶奶想爷爷肯定不会轻饶他。况且,爷爷早就砍好了竹棍,只等着父亲从小学回来。

父亲拎着行李进门时，奶奶的泪眼还没干。她没好声气地问父亲："你回来做啥？"父亲当时还以为爷爷奶奶不晓得他的事，想了一下说："快过中秋节了，我送几个月饼给你们吃。"父亲一边说，一边掏出一个月饼递给奶奶。奶奶没接月饼，只用异常复杂的眼神看了父亲一眼，小声说："你爹打你的时候，该跑你就跑一下，不要……"奶奶话没说完，爷爷便举着竹棍从屋里冲出来了，脸色铁青，鼻子都气歪了。父亲还没反应过来，爷爷的竹棍已扑通扑通地打在了他的屁股上。但父亲没跑，一动不动地站在那里，让着爷爷打。爷爷边打边骂："你这个不要脸的东西，看老子不打死你！"爷爷一连打了几十下，直到把父亲打趴下来才住手。

回家第二天，父亲就和村里的社员们一道下地种田了。社员们看父亲的时候，眼神都是怪怪的，同时还议论纷纷。有人说，吕爽长得这么英俊，天生就是一个找相好的坯子。又有人说，他见过找相好的，但没见过像吕爽这么小就开始找相好的。还有人说，肯定是那个相好主动找的吕爽，听说她已结婚了，丈夫隔着几百里，远水解不了近渴呢。听着他们七嘴八舌，父亲总是一声不吭。不过，社员们并不因此歧视父亲，相反还高看他一眼。他们争着给父亲上烟，还要亲自给他点火。父亲本来不吸烟的，但他不吸别人不依。就在那段时间里，父亲染上了吸烟的毛病。

那年秋末，父亲满了二十岁。生日刚过几天，奶奶便开始请人给父亲介绍对象。爷爷起初并不积极，认为父亲岁数不大，等两年再找对象也不迟。可是，奶奶有她的想法。父亲回家种田以后，虽然人和李采分开了，但心还在李采身上。奶奶精明过人，父亲的一举一动都逃不过她的眼睛。李采临别时送给父亲的那几个月饼，中秋节拿出来吃了三个，剩下的父亲一直都舍不得吃，但他时不时会拿出来看上一眼，或者放在鼻头闻几下。李采织的那件毛衣，父亲更是把它当成心肝宝贝，只在过生日那天穿过一回，第二天就脱下来了，叠好放在枕头边，每天偎着它进入梦乡。奶奶认真地跟爷爷说，赶快给吕爽找一个吧，好让他早日收心。听奶奶这么一说，爷爷也就没有二话了。

父亲听说要给他介绍对象，一开始非常反感。媒婆们倒是十分热心，隔几天就会领一个姑娘来和父亲相亲。第一个来相亲的姑娘姓周，是洋竽坪的。她刚从前门进来，父亲马上就从后门跑了，连个照面都没打。第二个姑娘进门之前，爷爷警告父亲说："你要是再跑，小心老子打断你的腿！"这样，父亲才和人家见了面。但是，连续见了三个姑娘，父亲却一个都没看上。要说，那几个姑娘都不错，模样周正，手脚勤快，礼貌也不差，爷爷奶奶都说好。可父亲不同意，总是横挑鼻子竖挑眼，不是嫌人家脸黑，就是嫌人家腰粗，要么嫌人家屁股大。

第五个来相亲的姑娘名叫尚贤，家住十字冲。头天晚上，奶奶在睡觉前特意来到父亲寝室，语重心长地说："儿啊，明天见面的时候，你千万不要把人家跟那个老师比。要是人家比得上老师，那她会当你的老婆吗？"奶奶这番话对父亲触动很大，他感觉自己突然从半空落到了地上。次日相亲时，父亲比前几次热情多了，不仅看人时面带微笑，还亲自给对方泡了一杯茶。见面之后，媒婆把父亲叫到一边，小心翼翼地问："你觉得这个姑娘咋样？"父亲说，还行吧。媒婆顿时欣喜不已，猛地伸出一只手，朝父亲肩上一拍说："你总算看中了一个！"

那个名叫尚贤的姑娘，相亲不久便嫁给了父亲。第二年秋天，尚贤生下了一个女孩。那个女孩就是我。父亲给我取了一个很好听的名字，叫吕小布。

父亲和母亲的婚礼，虽然说不上多么排场，但办得很热闹，很喜庆。爷爷有点爱面子，尽管当时提倡移风易俗，但他还是请了喇叭班子，买了好多鞭炮，把每个门上都贴了红对联。母亲那天打扮得特别鲜艳，身上穿着红棉袄，头上包着红头巾，从十字冲抬来的嫁妆也是红的，红箱子，红桌子，简直红透了半面坡。母亲那天的心情也特别好，笑容一层一层地堆在脸上，仿佛伸手就能抓一把。然而，谁也没想到的是，在结婚的那天晚上，客人们走了以后，父亲和母亲正准备进入洞房的时候，有人突然给父亲送来了一床毛毯。

送毛毯的是一个骑自行车的小伙子，三十岁左右。"你为什么要送我毛毯？"父亲问。小伙子说："毛毯不是我送的，我只是替别人跑个路。"父亲一愣，问："那人是谁？"小伙子说："对不起，临走时那人交代过，只管把毛毯交给你，要我其他啥也别说。"小伙子说完，冷不防把毛毯塞在父亲手里，转身骑车走了。父亲急忙追上去，边追边问："请问你是哪里的人？"小伙子回头说："公鸡沟。"

一听说公鸡沟三个字，父亲立刻知道了送毛毯的人。毫无疑问，毛毯是李采送的。离开小学以后，父亲虽然没再见到过李采，但对李采的情况却一清二楚。村里有好几个小学生，父亲经常找他们打听。得知李采要调往公鸡沟的时候，父亲曾想过去送一下她，但爷爷看得太紧，没能送成。

父亲那晚抱着毛毯回到新房，母亲已经坐在床边恭候多时了。看见父亲进来，母亲显得格外兴奋。但父亲却神情恍惚，目光呆滞，进门后一直把毛毯抱在怀里，心思一点都不在母亲身上。

母亲深感不安地问，这毛毯是谁送的？

从前的一个朋友。父亲说，边说边用手抚摸毛毯，像抚摸一只宠物。

是个女的吧？母亲陡然变了声音问。

父亲先怔了一下，然后如实地说，是的。

母亲接下来就没再说话。父亲也没说话，仍然抱着那床毛毯。过了许久，直到发现母亲在流泪，父亲才把毛毯放下来。母亲的泪越流越多，像断线的珠子往下掉。父亲的心也是肉长的，顿时软了一下。他快步走到母亲身边，伸手要为她擦泪。但母亲没让他擦。她打开父亲的手，赶紧把脸扭开了。那天晚上，父亲和母亲差不多都是一夜无眠。他们各睡一头，和衣而卧，连手都没有挨一下。

新婚的第三天，父亲假装头疼去公社看病，趁机去了一趟公鸡沟小学。不巧的是，父亲那次没见到李采。学校头一天放了寒假，李采一放假就去十堰了。

3

八岁那年，我去了一趟公鸡沟。在那里，我第一次见到了李采。凭良心说，李采的确长得漂亮，不光是嘴和眼睛好看，其他地方也动人。

公鸡沟有煤，公社在那里开了一个煤矿。打我记事起，油菜坡每年都要派两个人去公鸡沟挖煤。父亲一直想去，但爷爷不让他出门。在我们家里，父亲只怕爷爷一个人。不幸的是，在我七岁那年冬天，爷爷突发心脏病去世了。爷爷一死，父亲就成了一匹脱缰的野马，再也没人能管得住他。父亲和村干部混得不错，爷爷去世的第二年，村里就把挖煤的指标分了一个给他。听说父亲要去公鸡沟，母亲和奶奶都反对，但反对无效。母亲又哭又闹，也没能把父亲拖住。

父亲出门后很少回家，我们常常一两个月都见不到他的影子。村里另一个去挖煤的人，每个月都要回家两三趟。母亲为此经常抱怨父亲，有时还偷偷地以泪洗面。奶奶觉得母亲有些可怜，曾让她直接去公鸡沟把父亲找回来。但母亲忍着没去。她不愿意去和父亲吵架，再说也走不开身。当时，我才上小学一年级，每天早出晚归。奶奶身体又不好，三天两头害病。除了要照顾我和奶奶，还要放牛，还要喂猪，还要养鸡，家里一刻也离不开母亲。

那年初夏，天气刚热起来的时候，奶奶突然病倒了。她躺在床上，一连几天不吃东西，脸都瘦成了皮包骨。母亲一下子慌了神，显得束手无策。就在这时，小学放了三天农忙假。母亲于是就派我去公鸡沟，让我把父亲找回来。

我那是第一次出远门，清早出发，一边走一边问路，下午三点钟才到公鸡沟。那是一条幽深的峡谷，两边的山峰一座连着一座。其中最高的那一座，形状极像一只大公鸡，连鸡冠都有。

煤矿正好在那只大公鸡的脚下。我老远就看见了一个巨大的黑洞，像一个张开的老虎嘴。洞口不住地有人进进出出，都戴着黄色头盔，手上推着翻斗车。我飞快地朝洞口跑去，心想，父亲肯定就在他们中间。我跑得浑身是汗，到洞口时衬衣都湿透了。可是，我站在洞口看了好久也没见到父亲。正在我着急时，我们村另一个挖煤的人推着一车煤从洞里出来了。我赶紧跑上去，向他打听父亲。他说父亲上夜班，白天不在洞子里。我问，那他白天在哪儿？他犹豫了许久，然后指着沟谷对面的两排红瓦房对我说："你去小学找找吧。"

公鸡沟小学也放了农忙假，校园里一个学生也没有。我走过那两排红瓦房，发现后面还有一排低矮的黑瓦屋。那排黑瓦屋显然是老师的住房，一共有五个门，但只有一个门开着。就在那个开着的门前，我看见了父亲。他光着上身，双手高举着一把斧头，正在劈柴。父亲劈柴十分卖力，累得满身都是大汗，连鼻尖上都挂了汗珠。

父亲没有看见我。我正要朝他跑过去，一个漂亮的女人突然从门里走了出来。一看见这个女人，我就呆住了。她实在是漂亮，嘴和眼睛都像是画到脸上去的。在这以前，我还从来没见过这漂亮的女人。

这个女人就是李采。她出来时双手不空，左手拿着一条毛巾，右手端着一个茶杯。她径直走到父亲跟前，温柔地说："吕爽，歇会儿再劈吧！"父亲立即停下来，转身面向李采。李采先给父亲抛了个媚眼说："来，我给你把汗擦擦。"父亲像个听话的孩子，马上把脸伸到了李采面前。擦完汗，李采又给父亲抛了个媚眼说："出了这么多汗，也该喝口茶了！"她说着就把茶杯递到了父亲嘴边。父亲什么也没说，只顾埋头喝茶，茶水穿过喉咙时发出咕咚咕咚的声音。

直到父亲喝完茶，我才朝他走过去。父亲做梦也没想到我会来公鸡沟，看见我，一下子就傻掉了，手上的斧头也不知不觉地滑到了地上。

李采一眼就看出了我是吕爽的女儿。"你是小布吧？"她弯下腰笑着问我，还伸手在我头上摸了摸。我点点头说，是的。李采心细，为人也热情，接下来就问我，吃午饭没有？我说，没吃。李采心疼地说："天啊，这么晚还没吃午饭，肯定饿坏了。快进屋吧，我给你下面条吃！"她说着便把我往屋里拉。

李采住的是个套房，进门第一间是厨房兼客厅，里头一间是寝室。李采手脚麻利，进门没用多久就给我煮好了一大碗面条。她煮的面条真好吃，不光放了猪油，还加了味精和葱花，我一口气就吃了大半碗。面条快吃完时，我发现碗底还埋着两个荷包蛋。看见荷包蛋，我顿时惊喜若狂，差点尖叫起来。当时我们家里穷，鸡蛋都要攒起来卖钱，除了逢年过节，母亲从来舍不得给我吃个鸡蛋。我没想到李采会煮鸡蛋给我吃，竟然还煮了两个。我停下筷子，扭头看着李采，心里充满了感动。李采见我放了筷子，便催我赶快趁热把鸡蛋吃了吧。

我埋下头，正准备吃荷包蛋，一个和我差不多大小的女孩突然从寝室里跑了出来。她跑到我面前，先看了一眼我碗里的荷包蛋，然后回头对李采说："妈，我也要吃鸡蛋。"李采说："你已吃过午饭了，还吃什么鸡蛋？"女孩噘起嘴巴说："我要吃嘛，好多天你都没给我煮鸡蛋吃了！"

直到这时，我才知道李采也有个女儿。她比我小半岁，名叫小杏，也读一年级，之前一直在里面寝室里做作业。听小杏说要吃鸡蛋，我马上就停住不吃了，把剩下的一个荷包蛋递给小杏说："这个你吃吧。"小杏愣了一下，正伸手要接，李采却拦住了她。李采厉声说："小杏，这个鸡蛋你不能吃，姐姐饿到现在才吃午饭呢！"她边说边拉起了小杏的一只手，使劲将她拖回了寝室。小杏进寝室后回头瞪了我一眼，我发现她哭了，连鼻沟里都是泪。

第二个荷包蛋，我不知道是怎么吃下去的，只觉得酸甜苦辣，五味杂陈。刚吃完，父亲抱着一抱劈好的柴块进来了。他这时已平静下来，小声问我："你怎么来了？"我说："奶奶病了，妈让你……"我话没说完，父亲便慌了手脚。他匆忙扔下柴块，转身就往门外跑。李采追到门口问："你去哪？"父亲头也不回地说："我去找矿长请假，今晚就回油菜坡。"

父亲没去多久就回来了，一副垂头丧气的样子。原来，矿长不让父亲马上就回家，非要他上完夜班再走不可。没见过这么缺德的矿长！父亲气鼓鼓地说。李采连忙走过来，安慰父亲，说："明天早晨走也好，以免走夜路不安全。再说，小布今天走累了，晚上也该歇歇脚。"李采这么一劝，父亲的气一下子消了许多。

那天的晚饭，我也是在李采家里吃的。父亲本来要带我去吃矿上的食堂，但李采没让去。她说食堂的伙食太差，一定要留我们在她家吃。李采弄了很多菜，还专门为我炒了一盘青椒肉丝。

吃过晚饭，父亲就要去上夜班。他想顺路把我带到矿工宿舍去休息，可李采不让我走。她说矿工宿舍蚊子多，要我就在她家里住。父亲想了想，便依了李采。父亲走后，李采忙着收拾餐桌，我给她打下手。洗碗的时候，李采的眼睛一直盯着我的衬衣。

"你这件衬衣是什么时候缝的？"李采问。

"还是去年缝的。"我回忆一下说。

"难怪看上去这么旧呢。"李采说。

"旧倒不要紧,主要是有点儿小,穿在身上紧巴巴的。"我说。

李采没再往下问,显出愁眉苦脸的样子。把碗洗好时,李采陡然想到了什么,双眼猛地亮了一下。她很快进了寝室。大约在寝室里待了四五分钟,李采出来了,手上拿着一个纸包。她快步走到我身边,悄声对我说:"你跟我出去一趟吧!"李采显得有些神秘。我也一声不响,默默地跟她出了门。

公鸡沟小学旁边有一棵大柳树,树下有一个裁缝铺。到了裁缝铺,我才知道李采是带我来做裙子的。李采那个纸包里,原来包的是一块白底红花的布料。她要裁缝师傅给我缝一条连衣裙。量好尺寸后,裁缝师傅问,什么时候要?李采说,越快越好,最迟明天早晨。裁缝师傅说,这么急啊?李采摸着我的头说,小布明天一早就要离开公鸡沟。裁缝师傅说:"那好,我连夜给你赶吧。"

往回走的路上,李采嘱咐我:"做裙子的事,你不要告诉小杏。"我问:"为什么?"李采犹豫了一会说:"刚才这块布料,原本是买了给小杏做裙子的,她催我好几回了,我一直没空。"我听了心一沉,觉得有些对不起小杏。

次日天一亮,李采就去裁缝铺把裙子拿回来了。当时小杏还睡在梦中,李采便要我把裙子试穿一下。我一穿很合身,布的花色也鲜亮。李采连忙拍手夸赞,漂亮,小布穿裙子真漂亮!父亲这时也下夜班来到了小学,看我穿一条花裙子,差点没认出我来。

我那天是穿着花裙子回油菜坡的。那是我第一次穿裙子,别提我有多开心。李采把我和父亲一直送到大柳树下,分手的时候,我的泪都出来了。

4

母亲满三十六岁那年,不幸得了一种奇怪的病。发病的时候,人会猝不及防地倒在地上,四肢疯抖,口吐白沫,有时还浑身抽搐,人事不省。

据说,母亲第一次发病与李采有关。那时李采已调到十堰了,已经调去了好多年。打从调走之后,李采一直没再回过油菜坡这一带,父亲也就和她失去了联系。母亲以为,父亲从此便跟李采一刀两断了。谁也没想到,就在母亲三十六岁生日的前一天,一封来自十堰的信到了母亲手里。那封信是李采写给父亲的,邮递员送来的时候,父亲到屋后水井挑水去了。母亲当时正在家里煮饭,邮递员便把信交给了她。母亲读过小学,认识一些常用字。接到信,一看是十堰来的,母亲就情绪异常,立刻把信撕开读了。

我没有见到过那封信,对信的内容也一无所知。当时我正在县城读高中,很少回家。但我能猜到，那封信对母亲的刺激很大。

父亲挑着一担水进门时，母亲已经倒在厨房的地上了。她仰面朝上，手脚像抽筋似的狂舞乱弹，大口大口的白沫从嘴里吐出来，像洗衣服搓出来的肥皂泡。父亲以前从没见过这种病，还以为母亲喝了农药，当即吓了个半死。他扔下扁担，箭步冲向母亲，抱起她就往村里的小诊所跑。所幸的是，医生曾经遇见过这种情形，立刻给母亲打了一针。过了半个钟头，母亲才镇定下来。

那天离开小诊所时，医生对父亲说，尚贤患的这种病，与羊角风有点儿相似，很顽固，基本上治不断根，并且随时随地都有可能发作。父亲听了十分紧张，蹙着眉头问，她为什么会犯这种病？医生说，肯定是受到了什么刺激。父亲想了想说，她没受什么刺激啊？

父亲话刚出口，母亲突然伸出一只手，从上衣口袋里掏出一封信来，直接扔在了父亲面前。父亲一看那封信，顿时什么都明白了，不禁面红耳赤，还出了一身冷汗。

母亲的病，让父亲深受打击。从母亲患病那天起，父亲忽然变了一个人，成天愁眉苦脸，唉声叹气，人也矮了一大截。为了不让母亲再受刺激，父亲很长时间没给李采回信。父亲想，他这边如果没有信去，李采那边就不会再有信来。尽管这样，父亲还是不放心。有一天，父亲抽空去了一趟镇上的邮政所，叮嘱送信的邮递员，万一再有十堰那边的来信，千万不能交给尚贤。

遗憾的是，父亲尽管如此谨小慎微，母亲的病还是复发了。有一天，母亲在家清理箱子和柜子，无意中发现了李采十几年前为父亲织的那件毛衣。毛衣破旧不堪，早已不能再穿了，但父亲舍不得丢，一直将它压在箱底。看到这件毛衣，母亲不禁一阵心慌，两眼直冒火，身子一歪就倒在了地上。父亲当时正坐在门口吸闷烟，听到屋里扑通一声，跑进去看时，母亲已经不省人事了。

还有一回，油菜坡小学附近的一户人家请工割油菜籽，母亲也被请去了，同时去的还有四五个中年妇女。那片油菜地紧靠小学后面的那个岩洞，站在地里就能看到洞口。割到一半的时候，一个年纪大的女人突然指着岩洞说，从前，听说有一男一女两个老师，男的教体育，女的教音乐，他们经常钻那个岩洞，有一次还被校长捉住了。她刚说完，母亲就站不稳了，一头栽在了油菜地里。

更让父亲头疼的是，母亲自打患病以后，性格日益古怪，动不动就生气，发火，动怒，病发得越来越频繁了，有时一个月发两三次。为了把母亲的病控制住，父亲也动过脑筋。他走村串巷，寻医找药，还带母亲到老垭镇卫生院去治疗过。然而效果都不好,母亲的病仍然说发就发,简直像家常便饭。

母亲一病,父亲便完全中断了与李采的联系,一连几个月都没给李采写信,也没收到李采的来信。不过,父亲并没有将李采忘怀,痛苦的时候总是默默地想她,还多次在梦中与她相见。

时间过得真快,一晃就到了夏天。进入夏天不久,我从城里放暑假回到了油菜坡。那阵子,母亲连续发病,身体十分虚弱,面黄肌瘦,四肢乏力,精神也有些失常,每天只能待在屋里。我一放暑假,父亲便把照看母亲的任务交给了我。当时正是农忙季节,父亲每天都要下地干活,不是给苞谷施肥,就是给秧苗杀虫,忙得晕头转向。

我放假回家将近一周的时候,母亲又发了一次病。那天吃晚饭时,我不小心提到了公鸡沟。一听到这三个字,母亲的眼睛马上红了,红得像着了火。她当即摔了碗筷,接着就倒在地上手舞足蹈,嘴里的白沫一直吐到脖子。那个晚上,母亲一直折腾到半夜才平静下来,弄得一家人都没睡好。

就在母亲发病的第二天上午,镇上的邮递员突然来了。当时,母亲在屋里睡着了,父亲下地除草去了,我坐在大门口看书。邮递员一来就找父亲,说有一封信要亲自交给他。我问,信是从哪里寄来的?邮递员说,不清楚,信封下面没写地址,只写了内详两个字。我想,这封信肯定是李采写来的。我让邮递员把信交给我,由我转交给父亲。但邮递员坚决不同意,非要亲手交给父亲不可。没办法,我只好给邮递员指了方向,让他到地里去找父亲。

父亲那天一接到信就从地里回家了。他看上去很兴奋,面带笑容,长期紧锁的眉头也舒展开来。父亲先进屋看了看母亲。母亲睡得很沉,打着细微的鼾声。很快,父亲又出来了。

"小布,你还记得李采阿姨吗?"父亲快步走近我,贴着我的耳朵问。我说,记得,她调到十堰去了。父亲颤着嗓门说,她最近回了铁厂垭,正在她娘家度暑假呢!我听了心里陡然咯噔了一下,不知道再说什么。停了一会儿,父亲红着脸说:"她今天来信了,让我去一趟铁厂垭。"我轮起眼睛问,去铁厂垭干什么?父亲说,李采说她有个秘方,可以把你妈的病治好。我想了想说:"那你就去吧。"父亲抬头看了看天说:"那我现在就去,早点把秘方拿回来。"临走时,父亲特别嘱咐我:"好好看着你妈,千万不要告诉她我去铁厂垭了。"

铁厂垭位于油菜坡西边,说不上太远,来回只要两个钟头。父亲是上午十点钟走的,直到下午一点钟才回家。父亲回来时,母亲刚吃了一点镇静药,又睡着了。我用责怪的口气问父亲:"你怎么去了这么久?"父亲红着脸支吾说:"李采的妈硬要留我吃午饭。"

当时，我最关心的是母亲的病，迫不及待地问，秘方拿回来了吗？父亲说，其实不是秘方，只是一种治疗秘诀。我有些迷糊地问，谁治疗？怎么治疗？父亲说，李采说由她亲自来治疗，还说保证治好。我一愣说，开玩笑吧，她是个老师，又不是医生，能治好母亲的病？父亲说，李采说她在十堰见过这种病，还看见别人用这种秘诀治好过。我疑惑地问，什么秘诀这么神奇？父亲沉吟片刻说："我也说不清楚，明天我带你妈去治病，你跟我一起去，看了就知道了。"

第二天一早，父亲请来一辆三轮车，带上母亲和我，去了铁厂垭。一开始，父亲没告诉母亲我们要去哪里。到了铁厂垭村口，父亲才对母亲说："尚贤，你不是一直想见我的那个相好吗？今天我就让你见见她。"母亲一听，陡然来了劲，激动地问，真的？父亲说，当然是真的。母亲扩大声音说："好，见到那个不要脸的，我一定要打她个半死！"

李采娘家有一个古色古香的四合院，院子后面是一片绿茵茵的草地，开满了五颜六色的野花。我们老远就看见了那片花地，一个穿连衣裙的女人正在那里弯腰采花。离花地还有几十步远，父亲让三轮车停下了，然后指着那个采花的女人对母亲说："你看，那个人就是我的相好。"父亲话音未散，母亲就跳下车，刮风似的朝那个女人冲过去了。我也赶紧从车上跳下来，尾随母亲向花地跑去。

母亲的动作真快，等我跑到花地上，她已经把李采揪住了。"你这个不要脸的！"母亲开口就骂，边骂边往李采脸上打了一耳光。李采没有躲闪，乖乖地让母亲揪着，任由母亲打骂。母亲像一只母老虎，越打越来劲，眨眼工夫就把李采的脸打青了，嘴角还打出了血。我终于看不下去了，连忙冲上去抱住了母亲。

母亲却不依不饶，又打了李采一个耳光，狠狠地骂道："打死你个不要脸的！"

李采用手擦了一下嘴角的血，诚恳地说："你打吧，是我对不起你！"

母亲正要接着打，一听李采说对不起，伸出去的手猛然缩回来了。与此同时，母亲的目光也温柔了一些。这时，我赶紧拉住母亲的一只手说："妈，你骂也骂了，打也打了，人家也道歉了，我们快回家吧。"说完，我就把母亲拉出了花地。

说起来真是不可思议，母亲一打李采，她的病很快就好了。从铁厂垭回油菜坡之后，母亲的病再也没发过。

5

  前年,我的儿子吕二口高中毕业。由于早恋分心,高考成绩非常糟糕,只能读一所职业技术学院。填报志愿的时候,老师给他推荐了上十所学校,有的在襄阳,有的在荆州,有的在黄石,有的在宜昌,更多的在武汉。但是,吕二口没有采纳老师的建议,最后把位于十堰的一所学校填在了第一志愿栏。

  填罢高考志愿,吕二口就从学校回了油菜坡。接到通知书的那天晚上,我问儿子:"你为什么要去十堰读书?"吕二口调皮地说:"你猜。"我说:"这我可猜不到。"当时,父亲和母亲正在里屋看电视。父亲虽已年过花甲,但耳朵尚好,听见我和儿子说话,马上就出来了。吕二口这时双眉一挑对我说:"你问爷爷吧,他肯定知道我为什么选择十堰。"父亲立刻脸红了,伸手打了吕二口一下说:"龟孙子,说话小声点儿,小心你奶奶听见!"吕二口一脸坏笑地说:"奶奶耳聋,听不见的。"

  在我们家里,吕二口一向和父亲最亲。爷孙俩总是没大没小。一听吕二口说到十堰,父亲连电视都不想看了。他把吕二口拉到怀里,试探着问:"你去十堰读书,与我有什么关系?"吕二口斜了父亲一眼说:"你别再明知故问了。"父亲强装镇静地说:"我是真的不知道。"吕二口说:"那我就直说了?"父亲说:"你说吧。"吕二口清清嗓子,一字一顿地说:"因为你的相好在十堰!"父亲亦忧亦喜地问:"天呐,你怎么连这个都晓得?"吕二口自豪地说:"你们的风流佳话,谁人不知,哪个不晓?不瞒你说,你和李采钻岩洞的故事,我都听说过呢!"

  作为吕二口的母亲,我觉得他知道的事情太多了。"吕二口,你越说越不像话了!"我佯装生气地说。父亲见我批评吕二口,显得有点儿难为情,赶紧扭过头,又进里屋看电视了。

  那年九月初,吕二口要去十堰上学。他爹在南方打工,不能回来送他,我想只好由我亲自送他去了。但是,临行之前,吕二口却点名要父亲送他。我有些惊异地问:"你为啥偏要爷爷送?"吕二口拍拍胸说:"君子成人之美!"父亲得知要去十堰,更是喜不自禁,一连几天都笑得嘴角往上翘。

  父亲那是第一次去十堰,来回整整七天。走的时候,父亲穿的是一件半旧的灰色衬衣,回来时换上了一件崭新的红色毛衣,还配了一条白色休闲裤,乍一看像个归国华侨。母亲上了年纪之后,心态日渐平和,对什么事都不太关心。面对焕然一新的父亲,她也视而不见,甚至显得有些麻木。作为女儿,我对父亲的这次远行也不便多问。但看到他满心欢喜,我心里还是感到万分高兴。

不过，父亲从十堰回来后，性格好像一下子开朗多了，话也明显多了起来。他一进门就给我讲吕二口的情况，每一个细节都讲得绘声绘色。

吕二口到十堰的当天，没费多大周折就找到了李采。李采见到吕二口，亲切得不得了，又是拍肩，又是摸脸，还把他的头扳过来贴在自己的胸口上。接着，李采又把吕二口请到家里吃饭，做了一满桌子菜，还蒸了一条海鱼。然后，李采又亲自送吕二口去学校报到，由她女儿小杏开车。在去学校的路上，李采特地要小杏把车绕到一家商场，为吕二口买了一大堆生活用品，大到蚊帐被子，小到水瓶饭盒，该买的全都买了。到学校报到后，李采又把吕二口送到宿舍，还亲手给他铺了床，挂了蚊帐。离开学校时，李采对吕二口说："到了周末，你就去我家，我给你熬排骨汤喝……"

父亲还从十堰带回来一大包好吃的，有糖，有果仁，有芝麻糕，还有酒心巧克力。他一回家就把这些食品抓出来，给我和母亲吃。我没有问这些食品是谁买的，母亲更是没问。但母亲很喜欢吃，吃得津津有味。只是她的吃相有些难看，嘴巴张得太开了，芝麻不住地往外掉。与母亲相比，我要显得雅观一些。我把一颗糖深深地藏在舌头下面，不动声色，让它一点一点慢慢溶化，然后再让糖汁慢慢进入喉咙，沁人心脾，融入骨髓。

(原载《钟山》2017年第3期)

作者简介：

晓苏，华中师范大学文学院教授，博士生导师。中国作家协会会员，一级作家。先后在《收获》《花城》《作家》《钟山》《天涯》《人民文学》等刊物发表小说500万字。出版长篇小说《五里铺》《大学故事》《成长记》《苦笑记》《求爱记》第5部，中篇小说集《重上娘山》《路边店》第2部，短篇小说集《山里人山外人》《黑灯》《狗戏》《麦地上的女人》《中国爱情》《金米》《吊带衫》《麦芽糖》《我们的隐私》《暗恋者》《花被窝》《松毛床》第12部。另有理论专著《名家名作研习录》《文学写作系统论》《当代小说与民间叙事》等3部。作品被《小说月报》《小说选刊》《新华文摘》《中华文学选刊》等报刊转载40余篇，并有作品被译成英文和法文。曾获湖北省第四届"文艺明星"奖，首届蒲松龄全国短篇小说奖，第二届林斤澜短篇小说奖，第十六届百花文学奖，第三届、第四届、第五届湖北文学奖，第六届屈原文艺奖。《花被窝》《酒疯子》《三个乞丐》分别进入2011年度、2013年度和2015年度中国小说排行榜。

强 盗 酒 馆

次仁罗布

这里是城市的边缘。这里的民房破旧，但飘散着历久长年的气息。这里的道路上遍撒牛粪鸡屎。这里唯一闹腾的是一家卖青稞酒的酒馆，大门顶高挂的木牌上，用藏文歪歪扭扭地写着"快乐酒馆"四个字。

可是，来这里喝酒的酒客却从不喊"快乐酒馆"，他们称它为"强盗酒馆"。相约喝酒时会说："下午五点在强盗酒馆见！"说这话的肯定是那些上班族，他们不敢太早离岗，免得被上司逮着挨一顿训骂。也有一些人，那可是些生活没有着落之人，时间对于他们来讲大把大把多的去了，整天担心的是如何才能将它们消耗掉。很多时候，太阳刚从东边的山脊跃升上来，强盗酒馆里就会传来酒歌声；夜色沉沉，月亮当头时，断续地两三个人相互搀扶着，跟跟跄跄地哼着不着调的歌，在狗吠声中消失在暮色中。

强盗酒馆的声名在这个地级市很响亮，很多人因它的传说而慕名前来，最后成为其中的一员。那些传说也很诡谲：说你醉酒一觉醒来，脚上的皮鞋变成了一双破球鞋，那只白嘟嘟的脚指头，从破洞里哀伤地望着你那双迷蒙的眼睛；明明是靠墙醉倒的，醒来却和一个女的和衣躺在一张床铺上，这时你只需小心地下床，撩开门帘再次加入到那热烘烘的酒局里去，没人会跟你多问一句；夜幕降临，你晃晃悠悠地走到自行车旁，伸出温热的手一摸，你的座椅或轮子早已不在车身上，看到这情景你不免要轻轻咒骂一句："狗日的，给我下手了。"喝了这顿酒你会身无分文，却不承想离开酒馆时你的口袋里莫名地多了一两张粉红色的百元钞票，你打着嗝用手捂紧口袋里的百元钞票，心里不停地祈祷这些个好心人；还听说有一次，酒馆老板娘的男人背着一麻袋酒糟，顺着木梯攀到屋顶上时，他看见天蓝得仿佛要滴下来，太阳在头顶咧嘴笑，屋顶的经幡蔫头耷脑地睡觉，几只麻雀警觉地在屋顶黏土上雀跃。他的目光再延伸过去时，撞见小路上那几个平时无所事事的酒客，甩动膀子,张开大嘴,头发乱糟糟地向强盗酒馆走来。他这才想起装糌粑的木桶刚盛满,要不了片刻的工夫,就会被这些饥肠辘辘的酒客扫荡干净。于是,他灵机一动,扔下肩头的麻袋,跨到红陶制作的烟囱前,身子趴在上面,对着老板娘唱起了一首歌:

> 亲爱的——
> 天边漫卷过来的飓风,
> 黑压压地向这头袭来,
> 可怜啊!那白白的雪山,
> 将会被这狂风席卷而去。
> 啊……

老板娘听到歌声不解其意,还以为男人在向她调情,乜斜着眼睛往屋顶开的烟囱瞪一眼,嘴里骂着不正经,臀部却甩得乱颤颤的。

那几个酒客穿过院子,进入到房间里,将散着青稞芳香的白晶晶的一桶糌粑,顷刻间装进了他们的肠胃里……

强盗酒馆因其出现的很多吊诡事件,让人渴望,也让人浮想联翩。

此时,带我来这里喝酒的米米站在快乐酒馆的牌子下,正伸手准备推开这扇虚掩的大门。

"等等!"我这样喊了一声。

米米高大的身子转过来,那张被酒精浸泡成酱紫色的脸上泛着惊讶。

我也不知道刚才怎么突然这样喊了一声,明明说好要在强盗酒馆里醉个不省人事,现在我却在反悔,难怪米米脸上会有这样的表情。我担心如果一旦进去,会把我心中的很多美好遐想从此被击碎。

"怎么了?"米米迈步走过来。米米是当地人,在这里很有人缘,他喜欢替人写诉状,写申请,写调解信,总之替很多人求过公道。关于强盗酒馆的那些个故事,我也是从他那里听来的。

"没事。刚才我在考虑要不要进去。"我跟他回答。

米米朗朗地笑出了声,那魁梧的身板也随之颤动,酱紫色的面庞瞬间变成了紫黑色。

我还是有些犹豫。

"哎呀,你们这些文人脑子就是有毛病,曾经隔山隔水时电话里一直在说,要我带你去强盗酒馆。如今到了大门口却不肯进去,真不知道是怎么想的。"米米埋怨道。

"那么，我们进去吧。"我跟米米说。

他的嘴角边漾起了一堆笑，两个腮边露出一对酒窝来，扭身向那扇油漆剥落的大门走去。

从洞开的大门里，我看见院子正中央有个水井，井边用白铁皮围了个栏；房子的墙角边暴晒着各种大小不等的陶罐酒具，几扇不大的窗台上摆满了盛开的海棠花；离陶罐不远处，一张发白的帆布上晾晒着酒糟，院子里飘散着一股酒酸味，它们沁入到我的鼻孔里。我的脚刚踏过门槛，屋子里传来了扎念的琴声，它舒缓、轻慢，旋律一直在低处回旋。

米米乐呵呵地张大嘴，瞅了我一眼。"这儿不赖吧！"他的眼神里分明是要传达这层意思。

我从院子里的规规整整和扎念琴声，感觉自己的选择是对的。

米米进入土坯搭建的正房里，他的背影刚从我的眼前消失，一个略带沧桑而颤巍的声音飘了出来，这声音使我心动。

房间里，一位花白头发的老者，坐在房柱边的一张木凳上，抱着扎念琴边弹边唱。米米已坐在进门靠窗相连着的床铺上，这里一溜坐着五六个人。在《宗巴郎松》的歌声中，我挨坐在米米的旁边。

一个微微发福的中年女人，抱着一塑料桶酒和两个玻璃杯走过来。米米起身接过了装酒的塑料桶。

"是你的朋友？"女人问。

"是从拉萨过来的好朋友。"米米自豪地这样介绍。

女人的目光再次往我身上扫了一遍，然后妩媚地咧嘴笑。

这女人想必就是强盗酒馆的老板娘吧！岁月虽然从她的脸上去除了曾经的青春，但以往楚楚动人的娇媚却依然留着印痕，从她那纤长的背影我能感受到她年轻时有多美。

我想：原来这些酒客就是冲这位老板娘而来的吧。

《宗巴郎松》唱完了，几个酒客高声喝彩，把杯中的青稞酒一饮而尽。他们开始端起自己的塑料桶争抢着倒酒。几只讨厌的苍蝇嗡嗡地在酒杯上空盘旋，桌面上洒了一摊的青稞酒。花白头发的老者目光停顿在我脸上，问："你是拉萨哪里的人？"

"我就出生在八廓街里。"

"你认识霍尔康府吧？"花白头发的老者继续问。

"我知道。"我心里对这位老者有了一份敬仰之心，霍尔康府可是个响当当的大家族啊。

花白头发的老者没有再问什么，他抱起扎念琴又弹起了《阿玛列洪》。我发现这些酒客中只有老者的杯子才是银碗，心里在猜想这位老者跟霍尔康家族有什么关联。这强盗酒馆确实有些不同凡响。

　　花白头发的老者很有型，他穿件质地很好的白绸缎上衣，下面是条黑色的宽松裤子，那条发辫在脑后扎成了马尾辫。他弹奏演唱时的那种投入，让我看得入迷。我甚至想跟米米说，这老者身后肯定有很多精彩的故事。只是碍于礼节，我只能专注地听他弹唱。

　　又进来了三个人，从穿着来看都是些生活比较窘迫的人。他们本来想要挨着我坐下来，但看清我这张陌生的面孔后，绕过中间的长条桌子和弹唱的老者，坐到酒客的另一端去了。

　　"顺手牵到羊了吗？"有个瘦弱的男人问刚进来的这三个人。

　　"这手气啊，像节节攀升的太阳一样。"其中一个戴灰白礼帽的人回答。

　　"哥呀，所谓的钱财死了带不走的，今天干脆我们请你喝个够。"三个人中间的另外一个也开口了。

　　"牛粪变不了金坨，黑水变不了清油。你们的钱也得来不易，还是悠着点花吧，这客就不用请了。"瘦弱男人回答。

　　花白头发的老者停止了弹唱，他清清嗓子，这才喊："央金，你出来一下。"

　　叫央金的老板娘从里面一间房里出来。花白头发的老者一手举起扎念琴往外递过去。

　　央金接过扎念琴，转身将它搁在后面靠墙摆放的一对藏式柜子上。柜子正中央摆着木制的佛龛，前面一个银碗里供着青稞酒。

　　"央金，这里来一桶最浓的青稞酒。"戴灰白礼帽的男人喊。

　　"都是同一个陶罐里的酒，浓淡都一个样，你装呗！"有个酒客不屑地说。

　　"普穷，上次的酒钱也一并给了吧，我担心时间长了你会失忆的。"央金站在后来的这三个人跟前说。

　　"慈祥父母养育出来的人，怎会干这种缺德的事来呢？欠债还钱是天经地义的事，我们总共欠了多少，央金你报个数过来。"戴灰白礼帽的普穷说。他长有一张长脸，上面有一对机灵的小眼睛，脸颊上被刀片刮出了很多的口子。

　　"不多，只欠了两百一十。"央金脸上挂着讥讽的表情说。

　　"这还叫欠债？就这么点钱。为了不扫兴，让我下次一并给还了。"普穷说着掏出一张百元钞票，递到央金的手里又说，"全拿酒来！"

　　"下次没钱我可不会再赊酒了！"央金一把抓过这张百元钞票，嘴里硬硬地说，脸上却堆着笑。

　　央金转身往里屋走去，普穷的目光却牢牢地咬住了央金的臀部，直至门帘把央金给吞没。

普穷这才起身拿着杯子,去找央金的糌粑桶,开始往杯子里倒糌粑。

我掏出烟准备给每个人递,米米却制止了我的行动。他说:"酒馆里有个不成文的规定,烟各抽各的,酒可以相互倒。"我只能自己点上一根烟抽了起来。

几个酒客从普京吞并克里米亚,聊到了金正恩处决他的姑父,话题再转到了珠峰文化节上。这期间,普穷他们每喝完一杯酒,就用指头把杯子里的糌粑搅匀然后吃掉,又起身去倒糌粑。

我对花白头发的老者产生了浓厚的兴趣,他在这帮酒客中显得很独特,话也很少。

"肚子是自己的,糌粑是央金的,可别把肚皮给撑破了。"米米这样揶揄普穷他们。

普穷他们只是呵呵一笑,该倒糌粑时还是继续去倒。

传说中趴在陶罐烟囱上唱歌的男人,到现在还没有露面,我的心里又多了一份期待。

> 虽有金屋坚如岩,
> 仍不能如愿以偿;
> 妈妈没有慈爱的心肠,
> 将女儿远嫁到了他乡。
> 心肠狠毒的叔叔,
> 将女儿换酒喝掉,
> 女儿心中的苦楚呵,
> 向何人开口述说?
> …………

从院子里传来了歌声,可这嗓子不怎么的。没有一会儿,一个卷发的男人踱进了门。他站在门口仔细辨认这些酒客。这才从藏柜前搬张凳子,坐在了花白头发的老者旁边,向对面的米米点头致意。

"嘿,你们喝的是第几桶青稞酒?"卷发男人问。

"这样回答你吧,我都起身去撒了十回尿,你就可想而知我们喝了多少青稞酒。"瘦弱的男人这样回答。

"哎呀,藏面啊,你白有个贵族的头衔,看看其他那些贵族的后裔,哪一个都比你光鲜,他们每天在餐馆里喝的都是几百块钱的白酒呢。"卷发男人这样数落着瘦弱的男人。

我想起了米米曾经给我讲的关于瘦弱男人的故事：在一个傍晚的甜茶馆里，贵族出身的瘦弱男人和一个朋友在吃三块钱一碗的藏面。这时茶馆里进来一个他认识的人，相互打声招呼后，那人坐在了他们对面。这位认识的人看到瘦弱男人连面汤都喝个精光，就打趣地说："您有几天没有吃到饭了吧？"瘦弱的男人抹着嘴，一本正经地反问道："我上午吃了藏面，晚上又吃了藏面，你怎能说我几天都没有吃到饭了呢？""那么说，您是顿顿都在吃藏面？"认识的那个人惊讶地问。"虽然他是贵族，但我的生活质量要比他强一些，每天上午要是吃碗藏面的话，晚上我就会一定吃个鸡蛋挂面。"和瘦弱男人一起吃藏面的那个人插嘴进来。茶馆里喝茶的人听到这句话被逗乐了，大伙儿哈哈地大笑了起来。从那开始，人们称这瘦弱男人为"藏面"。

"拉巴，就像藏族俗语里所说的：太阳照遍整个大地，乌云独独在我头顶。你也别把我看扁了，不顺只是暂时的，我血脉里流的可是高贵的血液，走到哪里人们都会称我为斋乔少爷呢！"藏面这样回答。

拉巴还想继续争论时，央金从背后把手搭到了他的肩头。他扭头看着央金，嘴角咧开，把一嘴的白牙给展露出来。

"这件衬衣，怎么跟我晾衣绳上丢掉的那件一模一样呢？"央金的手摸到了衬衣的领子上。

拉巴的脸霎时通红起来，但他稳稳地坐在凳子上，仰着那张宽宽的脸，张嘴强辩道："真是妇人之见啊。所有的衬衣都会差不了多少的，因为那都是国家厂子里统一制作的。你不能因款式像、颜色像，就硬要说成是你的。如果你真的喜欢我这件衬衣，我现在脱下来送给你。"

"光着身子在这里喝酒，会有损风雅，你干脆明天洗干净后送给我吧。"央金婉转地说，用手指头狠狠地掐了一下拉巴的肩头。

"哎哟——"拉巴被掐疼了，从座位上一跃而起，歪着嘴说，"老板娘喜欢我也不能这么明着打情骂俏嘛，让大伙儿知道了多不好。这件衬衣我明天就送过来，他们都可以做证的。"

"我觉得这件衬衣老板娘丈夫穿着合体，你穿在身上就像木棍上挂个布片。"藏面乘机奚落拉巴。

拉巴掏出六元钱，要老板娘拿酒来，他不再跟藏面拌嘴了。

普穷他们也吃饱了，不再到木桶前去倒糌粑，而是专心致志地喝起青稞酒来。

桌子上摆着好几个盛酒的塑料桶，酒客们不时地拿自己的塑料桶相互倒酒，时不时地嚷叫着要老板娘续酒。由于经济状况不一样，酒客中有的抽几块钱的香烟,有的抽几十块钱的好烟,烟雾弥漫在强盗酒馆的上空。

酒客们酒喝得热酣起来,先前到的那几个人,把卡垫铺到地上去玩色子,他们按照点数相互厮杀、罚酒,色子歌唱得响彻:"嘴里涎着口水,证明已是醉酒。""不留遗嘱而死,见了仇人也愧。""色多寺的僧人,招风耳的僧人。""柔嫩体香之人,名叫索朗诺宗。"

我让米米陪我去上趟厕所。

我们来到院子西头的厕所旁时,我问:"那个花白头发的老者是霍尔康家的后代吗?"

米米呵呵地笑了起来,他的脸愈加紫红。他笑完擦拭着眼角边的泪,对我说:"你被他给唬住了!"他又笑开了。

"你是说他不是霍尔康家族的后裔?"我问。

"他是个地道的无业游民,跟霍尔康家沾不到一点边。他会弹唱那么几首歌,常常拿它来装装门面。"米米说。

"可他很有气质啊!"我可不太相信米米的话。

"哦!我怎么没有看出来呢?他以前是赶马车的,后来政策好了以后就靠出租门面过日子,什么活都不干了。"米米脸上还有那种嘲讽的笑。

"那他为什么要跟我提霍尔康家?"我固执地问。

"也许是为了打压你作为拉萨人的那种优越感吧。这里只有藏面才是地道的贵族。"米米停顿了一会,又说,"别小瞧了藏面,他的学识可渊博呢。"

"真是强盗酒馆,里面藏了这么多各色人。"我对米米感叹。

"来这里喝酒的有小偷,有工匠,有干部,有农民,有司机,五花八门着呢!"

我没有接他的话,迈步往前走。

"你注意着看,他喝酒很少自己掏钱的。"米米提醒我。

我知道他要我注意的是花白头发的老者。

我们披着金灿灿的阳光穿过院子,进入到正房里。此时,已经是下午五点左右,朝南的窗子里还有阳光射进来,房子里亮堂堂的。央金也坐在桌子的那一头,加入了喝酒的队伍里。

酒客们谈论着热火朝天的旅游业,以及旅游给当地人带来的巨大利润和人心的沦丧,末了叹气几声,端起酒杯相互敬酒。花白头发的老者很多时候不发一言,那种不苟言笑,让我无端地认为他的生世一定不平常。

陆陆续续地又来了六七个人,把正房给差不多坐满了。

地上铺的卡垫上跏趺着玩色子的人,他们轮流摇晃那只暗红色的木碗,色子从木碗里面发出咔啦咔啦的声音;其他酒客围坐在长条桌前,海阔天地相互交谈。花白头发的老者摸着下巴，默不作声地听他们说，偶尔端起银碗将酒一饮而尽，等待别人来给斟酒；央金的脸上有了红晕，那眼睛里闪现出恍惚的光来，手臂上的金镯子不时地滑来滑去。

"藏族人的天文历算是很厉害的，之前在汶川发生的地震，头一年就已经推算出来，并写进了年历里，大致地提了地震发生的方位。再后来的日全食，那时间算得可是分秒不差。"藏面说着伸出一根手指头，把刚掉进酒杯里的一只苍蝇给捞出来，小心翼翼地放在桌子上。

"苍蝇也是肉，何不跟酒一起喝到肚子里去？"普穷说。

"你少插话，让藏面接着说。"央金厌烦地打住了普穷的话。

"八年前，我们街道上的冢巴家父亲去世了，时间正好是藏历二十九号，星期天。大伙得知噩耗，全跑到冢巴家去帮忙料理后事。谁都想不到的是，那天下午隔壁贵桑家的老母亲也突然死了。接着第二天上午，翟东家的媳妇也莫名地死了。这下整个街道上的人都害怕极了，大伙商量一起凑钱去天文历算研究所卦算。算出来的结果是还要死人，因为冢巴家的父亲是在二十九号死去的，他必须带足九个人才肯罢休。杜绝这种事情再次发生的唯一办法就是去请僧人来作法。人们跑到寺院请来了僧人，他们不仅念消灾的经，还捏出九个糌粑人，在街道后的空地上掘出一个很深的坑来，一层一层地将糌粑人给埋了起来。接着，他们又敲鼓摇铃念经，直至深更半夜。法事做完后，街道上再没有人死去。"藏面又说。

酒客们摇头叹息，将杯子里的酒喝干。旁边玩色子的人为点数激烈地争执。

花白头发的老者从座位上起身，朝房门口走去，他的身板挺挺的。

"我母亲也是。"米米说到这里顿了顿，人们抬起头，目光聚在他的脸上。他这才缓缓地说，"参加工作后，我从农村把母亲接到了城里，可是单位让我到内地大学去学习三年，那期间由我媳妇陪伴着我母亲。学习结束回来没几年，我母亲去世了，我托人在拉萨藏医院的天文历算机构卦算，结果说是我母亲会投胎到西方，那个地方的建筑颜色和背后的山描述得极其详细，还说她临死前最牵挂的是一小袋绿松石。刚开头，我一点都不相信，想着一个农村老太婆，怎么会有一小袋的绿松石？可是，为了日后不再生事，我还是把母亲装衣服的柜子全翻了个遍，那里什么都没有。再翻她睡的床铺时，垫子底下确实藏着一个小布袋，里面有十多颗绿松石。那一刻，我对这天文历算信服得五体投地。既然母亲临终前心系这一小袋绿松石，我留下来逝者心里会耿耿于怀，还不如将它捐到寺庙里去为她积点福。这样我就把那一小袋绿松石捐给了一座小寺庙。"

又有人从座位上起身，往外上厕所。

藏面掏出十元钱要央金续酒，普穷伸手挡住，执意要求大伙喝他买的青稞酒。央金也劝藏面不要执拗，就喝普穷买的酒。

太阳已经落山，屋子里开始昏暗起来。此时，酒精的毒素也在我身上开始发酵，感觉飘飘然然的。

房子里的灯突然亮了，酒客们的面目又鲜活起来。

"你怎么把灯给打开了？现在还没到时候呢。"央金睁着迷蒙的眼睛呵斥道。

一个男人僵在墙角边，拘谨地凝望着央金。

"巴桑，别听你女人的，过来跟我们喝点酒。"花白头发的老者说。

巴桑跟米米一样强壮，只是他的个头要比米米矮一截。他那张脸上最让人难忘的是那对大眼睛，里面满含谦卑与羞怯。

"巴桑，你先到厨房里去，把锅里的粥给热了，吃完再过来吧。"央金命令道。

巴桑没有应声，身子立马从房门口给消失掉。

酒客们开始唱歌献酒。

在缠绵、回荡的歌声中，我对老板娘的男人充满了失望。他可不像那个机警地爬到烟囱上的人。

酒过几巡后，藏面让人拿来木板，携着巴桑的手站到了上面。他们开始跳踢踏舞。皮鞋击打木板的阵阵踏踏声中，他们舞动着手臂，上肢潇洒地扭动。央金的男人此时忘情地跳舞，全然没有了之前的那种拘谨。有几个酒客被他们的舞姿所吸引，也在一旁跳动起来。

我有些晕乎的脑袋里，猜想着今晚强盗酒馆里会发生什么事情来。看这些酒客，个个已经亢奋不已。也有一些酒客陆续地撤走了，他们的杯子空空地放在桌子上。

米米掏出十元钱要央金续酒。央金拽住塑料桶到里屋去倒酒。

大概是踢踏舞跳累了，人们找到自己的座位坐了下来，强盗酒馆里的那种闹腾劲一下就没了。

央金抱着那桶酒出来，经过藏柜旁时突然止住了步。她的眼睛盯住佛龛，呆呆地愣神了片刻，这才问："巴桑，你把供酒的银碗给收了吗？"

"我碰都没有碰过。"巴桑边说边起身。

"我供着酒摆在佛龛前的。"央金的声音软塌塌的。

"被人偷走了？"花白头发的老者第一个这样反应。

"你肯定供着酒放在佛龛前？"巴桑小心翼翼地问央金。

"这还用得着肯定吗?我自己做的事,我怎么会记不住?"央金嗓门调得很高。

我之前也确实看到过佛龛前的那个银碗,现在那里什么都没有,肯定是被谁乘着混乱顺手拿走了。

"那可是我们家几代人传下来的福物呀!"央金的酒好像醒过来了,自言自语般地说。

酒客们围坐在长条桌的周围,嘴里边诅咒偷银碗的人,边猜测先走的人里谁最有可能偷银碗。几番推测之后,酒客们比较一致的观点,就是认定普穷一伙最有可能行窃。

这顿酒喝得一下没了滋味,谁也没有兴致再喝。

"为了所有喝酒人的清白,为了惩戒这种不道德的行为,你应该给110打电话,让他们过来把事情查个清楚。"藏面挽起袖子跟央金说。

其他酒客也对这个提议表示了支持,催促央金赶紧打电话。

央金望着这么多双盯着她的眼睛,一下子犹豫起来。她扭头拽住巴桑的衣袖,背对着我们小声窃语了几句。

花白头发的老者从裤兜里掏出手机,递到了央金的手里。她没有接,手往后缩了一下。

花白头发的老者把手机盖打开,用那根粗手指头笨拙地摁下了键,又把手机塞给了央金。

不到十分钟,警车鸣着警笛停在了强盗酒馆的大门口。

两个年轻的警察尾随在巴桑身后,进到了酒馆里。他们用一种异样的目光扫视着我们这些酒客。

酒客们挪动身子,给两个警察让出了座位。

"谁是酒馆的老板?"脸形稍圆的那个警察声音硬邦邦地问。

"我是酒馆老板。"央金往前迈上几步回答。

"这么晚叫我们过来,这里到底丢了什么贵重的东西?"

"是家传的一个银碗。"巴桑插嘴进来。

圆脸警察瞪了他一眼,没有接茬,转头又问央金:"这叫什么酒馆?"

"强盗酒馆。"

"什么?"圆脸警察梗着脖子大声斥问。

"他们胡说的。酒馆名叫快乐酒馆。"央金赶忙回答。

圆脸警察在那张登记案件的纸上把时间、经过全部记录下来。

"你们怀疑的那些个人叫什么名字?住哪里?"圆脸警察问。

"我不知道他们住哪里,也不知道叫什么名字。"央金两手搭在身前回答。

"你们其他人知道吗?"警察冲着我们这些酒客问。

酒客们看到了央金使的眼色,大伙儿把头摇个不停。

"你是老板,肯定知道平时他们相互之间是怎么称呼的?"圆脸警察面朝央金问。

"他们相互之间喊的是火锅、陶罐、锅铲、汤勺、蒸笼……"

"扯淡。这些都是些炊具的名字,怎么可能是人名?"圆脸警察咆哮道。

"要是你不说他们的真名,这个案子就永远都破不了。"另外一个警察也气咻咻地说。

央金眼睛微闭,声音轻柔地说:"我就知道这些。要是破不了案,那就算了。"

"你这是白白地浪费我们的精力和时间。"圆脸警察把笔盖套上,将案件记录本夹在腋窝底站了起来。

两个警察恼羞成怒地迈着大步往房门口走去。

警笛的刺耳声从院门口响了起来,还伴着几声狗的狂吠声。一会工夫,这些声音离强盗酒馆越来越远,终于消失在寂静中。

"你怎么不跟他们说普穷的名字呢?"拉巴问。

"肯定是一个生活很窘迫的人偷的,要不他也不敢从佛龛前拿这碗的。"央金淡淡地说,她的情绪镇定下来。

"你就权当施舍给了一个乞丐!"米米这样安慰央金。

央金惨淡地笑了一下。

酒客都选择了沉默,酒馆的灯光下几只苍蝇在嗡嗡地飞。

"家里的福物可不能丢,明天还是把普穷的名字说给警察吧!"花白头发的老者缓缓地说。

"来这里喝酒的人,都是给我提供生活来源的人。我怎能为了一个银碗,让公安把恩人给抓进去!"央金说这话时声音颤巍巍的,她端起面前的酒杯一下干完。

在灯光的照耀下,央金显得既憔悴又疲惫。

巴桑往央金的酒杯里斟满了酒。酒客们的目光聚焦在央金的脸上,仿佛要把她的心看透似的。

"在我的酒馆里哪个人曾经没有丢失过东西?差不多人人都有过这样的经历,现在轮到我也是很自然的。为了消除心头的气愤,我就骂一声:你这该死的贼,做活够利索的!"央金再次端起酒杯把酒喝完。

酒客们呵呵地笑了起来,这笑声把房子里压抑的气氛给冲刷掉了。酒客们伸手抢自己的塑料桶要给央金倒酒。

花白头发的老者起身，抱来扎年琴，开始弹唱：

> 金钱编织的头巾，
> 是人间能见识的享受；
> 用花编织的音乐，
> 是人间能耳闻的享受；
> ……

音乐在灯光下流淌，酒杯里的酒沉沉地流进酒客的肚子里，刚才发生的一切与此刻的强盗酒馆毫不相干似的。

（原载《人民文学》2017 年第 1 期）

作者简介：

次仁罗布，西藏拉萨市人，1981 年考入西藏大学藏文系，获藏文文学学士学位。1986 年大学毕业，被分配到西藏昌都地区县中学担任藏文老师。1988 年调回西藏邮电学校，任藏文老师。1995 年调到西藏日报社担任副刊编辑。2015 年底调西藏文学编辑部工作至今。现为中国作家协会全委会委员，西藏作家协会副主席，《西藏文学》主编。西藏自治区学术带头人，中宣部文化名家暨"四个一批人才"。

唐 僧 肉

龙仁青

我从小就被寄放在姥姥家。

孩子寄放在老人家,这在城里,似乎也是很正常的事——父母工作忙,带孩子的事自然就成了老人的事。就拿我的阿爸阿妈来说,那时他们都在电视台上班,阿妈是主持人,阿爸是记者。

据阿爸说,那时候,阿妈的工作那真叫一个忙,白天忙,晚上更忙——各种名目的晚会,总是在晚上举办。阿妈经常在夜色降临时开始浓妆艳抹,盛装上阵,精力充沛、激情四射地出现在舞台上,面对镜头笑容可掬,一副对生活充满希望的样子。阿爸说,有一次他私下里给阿妈开玩笑,说她的作息时间和工作方法与那些最早叫"姑娘",后来叫"小姐",现在叫"公主"的女同志好有一比。阿妈斜眼瞪着阿爸,说要撕烂阿爸的嘴。阿爸说,从此他再也没跟阿妈开过这样的玩笑。其实阿爸很心疼阿妈。阿爸说,那时候,阿妈每天回到家里都是一脸倦容,疲惫不堪,恨不得不卸妆躺倒就睡,一点也没有荧屏上那般光彩夺目的"生活充满希望"的样子。阿爸总是要为阿妈准备一些夜宵,在阿妈需要的时候,给她捶捶背揉揉肩什么的。阿爸还说,那时候阿妈爱哼一首歌,其中一句歌词是"我的黑夜比白天多"——"对她来说,的确如此。"阿爸说。

再说说我阿爸。我阿爸呢,是记者,每天要外出采访,这是必须的,动不动还要下乡到州县,虽然不必须,但也是经常,所以也很忙,不比阿妈差多少。

两个人忙成这样,把我放在姥姥家,也就成了自然而然的事。

我寄放在姥姥家,自然与姥姥亲,有感情。而对我的阿爸阿妈,却有些淡然。

记得那时候,到了周末,恰好又是我阿爸阿妈都不很忙的时候,他们就到姥姥家来看我。在我的记忆里，便有一个不断重复的情节：阿爸阿妈到了家门口，当他们按响了门铃，姥姥从之前打过的电话知道是他们来了，便喊着我的名字："仁旦，你阿爸阿妈来了！"一边喊着，一边去开门。房门打开的时候，我倚在姥姥身上，看着眼前的两个大人，一脸的平静。"仁旦，快，快叫阿爸阿妈！"姥姥低头看着我，嘴角上挂着笑，不断鼓动着我。我的阿爸阿妈，眼睛里也充满了期待和希冀，而我却啥也没说，看看姥姥，又看看阿爸阿妈，转身便走开了，继续去玩我的游戏或者做别的什么事了。那时候，没觉得这有什么不对，现在想来，我因为那时年龄小，没认为来者对我很重要，甚至与我有关系，所以才有了这个"轻蔑"的举动。

"仁旦"是阿爸阿妈给我取的名字，意思是具有智慧的人，但我从小就不喜欢这个名字，不喜欢的原因与姥姥有关。姥姥是环青海湖地区人，说的是环湖地区纯正的牧区藏语，用环湖牧区藏语叫"仁旦"，听上去像是在用汉语喊"肉蛋"。等我上了幼儿园，学会了汉语，每次听我姥姥这么叫我，我也就会用汉语大声叫喊道："我不是肉蛋，我不是肉蛋！"

可是后来，我的名字，还就真成"肉蛋"了。

我被寄放在姥姥家，还因为姥姥住在西宁城里，这也是我阿爸需要的一个重要理由：姥姥住在城里，而奶奶远在草原。如此，他就可以坦然面对我阿妈，更可以坦然面对那些平时爱管闲事，爱打探点别人家事的女同事，可以理直气壮地应对她们提出的诸如为什么没把我放在奶奶家，而是放在了姥姥家之类的问题。

姥姥住进城里，是因为我姥爷退休后，在西宁买了房子。那时候，州县上的退休干部，时兴在城里买房子，我姥爷退休后，在我姥姥的鼓动和催促下，也随大流在城里买了房子。"这样，每天都可以看到女儿，还可以照顾他们的孩子！"据说，这是姥姥说服姥爷在城里买了房子的最大理由。

我姥爷，算是一个厉害人物，一直在州县工作，几乎什么都干过：交通局干部、农牧局秘书、文教局文员、藏医院党支部副书记、寄宿小学校长、《格萨尔》史诗抢救办副主任……跨界跨得令人有些不可思议。

有一次，阿爸阿妈聊到我姥爷，阿爸说："我岳父大人还真是人才啊，什么都能干！"

阿妈瞪了阿爸一眼，反问阿爸："你这是赞美呢，还是在说笑话呢？"

"我当然是赞美了！"阿爸立刻说，一脸真诚。

阿妈审视地看着阿爸，发现阿爸的眼睛里并没有什么邪恶的东西，便说："州县上缺人才，像我阿爸这样会藏汉双语，能够写点文字，搞点翻译，草拟个通知，整理个会议纪要什么的更是少，所以也就让好多单位挖来挖去的。"

姥爷退休后，就有单位打算要返聘他，但他婉言谢绝，在"每天能看到女儿，还可以照顾他们孩子"的美好愿景的诱惑下，带着自己做了一辈子家属的老婆来到了西宁，住进了西宁城里。不想，到了城里，他却极不适应，城里的房子，不似州县那样的小院儿，而是一间间的被水泥隔断，厕所就安在家里，甚至就在客厅和厨房旁边，做饭、吃饭、上厕所都在家里。他很不习惯。

"家里吃家里拉，"他说，"这是一种传说中叫'拉洛'的野人才会有的行为！"

他也不习惯跟邻居打招呼，邻居却面无表情不做任何回应。有一度，我姥爷还闹着回县城去。只是他自己不知道，那时他已经病入膏肓，还没有实现照顾女儿的孩子的愿景，在搬到城里的第二年就去世了。

我是在姥爷去世第二年出生的，我出生后不久，阿爸阿妈就把我抱到了姥姥家里。据我阿爸阿妈说，我的到来，让陷入了孤单痛苦的姥姥重新看到了生活的希望。一开始，她总是说"你怎么不早点来啊"，表达着姥爷生前没有见到我的遗憾，后来我姥姥恍然明白：我是姥爷的转世！

据说我刚刚会说话的时候，姥姥总是喜欢用藏语问我："肉蛋，你是谁啊？"

"我是仁旦啊！"

"那你从哪里来啊？"

"从家里来啊！"

"那你以前叫什么啊？"

"我叫智旦啊！"

据说，每次，姥姥听了我这句话，就激动得不知道要做什么，每次都要把我紧紧抱在怀里，流着眼泪，亲着我的小脸，说："我就知道你不会把我一个人扔在这城里的！"

姥姥的这句话，在这儿还需要解释一下：我姥爷的名字叫智华旦增，按照藏族习惯，四个字的名字，往往取第一个字和第三个字作为简称，这样一来，我姥爷的名字就成了智旦。按照藏传佛教的转世理论，一个人去世后，通过中阴，再来到世上的时间是一年，转世再生的人一定会记得前世的一些事情，比如名字等。而我说出了姥爷的名字，凭这一点，便可以判断我有可能是姥爷的转世——我上大学后，已经病卧在床的姥姥给我说起这些往事，我笑着对姥姥说："是啊，我就是姥爷的转世啊，是上天专门让我来陪你的！"

"你是不是还要带我去好多地方啊？"姥姥听了我的话，很高兴。

"当然啦，我要带你云游四方！"

我坐在姥姥的床边，心里祈盼着她能够早日康复。想着曾经的往事，我判断我那时是因为口齿不清，说话含混，总是错把仁旦说成了智旦。

但这个错误多么正确啊！

令我阿爸阿妈没想到的是，我姥姥，这个一辈子在州县做家属，不会说汉语的老太太，却很快适应了城里的生活，甚至学会了到附近的超市买菜，学会了早上出门去"晨练"。

我姥姥甚至觉得到城里的超市买东西，比她在县城时买东西要方便很多。那时候，县城里没有开放式的超市，不论买什么东西，都要先把售货员叫来，让他把东西拿给自己，这样一来，就要求你必须叫出想买的东西的名字。有一次，姥姥去县城商店买蜂蜜，但她不知道汉语的"蜂蜜"怎么说，比画了半天，售货员还是丈二和尚摸不着头脑，情急之中，她忽然伸展双臂，在商店里跑了起来，一边跑，一边在嘴里"嗡嗡"地叫着，学起了飞翔的小蜜蜂的样子。继而，她"飞"到仍然一头雾水的售货员跟前，停下来，半蹲下身子，嘴里"哼哼"地使着劲儿，指着自己的屁股后面说："就是这个东西！"

姥姥每说起这段往事，自个儿就笑个不停，就好像是在说别人的事情一样。

有关姥姥买东西的笑话，还不止这一个。有一次，姥姥去买一面小镜子，但她同样不知道"镜子"的汉语是怎么说的，于是，她用汉语告诉售货员："那个东西，我看它的时候，它也看我；我笑它的时候，它也笑我！"

如今在城里，去超市买东西，自己可以走进去直接把要买的东西拿出来，不用喊售货员给自己拿，也就省了与售货员说汉语，这让姥姥觉得方便了很多。

我不知道我是什么时候就被寄放在姥姥家的，打我记事的时候起，我就在姥姥家了，白天姥姥带着我，吃饭、说话、走路、玩儿，晚上姥姥陪着我睡觉。直到上了小学，阿爸阿妈把我接回去，我才懵懂地明白，这里才是我的家。明白了这一点，我小小的心里忽然就有了些哀伤，我一直以为我是姥姥家的孩子，却原来还要离开她。记得那时候，我每天都在想念姥姥，上学时，也每天盼着周末，到了周末，我就可以闹着到姥姥家去。

我也十分想念在姥姥家的那些时日，小小的心里已经学会了回忆。

记得三岁的时候，我上了幼儿园。姥姥每天就多了一样事：早上送我到幼儿园，晚上再接回家里。

快要过藏历年了，农历的春节也快到了，幼儿园也放了假。有一天，我坐在沙发上看电视，电视里正在介绍各地春节的美食。

"姥姥，我要吃！"我看着电视，一边咽着口水，一边叫喊正在佛龛里点灯的姥姥。

姥姥点燃了佛龛里的酥油灯，默念了一段经文，走过来问我："我的肉蛋叫我有啥事呢？"

"姥姥，我要吃这些，你给我做！"我指着电视说。

姥姥看看电视上的画面，一脸茫然，她侧头对我说："姥姥哪里会做这些东西啊？这些都是他们吃的，姥姥不会做。"

"那姥姥会做什么？"

"姥姥会做手抓羊肉、酥油茶，还有放了好多红糖的糌粑！"

"我不要吃那些，我就要吃这些！这些都是过年吃的，你不是说要过年了吗？"

"咱们过年不吃这些，咱们吃'古图'。"

"什么是'古图'啊？"

"'古图'就是放了九种好吃的东西煮出来的，可好吃了！"

"那我就吃'古图'！"

"'古图'是过年的时候才吃的啊，宝贝！"

"我就要吃，现在就吃！"

"那不行，那是过年才能吃的！"

"那我要过年，现在就过年！"

我的话一下呛住了姥姥，姥姥半张着嘴，看着我噘着小嘴撒娇的样子，抱起我说："好，姥姥给你做'古图'，咱们现在就过年！"

当天，姥姥就带着我去超市买做"古图"需要的各种材料，晚上就给我做起了"古图"。

后来，阿爸阿妈知道了这件事，一脸惊讶，怪我不懂事，也怪我姥姥太娇惯我，说："哪里有提前过年吃'古图'的啊？"

姥姥听了，笑着说："我们就提前过年，提前吃了'古图'，难道违背了佛教教义吗？"

阿爸阿妈没话可说了。

再说说姥姥的"晨练"。

姥姥的"晨练"和别人还是有些不一样。

还在县城的时候，她每天早上起来，洗漱完毕后的第一件事，是到寺院转经。到了城里，寺院没有了，她也不知道到哪儿去转经。记得我刚刚上了幼儿园时，有一次，姥姥把我从幼儿园接回来，便带着我到超市买菜，买了菜，因为我不想直接回家，闹着要在街上玩，姥姥带着我又多走了一个街区，就看到路边有一家公园，许多人在公园里走路。姥姥带我进了公园。长大后我才知道，这座公园，叫虎台公园，是在一个基本保存完好的古墓的基础上修建的，公园的正中，是个巨大的陵墓。到这儿锻炼身体的人，便围着这个陵墓一圈一圈地走路。

自从发现了这座公园，姥姥就经常到这座公园去，加入走路的人群当中。但不同的是，几乎所有人都是逆时针方向走的，只有我姥姥反其道而行，顺时针方向走着。她手里拿着嘛呢轮不断摇动着，嘴里诵念着六字真言，面对着不断与她迎面而来的人，一边走着，一边心里诧异着。

姥姥之所以顺时针方向走，是顺应了藏传佛教转经的方向。这叫右绕。我姥姥第一次到公园，就发现人们走路不是"右绕"，这让她很诧异。在家乡，只有信仰苯教的少数人在转经的时候"左绕"。

走路的人对这个老太太也有些诧异。一个周末，姥姥带着我去公园走路，几个老太太叫住了她，她们对她说："你走错了，应该这么走！"说着，用手比画着。

那时候，我在幼儿园里已经学会说汉语，姥姥走到哪儿，听不懂汉语的时候，就让我给她当翻译。当时，姥姥从几个老太太的动作上已经明白她们的意思了，但还是让我翻译给她听。

"姥姥，她们说咱们走错了！"我用藏语翻译道，"应该这么样走！"我用小手比画了一下。

这里要顺便说说我把我姥姥叫姥姥的事儿，这也是我上了幼儿园以后的事。在这之前，我一直叫我姥姥"阿妈洛仑"，这是姥姥家乡环青海湖地区的叫法，意思是"更老的母亲"。但是，后来我上了幼儿园，从老师和小朋友那里知道，"阿妈洛仑"应该叫姥姥。

记得我第一次改口叫姥姥的时候，姥姥以为是我撒懒，把"阿妈洛仑"的"阿妈"两个字省略掉了，而单单只叫"洛仑"了，便对我说："肉蛋，加上阿妈才对呢！"

"老师说了，不对！"我立刻反驳道。

后来，姥姥也就不再计较这件事情了，我也就理直气壮地开始叫姥姥了。

记得那一天，我姥姥听了我的翻译，脸色马上变了，她狠狠瞪了刚才与她说话的那位老太太，嘴里不知道说了一句什么，继而又低头对我说："肉蛋，咱们走！"说着，拉起我的手，依然故我地大步往前走去，把几个好心的老太太丢在了身后。当我们转到第二圈，与这几个老太太再次"狭路相逢"时，她看都没看她们一眼，抓紧我的小手，径直从她们身边走了过去。

周末的时候，阿爸阿妈到姥姥家来看我，我姥姥问我阿爸："城里人都信苯教吗？"

阿爸一时没明白她说的是什么意思，直到她把在公园里的遭遇给阿爸细细说了一遍，阿爸才恍然明白过来。

阿爸哈哈大笑着，告诉她："阿妈啦，那些人是在锻炼身体呢，跟转经没关系的！"

"锻炼身体，就要'左绕'吗？"

"也不是，反正不是转经，您就不用管她们了，您就按您的方法'右绕'就行了。"

"那我'右绕'，她们怎么还会说我呢？"

"没事，您'右绕'就是了，她们习惯了'左绕'，看到你一个人跟大家不一样，所以就说一说，以后不会说什么的。"

姥姥想了想，她也发现自从那天以后，还真没有人再对她说过什么。那些老太太见了她，还会和善地笑笑，跟她打招呼。有一次，反倒是我这个小肉蛋问她："姥姥，咱们为啥不跟人家一样走啊？"

姥姥抓紧我的手，回答道："咱们是'格鲁巴'（宗喀巴创立的藏传佛教教派，俗称黄教），跟人家不一样！你跟着阿妈洛仑走就是了！"说着，拉着我继续往前走去，也不管我听懂没听懂。

说到这里，还要说说把我放到姥姥家的第三个理由，那就是学藏语。

在西宁城里生活、学习，自然就在一个完全汉语的环境里。孩子将来上学，也是在完全用汉语教授的学校里。所以，阿爸阿妈便在心里存了个想法，就是让我跟着姥姥学学藏语，别把老祖宗留给我们的语言给丢了。我也不负阿爸阿妈所望，跟着姥姥可以说一口流利的藏语，上了幼儿园，又学会了说汉语。

与公园里走路的人们相熟起来，有时候迎面相遇，打了招呼，还要停下说说话。到了周末，姥姥带着我一起去走路，那时候，我已经是我姥姥的贴身翻译了。我一会儿一串汉语，一会儿又一串藏语，那些老太太觉得很好玩，便当着姥姥的面夸我，说我长大了不得了。

"长大了会带你去云游四方！"其中一个老太太对姥姥说，说完，又低头看着我，等着我翻译给姥姥听。

"我没听懂你的话！"我用汉语说。

"她是说，你长大了会带着你姥姥去好多好多地方！"另一个老太太抢白道。

这次我听懂了，便把这句话翻译给姥姥听。

姥姥听了很高兴，她咧嘴笑着，立刻用她不太标准的汉语说道："她长大了，我死啦！"这是她能够表述清楚的汉语水平。

"怎么能这么说话啊！"老太太们都睁大了眼睛，对我姥姥说出来的话有些意外。这句话可能触到了她们的禁忌，人老了似乎更加忌讳提到"死"字。

"真是这样的！"而我姥姥并不明白这些，她哈哈笑着，又说了一遍，"她长大了，我死啦！"

老太太们安静下来，继而走开了，不再搭理我姥姥和我。

"姥姥，死啦是啥意思啊？"从公园出来，走在回家的路上，我问姥姥。

"死啦啊，死啦就是你找不到我啦！"姥姥用我能听懂的语言回答说。

姥姥一句话，让我忽然有些害怕，我抓紧了姥姥的手，仰头看着姥姥，说："我不要找不到姥姥！"声音里已经带着哭腔。

看着我快要哭的样子，姥姥俯身把我抱起来，亲着我的脸蛋说："不会的，不会找不到姥姥的，我的肉蛋洛洛（洛洛：安多藏语对孩童的昵称）！"

事情说来蹊跷，就在我姥姥告诉我，我不会找不到她的第二天，从姥姥的家乡传来消息，说家乡的寺院请来了塔尔寺的高僧大德，在家乡举行灌顶大法会。这是一个虔诚的佛教徒不能错过的事，姥姥要去参加，又怕放不下我，就在当晚我睡着的时候，给阿爸阿妈打电话让他们来接我。我就这样在睡梦中被转移到了阿爸阿妈家里，自己却浑然不觉。

第二天，当我从梦中醒来，睁开眼睛，发现姥姥不在身边，眼前的一切都是陌生的，就连从窗户里透进来的阳光，似乎也是陌生的。

"姥姥！"我大声叫着，翻身坐了起来。

"肉蛋醒来啦！"阿妈推门走进来。

"姥姥呢？"我问阿妈。

"你姥姥有事出去了，两三天就回来。"阿妈说。

我忽然意识到了什么，立刻从床上爬下来，也没去穿鞋，径直走出卧室，穿过客厅，要朝外面走去，嘴里大声哭叫着："我要姥姥！"

阿妈急忙从后面抱住我，说："肉蛋乖，姥姥马上会回来的！"

我奋力挣脱着抱我的阿妈，哭闹起来："找不到姥姥啦，姥姥死啦！"

我的话把阿妈吓了一跳，她把我抱紧，惊讶地问我："谁说姥姥死了？谁给你这么说的？"

"找不到姥姥啦！姥姥死啦！"我对阿妈的发问置之不理，依然这样哭闹着。

阿妈不知所措，只是抱着我，在客厅里走来走去，而我也一刻不停地哭闹着，挣扎着。

据说，阿妈那天是专门从单位请了假照看我的。

我那天的哭闹，让阿妈束手无策，只好给我阿爸打电话。正在外面采访

唐僧肉　　233

的阿爸急忙把工作交代给同事，也匆匆赶回了家里。两个人联手想让我安静下来，但我依然不断地叫喊着："找不到姥姥啦！姥姥死啦！"

让阿爸阿妈没想到的是，姥姥在当晚赶回了城里。原本三天的灌顶大法会，她只参加了一天。

当我见到姥姥的那一刻，立刻扑倒在姥姥怀里，哭得更加起劲儿。只是一整天的哭泣，让我的声音已经沙哑了，发不出声音，那哭泣看上去也就更加悲戚。

"阿妈，您怎么回来了？"阿妈问我姥姥。

"不回来咋办？我就知道你俩闹不了她！"

"可是灌顶大法会还没结束呢！"

"唉，我没有福气听喇嘛灌顶，我的福气就是听肉蛋哭闹哟！"姥姥说，"好在听了消灾祛病的灌顶，祈愿我家的肉蛋没灾没病吧！"

那时候，中央电视台正在播出电视剧《西游记》，我每天从幼儿园回到家，第一件事就是打开电视，看《西游记》。

姥姥虽然不懂汉语，但《西游记》的故事她却看得懂。《西游记》很早就被翻译成了藏语，并且在民间广为流传，但名字却不叫《西游记》，而是叫《唐僧喇嘛传》。

"看《唐僧喇嘛传》啦！"姥姥把我放在沙发上，接着就打开电视。

有一天，电视里播放的内容是几个妖怪把唐僧抓起来，要把他煮熟了吃他的肉。

"他们为啥要吃唐僧肉啊？"我问姥姥。

"吃了唐僧肉可以长生不老啊！"

"什么是长生不老啊？"

"长生不老嘛，长生不老就是你什么时候都可以找到他啊！"

我看着姥姥，又问道："就是不死了吗？"

"对，就是不死了！我的肉蛋真聪明啊！"姥姥抱起我，在我的脸蛋上亲了一口。

在我上的那家幼儿园门口，有许多兜售小孩爱吃的零食的小商铺，但是阿爸阿妈不让我吃这些零食，还特地交代姥姥，不能买这些东西给我吃，说那是"垃圾食品"。姥姥也很当回事儿，从来不让我吃这些东西。这些花花绿绿的商品里，就有一种叫"唐僧肉"的东西。

就在看了《西游记》里有关吃"唐僧肉"的那段故事的第二天，当姥姥再来接我时，我缠着她，要她给我买"唐僧肉"。姥姥在我百般纠缠和哭闹下，在告诉我千万不能让我的阿爸阿妈知道的前提下，终于同意，在一家小商铺里,给我买了一包"唐僧肉"。

当姥姥把"唐僧肉"给了我,我立刻破涕为笑,把"唐僧肉"转送给了姥姥。

"姥姥,这是给你的!"我说。

"姥姥不吃这些!"

"姥姥,这是'唐僧肉'!"我说。

"这是什么?"

"这是唐僧肉!"我用藏语大声说。

姥姥疑惑地看着那一包东西。

"吃了唐僧肉,姥姥就长生不老啦!我就什么时候都能找到你啦!"

"这怎么会是唐僧肉啊?"

"就是的!"我指着上面的汉字,念给我姥姥听,"唐、僧、肉!"

姥姥再次疑惑地看着那包东西,但她明白了我的意思,她把我抱起来,不断地亲着我,说:"姥姥这就吃,这就吃!"

她的眼泪抹了我一脸。

可是,我姥姥没有长生不老,她不在了——就在我可以带她去云游四方的时候。

就像她曾经说过的那样,我长大了,她不在了。

我非常想念我的姥姥,我的阿妈洛仑,每时每刻。

(原载《时代文学》2017 年第 7 期)

作者简介:

龙仁青,男,1967 年生于青海湖畔铁卜加草原。出版、发表有多部原创、翻译作品。中国作协会员、青海省作协副主席。

花　事　了

王方晨

我们老实街的老花头，多少年，说他有就有，说无，也就无。但是，时时的，还总被看到。不是老实街的，就可能小瞧了他。

直说吧，这老花头，身世了得！跟北边高都司巷的老裘家一样，倒退三四十年，也是历城县的名门望族。曌记面粉厂、曌丰面粉厂和曌大纱厂、曌通餐馆，都是他家开的。一家就有四五房院。时序频更，流光易换，一来二去给弄得七零八落，一房院也没剩下，从老花头起，搬进王家大院住了，任谁也没听他抱怨过。不是无人撺掇他去历下房产局索回几间，他却从未放在心上。说，老实街，从前往后看，可有空屋场？老花头上辈人儿，多流散各地，然俱得天年，也算是不幸中之大幸。老裘家的人怎样了？祖辈三代，毙了少说四个，一个纵火犯，两个投毒犯，还出过一个国民党间谍。不想吓唬老花头，所以我们都不提。

在老花头上辈人儿当中，唯老花头的爹寿短。当过济南老字号一大食品店的副经理，在公私合营的第二年过世，才活五十三。据说死前跟老花头留过话："很好了。"

老花头在糖酒站上班，依我们看，也"很好了"，清闲是其一，还有其二。

人这一辈子，能跟吃的打交道，不亏。

老花头祖上若没有西门外那间曌通餐馆，老花头的爹也当不上食品店副经理。民以食为天，吃的不愁，过日子就不愁。又有闲，又得食，你道老花头能做甚勾当？

猜着了，说媒呗。偏他姓花！

说媒可是行善积德的事体。说媒作保，自寻烦恼。老花头说媒，与别个不同。既不依周公六礼，也不行婚姻介绍所那一套。郎有情，妾有意，就隔一层窗户纸。老花头做的，不过是将这层窗户纸轻轻点破，不费吹灰之力。有功是他，没他也成，何来烦恼？因之，有无媒婆嘴、媒婆腿，都不紧要。

紧要的，是一双眼！

人心有多深呢？这双眼总得看到人心深处去，还不能搅得沸反盈天的。事后若念他功德，谢媒钱倒不必奉上，他也不贪酒，只将心佛斋素菜馆的黄蘑鸡拿来一包，就能让他大欢喜。请他下馆子吃九转大肠、糖醋鲤鱼成不成？不成！老花头就好这一口。

黄蘑鸡非鸡，而胜于鸡。心佛斋素菜选料以豆制品、油皮面筋、山药为主，这黄蘑鸡则以手撕蘑菇过油，鸡的味道完全按配方由中药料调出。

从何时喜吃黄蘑鸡，有说吃过了一二十年，有说从老花的爹在世时，就开始吃。恍惚记得，老花家跟开素菜馆的老张家有来往。也就是说，老花头吃鸡，年深月久，就像骨子里带的。每逢见到有人去王家大院给他送黄蘑鸡，我们就知道，天下又多了桩好姻缘，街口涤心泉也像在欢唱。

张家和李家，赵家和孟家，这亲，怎么就结了呢？我们看着都不像。

若非看见有人往那王家大院送去黄蘑鸡，哪晓得人家功德已成？不知不觉，人家就把心操了。这老花头，敢情就是无影人！

如今，老实街早被掩埋在了高楼大厦下面。渐渐地，老实街人也都在相互遗忘。偶忆生活在老实街的岁月，眼前常会浮现出一只猫的形象。这可不是谁家养的猫，我们觉得就是老花头。有时他会出现在阳光下的一道清水脊上，好像已被明亮的阳光穿透；有时会蜷伏在谁家墙根下，名字就叫幽暗。他总是无声无息地，在屋顶、墙头，如履平地。老实街每个院落，每个房间，他都能畅通无阻地走进，而从未被发觉。

在我们眼中，老花头掌握着我们所有老实街男女的秘密。您知道的，十八拐胡同卖酥锅的大老赵，也以忠厚老实著称。他在编竹匠唐老五家设了个酥锅代销点，因为两家算是世交，祖上都是济阳人。他把代销点设在唐老五家里，是有帮扶一把的意思。那时候唐老五已过世。隔三岔五，大老赵要来老实街送酥锅。

编竹匠女儿开的是小卖店。重开竹器店是后来的事，那也是我们老实街所发生的最令人伤心的故事之一，不提也罢。我们常见大老赵走熟了一样走进小卖店，有时他自己走出来，有时女主人送他出来。

这样的场景持续了至少有十五年，忽然有一天，大老赵晕了头一样，携了一罐酥锅径直朝王家大院走了去。

不对头，没听说老花头改吃了酥锅。等他走进王家大院，我们才觉得滑稽。大老赵这岁数，有家有业的，人又忠厚，我们这是想歪啦。一去王家大院找老花头，就为男女之事！王家大院还有老邵、老祁和开照相馆的白无敌不是？

我们记得大老赵是空手出来的，他果真没去找老邵、老祁，他是找了老花头，而且把一罐酥锅留在了老花头家。这么大岁数的人，样子灰溜溜的，连我们这些无意碰到他的人都替他尴尬。

大老赵去老花头家做什么，我们不得而知。老花头口紧得很，不做任何解释。那罐酥锅给老花头出了难题。老花头爱吃的是黄蘑鸡。今日食一荤，十日不思荤。酥锅里有白菜、豆腐、藕，还有鸡鱼，老花头不爱酥锅。不是不吃。这么一罐酥锅，得让人吃腻了。你要分送给邻居，势必又要把大老赵来送酥锅这事再给张扬一遍。

我们都忘了老花头最终怎么处理的这罐酥锅，也记不得罐子还给大老赵了没有，只记得大老赵好多天没到老实街来。约一两周，他来了，眼睛却不敢看人。对这样的老实人，我们自然惺惺相惜，从没想过去捉弄他。可是，看得出，他开始绕着老花头走。真的躲不过，看那个杌陧不安的可怜相！

老花头呢？还能怎样？老花头不会跟人过不去。老花头云淡风轻，倒是我们显得为人刻薄了。

从大老赵身上，我们想到了胡家大院的张小三。

当年，张小三也才二十出头。春猫叫得人心乱。张小三半夜不睡，在街头徘徊。白天里，张小三走过来一趟，走过去一趟。你叫他一声，张小三！管你谁叫，听不到。问他一句，答非所问。一说话，就脸红。

小青年们怎么样，都让人喜见。过来人心领神会。我们都猜，张小三爱上谁家姑娘了。新社会，爱上谁，也不一定用得着媒妁之言。

很快我们就发现，张小三活动的中心就是王家大院。到底是年轻人面薄，他不敢主动走到王家大院去。老花头应该也把街上的情景看到了眼里，依我们过去的经验判断，该老花头出动了，空气里似乎飘起了心佛斋黄蘑鸡的香味。

可是，这个老花头睡着了。当时他还在糖酒站上班，白天在家的时候少。至今我们都觉得奇怪，他在糖酒站能够买到便宜货，为什么老实街人没求过他。好像他走出老实街，也不是去上班。他在老济南的街巷里乱逛，逛够了就回来。

晚上，张小三走进王家大院去了！这小青年，提早给老花头送上了黄蘑鸡。

在老花头家，张小三待了不过五分钟就跑了出来。因他的举动不寻常，第二天就有人问老花头和张小三的家长，张小三定了哪家姑娘。

这话从哪儿说起？老花头一口否认，我们信。

张小三的家长蒙在鼓里，因为他们还不知道张小三给老花头送了黄蘑鸡。他们虽诧异，但嘴上还是说，求街坊邻居给打听着。

对张小三，我们有两种猜测，一是他心里有了人，二是想媳妇想得熬不住了。他虽笨拙，到底还是给老花头送了黄蘑鸡，不像大老赵，送去一罐酥锅，根本不是老花头爱的。但他却像大老赵一样，避着老花头。避不开，就头一低。

不就是提早往老花头家送去一包黄蘑鸡吗，怎像做下了不得见人的事！想媳妇有错？洞房花烛夜，金榜题名时。洞房，啥地方？啧，不消说。

张小三后来娶的是将军庙街老曾家的女儿。老曾上辈是布头商，原住在趵突泉公园西边的剪子巷，张小三的爷爷是裁缝，两家也算门当户对。老花头祖上开过纱厂，老曾上辈指定卖过花家纱厂的布头，所以我们都认为是老花头做的媒。没见张小三再给老花头送黄蘑鸡，也没啥不对头。送过一次就成了礼，老花头不贪这嘴。

娶了亲的人该有多乐！

张小三出门就咧着嘴，无声地笑。新婚的日子，他常在街上走，就像要让人们把他的欢乐和幸福全看在眼里。他的牙很好，又白又齐整。他去这里站站，去那里站站，嘴角弯弯，满街上都晃着他的大白牙。就像在对老少爷们儿说："都来看我大白牙！"

他蹲到涤心泉边去了。

泉水泉水，看我大白牙。

这是叫泉水看，还是自己看呢？相看了好大一会儿，又起身走了。

他走到鹅的小卖店去了。结果，我们看到他从鹅的小卖店买了一管牙膏。他是怕自己的牙还不够白。

张小三和曾女的幸福，我们看在了眼里。曾女次年就给张小三生了个儿子。每次回娘家，两口子就像过年。

曾家祖上卖布头，却不是走街串巷、手摇拨浪鼓的那种，也不像卖布头的天津人，一张口就是"你看这一块，怎么这么黑？它打过几天炭，晒过几天煤……"或者"一庹五尺，两庹一丈，余一块，让啦！"曾家祖上是开店的，从来都讲做派的人家，虽历尽时变，但遗风不衰。因之，岳家少有到闺女家来。每来都很隆重，礼备周详。从老实街到将军庙街，也就二里多路，却从未逾申时而不归。

张小三抱了儿子在街上玩，曾女来叫吃饭，也从不高声。必走至近前，才会轻启双唇。直呼"小三""张小三"的时候，从来没有。偶尔小声抱怨一句"还抽烟"，是含着甜笑的。

不只是张小三伉俪才如此。在我们老实街，夫妻和睦的多，找不到家里过得鸡飞狗跳的。

你看得出来，老花头做媒，不会轻易下手。甚至可以说，老花头总是对的。可不吗，老花头是无影人，你不知道的，他知道。爱了谁，不爱谁，自己倒不见得就能说准！

在我们老实街，常能见到一个人，就是历下区管招工的那个老常。起初老常向编竹匠女儿求过亲，没成。我们当然是盼着成的，因为编竹匠女儿条件已不好了。不是人不好，人也年轻，也俊俏，就是身边带着个来历不明的孩子。传言老常在男女之事上贪了点，但老话又讲，只有累死的牛，没有犁坏的田，所以，贪不贪的，不算是毛病。

老常位子好，只要肯娶，没有不肯嫁的，也就随便找人提了提。他没找老花头去说合是失策，而老花头若肯去撮合，证明我们也是有眼力的。

被拒绝的老常，没觉得丢了面子，还是常到老实街来。他又找了老婆，是第三个。过了几年，这老婆却又死了。他重回自由身，也不像大老赵。回头想想大老赵，的确是个笑话。不是他已不年轻，而是拖家带口的，还去求老花头，这要怎样呢？欲将糟糠之妻置于何地？若非老花头仁义，将内情抖搂出来，这大老赵又有何颜面立世？

此番老花头没睡着，但当时我们对此一无所知，待到知道，又都深以为憾，因为还是没成。老常若与编竹匠女儿结合，世上自然又多一对美眷。老实街儿女都能得幸福，是我们每个老实街人的愿望。正因没成，反而时常让我们想起来，叹息一回。

编竹匠女儿的爹死了，老花头与她非亲非故，在我们看来，却像是他的爹。

你看，缘分吧，编竹匠女儿开小卖店，老花头在糖酒站工作。要不说我们老实街人老实呢，当时我们就没想到老花头也是可以帮她的。有老花头在，她的小卖店不缺东西卖。

老花头去编竹匠女儿家里，跟去别人家里是一样的。他人又静，性子又好，不会让人不自在。

"鹅，找个人吧。"老花头不避讳。

"哟！花大爷怎么说起这个了？"

"找个人就有了帮手。"老花头说。

当年可不像现在，开卖店有经销商直接给送来，而是要自己蹬三轮车进货的。可以想见编竹匠女儿的辛苦。上有老娘，下有幼子，里里外外全靠她一个人。

"那你以前怎么不跟我提？"编竹匠女儿就说，"那时候我又年轻，又好看。"她笑吟吟的，比画了一下，就伸直胳膊，向后侧起身子，看着两只手上的手指全都弯弯地翘起来。

"那时候没合适的。"老花头如实说。

编竹匠女儿乜斜他一眼："这时候就有了？"

"有了。"

"谁？"

"老常。"他说，"常宝根。"

"他呀。"编竹匠女儿收了手，姿态端正起来，"不找了。儿子就要大了。将来我把这店扩一扩，一家子人在老实街千年万年，不想别的。"

"鹅，听我的……"老花头说，"跟老常有好日子过。"

"爷爷，起来吧。"编竹匠女儿走过来，笑着搀起他。

"老常啊，心里有你！"

编竹匠女儿把他往店门口推。"您老是长辈，我没赶过您。"她笑着说，"但您说了我不爱听的，我就赶您一次。"

"赶吧赶吧。"老花头说，"我话说过了，就是在你心里种下了。待我走了，你好好寻思寻思。不好恼的！"

"偏恼！"编竹匠女儿冲他说一句，就在他身后关上了门。

结果我们都知道了，编竹匠女儿不光没嫁给老常，也没嫁给任何人，但是我们都不相信老花头会看走眼。

有人说，编竹匠女儿只要嫁年岁相当的。与她年岁相当的，老实街上有不少，张小三算一个，毙了的马大龙算一个，林家大院的陈东凤，李家大院的李汉轩、李汉堂兄弟俩，但老花头都不去提，可见都不合适。既然合适，大几岁又何妨？老常虽大龄，但还强壮。论起力气，小伙子也不如他。却又不是靠力气吃饭，手里拿了一辈子印把子，为人也好，而且对她有意。不论从哪方面说，我们都认为没有不成的道理。老花头说了多少媒，没人统计，但肯定这是他最失败的一次，而且我们相信也是他唯一的失败。

老花头家里只有他老婆，子女都不在身边，两个在海外，一个在南京。为了给在南京的儿子看孩子，他老婆几年前就从市百货大楼退休。不是一家人，不进一家门，他老婆也是跟他一样的人，从不引人注意。要想从这两口子身上找到故事，趁早作罢！

当时我们确实只注意到了老常。这老常过去常来走动，跟我们老实街每家每户都是朋友，上学、找工作这样的事，没少麻烦他，而他基本上有求必应。

老常爱聊天，往街上一站，身边就会围上一大帮人。

老常尊老，谁家有老人，他就会不时地到谁家探望。往往老人们刚听到他的脚步声，就会从窗子里喊一声："老常来了吗？"老常声若洪钟："来了，芈老先生！"或者，"来了，张老！"

我们老实街的孩子也喜欢他，过去没少吃过他给的高粱饴。鲁泉食品厂出产的高粱饴，就是我们童年的味道。

年轻人有求于他，更不必说了。

以现在的话来讲，老常在老实街，人见人爱，花见花开。我们印象中，唯有编竹匠女儿不在街上凑热闹。但是，老常每次来老实街，都会去她的小卖店坐坐。

彼时，小卖店总是要忽然清静下来。店里的人不约而同地告辞而去，也没人再走进去。

老常坐在店里的一张大竹椅上，从某个角度，我们会看到编竹匠女儿给他端茶送水的身影。反正店里面的一切，都影影绰绰的，特别是在明亮的中午时分。有人曾经看见过编竹匠女儿剥了核桃去喂老常，而且嘴对嘴地喂。我们不相信，因为小卖店的门敞开着，编竹匠女儿还有老娘和儿子，光天化日之下，怎么可能！

老常身子大，坐大竹椅，那张大竹椅也就成了老常专用。

大竹椅被坐得光滑油亮，老常的第三个老婆又死了。可是，我们像是忘了老常死老婆，因为老常来小卖店的情景，对我们老实街居民来说，早已习以为常。没有一个人来抚慰老常丧妻的悲哀，我们相信编竹匠女儿也是这样。有一次，他们在小卖店里谈论起她儿子的学业。

"就考济南二中吧，离家近便。"编竹匠女儿说。

"想上更好的学校也可以的。"老常建议，"让这小子加把油。"

"就不指望省实验、山师附中了。"编竹匠女儿听天由命，"将来靠了您老，能挣口饭吃……"

"看你，你说我老，就真老了。"老常打断她。

"哼，你不老吗？"编竹匠女儿直说，"不觉得不像十年前了？"

老常摸摸脸颊，哈哈一笑。"是不服老。"他说，"不怕，我老了退下来，也少不了石头一口饭。多大个事儿呢！"

"石头够上您这个大本事的人，也是老天有眼。"编竹匠女儿说，"咦，自己夹核桃吃。咋着？要我喂你？生分了呢！"

"大老赵来了！"老常转头说。

大老赵迟疑了一下，走进门来。

"大喜呀，老赵！"老常说，"有了孙子？"

大老赵"嗯"了声，放下盛酥锅的罐子，又取了柜台上的空罐子。"请常主任吃喜酒。"他拘谨地说，"谢谢常主任帮忙……"

"你不用客气！"编竹匠女儿说，"要都客气起来，常主任白添不自在。"

"鹅说得对。"

"回去别忘给常主任下请帖！"编竹匠女儿吩咐。

大老赵走出去。

"真像老实街的。"老常感叹。

"说过多少次了，让小辈儿来送，偏不听。"编竹匠女儿抱怨，"实心眼的人，拿他有啥办法？你看我做什么！我老了，不能见人了。"

"谁说你老？"

"没说就好。"

老常去编竹匠女儿的小卖店，无须遮人耳目，实际上，也正是我们所暗暗期盼的。没有一个人不清楚，老常对编竹匠女儿念念不忘。设若没有编竹匠女儿，你想想，会如何？他怎么就不常去狮子口街、旧军门巷？

大家也都不要揣着明白装糊涂啦。

在老常丧妻的半年后，发生了一件事，让我们想起来就不能原谅自己。他从前街口缓缓踱来，只略在涤心泉边站了站，跟汲水的老简招呼了一声。正巧刘家大院的朱大头新近得了一把扇，上有欧阳中石题字，是热心听众送给他的在市电台工作的女儿的。也是要显摆，远远看见老常，忙转身回家去取。待取了扇出来，不见了老常，以为老常去了编竹匠女儿的小卖店。去了那里，只见一屋子闲人，随即又出来。一问别人，原来老常去了王家大院。因他与王家大院的老邯相互有些看不上，也就没跟过去。

我们不能说老常去找老花头了。但若不是老常来王家大院，我们就都不晓得老花头跟他老婆出了国。他大女儿在加拿大定居，连同院的老邯、老祁等，也都不晓得他老两口要在国外住多久，还会不会回来。这个家，不过是三两间屋，屋里的东西俱当破烂扔了也不值心疼。

你看，家不值钱，出门也利落。门上一把锁，无牵无挂。

老花头始终不肯去房管所要回房产，不奇怪哩。

虽然老花头此举符合他素常来无踪去无影的风格，但我们心里还是感到内疚。再怎么着，这也是出远门。朝夕相处的老街坊出远门，尚不知能否回来，而我们竟一无所知，于情于理都说不过去。老实街历来所崇尚的宽厚老实之风尚，如不能有助于我们德行本身之增长，其又有何用？

老常看了会儿老祁剪纸，又顺便在白无敌的照相馆照了一张相，白无敌却给洗坏了。这种情况不多见，因为白无敌是有经验的摄影师，曾是泉城路红星国营照相馆的技术老大，老常头一次在他照相馆照相，偏偏把相片洗成了一团乌黑。

那团黑就像我们的心沉在了深不见底的渊薮。

老花头夫妻周游世界归来，是在一年半之后。为了弥补未能送行之憾，老实街几乎家家都请了他来家中坐，而他并不推辞作假，也不忘酌情送上自己从海外带来的礼物。到后来实在没的送了，就从编竹匠女儿那里买些吃的。

编竹匠女儿也请了他，请他老婆也去，他老婆照旧只是微笑摆手。编竹匠女儿先走了，他收拾了一下才过去。路上碰见老常，老常就怪他出远门不打招呼。得知要去编竹匠女儿家，老常高兴地说，自己也要去。没进编竹匠女儿的家门，老常就朝里边嚷，自己来陪老花头。

那编竹匠女儿早把酒菜都备好了，酥锅、煎鱼、炒螺蛳都有，九转大肠也有，从饭店要的，是大菜。当然少不了黄蘑鸡。

编竹匠女儿说："喝酒前，我先把礼数扯一扯，花大爷是长辈，老常不是。"老常疑道："为啥我不是？"编竹匠女儿说："当着花大爷的面，我有什么说什么，你不是长辈的样儿。"老常说："鹅，你这是在夸老花头吧？"编竹匠女儿说："不是我夸花大爷，是我心里不藏奸。你，我，花大爷，今生今世头一遭坐一张桌子。大事，名不正，言不顺。"

老常闻言，差点掉下泪来，忙忍住了。

有件事是要提一提，老常上个月娶了第四个老婆。

老常的第四个老婆比编竹匠女儿还年轻，才二十八，结过婚，没生育过。

虽然编竹匠女儿没把老常当长辈，但也给他敬了酒，祝他新婚大喜，还把她的在聚贤街上了济南三职专的儿子叫过来，分别敬了老花头和老常。

老花头本没酒量，喝了头三杯，就有点刹不住闸。老常则每顿不离酒的，劝都不需劝。编竹匠女儿心里高兴，索性由他们喝。

听见院门外有人过来，就走过去说，今天不营业，要买东西就去左门鼻家。但人家不是来买东西的，是听说老花头和老常在她家喝酒，特意带了一瓶秦池佳酿过来看看。她不让，说，喝个酒有啥好看？挡着门，脚趾着门枕石，掏了把葵瓜子，嗑起来。来人还不死心，说，就是去跟常主任照个面。她横了他一眼，说："我今天请的是花大爷，不是请老常。我放你进去了，你眼里就会只有老常。"来人听了，摸摸脑袋，笑着承认，很是。这才放下酒走了。

待他走远，编竹匠女儿将院门一关，回到老花头和老常身边。老常看她脸色绯红，问她，咋这么高兴？她说："我没请过人，头一遭请了花大爷，花大爷来了。不光花大爷来了，常主任您也来了。这院子里，有老娘，有儿子，有您，有花大爷，有我，多像一大家子人！我还能不高兴？谁再敲门我也不开。我是高兴得要哭哩。我自干一杯！"

日偏西，我们才见编竹匠女儿再次打开院门。她从街上叫人，张小三、李蝌蚪、后街口唐二海都过去了。

老常烂醉如泥，几条汉子都架不动他。后来唐二海就建议用他常坐的那张大竹椅来抬，或许好些。费了九牛二虎之力，才把他掇弄到大竹椅上，大竹椅愣是没散架。九号院的老桂已经叫来了出租车。大家抬着大竹椅，果然省便些。终于把他塞入车里，编竹匠女儿就在车门外大声对他说："我告诉你常老大，你让这些人给糟践了，看你怎么办吧！"他动弹不得，却还咧着嘴嘿嘿笑呢。

令人刮目相看的是老花头。他平常滴酒不沾，这天却跟老常喝了不少。喝得晕晕乎乎，却能自己站，自己走。

人喝酒，若不是喝到烂醉，样子就是好看！编竹匠女儿去搀他，他也不躲。但见他轻飘飘欲倒不倒，满面亮晶晶，红扑扑，笑嘻嘻，显年轻了不说，竟是乘风御气的仙人可比。而那编竹匠女儿亦是朱颜酡些，有她傍其一侧，竟又是古时的高士名流，携了可心侍儿冶游山林，直把人看得目眩神摇。到了王家大院门口，偏不进去，折身又往回走，编竹匠女儿也只得随他。

路过张公馆时，一枝逾墙而出的独步春，轻轻打了一下他的脸，他竟立于墙下，对着独步春说起话来。嘟嘟囔囔的，不知说的什么。看他神情的意思是，妒我不妒？妒我不妒？那独步春亦若善解人意，纷纷抛下片片洁白的花瓣来，落了花下人儿一头。

前天才让儿子请过他的朱缶民老先生，故意笑着问他："老花头，咋喝醉了？"

他饧着两眼道："不醉。"

"在佛心斋喝的酒？"

"鹅家。"

"在鹅家喝酒啊！"

老花头听了，愈发地得意扬扬，好似在想：我在鹅家喝了酒，老实街人妒不妒？连那独步春都在妒我，朱缶民，你个糟老头子，自然也妒哩。

"扶你的人是谁？"

他转脸对编竹匠女儿定睛看了一会儿，编竹匠女儿头上也有三两片独步春花瓣。他笑道：

"就是鹅啊！"

编竹匠女儿也笑道："花大爷果真认得我！花大爷没有醉。"

可是到了涤心泉那儿，他却嚷口渴，要喝泉水。编竹匠女儿说水冷，不让汲水的人给他喝。不料，他弯腰往地上一趴，就把头探到泉池里。编竹匠女儿拉他不住，他却趴在石头上不动了，盯着水里的人影儿看。他虽不动，人影儿却在动。他看到人影儿后面，有张匀净的蓝天，还有另一个人影儿。那就是编竹匠女儿。编竹匠女儿也在微微动，就像他们正一起漫无目的地走在另一个清明安乐的世界。

看着看着，老花头就羞了。

一阵清风吹过，水面上起了一圈涟漪，人影子就揉成了一团。

这时候，老花头的老婆追了来。没用她叫他，他就自己站起身，一声不吭，低着眼睛，很不好意思。

接着，我们看见老花头在一老一少两个女人的搀扶下，一步步向王家大院行了去，好像是刚被家长从野外找回的贪玩的孩子。

不过是三五日后，就突然到了济南的炎夏。

老实街上，已难觅独步春花的芳踪。

有关老花头在老实街醉酒的场景，被我们说了许久。老花头还从未像这样被街坊关注过。张公馆的那枝独步春，长出了簇簇绿叶，每被看到，都会让我们想起那天下午老花头是怎样对它呢喃细语。那一刻，就像独步春成了精，就像我们老实街上，也有了聊斋故事。不定哪天晚上，独步春枝头就会降下个艳丽妖娆女子。乘间与其密室相会，即使不做爱妻之香玉，亦可做良友之绛雪。嗯，她也会像一个人。少女时代的鹅。如今的鹅是老了，虽然走起路来还是老样子，像是要冉冉飞起来，可毕竟年岁摆在那里。自古美人叹迟暮，没法子哟。

老花头酒醒之后随即恢复了常态，编竹匠女儿却依旧是我们经年的心病。

将军庙街上的天主堂，大家还记得吧。老实街上就有人信天主，两年前去世的穆氏兄弟，张小三的老婆，老祁两口子，都信。从天主堂，我们听到一种说法，"流奶与蜜之地"。在我们听来，这就是说的老实街。哪里有德行，哪里就是"流奶与蜜之地"。老实街有德，自然得福。

编竹匠女儿的爹死了，娘又死了，儿子也长大成人，可她还不得福！我们曾看好老常，可是老常的第四个老婆比她还年轻。

直到有一天，狮子口街一个与鹅年纪相仿，名叫高杰的家伙出现了。平心而论，我们从不看好他，但他三番五次来老实街找鹅，活脱脱另一个老常。我们很快了解清楚，已经不得了啦，留过学，现是一家国际商业连锁机构派驻国内的代表，比老常还厉害。别看老常在济南活得风生水起，电视上见过他人影儿没有？高杰不仅上过一次电视，而且次次都是由市里的头面领导作陪的。尤为重要的，是王老五。

通过观察，我们确定高杰对编竹匠女儿是真心实意。那些日子，编竹匠女儿变得很快乐，也改了素朴的装扮。金的银的，她身上都有。她还用上了外国洗发水，外国护肤品。

偏偏老花头又睡着了。嗯，似乎久没看到有人给老花头送去黄蘑鸡了。说实话，我们一直认为编竹匠女儿错过了老常。她若跟了老常，店也不用开，儿子的前程也都能包在老常身上。狮子口街高杰的出现，或许就是她今生幸福的最后一次机会，我们期望她不会再次错过。

万万没有想到，老实街最终毁在了高杰手上。在独步春花凋落的前夕，我们的"流奶与蜜之地"，成了一片摊开的破布。眼睁睁看着那些百年老屋，在推土机的巨臂之下訇然倒塌，无用的感受如同大山，死死压在我们心头。

但是，即便我们历来崇尚老实为人，从不与人作难，我们还是与拆迁办进行了一番艰苦抗争。为留住我们世代生存之地，我们曾不顾脸面，恳求编竹匠女儿去阻止高杰在老实街上兴建巨型超市的计划。同时，我们还尽可能联合一切力量，与政府谈判。当然，政府有政府的道理，老济南城里将要拆迁的不光有老实街，还有宽厚所街、榜棚街、旧军门巷、东流水街，多了去。但在我们看来，老实街不光是济南的心脏，还是人间道德的楷范，怎么也不能说拆就拆！你拆了我们老实街，涤心泉怎么办？不过是想想离开老实街，离开这眼清泉，去政府安排的东郊燕翅山下居住，我们就不由心慌意乱，无处抓挠，像丢了魂。

再给你说说老花头。

老实街的每次集体活动，老花头都参与。他像往常一样，不被注意。作不作声，都没人怪他。

渐渐地，我们都已意识到老济南拆迁已是大势所趋，我们都有了退而求其次的念头，那就是能挨一时是一时。在老实街毁掉之前的每一天每一刻，都是赚下的，或许就迎来了转机。

从编竹匠女儿那里传来了消息，她将重开竹器店。不是亲眼看见她把小卖店关了，没人会相信。我们赶去看，果然见她正跟大老赵一起拾掇铺面。去年腊月，她的儿子娶了同居女友。小两口一个比一个懒，都不出来帮一把。

铺面拾掇好了，大老赵把空罐子拎了回去。路上遇到才上小学的孙子来叫他，他就把孙子抱起来。有人好奇地问他，酥锅还做不做？他说，怎么不做？做。

我们听了，都笑起来。

做，做！

老实街不保，那，十八拐胡同就能保吗？看看人家大老赵，如此处事不惊。倒是我们这些人，惶惶不可终日，怕天塌一般。天塌怕什么？先砸大老赵！大老赵个儿高。

别以为编竹匠女儿要重开竹器店是小事，它给了我们一个好的预示。编竹匠女儿无职无权，可不算没本事的人。老常肯听你的不？让编竹匠女儿给老常说句话，试试！

我们真的轻松起来，开始在街上有说有笑。与政府谈判时也是这样，不再剑拔弩张。政府说要建设法治社会，让我们每家都签拆迁协议。嗯，好吧，我们给你来个见面三分笑，可就死活不签。

那时候我们也看见老花头在跟着笑，可没能发现他笑容里的诡异。

有人说，就是在得知编竹匠女儿重开竹器店的消息之后，老花头开始昼伏夜出。遇上他在黑夜悄没声儿地走，心里会不由发怵。设若走近，亦似以身就影，不类曩昔。他就那样在街上的暗处踟蹰徘徊，东站站，西站站。在人家墙下站得久了，就一个劲儿抠人家墙缝。我们相信他也并不是想要吓人，而是身不由己，完全被一个威力巨大的邪灵控制住了。管你信否，门有门神，厕有紫姑，谁也不能保证自己平白撞克着什么。

对老花头不久之后令人不齿的行为，我们找到了这样一种为他开脱的借口。在历下区政府拆迁办，他丝毫不觉得自己背叛了老实街人。

是的，在没有任何人威逼的情况下，老花头主动走进历下区政府拆迁办，第一个签下了同意拆迁的协议。

王家大院的邻居们一旦发现老花头家门落锁，吃惊不小。老花头再次不辞而别，简直让我们老实街人伤透了心。

这一回，王家大院挤满了人。我们下意识地不看院门，却抬头去看高处的院墙、屋脊，好像刚刚有一个幽魂魅影翻墙越脊而过，寂然已杳。

约巳时三刻，老花头签下拆迁协议的消息就传了来，我们心里的狐疑、怜惜，瞬息间转化为愤怒。

可耻的老花头，不声不响地出卖了老实街、涤心泉，出卖了花家祖上居住的宝地！现今的七号院、十一号院、十二号院，就曾是他花家的祖宅，虽已非原状，但也有迹可寻。如果我们就此溃败，连那样的一点痕迹，也将不复存在！人生百年之后，又有何脸皮去见列祖列宗！老朽之身固可逃至海外，而心可逃乎？做出此等劣行，身逃再远，心也难安。

对老实街这个杳然已去的叛徒，我们老实街人在难以抑制的激愤中，浑然不觉发出了恶毒的诅咒。

时过境迁，对老花头的怨怼已经平息，鄙视也已不再。毕竟，我们有许多人，是给老花头送过黄蘑鸡的。

其实，那天被张公馆墙外那枝独步春打了一下，老花头就已不再是老花头。还是那话，木魅山鬼，野鼠城狐，防不胜防哩。

老花头的绝情远非我们所能想象。他在南京工作的儿子回过一次济南，草草办理了有关房产事宜。从他儿子那里得知，他和老婆又去了加拿大。贱售了燕翅山下友谊苑他家分到的回迁房，济南已再无花家的立锥之地。据黄家大院芈老先生讲，这花家祖籍江苏盐城，与当年莫家大院的莫律师同乡。也有人言之凿凿，说是扬州槐泗镇，至老花头，已在济南居住三代矣。久居三代之地，一朝弃之如敝屣，想想都令人心寒。难说老实街的这场灭顶之灾，不正合老花头意。老花头长年累月怀恨老实街，也未可知。知人知面不知心，人所知之，实在寡之又寡。

满打满算，编竹匠女儿的竹器店只开了一年有余。你要问回迁房怎可能一年时间完工？说句不好听的，老实街也就一大鱼缸，人哪，就是一缸金鱼。鱼缸摆那儿，看金鱼游得挺自得，挺欢实，每每忘记还有大手在外。大手搬动鱼缸，鱼就势必慌一阵。政府规划早已制订，回迁房也早就开始悄悄动土，就像那大手，既要移动鱼缸，也非得马上使鱼儿知之。鱼儿措手不及，大手可不觉丝毫突然。管你有德者，无德者，背德者，你想想，跟鱼比，能相差多少？率土之滨，莫非王臣……起初我们还将愤懑一股脑儿使在狮子口街那家伙的头上，回头想，谬极也！没有高杰，也会有李杰、张杰。这样想了，连老花头都无须恨的。老花头是起了坏头儿，街上那些老祖宗紧随其后，都把协议签了。实际上,我们并没像东边与政府硬顶到底的宽厚所街一样白吃亏,少得了补偿款不说,还丢了宽厚的名声,差点弄出血案。

旦夕之间,老实街化为废墟。

白天的喧嚣过后,四处沉寂下来,侧耳可以听到涤心泉轻柔的泉涌之声,还是那么诱人,仿佛亲切的低吟。很远的地方才有城市的灯光。那些灯光在高高的夜空,交相辉映,笼罩着这片曾经的有德有福之地的斑驳和幽暗。开过了腊梅迎春,牡丹海棠,三春将尽。温暖的夜风里,微微含着干燥的浮尘气息,但也仍可辨得出缕缕花香。

夜半时分,瓦砾之间踽踽走过一个人影儿,不是别人,正是张小三。他送妻子回了将军庙街的娘家,睡不着,遂闲步至此。他在莫家大院的位置停留了一小会儿,确定了一下编竹匠女儿家的方向,径直走了过去,好像此生头一次如此胆大放心。

竹器店竟然没被推土机夷平,但已岌岌可危,四面墙只剩三面,歪斜的门窗黑洞洞的,神秘莫测。

张小三踩着被瓦砾覆盖的台阶,小心躲过耷拉下来的门框,低头钻了进去。未及细看,只觉身子一软,心头袭上一阵绞痛,就无声地瘫倒在墙脚。脑子里一片空白,什么也想不起来。整个人轻似柳絮,待风一吹,即可扶摇直上。不知不觉,两行清泪湿了脸颊。然而,更大的痛苦在等着他。

一旦看清大竹椅上黑黢黢蜷缩的人形,张小三瞬间石化。

从那脑袋上影绰缭乱的一团花白头发来看,再不可能是别人!

老花头来了老实街……侧身对着张小三,胸脯紧贴着大竹椅的一侧扶手,好像要把那竹材藤葛,使劲勒入自己的血肉中去。他还在全身抽搐,弄得大竹椅索索作响!

张小三心惊胆战,眼睛死死地朝他盯着,随即喷出炽烈的火苗。最好,老实街再来一次大毁灭,整个世界天崩地裂,将红尘所有的爱与欲,幸与不幸,全部彻底倾覆于万丈废墟之下,永不得见。张小三浑身僵硬,一动不能动,好像被树精地母从地下拽住了两腿。他也没有了呼吸,宛如死掉。

过了许久,老花头才慢慢起身离开被编竹匠女儿遗弃的大竹椅。他摸索着,走出孤挺的竹器店。张小三并未停留,顾不及会不会惊动老花头,稍后也走了出去。老花头飘忽向南,他则向北。他要回将军庙街上的岳家。老花头路过了那眼千年古泉,他在路过张公馆时,被倒伏在残垣断壁间的独步春枝蔓绊了一脚。

趔趄立定,回头张望老花头,已杳然无踪。一只飞奔的野猫掠过一道灰影子,也不见了。

很快，张小三走出了老实街废墟，好像再无牵挂，也好像才得了神力，能保涤心泉于独步春最末的馨香之中，暗涌依旧。

春的宁静的残夜里，夏日隐隐地来到。

（原载《收获》2017 年第 4 期）

作者简介：

王方晨，小说家，著有《老大》《公敌》《王树的大叫》《祭奠清水》。曾获小说选刊年度奖、百花文学奖、中国作家优秀短篇小说奖。

小 拜 年

高 君

宿舍在二楼，正冲着楼梯口，一楼是储蓄所。贾白正在走廊的煤气灶上炒菜，星期天来办理业务的人不多，隔上半天，铝合金大玻璃门才吱嘎、咣当一声。每次他都禁不住回头张望一下。他把接下来的一个菜倒进锅里时，炝锅的刺啦声一时让他忽略了大门动静，直到一串脚步声踢踏临近，楼梯口光线瞬间一暗——拐角缓台那儿有一扇窗户，这时，小叔已经笑眯眯地站在他眼前了。

一行四人。

加他五个。十多平方米的宿舍冷不丁有点满。

坐下就好了。两张写字桌被提前拖到地中央，对面两张行军床正好当板凳，写字桌两头又各摆了两把椅子——这种布局最多坐过十四人呢。

贾白风华正茂，热情似火，正痴迷文学，热衷交际。这间小宿舍便成了当地文人墨客经常聚会的场所。十天半月就有一次。主要是写东西的，也有唱歌和画画的，以及与此无关却是非常有趣的人。偶尔还会光顾一两位对文学感兴趣的领导。先酒后茶，每次贾白都忙得心满意足。为增加情调，他还添置了一台纯进口索尼音响，安了紫天鹅绒落地窗帘。本来应一女文友的强烈建议要安百叶窗，淡绿或浅藕色，一是窗子面积过大，二是选看时贾白不小心被百叶割破了手指肚。

这幢黑乎乎的四层楼就处在县城的最繁华处。紧邻两家大百货商场，对过是一溜日杂和副食品商店，左面是步行街，前面一拐是农贸大市场。白天，门前街面人流如织，两侧马路牙上，售货摊床和小吃摊点挤挤挨挨。烤地瓜的香味，和现压玉米面饸饹条的酱肉卤香，尤其诱人，老远就能闻到。夏季午后，吆卖声透着暑热，显得特别慵懒乏力，水似的在整条街上漫溢……

过完年，接到信儿，贾白便开始准备：先托邮局朋友，把排了一个多月的电话装了；买了一箱杜康酒，添了几件餐具酒具；和几位好友打了招呼，大致拟定了一套接待方案；最后，又额外备了一些现金。

小叔接过贾白递上去的热毛巾，擦了一把脸，四下走了一圈儿，先乐了：小聂武耍钱——书（输）多；随后拿起书架上的电话，刚把听筒放在耳朵上——

二姐夫徐训立即问：花多少钱？

三千四。贾白轻描淡写地回道。

够我们老农民撅尾巴干一老年了。徐训瞟着小叔说。

吃得苦中苦，方能甜上甜。我侄儿十年寒窗凉床冷板凳，你们谁能受得了？

关键是一年到头渣儿都不剩，扣除种子化肥农药，这税那税，到了连吃的都没挣出来，干赔。我今年正好就赔了你一台电话钱，徐训继续说，这眼瞅着就要买种子和化肥了，一点儿咒念没有，还不知上哪个庙门磕头呢。

屎没来屁先来了，小叔说，瞅你那点儿章程，我还真没说错，老徐家人就是心路窄。车到山前必有路，到哪个庙门上哪的香。

哎，我说白，二姐夫的钱你都给准备了吧？三姐夫聂武歪脖吐着烟圈儿，我听说你们单位去年年终奖发了一万来块。

谁说的？我还听说你们发两万呢。

操，我要是双职工，啥都不说，年年连小叔家的都全包！

肚子疼埋怨灶王爷，这点我可不宾服，天天算计老娘们，狼吃不见狗吃攥出屎来，一年少输两万，啥都有了。小叔回到座位上，扫扫桌面，说瞅瞅，这才是我们老贾家的人才，要文能文，要武能武！

徐训立即嬉皮笑脸地接茬儿：就一样不好，属贾宝玉的，屁股后大姑娘一串一串的，光撩扯就是不娶。

这叫能耐！小叔道，好汉占九妻，完犊子才只可一个来呢！

小叔的二姑爷小肖脸红了一下。

老贾家男的都那样，马尾扇屁股——招风。徐训又来了一句。

瞅瞅，老徐家人天生就是出大力的命，干活一个顶仨，一张嘴就完了，满嘴鸡屁股味儿。你别说，我们老贾家这点还真省心，就是不愁说媳妇，小叔道，一色上赶子、倒贴，一帮一帮的，赶都赶不走；你再看姚尚信生的那窝，不傻不茶，不瘸不拐，就是找不着媳妇，活活把人给愁死了。

老姚五叔没了？贾白一怔。

昨个下半晌。我说等帮完捞头忙再来，嗯——徐训冲小叔撇了撇嘴，说啥都不干。

人有的是，我在那能干啥？干占地方。

我还欠他一个大人情呢。贾白说。

啥人情？徐训瞟了一眼小叔追问道。

赶紧，赶紧喝酒哇，菜都凉了，聂武夹了一口菜，放下，啪地撂下筷子：哎，我说白，你那帮女朋友呢，咋一个没来？赶紧打电话都叫过来，小叔喜欢热闹。

贾白把最后一道菜端上来，说都忙呢。

少扯，今儿是礼拜天！聂武边说边挺了挺穿制服的腰板，大盖帽一直没有摘下来。

你三姐夫喝酒没女的不行，得花天酒地，要不喝不进去。徐训又说。

卖呆的不怕注大，贾白贴着妹夫小肖的耳根说，一会儿多灌他几杯，把他的嘴给堵上。

白搭，比兔子都奸，谁都整不了。

操，我就不信！聂武把大盖帽往身后一丢，哗啦，把酒杯拢到一块儿，操起一瓶白酒。

小肖赶紧撤出一只酒杯：给我爹来一小盅啤的，胃还没好利索呢。

没事儿！苍蝇尥蹶子——小踢蹬！今儿见到我老侄儿高兴，我整两盅白的！

就是，在家不也没住嘴吗？我下午还得开会呢，等晚上的！哎，我说白，你到底行不行啊，不行晚上我安排，这小屋也忒憋屈了，胳膊腿都抻不开，我跟你说，小叔可是头一回登你家门儿。哎，我说小叔，对吧？

你别管对错，也别管我第几次登门儿，小叔道，咱现在就把话撂在桌面上，晚上谁张罗我都不去，就让你小聂武安排。你们工商局不正好管饭店吗？

那是，聂武挺了挺腰板，不信明个都跟我回二道甸子，不是吹，一条街，所有馆子，喊一嗓子，好使！

你别支杆子，我没说明个，就说今晚！

好使，多大个骰子，大不了我直接拍现金！

得了，贾白说，赶紧张罗酒！

街上还是年味儿。音像店几乎都放着同一首歌——刘德华刚在春晚上唱的《忘情水》，小吃摊儿还没出，到处是削价处理的服装鞋帽、挂历、明星照、音响盒带、烟花爆竹、酒水饮料、元宵、冻梨，以及黑不溜秋、将化未化的鱼。路边淌着脏水，背旮旯炮仗末儿和黑冰冻在一块儿，很扎眼。空气中似乎还残留着一股爆竹燃放后的硫黄味……

贾白和小叔踮着脚,一边躲避行人和卖水果的三轮车,一边挑着干爽的路面走。

一撂酒杯,聂武就开会去了。收拾完桌面,贾白沏上茶。

小肖的脸一直红到脖颈,二姐夫连头皮都红了。两人各歪在床上打盹。

小叔端着茶杯,说瞅瞅他俩,喝点儿酒就放扁,就跟下蛋鸡似的。我四个姑爷,就这个酒量完蛋。仨儿你二哥不行,你大哥平常酒星儿不碰,关键时整个斤儿八两的就跟玩儿似的,多大的场都能镇住,说话办事儿那是滴水不漏。你家你大姐夫滴酒不沾,这个也是个完蛋货,那小聂武可纯牌是个大酒包,喝点儿酒吹五作六,天王老子都不大,给杆枪能放,三丫头将来怕是有心糟了。听说你二哥烟酒不动,我估计那是当老师受拘束。喝酒这玩意天生,你奶喝了一辈子,临死才把酒盅撂下。我八岁喝酒,你爹三岁就开喝,动不动就醉倒在桌根底下,你奶就揍。这边刚揍完,脸上眼泪瓣儿还没干呢,那边酒盅就又捏上了。我们老哥俩相差十七岁,都是四个姑娘仨儿,我的任务都完成了,死也能闭上眼睛;你爹到死还惦记着他的大傻儿和老丫头。我是在他脊梁杆儿上长大的,走一步背一步,那叫寸步不离……

那到了还挨了你一啤酒瓶子,二姐夫闭着眼睛突然说道,要不不能死那么早,憋屈倒在其次,血淌干了。

小叔顿时弄丢了话头儿,半天才嘘了一口气,说:

你爹好磨豆腐(磨叨),不喝酒还好,一端酒盅就开磨,磨了一辈子。

贾白突然心烦起来。撂下茶杯,把小肖叫起来,说,你是几点的车?然后拿出一个牛皮纸信封:先拿两千,把地种上。贷款要抵押,我们也不例外。说着回头特地看了一眼小叔,对方则自顾喝着茶水,仿佛什么都没看见。

贾白送小肖到一楼门口,小叔紧跟着就下来了:让徐训把门儿,咱俩消化消化食儿,瞅瞅这街头多热闹!

两人先来到贾白单位的旧办公楼下,在大门外站着抽了一支烟;在农贸大市场里逛了两圈儿,买了一斤铁锅炒花生;穿过大市场,沿干谷大街往东走了一千米,经过一些商店、饭馆、洗头房、足疗馆,小叔的目光突然变长。又经过汽配厂、洗车行、修车摊儿,两人在已完成主架建设的办公大楼对面停了下来。

明年这时候我们就搬过来了,贾白说,十二层,除了电厂,全城第二高的办公楼。

足疗是疗啥的呢?看挂的图,不像是治鸡眼和脚气的,做针灸的?脚丫子做什么针灸？

贾白愣了一下。

打鱼的都有脚气，常年不见干，我打了十年也没得，因为不是汗脚。咱这两窝都随你奶，没一个汗脚，到啥高贵人家都不怕脱鞋。老吕家二小子头前那个对象就是让脚丫子给整黄的，进屋一脱鞋，我的妈呀，跑得渣渣不剩。洗秃噜皮也白扯，臭到骨头里。

是按摩的。贾白说。

这回愣的是小叔：按摩？这都是啥香色人，伸出个臭脚丫子让人给捏咕？给多少钱都不能干哪！

干的都是小姑娘。

你去过吧？我就说嘛。这城里人能作，都作出花来了。就是可惜了那些大姑娘了。都托生在啥人家呀，舍得让出来干这个，你瞅刚才屋里坐的那一溜，都穿那么点儿。这大正月，瞅着暖和，可冻人不冻水呀。还都叼着烟，早年咱东北农村老娘们好这口，现在倒好，轮到城里来了。

贾白知道他说的是洗头房，没搭腔，心说，何止城里，是全天下。

哦——我差点儿忘了，你们单位一共多少人？

都算上不到一百。

瞅瞅银行多阔气，这么点儿人整这么高的大楼，就是拉老婆带孩儿全住进来，也得闲一半带拐弯儿呀。

还要盖住宅楼呢，下回你来，我就不住那儿了。

那敢情好，到时我可得来享受两天。我们老哥俩这辈子还都没住过楼呢，哦，不对，过了今晚我就算住过，你宿舍不也是楼吗？

往回走的路上，小叔突然挺了挺腰板儿，说，我和你爹不一样，我一辈子没愁过吃穿没缺过钱，老大十六老二十三，我就把一排六间大砖瓦房给盖好了，全大队我是蝎子粑粑头一份儿，连大队郭书记住的都是土墙瓦盖的；再说供儿女上学，我是花钱管够，要一个给俩，你们哥俩还架步量呢，我家那是一人一台嘎嘎新的大永久。谁比得了？可他们就是不给我争气呀！

钱多烧的。贾白回了一句，情绪骤然沉落。刚刚升起在脑子里的一些想法也随之消弭。

徐训老远小跑过来：你刚走，电话就开锅了，有北台子乡政府的，县委办公室的，县政法委的；还有俩女的，一个是文化馆的，一个是农业站的，他特地瞄了一眼小叔，都说晚上要安排，问你想去哪儿？

"太阳神"是干谷最大档次最高的夜总会。

这幢位于县城黄金地段的独栋四层楼，原是工会等几家机关单位的办公楼。两年前被一个年轻女人买下，然后就有了这家夜总会。据说，女人曾是一所中学的英语教师，十几年前辞职去了广州。关于其发家史，坊间流传许多版本，一说是她曾从事过某种职业，因做得早，姿容出众和只接待大客户，所以就发了；一说是给一个刁钻刻薄的香港孤老太做贴身仆佣，最后继承了遗产；还有一说是人家本来就有一个香港大老板舅舅，四九年跑过去的，当初下海就是投奔的他。甚至夜总会开业，有人还亲眼见过那个鹤发童颜，满口闽南话的香港老头儿。有一点却千真万确，她很少在公开场合露面，更不会轻易出现在自己的夜总会里。

贾白见过她两次。

他毛遂自荐想要为她或"太阳神"写点东西，结果被谢绝，却享用了两次规格不低的接待，在她自己的专属包房。第一次是西餐，菜品不多，却样样都跟画似的。器皿闪着孤绝华美的光泽，令人汗颜。贾白的风度和傲骨顿时大打折扣，险些化为谦卑。那是贾白有生以来头一次使用刀叉。第二次是喝茶，他去取自己发表的文章剪贴本，并彻底否定了先前全部打算。她依然高贵逼人，冷艳无比，却表示了对他的欣赏：在这小地方，你确实难得一见。你和他们不一样，以后有需要的地方，尽管找我。

令贾白印象深刻的是她那张线条清朗、轮廓明晰的脸，和美得让人忧伤的下巴，很像当年拍《末代皇帝》时的陈冲；还有她吸烟的样子，难以形容，宛若一道风景，那是一种当时流行的深咖色带薄荷味的女士绿摩尔牌香烟。

那天晚上去的是金城夜总会。

"金城"原是一家老电影院，电影不景气，电影院就变成了夜总会。里面的基础设施几乎没动，只打了隔断，简单装修了一下。跟"太阳神"比，差不多就是一个天上一个地下。

去"金城"本来可以不路过"太阳神"，如果走小道。可那天聂武非要打人力三轮车，三轮车是不愿走小道的，尤其是黑天。

这样，"太阳神"就成了必经之所。

老远就看见巨大、闪烁的霓虹招牌。镏金旋转门里的灯光，水似的泼出半面街。门前各种小车摆开了龙门阵，两个着蓝呢黄流苏肩章的保安正忙着指挥疏解新到的车辆。开场前的乐声尤其震耳。玻璃门内着刺绣红旗袍的小姐忽隐忽现，宛若在水草和珊瑚间游弋的长尾红琉金。

歌舞升平，人间天堂啊。经过门前马路，小叔由衷地感叹了一声。

贾白突然有点儿后悔：明天早点儿定位子，今天满了。他撒了一句谎。

好,小叔说,这叫先喘后胖,耗子捞木锨大头在后边!

为什么没去"太阳神"呢?完全是贾白一时心情所致,本来早就计划好的,位子也订了,已经有人在往那边赶了,贾白却临时起意——

三个人在宿舍等聂武。一上来,他就虎着脸问,晚上谁安排?

不说好了你吗。徐训道。

我兜里没钱。他往床上一歪,然后吧嗒起嘴,开始眼馋起同事们的老婆来了。

这准是又受啥刺激了。徐训说。

眼皮浅腔沟深,就你那乱石岗子,没撂荒算你小子命好,瞎猫碰上了死耗子,活捡着。你也用不着往一边扯,小叔说,我算看明白了,你是一到真章就拉松套,端起酒盅刀山敢上,撂下酒盅立马蹿稀。

操,我要是娶了"太阳神"的女老板,天天请你们去北京王府井潇洒!

说不定还给人妨败了呢!再说,你就是请我们也不能去呀,认识你他妈老大贵姓啊!

不去拉倒,省下了!

连大盖帽都省了,绿帽子就够戴两辈子了。徐训嬉皮笑脸地说。

我愿意,我打块板儿天天给供起来!

说你虎你还真是不精啊,小叔道,不分里外,不知深浅。拿人家尿盆当瓦罐,给你个屎橛子当麻花。要不是摊个好爹,脱了这身装,去下庄稼地,你小子恐怕连五分饱都胡搂不上,三根肠子让你闲上两根半,那时看你还怎么嘚瑟?别说王府井,连村口辘轳把井都得爬着去。

得了,别废话了,说去哪?反正我兜里没钱。

行了,徐训递给他一个眼色,不用你,嫌你兜里钱埋汰。

那好啊,去哪?我可听说"太阳神"小姐都嘎嘎的,一色儿一米七大个儿,旗袍开衩一直到腰,还有那女老板,待会儿我非好好逗了逗了不可,听说以前就是个出台小姐,净跟外国人……

你给我闭嘴吧!贾白低吼了一声。

要不是有小叔在,他会立马翻脸,就像从前一样,上去就给他一电炮,甚至,迎头给他一酒瓶子!贾白想,要不是自己的姐在他手里,早就一棒子把他给消死了。

哎——我说,你护什么犊子呀?几个意思呀?

这时电话响了,贾白咽了一口唾沫,说去"金城"。

小叔是第二天上午走的。本来要多待几天的,徐训惦记家里的牛马和老妈,第二天一早,拿了贾白递过去的三千块钱,立马就待不住了。贾白知道他是嫌钱不够,急着去二哥家再借两千,怕去晚了途中生变。开江后他准备办证打鱼。其实他完全可以自己去,甚至可以当天折返,可他却非摽着小叔一块儿去。贾白既没说破,也没做太多挽留,而是顺水推舟,听之任之。已经周一,他还得上班。昨晚的酒劲儿还没过,加之阴天,心境一时竟颓唐得很。但大面儿还得过得去,因为他看出小叔非常不愿意走。

小叔慢慢地啜着啤酒,眯眼望着包子铺大玻璃窗外街道上的行人,一言不发。

要不,贾白说,你自己去我二哥家,小叔先在我这儿待着。

不行,来的时候小婶千嘱咐万嘱咐,上哪都得一块儿。

操她妈,小叔突然开口,我死,她还能跟去?!

不是担心你吗?二姐夫顿时蔫了下来,怕你胃不惮酒。

怕死免不了见阎王!我他妈不会少喝、不喝?今儿我还就不信了!老侄儿,你跟单位请会儿假,陪小叔好好整两瓶,这顿我请你。老板,给掂俩硬菜!

三个月后,地一种完,小叔就死了。

二十多年过去。

那晚在"金城"的很多细节贾白都记不大清了。好像是县政法委蒋干事请的客,前面所说的打电话的那些人都参加了,有北台子乡马书记,县委办公室尹主任,文化馆和农业站的两位女士。问题是,有两位女士,怎么叫的小姐?而且她俩好像一直奉陪到最后;再说,有马、尹二位在,通常也是不会叫小姐的。

没点热菜,就几个围碟,和一个冷盘。

气氛还算热烈,尤其是后来。小叔自然十分高兴。用他的话说,就是高朋满座,喝凉水都痛快!这是他一辈子的追求和喜好——高朋满座。

在贾白童年记忆里,小叔家就是如此。

三间大房坐落在屯子末端的一处高岗上,虽然也是土房,却显得高大气派,墙面溜溜光,房盖苫房草又厚又齐。房门似乎总四敞大开,门口人头攒动,冬天更是热气腾腾。炒肉的香味儿一直飘到菜园外面的小道上,让放学经过的贾白常常脚底发软。

令贾白印象深刻的是,小叔家的一只黑铁皮手提饭盒。就跟样板戏《红灯记》里李玉和拎的那只一模一样,饭盒里常年装着满满的红辣椒油,就放在里屋的八仙桌上。那是食物十分匮乏的年代,大豆油在农村算是稀罕之物,只有家里来了上等客人才会在炒菜时放一放。平常自己吃的都是凝成一坨的猪白油。

两家虽然只隔三里地，贾白却不常去，即使去，也尽量躲开饭时。他很小就长了一颗自尊和羞耻心。关于这点，他一直对小婶保有敬意，无论什么时间，多忙，只要人一进屋，小婶立即下地生火做饭，并且从不带一点儿脸色。奶则踮着一双小脚，既像炫耀，又像生怕小婶不给做似的，不停地招呼贾白，看看这儿的油缸，再看看那儿的腌肉缸，还有咸鸡鸭蛋缸。贾白确实被震撼到了。

奶操着浓重得几乎让贾白听不懂的山东话，一边数落着父亲的无能，一边嘱咐贾白待会儿多吃。不吃也省不下，都填外人的粪坑了。奶撇着嘴道。

自己吃烂粪坑，外人吃留名声。这是小叔的一句口头禅。

父亲说，一辈子肩不担担手不提篮，净瘸子打围坐山喊，仰壳撒尿往上（浇）交。

小叔的确一辈子没出过力，先是做生产队会计，土地承包后自己开了个大卖点，渔头好时打鱼，儿子结婚后就彻底什么也不干了。一直到死，大伙还都叫他贾会计。而且无论去哪儿，身后总跟着个人，喝醉了往家背，喝吐了给收拾。都快赶上恶霸了，父亲说，走哪都带个狗腿子，就像是吃他家饭长大的，也真下得去。父亲的口气十分复杂，既像埋怨又像嫉妒。有时，父亲也会疑惑：也怪，不官不宦，臭泥腿子一个，咋就受他摆弄呢？还净挨他狗屁屁，这不是半路捡个损爹，干赚着孝敬吗？

母亲回答说：啥人啥命，光贵下生就有三百六十个大头跟着，熊包落地就有八百六十个窟窿等着。要不咋说嫁龙不嫁熊呢，嫁龙凶一个，嫁熊熊一窝。肩膀头力气能养几人？吃不穷喝不穷算计不到受大穷。吃掉一升换回来一斗，还干赚着老婆孩子跟着一块儿吃香喝辣的。

贾白同意母亲的观点。每次从小叔家回来，他都更加深一层对父亲的反感和厌恶，相反，是对小叔的佩服和崇拜。那时小叔是整个家族的荣耀，贾家所有亲戚来串门，吃住都在那边，来这边只是象征性地行个礼节，打个转儿就走，甚至连口水都不喝。

后来他想，父亲不过是用供儿子读书这一招儿来跟小叔做较量，而他和二哥不过就是他手里的两张牌而已。二哥在先，必须一剑封喉，所以要被宠和哄的；到他已无所谓，却成了沾在手里甩也甩不掉的一张臭牌，因为他和母亲坚持，并不依不饶。于是这又让他找到了一个发泄孔道，那些淤积在他心里一辈子的新仇旧怨，便像火山爆发一样，扑向他和母亲。他只能忍受，却连带了母亲。因此,他对父亲并无多少感激之情,要感激也是母亲。他想,与其说父亲成就了儿子,倒不如说儿子成全了父亲。让他借此之名,不仅给自己无能导致的穷找到了一个最富丽堂皇的借口和理由,还间接打败了弟弟,同时,又为自己赢得了永久的名声甚至荣耀。简直是一石三鸟,有点儿类似隔山打虎,或借刀杀人。

从这点看,父亲到底还是高。用他的话说,就是好钢得用在刀刃上。打仗亲兄弟,上阵父子兵。别的都是扯王八犊子,过眼烟云。

而那时,小叔却是方圆百里的名人,是童年和少年时代贾白心中的偶像和英雄。

这种形象,注定只能远观,不能亲近。不是贾白不想,是对方连个机会和一点儿表示都不给。这种形象,是贾白心底的一个痛。多年后,当他也有了侄儿的时候,他常以此为戒。这种形象,是哪一天在他心里崩塌的?

大约是参加工作后的第四年,夏天的一个晚上,在二姐家,晚饭过后,打鱼回来的小叔听说贾白来了特地过来。二姐夫立即从贾白背包里翻出几张报纸,那上面有贾白发表的小豆腐块文章,藏在某个角落,不细找根本看不到。二姐夫一一找出来,一一指给小叔看。

小叔扫了几眼,啪地撂下报纸,大声说,我们贾家终于出了一个大秀才!然后立即吩咐二姐夫去江沿儿他的渔船里拿鱼:都拿过来!又吩咐二姐赶紧下地炒菜,小叔朗声说道,今晚我要跟我老侄儿一醉方休!

那年农历七月十五,贾白回老家上坟,特地去看小婶。小叔刚走,屋子却一下子空了许多。小婶现杀了鸡,包了饺子,还炒了一桌子的菜。小婶说,你小叔临死前还嘱咐我,说去你那一色儿是高人贵客作陪,顿顿酒山肉海,四六八碟,说等你来时让我多给你做几道硬菜,吃不吃做比成样,叫给他也放个酒杯,小婶笑——一辈子也没喝够那马尿汤。

贾白突然心里一刺:当时我还问小肖了,就说是喝酒喝得胃穿孔,切了三分之一。

谁也没告诉,怕传到他耳朵里,打开一看,胃里都长满了,没动,就又缝上了。

他跟我说,就是胃亏酒,喝上二两反倒不疼了。原来是给麻醉了。

临死前,还要去你那,谁劝也不行,说想你。一门儿骂徐训,说就是让他给薅回来的,一点儿福没有,屁股长尖到哪都坐不住,一辈子就是个老守田园的货。大江还没开利索,半冰半水的,正种地呢,谁有工夫倒腾他呀。

小拜年　　261

再说都死到脖颈了。

给我捎个信儿啊——这么说时,贾白感到一阵心虚,若真告诉,他会来吗?

他不让,说你班上忙,一着急再把钱点差了还得赔,死了死了,活着时都孝敬完了,临了一个死尸坷垃看它干啥?倒添懊糟。

晚上在二姐家,又唠起小叔。二姐夫说,要依他都能待半个月,回来跟我磨叨了一整月,说还有一帮人没捞着安排呢。嫌你二哥那地方小,不热闹。家里忙是一方面,别人安排他是得劲儿了,回头还不都是你的人情?晃晃他眼就行了。到你二哥那天天也是下饭店。你二嫂到现在还记着呢,结婚前一年暑假来,划船去看他起网,一船舱大鱼,没过门的侄媳妇好不容易张一回嘴,结果他掂量了半天,最后扔过来一条小鱼崽子。也不知是咋回事,跟外人敞亮得要命,就专门跟咱爹生的这窝抠。你看我们仨都成了他姑爷了,年头月近给他打酒喝,完了还净挨他骂。你再看他养的那帮,哪个来看看他大爷大娘了?

外敬衣裳家敬财,贾白心想,家里人更势利眼。

小叔一干人马刚走,贾白立即给二哥打电话。二哥说老弟你放心,你二嫂说了,这回一色儿下饭店,咱要让他好好看看读书的重要性!

这回来给他显的,显到全公社。说去干谷逛了半个月,一色儿县委领导作陪,小白人根本都靠不上边儿。吃饱喝足还得去大夜总会潇洒一把,那排场,你们就是死那辈子也见不着!完了再去足疗馆……啥足疗馆?二姐夫说,就你俩出去那会儿?——我睡着了。

没夸你二哥,净夸你了,说你像他,敞亮,真章时敢顶硬。我就怕你喝上酒再跟他较劲,那就白喝了,劳而无功。有一年在大姐家,酒桌上也不知咋的大姐夫撇了一下嘴,他就翻天喽,一气儿作了小半年,愣把大姐夫给作靠墙。大姐说有一回让你赶上了,当场就跟他翻脸了。别说,过后还真没臭屁你,就说让你给气得胃疼半年。这要是外人可毁了,能把你整翻背不说,还得让你顶风臭四十里。杜忠当队长那年不知咋惹乎他了,咋做都不解恨了,正赶上屯里包场地方戏,正要开演,他蹿到台子上,冲着大扩音喇叭,一二三四五,把他家老少三辈那点儿磕碜事儿全给抖搂了出来,就跟说相声似的,足足整了半小时。把大伙整得那个来劲,比看地方戏还过瘾。霸道了一辈子,就说屯里那几个好看老娘们,挨个儿让他给睡了一遍,睡完人家老娘们还凶着人家老爷们……

滚一边儿去,二姐进屋把话头儿掐断,活该,那叫花钱难买愿意!

是有点儿过分，要不也不能老早就没，二姐说，爹一辈子老好人，对外笑口言曰，连三岁小孩都敬，在家却王道了一辈子。小叔正相反。爹死后没一个人说不好，小叔是没几个人说好。

享受此生和死后留名哪一个重要？贾白突然想起一部电影《遍地狼烟》，陈奕迅说：英名不过是一片浮云。

随后就提起父亲挨酒瓶子那件事。小叔大儿子订婚时借了聂武老爹一千块钱，三年后婚礼当晚，老哥俩喝酒，哥哥让弟弟赶紧用接的礼金把钱给还了，也不知哥哥是怎么磨叨的，反正把当弟弟的给磨叨烦了，顺手就给了他一啤酒瓶子。

咱爹是心疼你三姐在中间受夹板气，本来日子过得就不仗义。小叔其实心里也明镜儿似的，可他就是不爱替人着想。就太阳穴往上一点点儿，到死还塌鸡蛋那么大一个坑呢，二姐说，怎么下的手？太狠了，再稍微往下一点点儿就坐地窝老（死了）。听老张二婶说都快赶上杀猪了，喷了一桌子、半个屋地和半铺小炕的血。地上撮了一土篮小灰都没掩上，炕上瞎了好几条毛巾，还把一条半新不旧的褥子打湿了半截。

贾白对此反应不大，等他和大姐赶到，都收拾完了。激烈的是大姐，她最疼父亲，且只比小叔小七岁。而贾白之所以坚持连夜把父亲送到公社卫生院，是怕父亲当晚就死，那样就成了命案，一枪两眼儿。

最后贾白又成了父亲的出气筒。那天是腊月初十，月黑头，天嘎嘎冷，三十多里江道，半点道眼儿都没有，雪没脚脖，风折道。马爬犁上用好几床棉被捂着父亲，还得大姐按着。否则父亲好像一个高就能蹦到地上，给他一连串大耳雷子，外加一连串腚跟脚。贾白佝偻着身子，跟着马爬犁跑，要不是心疼大姐，他会立即掉转方向。父亲的咒骂声隔着棉被，就像从雪瓮里发出来的一样，让贾白一阵阵心尖儿打战：我操你瞎妈！你个狗揍的，不让人花钱你就得嘎巴一下瘟死！

小叔去世后第三年，贾白又去看小婶，依然有酒有菜。小婶却一反常态，突然翻倒起旧账来——

驴粪蛋儿表面光，你妈活着时就眼馋我跟你小叔享福，是，吃穿用度一辈子没紧过，你爹一宿输光两头大牛外加三丈小样子，你小叔半宿就给捞回来了。这边赢，那边输，咋撑都不走，气得他把牌九桌都给掀了。气没处撒，回来把我按倒暴揍一顿。你爹骂人能骂出花来，你小叔下手那是瞎狠秃子愣。哥俩一辈子没红过脸，到了就因为那一千块钱，伤了和气。他老聂当了一辈子大队书记,哪捅咕不出这俩钱儿?又不是等米下锅,再说俺们都跟他说好了再缓两年。可你爹他就不容劲儿了。这接二连三要娶三个媳妇,那是钱串子倒提溜。他哪知道?娶一个媳妇结婚连一床新被都没给做。俺家可不是,你小叔可好脸儿。你听他骂的,说你小叔一辈子招摇撞骗欺男霸女谁便宜都占,损八辈子阳寿,将来死都不带托生的;说有能耐占自己亲家便宜去,这是他亲家,这钱要是不还日后再见到老聂,那就得把脑袋瓜子插到裤裆里——瞅瞅这话让他说得这个窝囊,他老聂有啥了不得的?要是个县委书记这么说也行。你小叔一辈子就看不上他这点,就知道跟家里人耍威风,出门儿那就高丽裤裆堆了。加上办事情把人都给累蒙圈,张罗尿裤子了,再喝上酒,一时没压住火顺手就给了他一下子……你们谁知道啊,你爹死后那两年他一直眼泪没干,想起来就哭一场,净就着眼泪喝酒,那还有好。

到底还是一枪两眼儿。贾白心想。

你小叔知道这事儿让你们都恼怒了。

我没有。贾白认真地说。

你看我都说哪八家子去了,小婶哦了一声,他手是黑,我这辈子挨他老揍了,压根儿就没看上我,要不是你奶和后来儿女按着,他早把我给蹬了。八岁我就给你们老贾家当团圆媳妇,除了你妈,我谁的气都受过,包括你大姐。你爷奶就更不用说了。二十那年,你小叔被招到奶子山煤矿当学徒,认识了个女的,外号叫吴大辫儿,愣让你奶给搅黄了,班也不让他上了。结果一辈子野心没退。三十六那年,跟人家唱地方戏的跑了,要不是俺家你大哥掐斧子撑上,早不知跑哪八国去了。回来也没消停呀,这屯里屯外,都让他搞遍了……

去你那捏咕一下脚丫子,找几个小姐算啥呀?

贾白愣住了。

这想起来就气我一把,到死都没消停。叫啥太阳神?说那小姐长得,个个赛天仙!那东西哪是自己吃呀?张嘴接着就行,坐你大腿上扒嘴喂!完了再去捏咕脚丫子,那个细痒那个得劲儿。能不得劲儿吗?都坐大腿上了。多不要脸,都任儿媳妇了,还闲心不退呢。这要是让她任知道了,还不得拿唾沫星子给淹死。我说眼瞅都要死到脖颈了,说啥还要奔你那去呢,原来是你让他尝着甜头了。

没有,真没有……

有没有我也不管了,一辈子除了柴米油盐,啥事儿我能当了他的家?

贾白还要解释,立刻被小婶制止:别说没干啥,就是干啥了,我也不能怪你,我这人讲理,天生就是那坯子,又不是现教的,再说那是人家摊上了好侄儿孝敬他。好了,我就直说了,一晃我也守他三年了,这要是掉过来,他能把两铺大炕都给占满喽。我打定主意了,不想再守了,你们要是认我这个婶就认,不认拉倒。包括儿女。

贾白忽然一阵难过,就像一件连心的什么东西,被人一把扯走了一样。

他第一反应不是解释那件事,而是想说另外两件事,不说恐怕以后就再也没机会了。

一件是高二暑假,一天傍晚,在二姐家,小叔喝得醉醺醺的,看见贾白,先哼哼哈哈挑了一大堆歪礼,什么跟他不亲了,拿他这个叔不当回事儿了等等。贾白也没解释。这时,小叔突然从左面上衣口袋里掏出一大沓钱来,往炕上啪地一摔:瞅瞅,钱我有的是,扔句拜年嗑儿,全拿去!这是他打一晚上的鱼赚的。那时渔头儿好,赶上鱼群一条渔船一宿能打四五百斤,小叔家有两条渔船,一宿就能赚四五百块。而那时贾白二哥的月工资才六十几块。好啊,贾白一连扔了十句拜年嗑儿,完了揣起钱就走。转了一大圈儿回来,小叔脸色铁青,正满屋乱转呢。

放心吧,没你想的那么贱,贾白把钱轻轻地放在炕沿儿上,好好数一遍,过后耍赖可不好使!

另一件事发生在父亲去世后的大二暑假。贾白没了返校路费。开学前一天傍晚母亲领着他去了小叔家,打算借五十块钱。小叔当时正喝酒,酒盅没撂,劈头便说,你和我哥纯牌就是俩老贱种,不能念他妈不念,一辈子净念书玩了,胡子都快郎当到脖脖儿了,有他妈鸡巴毛用?日后能孝敬我还是能孝敬我哥?母亲还在说着一些像解释的话:这眼瞅着就要念完了,再说上学是国家供,就花俩路费,还是半价,本来自己都准备了,让家里买咸盐给花了。小叔最后斩钉截铁地说道:钱我有,但就是不借,花不了我扬大道上!最后这句话贾白是在小叔家门外听到的,他提前冲出了屋子,当时的感觉就是恨不得撒泼尿立即把自己给浸死。母亲煞白着脸出来,好半天才说出一句话:咋把他给得罪得这么苦?

路过姚尚信家山花墙头,天已经黑了下来。姚尚信站在烟囱根下,好像一直在等他们。这个相貌堂堂的屯邻,年轻时三十好几还打着光棍儿,奶踮着小脚四处给保媒,最终娶了一个江西沿儿的老姑娘。从此他就把自己当成了奶的半个儿。我看见你跟小子去老兄弟家了,是不是小子开学没钱了?咋样?母亲什么也没说。我这有。用多少?

那天最后,贾白什么都没说。那是他和小叔间的事,跟小婶有点儿说不着。何况又是这种情况。人已经没了,再说一个巴掌拍不响。这些事,他贾白今后永远也不会再提了，跟任何人。

只过一年小婶就回来了。

其后的许多年，贾白每年回老家上坟都特地去看她。小婶老了，特别是腿脚。所以贾白每次去，都尽量躲开饭时，放下钱，抽完两棵烟就走。

辞职后第二年，小婶来省城治疗股骨头坏死，在贾白家住了半个多月，每天一早吃完饭，贾白送小婶去中医院做理疗、针灸，下午再接回来。

有一天路过一家叫"大木桶"的足疗馆，小婶的目光突然变长。让贾白的心瞬间怦然一动。

要不咱进去，找一个帅小伙儿，好好捏咕捏咕？来个全身的！

小婶听罢，像被吓了一下似的，继而哈哈大笑。笑完，发出的竟是由衷的感叹和赞美：嗨！你小叔这辈子可真没白活呀，啥罪没遭，却啥福都享了。你说那也真叫能耐，一分钱没搭，净一帮死贱老婆倒贴！

去年腊月二十，小婶给贾白打电话，说大病了一场，差点儿没死喽，住了半个月院刚回家。问他什么时候来？放下电话，贾白立即打给二姐，说这回整明白点儿，小婶到底得了什么病？二姐说听说心脏长了一个鸡蛋那么大的瘤子，不知是良性还是恶性的，反正摘不了，马上就要把心给挤碎了。贾白第二天就赶了回去。没什么大事儿，这回是二姐虚乎了。

小婶一直攥着贾白的手不放，好像有一肚子的话要说，或者根本就没什么话。走时，小婶一直把贾白送到菜园外面的小道上，问，还啥时来？接着又说，你说我咋跟你小叔犯一个毛病呢？就在你那没待够，总惦记还要去。恐怕这辈子再也去不了了。

怎么会，等开春天暖和了，我来接你。

不行，死你那咋整？

死我就发送呗，还能把你给扔大道上？这么说时，贾白心里袭来一阵疼。

小婶眼里噙满泪花，嘟嘟哝哝地说，真快，一晃你都快奔五十了。

是啊，贾白心里说，一晃小叔就死去这么多年了，那年他毛岁才五十四。

关于那晚在"金城"的具体情景，贾白确实已经记不大清了。比如，到底叫没叫小姐？也许叫的是小服务员，小叔和二姐夫错把她们当成了小姐。总之气氛还算热烈，小叔十分高兴。歌是点了，而且小叔还唱了。是聂武先唱的，唱完兼报幕，小叔就在一帮人的掌声和拥呼声中，半推半就地上了台。

没有伴奏带，麦克也不好，总卡壳。后来小叔干脆把它放下。有人递过去半瓶啤酒，小叔扬脖儿一口喝光，然后握着它，把瓶口靠近嘴边，就像握着一把真正的麦克风一样。小叔中气十足，根本不像得大病的样子，所以也根本用不着真麦克风。

演唱前，小叔还来了段开场白，还把唱词里面"少的"和"老的"给掉了个个儿。贾白觉得小叔不是弄错，而是特意的。小叔的开场白是：

今儿个是正月二十，俗话说，不出正月都是年。那我就给大伙唱段《小拜年》！一来谢谢我老侄儿，二来谢谢他的好朋友。然后我们一帮人立即起身，去张罗给他献花——就是十元一束的假塑料花。这点倒和"太阳神"一样。

正月里来是新年呀，大年初一头一天呀，家家团圆会呀，老的给少的拜年呀……

此时再说没去"太阳神"的原因，已经没有意义了。有一点可以肯定，就是并不全因为聂武，他顶多就是个由头——因为完全可以不带他。也不是因为他说了那女老板的几句难听话，尽管那个神秘的风华绝代的女人，曾是年轻时代的贾白心头一道秘不可宣的小伤口。还有一点也是肯定的，假若时光可以倒流，贾白不光要带小叔去"太阳神"，还要叫一帮最好的小姐，甚至叫来那女老板给小叔敬上几杯；洗头房、足疗馆也一定要去的，除了洗头按脚，还可以干点儿别的。

那晚，小叔的演唱博得了满堂彩，收获了一大抱假塑料花，外加四个同样材质的大花篮。其中一个是夜总会老板送的。这让小叔觉得非常满足，非常有面子。他就像一个明星似的鞠躬谢幕，一共鞠了三次，个个差不多都是九十度。然后才在一片掌声和呼哨声中走下台。

后来，不知什么原因，邻桌突然打了起来，一时间杯盘酒瓶横飞，所有人都乱了方寸，只有小叔笑意盈盈，端坐不动。一只啤酒瓶朝他呼啸而去，差点儿就扑在他的太阳穴上。

（原载《作家》2017年10期）

作者简介：

高君，1969年生于吉林蛟河，毕业于吉林农业大学。2003年开始写小说。著有散文集《多年以后》，中短篇小说集《段落》《荡漾的背景》《父亲》，长篇小说《底色》《大声歌唱》。获2007年度鸭绿江文学奖，第二、三届吉林文学奖，第九、十一届吉林省政府长白山文艺奖等。现为吉林省作协全职签约作家。

长 命 锁

武 歆

小利走出家门，关上防盗门时，楼道里鸦雀无声。小利这时候总要在心里美妙地形容道，真静呀，掉根针都能听见。

一楼没有声音。二楼、三楼直到五楼，都没有声音。小利每次出门，总喜欢站在门口，听一会儿楼里的声音。白天楼里没人，都去上班了。

走出楼栋，小区也同样安静。

夏天的中午，小区在阳光下悄无声息。无论人、狗、猫，还是鸟儿，强烈阳光照射下都不会出声了。去年夏天，树上还有知了叫，今年知了也没有了。去年和今年，都有身体粗壮、脸膛黧黑的汉子往树上认真地打药，呛人的药味儿飘散后，所有的大树和小树都异常安静了。只有偶尔刮风时，树叶才会发出窸窣窸窣的声响。

小利蹲下身，系好旅游鞋的鞋带，晃动着双臂，跑向小卖部。

小区有四个进出口，东面的进出口人最多，小卖部就坐落在东口。这个老旧小区位于两条街道中间，东面的街道集中了超市、饭馆、烟酒店、理发店等诸多服务设施，西面的街道则有一所中学、一所小学，还有一家幼儿园。于是许多人为了抄近道，选择从小区中间过去，这样一来东口处热闹非凡。但铁栅栏门需要打卡，门口经常站着翘首的女人，还有用力晃动铁栅栏门的男人，大家焦急地等待有门卡的人开门，然后黄花鱼一样尾随人家身后急匆匆地出入。上下班的时间，铁栅栏门几乎关不上，吱扭吱扭地晃动着，所以铁栅栏门总坏、总修。可是中午进出的人就少多了，不是小区住户的人想要抄近道只有耐心等待。每次小利中午来小卖部，总会碰见有人等在门口，或是里面或是外面，小利见了，一边掏着门卡，一边小跑过去帮助陌生人开门。

开小卖部的是个女人。小利去年春天叫她孙阿姨。从今年春天开始，孙阿姨不让他叫阿姨了，叫她名字，孙水仙。再后来，又让小利把"孙"去掉，直接叫她"水仙"。

小利走进小卖部前,照例帮助别人开了门。面容和身子都是慵懒状的水仙头也不抬地说道,又做好事了?小利回道,举手之劳呗。水仙哼了一声。

水仙长脸短发,水蛇腰,白脚丫。春、夏、秋,小利没见水仙穿过袜子,一双高跟黑拖鞋,把水仙的一双白脚显得无与伦比的白。同样显眼的,还有水仙脚趾上的蓝色指甲盖儿。十个大小不一的蓝点点儿出现在白脚丫上,随便看一眼,那些蓝点点都显得特别可爱和顽皮。小利见了水仙,总是忍不住看那十个蓝点点儿,一边看,心里一边敲鼓,咚咚,咚咚,越敲越响,敲得小利心慌意乱。但是小利外表看上去却没有慌乱,倒是有点满不在乎的样子,他掀起冰柜盖子,拿了一瓶冰镇可乐,轻车熟路地去了柜台后面的小屋。水仙动作懒散地转过身,把一个写有"中午休息"的纸牌子拿出来,探出细长的胳膊和细长的白手,挂在门外面,又把屋门的布帘拉上,大大咧咧地锁上门。

迟到了。进到小屋来的水仙说,随后动作利落地把白色短袖上衣和灰色短裙子脱掉,白白的身子,立刻就把光线黯淡的小屋晃亮了。

我姥姥拉屎,拉在裤子里。小利说,屋里特别臭,臭气冲天。

水仙哦了一声,四仰八叉地躺在小床上。小利能够感觉到水仙的身子蒸腾起来一团一团的热气,那些热气是从她身上每一个毛孔散发出来的,尤其是从那些更大的"毛孔"里面夹带着特殊的气味儿喷涌而出,想躲都躲不开,压迫着小利的鼻孔。

小卖部里外两间,外间三十平方米,小屋才六平方米,刚放下一张床。进小屋来,只能上床,没地方坐。

小利也把背心脱了,胸脯上显出一条一条的愣子,他低下头,坐在床边上,大口大口地喘气。每次水仙脱了衣服,他都能感到自己热得想把窗户敞开。小屋靠近房顶的地方有个小窗户,本来打开着,偶尔还能有风吹进来。水仙看着小利,又看小窗户,笑着,抓住贴在墙边上的一截细绳子,拽了一下,卷起在窗棂上面的褐色窗帘赌气似的掉下来,完全遮住了小窗户,小屋立刻黑得像是漫无边界的漫漫长夜。

水仙像讲给小利又像讲给自己,道,心够狠的,是不是狠呀?

小利说,狠就狠吧。

水仙说,上来吧。

小利喘着气,脱掉鞋子,爬上了床。

黑暗中的水仙,可能睁着眼睛也可能闭着眼睛,抚摸着紧作一团的小利。三个月以来,小利总是像第一次被抚摸那样紧张,好像水仙的手带着密密麻麻的刺儿。摸完了，水仙又用细长的大腿压住了小利的小肚子，好像压得不妥帖，又往下蹭了蹭，抖了抖。小利的呼吸声更加粗狂起来，与他单薄的身子完全不匹配，感觉那呼吸声能把他压垮。

两个人先是下身挨近，接着上身又凑近些，最后相互抱了一会儿，水仙的一只手正要更加有所作为，这时外面有人敲门，声音不大，一下，两下，三下。水仙极不情愿地把手缩回来，嘟囔了一句，准是她，早晚我得把她杀了。

小利起先不说话，后来猛地坐起来。水仙依旧躺着不动，又说了一句，让她敲，我的店，想开就开，不开，咋的？犯法呀？

小利小声道，开吧？

水仙厉声道，这是我的店。

小利不吱声了，他能想象出来此刻敲门人的表情。

被水仙称作"准是她"的女人，是小区地下车库的看车人。看车女人和水仙的年纪大概差不多，尽管地下车库和小卖部相距不远，坐在地下车库门口能看见小卖部的门和窗户，也能隐约看见小卖部里面的人，应该算作邻居了，而且看车女人也常来小卖部买东西，但是两个女人从来没有说过话，就是彼此认真看一眼都没有过，却又似乎早把对方看清了，看得一清二楚。看车女人叫赵英。小利每次去车库取自行车，赵英都会跟他搭讪两句。

明明看见挂着"中午休息"的牌子还依旧敲门的人正是赵英。

赵英见小卖部里面鸦雀无声，愤怒地朝地下吐了口唾沫，低着头，回车库去了。赵英的身材不错，臀部虽然不像水仙那样圆润，有些扁平，但和大腿结合得不错，而且胯部稍微有些凸出，有些开，再加上腿也长，所以越看越有味道。赵英的背影看上去特别年轻，比她面部要年轻十岁，或许十岁还要拐个弯儿。

赵英回到车库门口，坐在那把已经由黑色变成了白色的木质圈椅上，目光铁钉一样盯着小卖部。几只芦花鸡从远处漫游过来，它们都是赵英养大的，早上从地下车库跑上来，在周边草地上玩耍，只要赵英走上来，坐在门口晒太阳，它们就会从远处一窝蜂地围拢过来，到了晚上，又都排着队下到车库里面。赵英还养了两只眼睛贼亮的黑猫，一只公的，一只母的，这时也不知从哪里冒出来，蹲在赵英旁边一人多高的窗台上，望着下面的赵英和几只芦花鸡。

赵英不错眼珠地看着小卖部，像是看着波涛汹涌、浪花飞舞的大海。

第二天早上，小利去地下车库取自行车，理所当然地见到了赵英。

地下车库细长，每隔十米有一盏昏暗的灯。左面是自行车，右面是电动车和摩托车，中间是五米多宽的通道。小利走下需要拐上两个弯儿的坡道，看见了站在门口处的赵英。在光线不太明亮的地方，她像是大学生一样。

那是个狐狸精，我说多少次了。赵英说。

小利天真地说，她……人不错。

你傻呀？赵英忍不住拉了小利一把，说，昨天中午你又去了，对吧？还有上个礼拜五的中午，你也去了，对吧？

赵姐，你都成侦探了。小利满脸委屈地说，我都记不住上礼拜的事了。

赵英气愤地说，她都多大年岁了，都能当你娘了！

我俩没啥事，手都没碰过。小利着急地说，急得嘴巴都要掉地上了。说完，急着向里面走。他能听见身后突然响起来震耳欲聋的呼吸声。

小利取完自行车，不像以往推着走，而是迫不及待地骑着往外走，他想快点躲开赵英的纠缠。可还是被赵英攥住了车把，别看赵英瘦，手劲儿很大，像是把自行车钉在了地上。

赵英说，你要是不听我的话，那就把东西还给我吧。

赵英这句话比她手劲儿还大。小利听了，立刻下了车。这时从上面传来走路和打电话的声音，有人下来取车了。小利有机可乘，赶紧说，我……中午来吧。赵英原本绷着的脸，突然笑了笑，松开了手。小利重新骑上车，紧蹬了几下。小利心里暗想，笑起来的赵英也是好看的，她要是总笑就好了。

小利出了地下车库，仰脸看着头顶上的太阳，他要去街道办事处给姥姥办理大病住院保险。要先领表、填表，再报上去审批，最后批下来，再去银行交费。一系列的手续，每年都要报一次，七百块钱，自己拿一半，国家拿一半，这是这座城市专门照顾那些没有退休金老人的一项医疗优惠政策。就为了这自费的七百块钱，小利没少给妈妈打电话，说了不止几十斤重的话，前两天妈妈才把钱打过来。

小利虽然给姥姥办事，可脑子里想的却是赵英的事。

小利是先和赵英好上的。那还是去年冬天，有一天中午小利去车库取车，听见有时断时续的低低的哭声传来，小利头皮发麻，他猫腰顺着声音走过去，看见了车库最里面坐在地上的赵姐，那时他还不知道赵姐叫赵英，于是蹲下身，问赵姐怎么了。赵姐伸出胳膊给他看，上面有血，昏暗灯光下都能看见红色的血如蚯蚓般蜿蜒流淌。小利赶忙说快去医院呀。赵姐忽然止住了哭声，站起来说，不用去，一会儿就好了。小利问她怎么受伤的。原来赵姐扫地，里面黑，被一辆摩托车的车把挂了一下，一下子就摔倒了，摩托车的脚蹬子把胳膊戳破了，划了长长的大口子。当时小利没有取车，跟着赵姐回到她睡觉的小屋，帮助她用一块布缠住了胳膊，然后又劝赵姐还是去医院，否则容易感染。也就是从这次助人为乐开始，小利就和年龄不详的赵姐熟悉起来。再后来赵英在她小屋里像大母熊一样抱住了瘦弱的小利，嘴巴和耳朵、嘴巴和嘴巴、嘴巴和鼻子、嘴巴和脖子蹭了好半天……后来小利和赵英来往多起来，那一阵子小利天天晚上做梦，姥姥喊他都听不见，经常早上起来后，发现自己双手上都是白色的黏糊的东西，想了好半天，才懵懂知道那些黏糊的东西来自哪里。小利有点害怕，躲着赵英，就是那个时候，赵英给了小利一件"好东西"。

小利上午给姥姥办完手续，回到家，忙着给姥姥做面条，姥姥什么都不吃，整天吃面条，都是煮得软软的面条。姥姥吃面条时，屋子里此起彼伏地响起吸溜声，特别有节奏，特别好听。吃完午饭，小利又给姥姥吃了两片安眠药，看着姥姥闹了一会儿，渐渐安静下来，这才赶紧去了地下车库。

赵英在她黑暗的小屋里安静地等着小利。

赵英的小屋就像水仙的小屋一样大，只不过一个地上，一个地下。赵英把这个用碎砖头搭建起来的小屋布置得很有情趣，她把小区人家扔掉的挂历捡回来，把挂历的背面显在外面，然后贴在墙上，这样带有光泽的白面把小屋映亮了许多。她还把小区人家扔掉的没有损坏的玩具也捡回来，摆在小屋的角落里，还燃上小利从来没有闻过的巴兰香，小利嗅了香味儿，立刻就感觉昏昏欲睡。

赵英对小利的要求很简单，就是让小利抱着她，一遍一遍喊她"姐姐"，声音不能高，还不能快，一定要慢慢地、慢慢地喊。每当小利慢慢地、慢慢地喊赵英"姐姐"时，赵英都会过电一样浑身颤抖，然后就把小利抱得更加喘不上气来。

小利突然挣开拥抱，着急地说，坏了，我得赶紧回去，我忘把栏杆插上了，我姥姥肯定得摔下来。

赵英犹豫了一下，放开了小利。

像是验证小利没有说谎，小利跑走后，不一会儿的工夫，赵英就看见一辆救护车开进了小区。

赵英来小卖部买卫生巾，结账时，水仙主动和赵英说话了。

前天小利在你那，他姥姥摔地下了。水仙说。

赵英正在左右掏口袋凑零钱，听见水仙说话，怔了一下，抬起头，两个女人这才第一次对上眼睛，也是两年来第一次说话。以前赵英来买东西，都是默片一样交钱拿东西。

你想干啥？赵英问。

不干啥，就是问问。水仙说。

你干的好事，以为我不知道？赵英低声说道。赵英低声说话时，声音好像在深水井里浸泡了很长时间。

你知道又能咋样？水仙还是一副懒散的样子。

你都能当他娘了，别碰人家孩子。赵英声音更低了。

他喊你姐，你就真是姐了？水仙声音高起来，你也是娘的岁数。

我没做那事……你做了。赵英忽然红了脸，说，你不要脸！

水仙更笑了，说，你是不是也特别想做呀？

赵英又说了句"不要脸"，抓起两包卫生巾，转身走了。水仙怔了片刻，突然骂道，老娘要杀人！

赵英听见水仙"杀人"的话，一点儿都不怕，虽然地下车库没有门，虽然她的小屋没有锁，但她觉得在地下车库这个黑暗的环境里，水仙不但杀不了她，只要水仙敢下来，就能吓破水仙的胆。深夜里赵英把灯关掉，望着伸手不见五指的周围，甚至有点兴高采烈起来，她高兴得唱起了"洪湖水浪打浪"，这是她从小就爱唱的歌儿，她不喜欢那些流行歌曲，那些歌曲的词儿一点都不清楚，哪像"洪湖水"，一个字、一个字出来，她就是喜欢这首歌，每当唱起这首歌时，她就好像在黑暗的地下车库里看见了波光粼粼的一望无际的湖面，好像还看见了许多慢悠悠前行的小船……

但是转天上午，高兴了一个晚上的赵英，忽然发现一只鸡的翅膀上光溜溜的，没有了毛，翅膀上没有毛的鸡，看上去特别滑稽好笑。赵英想要把这只鸡抱起来查看，这只鸡慌张地躲着她，怎么都抓不着，鸡好像担心自己另一个翅膀上的毛也遭同样的命运。再看其他的鸡，也都是一片慌张，逃得远远的，拥挤在一起，恨不得小脑袋扎进翅膀里，它们肯定看见了同伴被拔毛的场面。

赵英立刻想到了水仙。这算什么，不敢杀人，竟然拔鸡毛？她决定找水仙算账，于是去了小卖部。

水仙在给一对小情侣挑饮料，见到气势汹汹的赵英，和蔼可亲地笑了一下。赵英开门见山问，你把鸡毛拔了？水仙说，你看见了？赵英说，就是你。水仙说，证据？赵英说，你就是证据。

旁边那对小情侣听也不听水仙和赵英之间莫名其妙的对话，只是连体婴儿一样互相依偎着，催促水仙快点找钱。水仙找完钱，小情侣相互搂着走了。水仙看着小情侣的背影，却不看怒气的赵英。赵英伸出手，在水仙眼前晃了晃，告诉她别看了，快点赔偿鸡钱。水仙当然不给。

长命锁　　273

我要报复你。赵英斩钉截铁地说。

随时恭候。水仙说。

但是第二天早上,还没来得及报复水仙的赵英,却发现自己养的母猫背上,被人拔掉了一片巴掌大小的毛,都见到了嫩红色的肉。母猫躲在地下车库门楼的上面,喵喵喵地看着赵英。公猫想要凑近母猫,母猫张开嘴巴,露出满嘴的细牙,狰狞地看着公猫,不让公猫靠近。公猫伤心地叫起来,围着母猫转圈圈儿。母猫依旧愤怒地张嘴,用尖利的牙齿表达它的气愤。

赵英控制不了自己情绪了,又一次来到小卖部讨说法。让水仙不要阴损,有本事冲人来,不要跟鸡、猫过不去,太缺德了。水仙看着脸色惨白的赵英,告诉她快点走,不要影响别人的生意,什么鸡、什么猫,她听不懂。赵英一把攥住水仙的手腕,就像那天攥住小利自行车的车把一样,水仙疼得五官挤在一起,"哎哟、哎哟"起来,让她快点松手。赵英夸张地学水仙的哎哟声,骂了更难听的话。水仙挂不住脸,反唇相讥道,你都想疯了呀,我可比不了你,你本事大。

这时几个学生进来买东西,赵英出神地看着几个学生,终于松了手。水仙疼得大口喘着气。赵英临走时留下一句"我真要报复你"。

当天晚上,小卖部玻璃窗被一块石头打破了。

又一天晚上,小卖部玻璃窗又被打破了。

水仙决定找赵英谈谈。

那天晚上十点多,下起了霏霏小雨。水仙想,下雨天取车的人少,想跟赵英和解。水仙在外面,赵英在下面;水仙有玻璃窗,赵英没有玻璃窗,彼此暗算起来,水仙肯定吃亏。

这是水仙经营小卖部三年来第一次下到车库。下到车库,水仙就有些后悔,这里寂静无声,坟墓一样安静。只有一盏灯亮着,那盏灯离赵英坐的地方比较远,把赵英的身影扩张得特别庞大。看不见鸡们在哪里,只能看见两个猫的四只幽亮的眼睛在暗处发亮。赵英正在吃东西,光线暗,水仙看不清赵英吃什么,反正是赵英的右手不断起落,仿佛一个木偶,黑暗处还有一个高人在牵线。

我没搞鬼你的鸡、你的猫。水仙走近了,开门见山说,你也不要砸我玻璃了。

赵英用一块看不清颜色的布擦了手,擦了嘴,然后又端起小桌上的水杯喝水,咕噜咕噜的喝水声听得很清楚,仿佛大河的流水声。

我没搞鬼你的鸡和猫,谁说谎,天打五雷轰。水仙突然高声发誓。

你的玻璃不是我打的。赵英声音很低，低到水仙伸长了脖子才能听清楚。

那好，那好。水仙尴尬地回答。

两个人忽然都不说话了。暗处的那几只鸡，似乎听懂了两个女人的对话，发出"咕咕、咕咕"的叫好声。

水仙环顾四周，站起来，想要离开。赵英却不让她走，攥住了她的手腕。水仙的水蛇腰立刻弯下来，也不敢"哎哎、哎哎"出声。

明天……你把袜子穿上。赵英说。

水仙愣了一下，糊涂地说，穿上，好，穿上。

一定要把袜子穿上，夏天也容易冻脚，明白吗？赵英命令道，走吧。

水仙赶紧离开地下车库，上到地面上，出神儿地望着淅沥的小雨。浑身淋湿了，浑然不觉。这时，胳膊被人拽了一把，扭头一看，是同样湿了全身的小利。

她……骂你了？小利心疼地说。

水仙赌气地不理小利，转身就走。小利追了上去，两个人前后脚进了小卖部。在那间狭窄的小屋里，小利开始咒骂赵英，骂赵英不该打碎水仙的玻璃，这完全就是流氓作风，就是一个女流氓的行为。

你也知道是赵英搞的鬼？水仙问小利。

小利说，不是她，还会是谁？

水仙恨恨地噘起嘴巴，冷眼看着小屋的那扇小窗户，看了好半天，眼珠儿一动不动。小利猜测水仙是在想办法，正在琢磨该如何应对手劲儿那么大的赵英。一个手劲儿那么大的女人，可不是一个好对付的女人。

小利试探地问水仙怎么办，不能总是心惊肉跳过日子，不能看着窗户接二连三打破，万一哪天站在窗户跟前，玻璃突然碎了，那不是得把脚……废了？

小利看着水仙一双白白的脚丫。水仙屁股突然转了一下，身子就像轴承一样滑润，紧接着就把双脚放在了床上，白晃晃的刺眼，然后字正腔圆地说，我的脚要是坏了，你得拿命换。

小利吓坏了，惊叫道，跟我有啥关系？

就是因为你，那个女疯子才跟我作对的。水仙绷起脸，说，不是吗？

绷起脸的水仙，很好看的一双丹凤眼，眼角和眉梢儿立刻耷拉下来，变得很是吓人。小利真有点害怕，似乎央求水仙，说，你们都好，不打架不成吗？

水仙忽然笑了，用白脚丫捅了一下小利的小腹处，道，我不管那个女疯子，只要你听我的话，我就高兴。

小利赶紧点点头。

小利注定要成为一个滚动的石头，刚刚在"地上"得到水仙的原谅，又要接受"地下"赵英的盘问，他要地上、地下来回滚动。

转天早上，小利取自行车去给姥姥买"尿不湿"，在地下车库又被赵英攥住了车把。赵英问他昨天晚上下着雨，怎么又跟狐狸精水仙在一起。小利已经见怪不怪，赵英随时在暗中监视他和水仙，早就不是什么秘密，所以倒是表现得没事的样子，随口说正好碰上。赵英抖动了一下车把，说道，太巧了吧，她刚走出地库，就正好碰见你。小利解释道，我是去小卖部给姥姥买东西。赵英紧追不舍，买啥？小利怔了一下。赵英继续追问，说呀，不会一个晚上就忘了吧？小利不再解释，想要走，但是赵英攥着车把呢，他哪里能动弹得了。小利说，赵姐，你到底想要我怎样？赵英说，把"赵"字去掉。小利只好再次说，好，姐，你到底想要我怎样？

赵英说，你不要搭理那个狐狸精，离她远点。

小利摇摇头，说，不可能，我总要去小卖部买东西吧？

你就不能去别处买吗？赵英咬着嘴唇，发狠地说。

姥姥用的东西，都是着急的。小利带着哭腔说，家里就是我一个人，哪有时间？

赵英不说话了，狠狠地喘口气，挥手让小利走。

小利走出地下存车处，望着升起来的太阳，突然哼起了歌儿。正要偏腿上车，水仙从小卖部里走出来，招手让他进去。小利把自行车支在小卖部门口，缩手缩脚地走进去。

高兴呀？水仙整理着冰柜。

小利走到冰柜旁，想要伸手拿可乐，被水仙一巴掌拍在手背上。小利似乎不解，眼睛看着水仙。

跟你的姐姐高兴完了，到我这里享用？水仙举起一瓶可乐，在小利眼前晃了晃，重新放回冰柜。

小利看着水仙，忽然眼睛里含着泪花，接着眼泪啪啪落下来。水仙看也不看，但是拿起一个纸巾递给小利，然后再次掀起冰柜，把一瓶可乐放在冰柜盖子上，呼出一口大气，走了。

小利迅速地抹了眼泪，提起可乐，走出小卖部。

早秋的第一场风刮起来的时候，小利看见水仙穿起了袜子。那双袜子是黑色的，很薄，薄得好像已经不是黑色的了，都有些发白了，隔着袜子都能看见脚背上血管凸起的部分。

不好看。小利撇着嘴巴。

水仙说，昨天赵英找我了，只要我穿上袜子，她就跟我和好，以前的恩怨一笔勾销。

你信吗？小利说，反正我不信。

水仙想了想，骂了一句脏话，说，是呀，我也不信。

小利问，你们有啥深仇大恨？

水仙讪讪道，谁知道呢？

水仙说着话，一只手拽住袜口，麻利地卷起来，瞬间变成了一个黑色的小团儿，然后另一只手如法炮制，紧接着隔着半敞开的窗户，把两个黑色的小团儿扔到了外面。

她就是脑子有毛病，别理她。小利笑呵呵地说。说完，骑上自行车去社区医院给姥姥拿药去了。

早秋的第一场风，虽然不大，但是从早上刮到了晚上，一直到天黑了才停歇下来。小利坐在屋里有些发慌，姥姥今天格外安静，吃完饭、喝了药，老老实实地睡着了，甚至还响起了鼾声。

小利越发心慌意乱，感觉心里火烧火燎的，于是穿着背心走出去，在小区里闲逛。

小区里有一支锻炼身体的中老年队伍，不管下雪还是下雨，就是打着伞也要坚持不懈地锻炼，他们锻炼的方式倒是简单，排成长龙状队伍，慢慢地走，当然不是老老实实地走，而是一边走一边做出各种伸胳膊伸腿儿的活动姿势，因为姿势都不一样，所以没有音乐，这支队伍远远看过去，像是一只庞大的蜈蚣在剧烈地扭曲前行。

小利最不愿意看到这支怪异的锻炼身体的队伍，可是无论从哪个角度又都能看到。他下意识地望着小卖部，那里灯火通明。这会儿，他又似乎嗅到了炖肉的香味儿，一面是灯光，一面是肉香，小利犹豫了一下，顺着那股香味儿而去，这才想起来，很长时间没有吃肉了。

香味儿好像是从地下存车处传上来的。小利走下斜坡，香味更浓了。小利不由得咽了口唾沫。拐过去，再拐过去，香味儿越发浓烈。

黑暗的地下车库，有一团热烈的火苗儿，小利看见火苗后面是赵英安详的脸。

炖肉了？小利不解，这么晚了，怎么炖肉？

白天哪有时间。赵英看着煤油炉上面的锅。

在火苗的映照下，那个锅锃光瓦亮。小利记得这个锅是很黑的，怎么现在这么亮呀？

赵英说，那么好的肉，得把锅擦干净呀。费了我大半天的时间。

小利嘻嘻说，熟了吗？我能吃吗？

知道你肯定来，都给你吃。赵英说着，掀起了锅盖，又拿起旁边的勺子，在小锅里来回划拉了两下，然后把肉盛了起来，举到小利的眼前。小利怔住了，看了看，一下子呕吐起来，随后跌坐在地上。

这……这……小利说不出话来。

看清楚了？水仙的脚，对，这是左脚……里面的是右脚……赵英慢悠悠地说，我们说好了，立秋第一天她就穿上袜子，可是她没穿……那不客气了……这下好了，你只能在锅里看了，是吧？

小利不仅说不出话，连走路都无法走了。

小利，把那件东西……长命锁……还给我吧。赵英温柔地说。

你儿子不是已经死了吗？小利声音颤抖。

是死了，可是你不和我好了，就得还给我。赵英的身影被炉火散发出来的光亮扩张得很大，把她身后黑暗的地方变得一片慌乱。

我要回去，要把它埋在儿子的坟里。赵英说，你还给我。没有了？是不是给水仙了？

小利女孩子一样嘤嘤地哭起来。

你把长命锁真给水仙了？赵英逼问。

水仙告诉我她儿子也死了，死了好多年了。小利泣不成声。

原来是同路人呀。赵英呵呵地笑起来。

姐，你错怪水仙了。小利说，你家的鸡、猫……不是她干的，不是她……真的不是她。

肉的香气弥漫在地下车库里。

小利知道，现在整个小区都在飘散着香气，他想走开，可是已经起不来了。其实，小利是想快点跑上去告诉水仙，小卖部的玻璃不是赵英打碎的，真的不是赵英干的。

小利还想看看姥姥，看看姥姥脖子上的长命锁。姥姥总是用手去扯，把脖子都给扯破了。小利感到地下异常湿冷，借着炉火的亮光，他发现自己坐在一片声势浩大的水洼里。

（原载《上海文学》2017 年第 4 期）

作者简介：

武歆，1983 年开始写作，发表中短篇小说百余部，长篇小说 9 部；出版有小说集、散文集等。作品入选多种文学选本。现供职于天津市作家协会。

尽　头

田　瑛

佬佬——

在山坳口，他扯起喉咙喊了几声。当地话把儿子叫佬佬。这里是儿子丢失的地方，具体讲就是从那块大岩头后面消失不见的。

回音把他的喊声传得很远，寨上人听见，都晓得他又回来了。当然他主要是喊给屋里人听的，这阵子，她不管在做什么，都会丢下手里的活计，沿着大路一路小跑迎上来，开口就问：佬佬挪得没？

挪是找的意思。

佬佬挪得没？今天照例又这样问。

其实不用问，她已经从他的脸上看出了结果。他一脸闷闷笑，那笑瞬间就要雷一样炸开。她的心不禁狂跳起来，真的？这消息和当初听说儿子失踪一样来得突然，眼前一黑差点晕倒。丈夫脚快手快一把扶住了她，顺势一揽抱紧了。他的蛮劲通过手臂传达给了她，箍得她出不得气，骨头都要被箍断了。

整整十二年前，哪月哪日哪个时辰，他都清楚地记得。那是他命中最黑暗的一天，天垮下来了，一颗铆钉扎进了他的独心，他忍着不让它生锈，每天带着锐痛去寻找儿子，这样他的信心才不至于有丝毫动摇。

逢场的日子，他一早起来看天，看出了晴朗，便决定带儿子去赶场。儿子才两岁，顽皮如小狗，起初要背，背到坳口见了大岩头来了玩性，要和父亲捉迷藏。不料这出游戏玩大了，一玩十二年。他躲在岩头后面，却让父亲钻天入地也找不到他。

岩头屹立在三岔路口，仿佛专门要制造一场人间悲剧，在那里埋伏了一万年。岩头以前在他眼里是一尊菩萨，现在成了吃人的巨兽。悔不该听儿子的话，要他离岩头远些，无非是想给自己留下足够隐身的时间。当他回到岩边时,还以为儿子就躲藏在路旁的石缝里或草丛中。他天真地逗着儿子:我看见你了,看见你了,出来吧!其实他四顾茫然,什么也没有看见。回应他的是窸窸窣窣的风和不知名的虫鸣。他一点也不着急,干脆坐下来点了一根烟,用抽烟的方式和儿子比着耐心。其他赶场的人从他跟前经过,问他怎么不走,他坦然作答:歇下气。这一歇气不要紧,注定他从此身心再也歇不下来了。他哪里晓得,他在原地死等的同时,不谙世事的儿子存心不让他找到,已经随意选择一条路越跑越远,后来肯定是落到了人贩子手里。

一声晴天霹雳把屋里人击倒了,呼天喊地要他赔儿子。天底下居然有这样的赔法,好像儿子是她一个人的。如果用他的命斛得回儿子,他当然愿意,但是这由不得他,他只能够用死也要找到儿子的誓言来安慰妻子。

若不是去找儿子,他这一辈子都不可能去那么多地方,特别是那些陌生城市。想起日后路长,他在胶鞋底下套了一双草鞋,避免直接磨损鞋底。草鞋是他亲手打的,总共打了十双,剩下的随身带着,路上好斛换。他蹲在屋檐下打草鞋的时候,根根金黄色的稻草如同丝线,编织着他的梦。梦若成真,他的心就要醉了,而现在心是碎的。不时地抬头瞟一眼屋场下的水田,自然想起秋天收割谷子的事,怎么偏偏想到要多留几捆稻草,好像就是为这一天做了准备似的,真的是鬼摸了脑壳。

他就这样以一副典型的农人形象出现在城市。他走了很多地方,把所有的车票都保留下来,车票准确地记录着他的行踪。和无数城里人相遇,又擦肩而过,很少有人留意到他,当年网络上流行这个哥,那个哥,却都恰恰忽略了这个草鞋哥。他不顾别人怎么看他,只管走他的路,足迹遍及每一条街道,不放过任何一个角落。人海里找人形同大海摸针,这个道理他懂,他就是要找到被他搞打落的那颗针。到底走了多少路无法计算,直到最后一双草鞋快要磨烂,他决定回一趟老家。夫妻俩分了工,妻子在屋里做事,供养他,包括他所有的花销。他想这次回去多带些盘缠,多打几双草鞋,以后多一些在外面的日子,少耽搁寻找儿子的工夫。

行走漫无边际,这样下去何时得了,他心里实在没有底。到了晚上,他无异乞丐和浪人,落宿在桥下,街头,或者废弃的工棚,脚步一旦停顿下来,心里反而空洞得如同深渊。一天早晨,他好像刚刚入睡,就被一个稚嫩的声音吵醒:爸爸,他怎么在这里过夜呢?睁开眼,只见三三两两穿着相同的小孩被大人牵着手,然后送进了旁边的大门。原来这里是一家幼儿园。他立刻振作起来,确切地说人一下子变得痴呆。他不知如何走完从起身到大门之间那几步路的,好像夜游一般没有记忆。沉重的铁门紧闭,他心里却有一扇亮窗打开,想我的儿子也肯定上幼儿园了,不在这里就在别处,以后他不必盲目乱跑了，找遍天下幼儿园不就晓得儿子下落了吗？

放学前，他夹杂在家长们中间，盼望放学时刻的到来。如果不是来接孩子，闲人没有理由来凑热闹。他两者都不是，却更有理由站在这里等待。门开了，几乎所有的人都迎上前去，他反而成了碍事的人，便赶紧避让到路边旁观。他眼睛鼓鼓地在人群中搜索，希望发现他熟悉的那张脸。但是命运并没有能够让他如愿。结果，每个大人都牵着一个小人儿走了，唯独他的手上是空的。那一刻他感到天色刷地阴暗下来，天提前黑了。

公园的周末，就没有平常那么清静了，成了孩子们的天下，好像幼儿园搬到了这里。许多家长带孩子来玩耍，他也来了，而且最先到达，早早就蹲在门口守候，既是迎来又是送往。通常他是不进门的，感觉不会再有人来了，便转去另一家公园。今天的情况不同，他看见一个男孩长得很像他儿子，于是就跟随进了公园。世界上有些事情巧得很，他发现公园里竖立着一块和山坳口形状同样的岩头。更奇怪的是，男孩一下子挣脱父亲的手，直奔石头而去，嘴里喊着：捉迷藏！捉迷藏！他吓倒了，曾经的一幕恍若眼前。他本能地冲上去制止那个身为父亲的男人，而又更像是制止自己：这个搞不得！千万搞不得！父子间的游戏被打断，男人疑惑地看他一眼，冷冷地说：管什么闲事，走开！他如梦初醒，才明白自己的身份，愣了半天回不过神来。

是的，儿子是人家的，城市也是人家的，关我什么事！他怏怏地回去了。

类似经历还碰到过。不是他眼睛差，而是同龄小孩子穿了同样衣服很容易混淆，不好辨别。他是想儿想疯了，恨不得有孙悟空的本事，变出一个儿子来。后来他又认错人，惹了祸，被人铲了耳光。他本来并没有那么莽撞，经过几天蹲守，细看，才认准那个小孩就是他儿子的。那几天，他不晓得是怎么过来的，整天魂不守舍地在幼儿园门口来回游荡。心里的一块石头时而落地，时而又悬了起来。儿子是找到了，这一点他感到很踏实，但是一想到他是在人家的地盘跟城里人争儿子，心里又缺少足够的底气，因为一个胆子再大的乡下人一旦进城都不免胆怯的。最后，他终于鼓起勇气，在幼儿园放学的时候，大胆地拦住了那个男孩，并且喊了一声：佬佬！

男孩显然受到了惊吓，想转身逃走，但是被一双鹰爪般的手抓住了，固定在了原地，动不得。

他把男孩的身子扳正，自己蹲下来，扬起自以为是父亲的脸让儿子辨认。其实他是想跪下来，这个父子相认的时刻，他理应跪谢天地。

佬佬，你好神看下，我是你爹！他的声音发颤，全身都在打颤。已经大半年时间没有这么近距离面对儿子，儿子长高了些，又嫩白嫩白的。城里的水土就是养人。他想。

那个耳光就是这个时候在他的耳根边炸响的。下手很重,他的嘴歪向了一边,一丝血从嘴角渗出来。

放开他!这是配合耳光同时炸响的一声雷霆。

他的双手依然紧紧地抓住男孩不放,生怕一松手,儿子就会像小鸟一样飞走。

他是我儿。他说,声音几乎带着哭腔。

那只扇他耳光的手再度举起,但是在落下的瞬间出现了迟疑。这个身为男孩父亲的男人被一双乞求无助的眼神打动,心里的愤怒化作了怜悯,他意识到了肯定是一场误会。

你的儿子丢了吧?他说。

嗯。他说。

你先放开他,怎么证明他是你的儿子?儿子,你认识他吗?他说。

男孩惊魂未定,使劲地摇了摇头。

他的屁股上有颗痣。他说。这将是他出示的最有利的证据了。接下来,验证一颗痣便成了必不可少的环节。光天化日之下,男孩的裤子被当众扒开,露出两瓣小光腚。他清楚地记得儿子长痣的部位,那个地方现在却光洁如玉,连一点印记都没有。他不相信眼前事实,瞪大眼睛死死盯着男孩的屁股,恨不能即刻长出痣来。最后,他喊了一声天,天自然帮不了他,若能帮他也不至于落到这步田地。

你报案了吗?男孩的父亲问。

报案?报什么案?他反问道。

你这个傻卵!男孩的父亲骂了一句粗话。出于好心,他带他到就近的派出所报了案。提供资料时,他从怀里掏出了儿子失踪前照的相片。儿子一如既往地微笑着,但就是不晓得人在哪里。照片每天被他拿出来看无数遍,四角都磨起了毛边。儿子的确长得像极了眼前的这个男孩,简直就是他本人或者同胞兄弟。他是不是应该庆幸这次遭遇,一个耳光把他打醒了,让他明白了报案的重要。儿子的照片挂在了网上,等于全国的公安都在帮他寻找,这要抵多少人工,光靠他自己,纵然三头六臂也是徒劳的。

日子过得风一样快,四季轮换都好像是一眨眼的事情。说时间会改变一切,但对于他是个例外,改变不了他的信念。几年过去了,儿子依然杳无音信,你以为他会就此罢休就错了,他始终都没有放弃,一刻也没有停止寻找。他曾经碰到过好多摆地摊的算命先生,又去有名的寺庙里抽签和卜卦,还费神拜访过民间传说中的高人,给他们许诺,说哪个若讲准他儿子下落,他将用全部家产谢恩。牵涉到人命关天的事,除非真的是神仙,否则没有人敢答应他的条件。结果他想通了，什么人都靠不住，只能靠自己。有人好心相劝，说你们还年轻，趁早再生一个吧。这话妻子听进去了，动了心。女人一旦有了某种念头，是非要去做不可的，她在等待时机的到来。

他从里屋搬出一只木箱，打开，里面装满了这些年积攒下来的车船票。如果把票面上的地名串起来，将构成一幅密如蛛网般的线路图。他就是网上一只不知疲倦的蜘蛛，常年往返于这些城市之间。他花了几天工夫，将票据按时间顺序排列，然后熬了一锅糨糊，把它们依次贴在几大张拼接起来的报纸上，再挂上堂屋的板壁。于是，家里便有了一幅纸糊的壁画。做完这一切，他仰天长叹：老天爷，你长眼睛了没？你看见了吗？山里人敬畏天地，他们理解的老天爷就是至高无上的神，神若存在，此刻就应该在附近或隐藏在云端里，它无时无刻不在注视着人间的一切行径。正值太阳落土时分，要落不落之际，它要把最后的辉煌留下来，接替它的将是月亮，月亮已经从天空的另一端露出了半边脸。日和月可能就是代表老天爷的两只眼睛，分别看管昼夜。现在光线还很明亮，只是带着一点血的颜色，从敞开的大门斜斜地照进来，正好打在他的脸上，看上去他的面容有些沧桑。他面壁而立，凝神，或发呆。记忆的潮水滚滚而来。从第一张车票数起，那是他最初出发和到达的地方。他看见自己匆匆的影子，上车，下车，然后汇入城市的人流。后来他的目光在某一个点上停顿良久，事实上他可能在那里经历了刻骨铭心的一幕，现在想起来不禁泪流满面了。正在忙着家务的妻子几次从他身后经过，没有惊动他，他也没有察觉。妻子看不懂那面壁画，但是她猜得透丈夫的心思，她和他的心都一起痛着。天色渐渐地暗下来，他仍然纹丝不动地站在原地，站成了一根木桩。

在山里，月亮才能真正显示出它的大而圆来。它每次总是挂在岭岗的那棵大树冠上，从来不会挂错地方。它是纯银打造的吗，要不然发出的光何以和银子相似？老辈人说，好月亮等于半个太阳。有月光照耀，不需要灯也可以做事。以往这样的夜晚，她是不会浪费月光的，总有忙不完的事，但今天她辜负了月光，早早地洗脚，上床，只借助月光纯粹想她的心事，这心事自然和另一件真正的大事有关。

两口子睡在一头，这是年轻夫妻通常的睡法。床铺挨着窗台，月光直接照到床上，看上去月亮近在咫尺，好像贴在窗户上面，只要起身，就可以伸手触摸到它。这些年来，他们聚少离多，难得睡到一起，好不容易同一张床，也往往各睡各的。尽管身体相挨，却都没有反应。沉默是他们达成的默契，交谈不用出声，呼吸，叹气，就是他们的耳语，是无尽的枕头话，闭着眼睛也听得懂对方在说什么。有时候，他们默契到几乎不约而同睁开眼睛，同时看着窗口出神。开窗已经养成习惯，尤其有月亮的夜晚，他们投向窗外的视线是久久收不回来的。彼此都晓得各自的秘密，都怕说穿，一说穿就会戳到两个人的痛处。与其说是在望月，不如说他们的眼神是冲着月亮旁边的一颗星子去的。它一闪一闪，按乡间说法叫一眨一眨，眨眼睛的意思。他们都清楚地记得，儿子顽皮时，小眼睛就是这样子眨巴的。今夜，星子格外亮些，也就格外牵动了人间的两颗心跟着跳动。

有那么一刻，他感觉身边人出气有些异样，便侧过脸，发现月光下她的眼角湿了，慢慢凝聚成两颗露水般的泪珠，一边眼睛一颗，晶亮的。

你怎么啦？他问。

她趁势抱紧了他，接着腾出一只手捂住他胸脯。这只被锄头柴刀之类农具磨出厚茧的手，既擅长稼穑，又可以充当爱的天使，在解风情方面，是丝毫不亚于别人的。男人有一撮胸毛，她曾经梳理头发一样一遍遍梳理着它。手上的蚕茧不是白长的，对于男人，起到了意想不到的效果，蚕茧刮着毛根，如活的蚕虫爬过，形同撩拨，搔痒，男人就在那一刻被调动起来，兴奋得不能自已了。但是今天男人却一反常态，他拒绝了那只手，用自己更有力的手摁住了它，将它视作入侵者，制止了它的侵入。

我已经几年都不想这个事了。他冷冷地说。

我想再生一个儿。闷在她心里的话终于脱口而出。

要生你自己生，又没有哪个阻拦你。他说。这话很适合调情，眼下却不是场合。生孩子怎么是她一个人的事，这分明是在气她。她委屈得哭出声来，泪水由两滴变成了两行。

我发过誓，若找不到儿，这辈子宁愿做孤佬。他说。

是的，他一直是这么说的。她了解他，脾气比牛牯子还犟，儿子是他搞丢的，惩罚自己，就是赎罪。如果再生一个，那么他的心思就在这个身上了，就等于放弃丢失的那一个，这样怎么对得起儿子？

到头来，还是依了他。床上复归平静，鸡叫了三遍，天快亮了。

这次回家，他带来了儿子的消息。一连串的事情，简直像做梦，连他自己都不敢相信。事隔十二年，人贩子落网，供出了儿子的下落。儿子先是被卖到了一百多里外的邻县乡下，后来随做生意的父母住进了县城。公安还帮他们做了亲子鉴定，证明儿子是他亲生，并且安排好了认领时间。

苦日子总算熬到了头，两口子欢喜癫了。他们请来了三个木匠，把东头的房间装修一新，又打做了新床和书桌。家里唯一的电灯，原来挂在屋檐下，现在也牵进了新房。他们自己没有多少文化，但是知道灯光对于读书人的重要。夜深时分，他蹑手蹑脚来到门前，眯起眼贴着门缝悄悄地往里面窥视。

在他的想象中，儿子正在熟睡，他仿佛听见了儿子轻微的鼻息或鼾声。这一幕恰好被妻子撞见，她忍不住扑哧一声笑出声来。这时候，夫妻俩其实是心照不宣的，明天就要去接儿子，他们已经等不及了。行李老早就准备好了的，儿子爱吃的灯盏窝，板栗，刚摘的阳冬梨，还有送礼用的两块腊肉和一大包野生木耳。这些城里人有钱也买不到的特产，都装在篾制的背篓里。一应物品，最不该拉掉的是那幅车船票糊就的壁画，他把它揭下来，卷成筒状，并且用塑料纸包好以防打湿。带上它，说明了他的用心良苦。这次出远门非同寻常，穿着要有讲究，妻子翻出了结婚时的嫁衣，想此时不穿再也没有机会穿了。先试了一下，依然合身，便就穿上了，但看上去怎么也不像新娘。而他呢，几乎没有选择，只能将就着挑一件洗干净的旧衣服作罢。

他们就这样见到了久违的儿子。当地警方带着他们敲开了城郊的一幢别墅大门，开门的是一对和他们年龄相仿的男女，大概就是这里的主人了。这对夫妇自己没有生养，却能经商，儿子就生活在这户有钱的人家，算有福气。久别重逢的时刻到了，这一人间仪式，自有天地作证，证明凡违背良心的事，终会得到纠正，一如今天的情形。儿子是这出戏的主角，他是很不情愿被推到前台的，喊了半天，才慢慢腾腾从自己房间里走出来。一副典型的城市少爷形象，脸上稚气未脱，相貌和神态酷似年少时的生父，简直就是一个模子刻出来的。意料中的事情发生了，他连背篓也来不及解，就喊了一声"佬佬"，人跟着扑过去，要去拥抱儿子。意料之外的事情也发生了，他扑了空，儿子显然缺少准备，两岁前的经历早已经失去记忆，也不愿接受还有一个乡下父亲的事实。当这个土里土气的父亲真的突如其来，他吓倒了，老鼠见猫一样掉头就跑，躲进了自己的房间。接着听到他声嘶力竭地叫喊：不——可——能——！

房门很牢实，用很厚的原木做的，敲不开，他便改用额头撞击，嘭嘭地响。打死也想不通，明明是我儿，怎么会不认我，我挪你挪得好苦啊！

回应他的是死一般的沉寂。

危急时候喊天，是山里人的习惯和本能，他又喊了一声天，天再次塌下来了。

山湾里散布着他的田土，树林，以前劳作，只见妻子孤单的影子，现在有他做伴，两口子从此形影不离了。天地间，他们用行动演绎着夫唱妇随的神话。特别需要二人合作的农活，他们配合得天衣无缝。冬天是种麦子季节，他挖坑，她播种。锄头扬起，落下，她便将一把草灰连同几粒麦种准确地丢进坑里，动作协调得有如舞蹈。不远处，两只喜鹊在觅食，它们的巢就筑在土坎边的木油树上，巢里的小喜鹊嗷嗷待哺，相比人类，喜鹊父母的劳动显得更有意义。每喂完一次食，喜鹊总要站在枝头叽叽喳喳一阵，将它的喜悦广告天下。传说喜鹊是报喜的信使，它的聒噪，在人间的这对夫妻听来很烦人，不禁悲从中来了。

一天，山路上出现了一个人影，一摆一摆直朝他屋里走来。原来是城里的那个儿子父亲。

见面就只差下跪。说求他们再进一趟县城。

从来人语无伦次的叙述中，他得知儿子精神受到刺激，害了心病，现在不吃不喝躺在医院里，又拒绝打针吃药，连医生都束手无策了。医生最后说，解铃还须系铃人，唯一的办法是让乡下父母来当面认个错，错在误会，承认他并不是他们亲生，这样孩子的心结才有可能解开，得救。

来人打开提包，取出一样东西，放在他的面前。东西用报纸包着，捆扎着，表面形状像砖头，其实远远超过砖头的厚度，由此断定世界上不可能有这种砖头。

一点小意思。他说。

明白人一听就明白，这是一摞现金，是钱。钱有时候很灵，摆得平好多事情。尤其于一个缺钱的农人，面对一笔数目可观的钱，是难免不动心的。但是在他看来，那就是砖，甚至不值一块砖。他的眼睛望着一边，心根本不在钱上，而是有两个自己的声音在吵架，一个说：连老子都不认，凭什么去？另一个说：毕竟是亲生的儿，怎么能不去？结果第二个声音占了上风，他决定去了。

清早起床，推开门，他的眼睛扎实晃了一下，一夜之间，满世界耀眼的白。老天爷赶在他出门之前把雪下了，足有膝盖深。这是什么兆头？农人很在乎天气，雪的降临给了他好心情，首先联想到年成，雪下得越大心里就越踏实，好像不做工夫都可以坐享吃成了。雪又给他即将出行制造了麻烦，意味着要走更远的山路才能搭上班车。当然这难不倒他，他的行程是雷打不动的。两口子按时动身，深一脚浅一脚地往山外走去。脚像绑了磨盘一样沉重，每挪一步都要格外攒劲。至山垭口，必然遭遇那块岩头，想绕都绕不过去，便干脆停下来歇一口气。由于雪的覆盖，岩头一改往日形象，变成没有棱角的雪人。雪打扮了它，戴了帽子，穿了棉袄，也遮掩了它的凶神恶煞相。照一个农人逻辑，他曾无端迁怒一块石头，视其如仇，想起就血翻，碰见就要狠狠地踢它几脚。一回大热天，出脚时才意识到自己打的赤脚，想收回已经来不及了。脚伤得很重，断了大拇指，血流了一地，几个月才复原。那种钻心的疼终身都不得忘记。今天怪了，怪在他没得了脾气，适才还一肚子火，见面居然就烟消云散了。他惊异于自己的变化，究其原因，恐怕就是落雪的缘故，雪能改变万象，也是能改变人心的。于是，人和岩就在那一刻达成了和解。

　　直到他们走进医院，雪还在下。他们是披着满身雪花进入病房的。儿子斜靠在床头，目光痴呆地望着门口，其实眼睛里空洞无物。一进门，他愣住了，怔怔地看着几步开外的儿子。这期间室内的空气几乎凝固，墙壁上的挂钟也停止了摆动。不知道过了多久，他终于艰难地走完了那几步，来到儿子床前。一路上，他都在反复背诵那句违心的话，一再告诫自己千万别说错了，说完他算是最后尽到了父亲的责任，就打算尽快回去。可是话到嘴边怎么也说不出口。他心如刀绞，咬紧嘴唇暗暗地用劲，目的就是想把那句话憋出来，临到张口嘴巴背叛了他，却喊出了一声"佬佬！"

　　儿子听到了，脸上露出一丝微笑，接着回叫了一声：爹——

　　他做梦也没有想到，儿子认他作爹了。

　　雪停了。天气很晴朗。通往山寨的路上，出现了三个人的脚印，路的尽头是他们的家。

2016年12月26日凌晨于御景湾居
（原载《广西文学》2017年第3期）

作者简介：

　　田瑛，湖南湘西人，作家，现任《花城》杂志名誉主编。迄今发表和出版文学作品近100万字，出版有中短篇小说集《龙脉》《大太阳》，散文集《未来的祖先》。主要作品有：《大太阳》《早期的稼穑》《炊烟起处》《未来的祖先》等。许多作品曾在海外发表和连载，并获得各种奖项，被誉为写出了第三种湘西。